Schrei, wenn die Nacht kommt

Die Autorin

Lisa Gardner schreibt seit Jahren Spannungsromane, die regelmäßig auf den internationalen Bestsellerlisten landen. Kritiker stellen ihre Romane in eine Reihe mit den Bestsellern von Kathy Reichs und Nora Roberts. Sie lebt mit ihrem Mann in New England.
Mehr über die Autorin findet sich auf ihrer Homepage: www.LisaGardner.com

Lisa Gardner

Schrei, wenn die Nacht kommt

Thriller

Aus dem Amerikanischen
von Manuela Thurner

Weltbild

Die amerikanische Originalausgabe erschien unter dem Titel
Gone bei Bantam Books, New York.

Besuchen Sie uns im Internet:
www.weltbild.de

Published by arrangement with Lisa Gardner, Inc.
Dieses Werk wurde im Auftrag der Agentur Jane Rotrosen, New York, NY, USA,
vermittelt durch die Literarische Agentur Thomas Schlück GmbH, 30827 Garbsen

Übersetzung: Manuela Thurner
Redaktion: Dr. Thomas Rosky
Umschlaggestaltung: zeichenpool, München
Umschlagmotiv: www.shutterstock.com (© eAlisa; © Peter D.)
Druck und Bindung: CPI Moravia Books s.r.o., Pohorelice
Printed in the EU
ISBN 978-3-86365-270-8

2015 2014 2013 2012
Die letzte Jahreszahl gibt die aktuelle Ausgabe an.

1

DIENSTAG, 0:24 UHR

Sie hat wieder diesen Traum. Sie will ihn nicht haben. Sie kämpft mit dem Laken, wirft den Kopf hin und her, will ihr Traum-Ich daran hindern, die Stufen hinaufzugehen, die Tür zu öffnen, den düsteren Raum zu betreten.

Sie schreckt aus dem Schlaf – einen stummen Schrei auf den Lippen, mit hervorquellenden Augen – und sieht noch immer Dinge, die sie nicht sehen will. Nach und nach kehrt sie in die Wirklichkeit zurück und registriert die grau getünchten Wände, die dunklen Fenster, die leere Betthälfte neben sich.

Sie geht ins Bad, beugt ihren Kopf zum Wasserhahn und trinkt gierig das lauwarme Wasser. Draußen prasselt der Regen hernieder. In diesem November scheint es unaufhörlich zu regnen, aber vielleicht kommt ihr das in ihrem jetzigen Zustand auch nur so vor.

Sie geht in die Küche. Der Zettel liegt noch immer auf dem Tisch. Nach sieben Tagen liest sie ihn nicht mehr, aber sie bringt es auch nicht über sich, ihn wegzuwerfen.

Zeit, den Kühlschrank zu inspizieren: Joghurt, Thunfisch, Ananas, Eier. Sie nimmt die Eier und stellt fest, dass das Haltbarkeitsdatum schon zwei Wochen überschritten ist.

Ach, Mist, dann geht sie eben wieder ins Bett.

Derselbe Traum, dieselben Bilder, derselbe schaurige, markerschütternde Schrei.

Um ein Uhr steht sie endgültig auf. Sie duscht, stöbert nach sauberen Klamotten und mustert dann ihre hagere Gestalt im Spiegel.

»Wie buchstabiert man Versager? R-A-I-N-I-E.«

Dann verlässt sie das Haus und geht zum Auto.

DIENSTAG, 2:47 UHR

»Das Baby schreit«, murmelte er.

»Wach auf.«

»M-m, Schatz, du bist dran.«

»Carl, Herrgott noch mal. Es ist das Telefon, nicht das Baby, und es ist für dich. Wach auf!«

Carlton Kincaid erhielt von seiner Frau Tina einen unsanften Stoß zwischen die Rippen, dann warf sie ihm das Telefon hin, schlüpfte wieder ins Bett und zog sich die Daunendecke über den Kopf. Tina war kein Mitten-in-der-Nacht-Mensch.

Kincaid dummerweise auch nicht. Als Sergeant Detective bei der Staatspolizei von Oregon, der in Portland im Dezernat für Schwerverbrechen tätig war, sollte er eigentlich auf solche Anrufe vorbereitet sein. Sich intelligent anhören. Womöglich autoritär. Aber Kincaid hatte seit fast acht Monaten keine Nacht mehr durchgeschlafen, und das saß ihm in den Knochen. Er blickte mehr als verärgert auf das Telefon. Was konnte so dringend sein …?

Er setzte sich auf und versuchte, munter zu klingen. »Hallo.«

Der Anrufer war einer von seinen Leuten. Er war von einem Deputy der Bezirkspolizei kontaktiert worden, nachdem dieser an einer Landstraße in Tillamook County ein herrenloses Fahrzeug gefunden hatte. Von der Fahrerin fehlte jede Spur, sowohl am Fundort des Wagens als auch an ihrer offiziellen Wohnanschrift.

»Steht das Auto auf öffentlichem oder privatem Gelände?«

»Keine Ahnung.«

»Finden Sie's heraus. Falls es ein Privatgrund ist, brauchen wir die Zustimmung des Besitzers, um das Gelände abzusuchen. Danach kontaktieren Sie die Staatsanwaltschaft; wir brauchen einen Durchsuchungsbeschluss für das Auto. Wecken Sie den Staatsanwalt, und riegeln Sie den Fundort ab. Ich bin in …« – Kincaid sah auf seine Uhr – »fünfundfünfzig Minuten dort.«

»Ja, Sir.«

Der Trooper legte auf, und Kincaid machte sich fertig. Kincaid war seit zwölf Jahren bei der Staatspolizei von Oregon, kurz OSP. Er hatte als einfacher Trooper angefangen, einige Zeit in einer Sonderkommission für Bandenkriminalität gearbeitet und war dann ins Dezernat für Schwerverbrechen gewechselt. Nebenbei hatte er sich eine wunderschöne Frau, einen großen schwarzen Hund und, vor acht Monaten, einen quirligen Jungen zugelegt. In seinem Leben verlief alles nach Plan, was bedeutete, dass seit über einem halben Jahr weder er noch seine Frau durchgeschlafen oder in Ruhe gegessen hatte.

Kinder hielten einen ganz schön auf Trab.

Seine Abteilung auch.

Draußen regnete es in Strömen. Ausgerechnet in so einer Nacht musste man ihn rausrufen! Er hatte noch zwei komplette Anziehgarnituren im Kofferraum seines Dienstwagens. Die würden heute Nacht gerade mal jeweils eine halbe Stunde reichen. Mist. Er blickte sich sehnsüchtig zum Bett um und wünschte sich, es wäre doch das Baby gewesen.

Mechanisch fing er an, Sachen aus der Kommode zu nehmen und sich anzuziehen. Er war gerade dabei, sein Hemd zuzuknöpfen, als seine Frau sich seufzend im Bett aufsetzte.

»Was Schlimmes?«, flüsterte sie.

»Keine Ahnung. Ein herrenloses Auto drüben in Bakersville.«

»Was hat das mit dir zu tun?«

»Die Fahrertür steht offen, der Motor läuft, und auf dem Beifahrersitz liegt eine Handtasche.«

Sie runzelte die Stirn. »Seltsam.«

»Ja, seltsam.«

»Ich hasse seltsame Fälle, Liebling.«

Kincaid zog seinen Sportmantel an, ging ans Bett und gab seiner Frau einen dicken Kuss auf die Wange. »Schlaf weiter, mein Schatz. Ich liebe dich.«

DIENSTAG, 1:14 UHR

Sie kann nicht das Geringste sehen. Die Scheibenwischer sausen auf höchster Stufe über die Windschutzscheibe. Es bringt nichts. Der Regen lässt einfach nicht nach. Eine Kurve. Einen Tick zu spät reißt sie das Lenkrad herum und gerät prompt ins Schleudern.

Ihr Atem geht schwer. Sie hat Schluckauf. Weint sie? Schwer zu sagen, aber glücklicherweise ist sie ja allein.

Sie nimmt den Fuß vom Gas und lenkt das Auto vorsichtig in die richtige Spur zurück. Es hat Vorteile, so spät in der Nacht unterwegs zu sein. Es ist sonst niemand auf der Straße, der für ihre Fehler büßen muss.

Sie weiß, wo sie hinfährt, gesteht es sich aber nicht ein. Darüber nachzudenken hieße, eine bewusste Entscheidung zu treffen, die wiederum nur allzu deutlich machen würde, dass sie ein Problem hat. Also stellt sie einfach fest, dass sie auf den Kiesparkplatz der Toasted Lab Tavern einbiegt. Dort stehen bereits fünf, sechs Fahrzeuge, hauptsächlich Pickup-Trucks mit geräumigen Führerhäusern. Der harte Kern, denkt sie. In einer Nacht wie dieser muss man zum harten Kern gehören, um aus dem Haus zu gehen.

Was macht sie hier bloß?

Sie bleibt im Auto sitzen und umklammert das Lenkrad. Sie beginnt zu zittern. Ihr Mund füllt sich mit Speichel. In Gedanken ist sie bereits beim ersten Schluck Bier.

Einen Augenblick lang ist sie unschlüssig.

Fahr nach Hause, Rainie. Geh ins Bett, schau fern, lies ein Buch. Tu etwas, irgendetwas, nur nicht das hier.

Sie zittert stärker, ihr gesamter Körper wird von Krämpfen geschüttelt, während sie sich über das Lenkrad beugt.

Wenn sie nach Hause geht, wird sie einschlafen. Und wenn sie einschläft ...

Geh NICHT diese Stufen hinauf. Mach diese Tür NICHT auf. Schau NICHT in den düsteren Raum.

In ihr herrscht totale Finsternis. Sie möchte ein normaler Mensch sein. Sie möchte stark, psychisch gesund und voller Energie sein. Aber meistens ist da nur diese Dunkelheit in ihrem Kopf. Vor vier Wochen fing es an, als sich von den Rändern ihres Gehirns her langsam diese Finsternis breit machte. Jetzt verzehrt es sie. Sie ist in einen Abgrund gefallen und sieht kein Licht mehr.

Rainie hört ein Geräusch.

Sie reißt den Kopf hoch.

Vor ihr löst sich plötzlich eine dunkle Gestalt aus dem strömenden Regen. Sie schreit nicht, sondern greift nach ihrer Waffe.

Der betrunkene Cowboy schlurft an ihr vorbei, ahnungslos, dass es ihm beinahe an den Kragen gegangen wäre.

Rainie legt ihre Glock wieder auf den Beifahrersitz. Das Zittern hat aufgehört. Ihre Augen sind weit aufgerissen. Ihr Gesichtsausdruck ist grimmig. Eiskalt, fast irr, was noch viel, viel schlimmer ist.

Sie legt den Gang ein und verlässt den Parkplatz.

DIENSTAG, 3:35 UHR

Bakersville war eine kleine Küstenstadt in Oregon, genau in der Mitte des Tillamook County, eingeschmiegt in die schattigen Mulden des hohen Küstengebirges. Der Bezirk hatte unzählige Hektar saftig grüner Milchfarmen, meilenlange Felsenstrände und, aus der Sicht eines Detectives, ein wachsendes Methamphetamin-Problem. Es war ganz nett, wenn man urige Kneipen und Käse mochte. Aber sonst gab es hier nicht viel zu tun, und das wussten die hiesigen Kids nur allzu gut.

Normalerweise hätte Kincaid fünfzig Minuten nach Bakersville gebraucht. Aber in einer Nacht wie dieser, bei einer Sichtweite von unter einem Meter, nassen Bergpässen und wild peitschendem Regen, dauerte die Fahrt eineinviertel Stunden. Als er an dem hell erleuchteten Fundort eintraf, fühlte er sich bereits im Hintertreffen.

Die gute Nachricht war, dass die Polizisten, die als Erste vor Ort gewesen waren, saubere Arbeit geleistet hatten. Drei strategisch platzierte Scheinwerfer bohrten ihre grellen Lichtkegel in den Schnürregen. Das gelbe Polizeiabsperrband sicherte einen relativ großen Bereich, an dessen Rand sich ein dichter Saum von Fahrzeugen befand.

Neben dem Geländewagen eines Deputys und dem des Sheriffs sah Kincaid einen schnittigen schwarzen SUV mit allem Schnickschnack – der musste dem Staatsanwalt gehören. Falls eine größere Suchaktion vonnöten wäre, brauchten sie noch mehr Leute. Außerdem müssten sie die Spurensicherung rufen. aber diese Entscheidungen würde er, Kincaid, treffen müssen.

Eine Stunde und vierzig Minuten nach der ersten Meldung waren sie noch immer nicht weiter gekommen: Lag hier überhaupt ein Verbrechen vor? Ja oder nein? Die meisten Steuerzahler würden wahrscheinlich meinen, dass die Polizei in solchen Situationen gleich den gesamten Apparat auffuhr: die Forensiker verständigte, die Nationalgarde anforderte, die Hubschrauber einfliegen ließ. Nun, eben diese Steuerzahler kürzten der OSP immer mehr Mittel, sodass Kincaid statt der ursprünglich vierzehn Stellen momentan noch dreieinhalb zur Verfügung standen. Im wahren Leben haftete an allen Entscheidungen der Polizei ein Preisschild. Wie man es auch drehte und wendete: dieser Tage agierte er auf Sparflamme.

Kincaid hielt hinter dem riesigen schwarzen Chevy Tahoe und stellte den Motor ab. Es ließ sich nicht vermeiden: Er musste aussteigen.

Der Regen klatschte ihm frontal ins Gesicht. Er blieb einen Augenblick stehen, um den Wasserschwall über sich ergehen zu lassen. Dann waren seine Haare klatschnass, das Wasser tropfte in den Kragen seines Regenmantels, und das Schlimmste war vorbei. Jetzt musste er sich nicht länger darüber sorgen, patschnass und schmutzig zu werden, weil es schon passiert war.

Kincaid stapfte zum Kofferraum seines Chevy Impala, holte den riesigen Plastikbehälter heraus, in dem sich sein Spurensicherungskoffer befand, und schlüpfte unter dem Absperrband hindurch.

Trooper Blaney kam in seinen schwarzen Springerstiefeln durch den aufspritzenden Schlamm heranmarschiert. Vorschriftsgemäß trug er die komplette Regenausrüstung der Polizei, einschließlich der schwarzblauen OSP-Jacke, die wie eine schlecht geratene Motorradjacke aussah. Niemand fand wirklich Gefallen an der Jacke. Kincaid hatte seine im Kofferraum verstaut, für den seltenen Fall, dass jemand von der Presse – oder ein Vorgesetzter – anwesend war.

Blaney war offensichtlich schon eine ganze Weile im Freien. Im grellen Scheinwerferlicht glänzte seine regennasse Jacke wie ein Spiegel, und unter seinem breitkrempigen Hut strömte ihm das Wasser über das kantige Gesicht und tropfte von seiner Nase. Er streckte Kincaid die Hand entgegen.

Kincaid schüttelte sie. »Trooper.«

»Sergeant.«

Hinter dem Trooper war der Bezirkssheriff mitsamt einem Deputy herangekommen. Blaney stellte sie einander vor, während sie zähneklappernd im Regen standen und ihre Arme fest an den Körper pressten, um sich zu wärmen.

Deputy Dan Mitchell war als Erster vor Ort gewesen. Er war noch jung und stammte aus einer Farmerfamilie, gab sich aber Mühe. Die Sache hatte ihm nicht gefallen – die offene Tür, die eingeschalteten Scheinwerfer, der laufende Motor. Wie in einem Hollywoodfilm. Also hatte er Sheriff Atkins angerufen, der verständlicherweise nicht begeistert gewesen war, in so einer Nacht aus dem Bett geholt zu werden.

Der Sheriff war eine Überraschung. Zum einen entpuppte er sich als eine Sie – gestatten, Sheriff Shelly Atkins. Zum anderen hatte sie einen festen Händedruck, einen direkten Blick und ganz offensichtlich keine Lust, um den heißen Brei herumzureden.

»Hören Sie«, unterbrach sie den Deputy, der voller Elan seinen Bericht herunterrasselte. »Tom wartet.« Sie zeigte mit dem Kopf auf den Staatsanwalt, der, wie Kincaid erst jetzt sah, in seinem Geländewagen saß. »Wir haben einen Durchsuchungsbeschluss für das Auto, und wir haben uns auf Anweisung Ihres Troopers erkundigt, dass wir uns hier auf öffentlichem Grund und Boden befinden. Keine Ahnung, was hier passiert ist, aber jemand hat dieses Auto überstürzt verlassen, und das macht mir Sorgen. Also fangen wir an, sonst haben wir bald nur noch einen Haufen durchweichter Polizeiberichte.«

Das leuchtete allen ein, und so bewegte sich das Grüppchen vorsichtig auf die offene Autotür zu.

Das Fahrzeug war ein weißer Toyota Camry neueren Datums mit blauen Stoffbezügen. Ganz nett, aber nicht luxuriös. Das Auto war bewusst an den Straßenrand gelenkt worden. Zu seiner Linken befand sich die kurvige Landstraße. Rechts führte ein steiler Hang hinauf in einen nebelverhangenen Wald.

Wie der Trooper schon am Telefon gesagt hatte, stand die Fahrertür weit offen, sodass sie auf dem Asphalt aufsetzte. Kincaids erster Gedanke war, dass die meisten Leute die Autotür nicht so weit öffneten. Vielleicht, wenn jemand wirklich lange Beine hatte. Oder ein Auto be- oder entlud.

Das sollte man im Hinterkopf behalten.

Kincaid konnte eine braune Lederhandtasche auf dem Beifahrersitz erkennen. »Haben Sie sich die Handtasche schon näher angeschaut?«, fragte er in die Runde.

»Ich habe sie in die Hand genommen.« Deputy Mitchell klang defensiv. »Um nach einem Ausweis zu suchen. Ich meine, es war so seltsam, das eingeschaltete Licht, der laufende Motor, die offene Tür. Irgendwo musste ich ja anfangen.«

»Haben Sie eine Geldbörse gefunden?«

»Nein, Sir. Aber im Handschuhfach waren die Kfz-Papiere. Daher weiß ich den Namen.«

»War die Handtasche leer?«

»Nein, Sir. Haufenweise Zeugs – Kosmetika, Stifte, ein

PalmPilot etc. Aber keine Geldbörse. Ich habe die Handtasche wieder genauso hingelegt, wie ich sie gefunden habe. Sonst habe ich nichts angefasst – ich schwör's.«

»Bis auf das Handschuhfach«, sagte Kincaid sanft, aber er war nicht wirklich wütend. Der Deputy hatte recht – irgendwo musste man anfangen.

Der Trooper hatte den Motor ausgeschaltet, damit sie nachvollziehen konnten, wie viel Benzin noch im Tank war. Aber der Motor lief noch, als Deputy Mitchell das Fahrzeug gefunden hatte, und auf den ersten Blick schien auch mit den Reifen alles in Ordnung zu sein. Es sah also nicht danach aus, als hätte der Wagen wegen technischer Probleme angehalten.

Kincaid überprüfte die hintere Stoßstange. Keine Beulen oder Kratzer, allerdings ließ sich das bei der Nässe schwer sehen. Er unternahm einen halbherzigen Versuch, nach anderen Reifen- oder Fußspuren zu suchen. Der Regen hatte den Boden total aufgeweicht und schlammige Pfützen hinterlassen. Sheriff Atkins hatte sie zu Recht zur Eile angetrieben, aber so wie es aussah, waren sie dennoch zu spät dran.

Als Nächstes inspizierte er das Wageninnere, wobei er aufpasste, nichts anzufassen.

»Eine Frau?«, fragte er.

»Nach den Zulassungspapieren ja«, sagte Trooper Blaney. »Lorraine Conner aus Bakersville. Sheriff Atkins hat einen Deputy zu ihrer Adresse geschickt. Es war niemand zu Hause.«

»Haben wir eine Beschreibung?«

»Laut den Unterlagen des Straßenverkehrsamtes ist sie eins siebzig groß, wiegt fünfundfünfzig Kilo, braune Haare, blaue Augen.«

Kincaid musterte Sheriff Atkins.

»Ein Meter achtundsechzig«, sagte sie. »Ich wollte nichts anfassen, aber die Sitzeinstellung würde passen.«

Kincaid stimmte ihr zu. Der Sitz war ziemlich dicht am Lenkrad. Er würde natürlich auch die Spiegel und die Lenksäule überprüfen müssen, aber erst musste die Spurensicherung ihre Arbeit machen. Nach Auskunft von Blaney war der Tank noch halb voll; sie würden zur Sicherheit die umliegenden Tankstellen abklappern, aber es war eher unwahrscheinlich, dass Lorraine dort noch getankt hatte.

Kincaid richtete sich auf und blinzelte in den Regen, während sein Gehirn zu arbeiten begann.

Er hatte die ersten drei Dienstjahre als Trooper an der Küste gearbeitet. Es überraschte ihn, wie oft seine Berichte mit dem Fund eines herrenlosen Fahrzeugs begonnen hatten. Das Meer schien die Leute anzuziehen, so als hätte es ihnen zum Abschied noch etwas zu sagen. Also fuhren sie an die Küste, um sich ein letztes Mal den tollen Sonnenuntergang anzusehen. Dann verriegelten sie ihr Auto, verschwanden im Wald und pusteten sich das Gehirn raus.

Aber in all den Jahren hatte er es noch nicht erlebt, dass sich jemand von einem Fahrzeug mit eingeschaltetem Motor, laufenden Scheibenwischern und aufgeblendeten Scheinwerfern entfernt hatte.

Deputy Mitchell hatte recht. So etwas gab es nur in Hollywood. Irgendetwas stimmte nicht.

»In Ordnung«, sagte Kincaid. »Machen wir den Kofferraum auf.«

DIENSTAG, 1:45 UHR

Sie passt nicht mehr auf. Sie weiß, dass das schlecht ist. Es war einmal vor langer, langer Zeit, da war sie Polizistin in einer Kleinstadt, und sie hat weiß Gott oft genug gesehen, was alles passieren kann, wenn man nur eine Sekunde lang nicht auf die Straße sieht.

Aber sie ist todmüde. Wie lange hat sie nicht mehr geschlafen? Stunden, Tage, Monate? Die Müdigkeit beeinträchtigt ihre Reaktionsfähigkeit. Ihr Kurzzeitgedächtnis ist lückenhaft. Sie versucht, sich zu erinnern, was sie gestern getan hat, aber das verschwommene Bild vor ihrem geistigen Auge könnte genauso gut von letzter Woche stammen. Sie hat kein Zeitgefühl mehr. Sie lebt in einem Vakuum.

Die Scheibenwischer sausen rhythmisch hin und her. Der Regen prasselt auf das Autodach. Die Scheinwerferkegel durchschneiden die Dunkelheit.

Mit vierzehn, fünfzehn, bevor ihre Mutter erschossen wurde, hatte sie einen Freund gehabt, der in solchen Nächten gern Auto fuhr. Sie suchten sich eine einsame Straße, schalteten die Scheinwerfer aus und fuhren drauflos.

»Hi-hoo!«, schrie er und trank einen Schluck Whiskey.

Danach trieben sie es wie die Karnickel auf der Rückbank des Autos, in einem Nebel aus Whiskey, Schweiß und Kondomen.

Rainie gibt es einen Stich, als sie an diese Zeit zurückdenkt. Sie hat sich schon lange nicht mehr so jung und wild und frei gefühlt. Sie traut sich längst nicht mehr, im Dunkeln ohne Scheinwerfer zu fahren.

Aber da schweifen ihre Gedanken ab, dorthin, wo sie eigentlich nicht hinwill.

Sie denkt an Quincy. Sie erinnert sich daran, als sie sich zum ersten Mal liebten. Wie zärtlich er sie berührte. Wie er sie danach im Arm hielt.

»Rainie«, hatte er ihr leise versichert, »es ist okay, das Leben zu genießen.«

Aber jetzt tut ihr alles weh. Es tut so weh, dass sie kaum

noch Luft bekommt. Sieben Tage später fühlt es sich immer noch so an, als hätte man ihr einen Schlag in die Magengrube verpasst. Sie bekommt schier keine Luft.

Vor ihr biegt die Straße in eine Kurve. Sie ist zu unkonzentriert, um zu reagieren. Das Auto gerät mit quietschenden Bremsen ins Schleudern und dreht sich um die eigene Achse. Sie lässt das Lenkrad los und nimmt den Fuß vom Gaspedal. Sie ertappt sich dabei, wie sie Abschied nimmt, so als würde sie, wie Thelma und Louise, voller Dankbarkeit, dass endlich alles vorbei ist, in den Grand Canyon segeln.

Das Auto wirbelt zur Seite und schleudert dann zurück in die Straßenmitte. Da setzen ihre Instinkte ein, ihr Körpergedächtnis aus der Zeit, als sie noch eine fähige, gute Polizistin war. Sie packt das Lenkrad, steuert in die Richtung, in die sie schleudert, bremst behutsam und fährt an den Straßenrand.

Hier bricht sie zusammen. Sie legt die Stirn aufs Lenkrad und heult wie ein Baby; ihre Schultern beben, ihr Brustkorb hebt und senkt sich, ihre Nase tropft.

Sie kann gar nicht mehr aufhören zu weinen. Dann denkt sie an Quincy, daran, wie sie ihre Wange an seine Brust legt, seinem Herzschlag lauscht. Und der nächste Heulanfall überkommt sie. Aber sie weint nicht vor Traurigkeit, sondern weil sie unbändig wütend ist.

Sie liebt ihn, sie hasst ihn. Sie braucht ihn, sie verachtet ihn. Das scheint die Geschichte ihres Lebens zu sein. Andere Menschen verlieben sich. Andere sind glücklich.

Warum fällt es ihr so schwer? Warum kann sie nicht einfach loslassen?

Und dann erscheinen wieder diese Bilder vor ihrem inneren Auge. Die Verandastufen, die sich öffnende Tür, die lockende Finsternis …

Rainie greift instinktiv zu ihrer Waffe. Um zu kämpfen, sich zu verteidigen, zu schießen … auf wen? Sie kennt den Feind, und es ist sie selbst. Woraufhin sie, auf ihre verrückte Art, Quincy nur noch stärker hasst. Ohne seine Liebe hätte sie nie erfahren, was sie verloren hatte.

Ihre Finger streifen zärtlich die Glock. Für einen Augenblick ist sie versucht …

Da klopft es an die Scheibe.

Sie reißt den Kopf hoch.

Und dann explodiert alles in weißem Licht.

DIENSTAG, 3:49 UHR

Deputy Mitchell brauchte einen Moment, um zu begreifen, was sich da im Kofferraum befand. Aber dann sah Kincaid, wie der Deputy langsam grün im Gesicht wurde.

»Was zum Teufel …« Der Deputy taumelte zurück und hielt den Arm vors Gesicht, so als wolle er das Bild ausblenden.

Kincaid nahm vorsichtig das erste Blatt Papier mit den Fotos aus dem Kofferraum und blickte zu Sheriff Atkins. »Der Name sagt Ihnen nichts?«

»Nein, aber ich habe die Stelle erst vor einem Monat angetreten. Ist es wirklich das, was ich glaube?«

»Sieht ganz danach aus.«

»Großer Gott!« Sie starrte das herrenlose Fahrzeug an. »Das hier nimmt kein gutes Ende, oder?«

»Wahrscheinlich nicht.«

Kincaid holte sein Handy aus der Tasche.

2

DIENSTAG, 4:05 UHR

Draußen donnerte es.

Quincy schreckte aus dem Schlaf hoch. Er rang nach Luft, klammerte sich an die Matratze, wappnete sich für den Schlag. Im nächsten Augenblick rollte er mit einer fließenden Bewegung zur Seite und aus dem Bett.

Schwer atmend fixierte er die geblümte Tapete und versuchte sich zu erinnern, wo er war und wie er hierher gekommen war. Als es ihm wieder einfiel, schwand auch noch das letzte Fünkchen Kampfgeist. Mit hängenden Schultern und gesenktem Kopf lehnte er sich schwerfällig gegen das Fenster und sah zu, wie der Regen schräg gegen die Scheibe klatschte.

Er war seit sieben Tagen in dieser netten kleinen Pension auf dem Land, was ungefähr sieben Tage zu lang war. Immerhin war die Besitzerin freundlich und nett. Sie hatte nichts gesagt, als er sich allein in ihrem offensichtlich für Paare gedachten Gästehaus einquartierte. Und sie stellte auch keine Fragen, wenn er sie jeden Morgen von neuem leise darum bat, die Reservierung um einen Tag zu verlängern.

Wo führte das hin? Wann würde es ein Ende haben? Er wusste es, ehrlich gesagt, nicht. Die Vorstellung machte ihn müde. Zum ersten Mal in seinem Leben fühlte er sich alt, sehr, sehr alt.

Mit dreiundfünfzig befand Quincy sich in dieser Lebensphase, in der sein grau meliertes Haar immer grauer wurde und die Krähenfüße immer tiefere Furchen zogen, sodass er sich eher distinguiert denn attraktiv empfand. Er lief nach wie vor an vier Wochentagen eine Strecke von je zwanzig Kilometern und trainierte jeden Monat am Schießstand. Zweimal in seinem Leben hatte er es unmittelbar mit Serienmördern zu tun gehabt, und er würde nicht schlapp machen, nur weil er das halbe Jahrhundert überschritten hatte.

Er war kein einfacher Mensch, das wusste er. Er war zu intelligent, er dachte zu viel nach. Seine Mutter war früh gestorben, und sein Vater hatte nicht viel geredet. So hatte er Jahre seines Lebens in Stille verbracht. Ein Junge, der so aufwuchs, musste unweigerlich etwas eigen werden.

Er war aus einer Laune heraus zur Polizei gegangen und hatte seine Laufbahn bei der Polizei in Chicago begonnen. Als sich herausstellte, dass ihm die Natur die Gabe verliehen hatte, sich in abartige Menschen einzufühlen, wurde er Profiler beim FBI. Er hatte über hundert Fälle pro Jahr bearbeitet und war viel unterwegs gewesen, von einem Motel zum nächsten, um immer und überall den Tod zu studieren.

In der Zwischenzeit verließ ihn seine erste Frau Bethie, und seine beiden Töchter wurden ohne ihn groß. Bis ihm eines Tages bewusst wurde, dass er den Toten alles gegeben hatte, sodass für die Lebenden nichts mehr übrig war.

Er hatte sich in den Innendienst versetzen lassen, um öfter bei den Mädchen zu Hause zu sein. Er hatte sich sogar um seine kaputte Ehe bemüht.

Vielleicht hatte er Fortschritte gemacht. Wer weiß? Jedenfalls kam es ihm vor, als hätte im nächsten Moment Bethie angerufen: Es habe da einen Autounfall gegeben. Mandy sei im Krankenhaus. Bitte, komm schnell …

Seine ältere Tochter war nicht mehr aus dem Koma erwacht. Sie wurde kurz vor ihrem vierundzwanzigsten Geburtstag beerdigt, dann kehrte Quincy in sein fensterloses Büro in Quantico zurück und kämpfte sich wieder durch Bilder und Aufnahmen vom Tod.

Das war das schlimmste Jahr seines Lebens gewesen. Das Allerschlimmste war, dass Mandys Mörder es offensichtlich auch auf Bethie und seine jüngere Tochter Kimberly abgesehen hatte. Er hatte schnell reagiert, aber nicht schnell genug. Der Mörder hatte Bethie erwischt. Und er hätte vielleicht auch Kimberly ermordet, wäre da nicht Rainie gewesen.

Damals hatte Rainie gekämpft. Sie hatte für Kimberly gekämpft, sie hatte für sich selbst gekämpft, und sie hatte einfach um des Kämpfens willen gekämpft. Es lag ihr im Blut, sie war eine Kämpfernatur, und Quincy hatte noch nie jemanden wie sie kennengelernt.

Diese Rainie hatte er geliebt. Ihr freches Mundwerk, ihre große Klappe, ihr hitziges Temperament. Er mochte es, wenn sie ihn herausforderte, provozierte, zur Weißglut trieb.

Sie war taff, unabhängig, zynisch, intelligent. Und sie war die einzige Frau, die ihn verstand. Die wusste, dass er im Grunde seines Herzens ein unverbesserlicher Optimist geblieben war, der in einer Welt, die so viel Böses hervorbrachte, das Gute zu sehen versuchte. Die wusste, dass er seinen Job nicht an den Nagel hängen konnte, denn wenn Menschen wie er diesen Job nicht machten, wer dann? Die wusste, dass er sie ehrlich und aufrichtig liebte, auch wenn er immer so ruhig und verschlossen wirkte; aber ausgerechnet seine stärksten Gefühle konnte er nicht in Worte fassen.

Als sie schließlich vor zwei Jahren geheiratet hatten, hatte aus seiner Sicht ein neuer, besserer Lebensabschnitt für ihn begonnen. Kimberly hatte ihre Ausbildung an der FBI-Akademie abgeschlossen und machte ihre Sache als FBI-Agentin in Atlanta gut. Sie telefonierten, wenn auch nicht so häufig wie manch andere Väter und Töchter, aber für sie war es in Ordnung so.

Und er hatte das Unvorstellbare getan – und war in den Ruhestand getreten. Jedenfalls so gut wie. So gut, wie es ein Mensch wie er konnte.

Das bedeutete, dass er und Rainie sich den Ermittlungsbehörden als Consultants zur Verfügung stellten und nur einige wenige Fälle pro Jahr bearbeiteten. Sie waren nach Oregon gezogen, weil Rainie sich ohne die Berge woanders nie zu Hause gefühlt hätte. Sie hatten sich sogar überlegt, Gott steh ihm bei, ein Kind zu adoptieren.

Das muss man sich mal vorstellen, in seinem Alter noch Vater zu werden, aber genau das hatte er gewollt.

Drei kurze Wochen lang, nachdem das Foto mit der Post gekommen war, hatte er sich sogar gefreut.

Aber dann hatte das Telefon geklingelt, und sie waren zu einem Einsatz gerufen worden.

Und zum zweiten Mal hatte Quincy das Gefühl gehabt, der Boden werde ihm unter den Füßen weggezogen.

Es wäre wahrscheinlich besser, wenn er sich nach einer eigenen Wohnung umsehen würde.

Vielleicht morgen, dachte er, obwohl er wusste, dass er es nicht machen würde. Wenn die Liebe ins Spiel kam, machte auch der intelligenteste Mann Dummheiten.

Da klopfte es leise an der Tür.

Die Besitzerin der Pension machte einen ganz aufgelösten Eindruck. Unten sei ein Polizist. Er habe nach Quincy gefragt. Es sei dringend. Die Polizei müsse ihn sofort sprechen.

Quincy war nicht überrascht.

Denn eines hatte er schon vor langer Zeit gelernt: Es konnte immer noch schlimmer kommen.

DIENSTAG, 4:20 UHR

Kincaid setzte sich in sein Auto, das ihm notdürftig Schutz vor dem Wetter bot, drehte die Heizung auf und klemmte sich ans Handy.

Sein erster Anruf galt dem Leiter des FBI-Büros in Portland. Einen FBI-Agenten mitten in der Nacht aufzuwecken war nie angenehm, aber Kincaid hatte keine Wahl. Sie hatten im Kofferraum des Autos einen verstörenden Fund gemacht: Fotos einer ausgeweideten weiblichen Leiche, allesamt mit dem Vermerk »Eigentum des FBI« versehen.

Er erreichte Jack Hughes beim ersten Versuch. Der FBI-Agent bestätigte, dass Lorraine Conner in der Vergangenheit als freie Ermittlerin für das Büro in Portland tätig gewesen war. Seines Wissens bearbeitete sie momentan keinen Fall, es könne aber durchaus sein, dass sie für ein anderes Büro tätig sei. Hughes nannte ihm den Namen von Conners Ehemann und Partner, bat darum, auf dem Laufenden gehalten zu werden, und gähnte dann einige Male, bevor er wieder in sein warmes Bett kroch.

Die nächsten beiden Telefonate verliefen ähnlich erfolgreich. Kincaid erreichte die Leiterin des forensischen Labors und meldete den Fund. Bei dem Wetter mache es keinen Sinn, einen Forensiker hinzuschicken, entgegnete sie. Er solle sich melden, sobald das Auto an einem trockenen, sicheren Ort war. Und dann ging auch Mary Senate wieder ins Bett. Dito Kincaids Anruf bei den Daktyloskopen – von einem nassen Auto kann man keine Fingerabdrücke nehmen, also, hey, rufen Sie wieder an, wenn es trocken ist. Gute Nacht.

Kincaid war allein, nass bis auf die Knochen und fragte sich, warum er, verdammt noch mal, nicht Buchhalter geworden war wie sein Vater.

Er stieg aus, um sich mit Sheriff Atkins zu besprechen. Sie wies gerade ihre Leute an, die nähere Umgebung abzusuchen. Die schlechte Nachricht: Es regnete immer noch in Strömen, und die Sichtweite war ungefähr gleich null. Die gute Nachricht: Obwohl es November war, waren die Temperaturen nicht unter zehn Grad gefallen. Noch immer saukalt, wenn man nass war, aber nicht unbedingt lebensgefährlich.

Wenn man davon ausging, dass Lorraine Conner irgendwo dort im Wald herumstolperte.

Warum sollte jemand in so einer Nacht sein Auto verlassen? Noch dazu eine ausgebildete Polizistin, an einer so dunklen und abgelegenen Straße? Nicht eine der Antworten, die Kincaid darauf einfielen, war gut.

Er rief den Abschleppdienst an. Wenn die Wissenschaftler das Auto an einem sicheren, trockenen Ort brauchten, dann würde er es in Gottes Namen dorthin schaffen.

Der Abschlepplaster kam, der Fahrer stieg aus, besah sich den Boden rund um das Auto und schüttelte umgehend den Kopf. Das Auto steckte zu tief im Schlamm. Beim Herausziehen würden die Schlammspritzer auch noch die letzten Spurenbeweise vernichten.

Das Auto würde also noch einige Stunden hier bleiben.

Kincaid fluchte, schüttelte verärgert den Kopf und hatte schließlich eine schlaue Idee. Er machte einen Deputy ausfindig, der ein aufblasbares Zelt besaß, und ließ es ihn von zu Hause holen. Eine halbe Stunde später hatten sie das Auto und seine unmittelbare Umgebung mit einem Zelt abgedeckt. Eventuelle Reifen- oder Fußspuren waren zweifelsohne längst zerstört, aber hey, versuchen musste man es. Außerdem bot ihm das Zelt wenigstens so viel Schutz, dass er seine Arbeit machen konnte.

Kincaid hatte gerade etwa die Hälfte des Autos mit seiner

Digitalkamera fotografiert, als Trooper Blaney, gefolgt von einem zweiten Auto, zurückkam.

Kincaid beobachtete, wie das zweite Auto hinter Blaneys Streifenwagen anhielt und ein Mann ausstieg. Er trug einen Regenmantel, der wahrscheinlich die Hälfte von Kincaids Monatsgehalt gekostet hatte. Teure Schuhe. Gebügelte Bundfaltenhose. Das war also Pierce Quincy. Ex-FBI-Profiler. Lorraine Conners Ehemann. Den musste man sich eindeutig genauer ansehen.

Quincy kam schnurstracks auf ihn zu und streckte die Hand aus. »Sergeant Kincaid.«

»Sie müssen Quincy sein.« Sie schüttelten einander die Hände. Der Profiler hatte einen festen Händedruck, ein schmales Gesicht und fast kristallblaue Augen. Ein harter Typ, dachte Kincaid. Jemand, der es gewohnt war, alles unter Kontrolle zu haben.

»Was ist passiert? Wo ist meine Frau? Ich möchte Rainie sehen.«

Kincaid nickte nur, wippte auf den Fersen und sah ihn immer noch an. Das hier war seine Party. Am besten stellte er das gleich klar, um sich und dem anderen so manchen Hahnenkampf zu ersparen.

»Schöner Mantel«, sagte er schließlich.

»Sergeant …«

»Und schöne Schuhe. Aber für den Schlammboden nicht so gut geeignet, finden Sie nicht auch?«

»Der Schlamm lässt sich abwaschen. Wo ist meine Frau?«

»Ich mache Ihnen einen Vorschlag. Sie beantworten meine Fragen, dann beantworte ich Ihre. Abgemacht?«

»Bleibt mir etwas anderes übrig?«

»Da das hier mein Tatort ist, eigentlich nicht. Nein.«

Quincy presste die Lippen zu einem dünnen Strich zusammen, protestierte aber nicht. Kincaid warf sich einen Augenblick lang in die Brust. Eins zu null für den Staatspolizisten. Er hätte dennoch im Bett bleiben sollen.

»Mr Quincy, wann haben Sie Ihre Frau das letzte Mal gesehen?«

»Vor sieben Tagen.«

»Waren Sie verreist?«

»Nein.«

»Arbeiten Sie und Ihre Frau denn nicht zusammen?«

»Im Augenblick nicht.«

»Leben Sie zusammen?«

Ein Muskel zuckte in Quincys Unterkiefer. »Im Augenblick nicht.«

Kincaid legte den Kopf schief. »Könnten Sie das näher erläutern?«

»Im Augenblick nicht.«

»In Ordnung, Mr Quincy, wenn Sie das Spiel so spielen wollen, aber sehen Sie …«

»Sergeant, bitte.« Quincy hob eine Hand. »Wenn Sie mich wirklich wie eine Marionette am Faden tanzen lassen wollen, dann können Sie mich die nächsten Stunden natürlich gern noch weiter aufziehen. Aber jetzt würde ich Sie gerne fragen, von Polizist zu Polizist, wo meine Frau ist.«

»Sie wissen es nicht?«

»Ehrlich, Sergeant, ich weiß es nicht.«

Kincaid musterte den Mann noch einmal und gab dann mit einem leichten Achselzucken nach. »Ein Deputy hat kurz nach zwei Uhr ihr Auto gefunden. Von Ihrer Frau gibt es keine Spur, weder hier noch bei ihr zu Hause. Um ganz offen zu sein – wir machen uns Sorgen.«

Kincaid sah, wie der Profiler schluckte und fast unmerklich schwankte.

»Möchten Sie einen Augenblick allein sein?«, fragte Kincaid. »Kann ich Ihnen etwas holen?«

»Nein. Ich … Nein.« Quincy machte einen Schritt. Dann noch einen. Im Licht der Suchscheinwerfer sah sein Gesicht blass aus. Kincaid bemerkte Details, die ihm nicht gleich aufgefallen waren. Zum Beispiel, wie locker der Regenmantel an der hageren Gestalt des Profilers herabfiel. Wie eckig und angespannt sich der Mann bewegte. Wie jemand, der seit Tagen nicht gut geschlafen hatte.

Was den trauernden Ehemann anging, so gab der Ex-FBI-Agent eine ziemlich gute Vorstellung ab.

»Möchten Sie vielleicht eine Tasse Kaffee?«, fragte Kincaid.

»Nein. Ich würde lieber … Darf ich mir das Auto ansehen? Vielleicht fehlt etwas … ich kann Ihnen helfen …«

Kincaid überlegte. »In Ordnung, aber fassen Sie nichts an! Die Spurensicherung war noch nicht da.«

Er führte ihn zu dem Toyota. Er hatte die Fahrertür geschlossen, nachdem er sie fotografiert und ihre Position notiert hatte. Jetzt öffnete er sie wieder.

»Haben Sie schon in den umliegenden Bars nachgefragt?« Quincys Stimme klang jetzt viel klarer, wie die eines Ermittlers im Dienst.

»Davon gibt's hier nicht allzu viele.«

»Und im Wald?«

»Die örtliche Polizei sucht gerade die nähere Umgebung ab.«

»Natürlich, die vielen Autos«, murmelte Quincy. Er zeigte auf das Handschuhfach. »Darf ich?«

Kincaid ging zur Beifahrerseite und öffnete das Fach mit seiner behandschuhten Hand. Er wusste bereits, was sich darin befand: eine Hand voll Servietten von McDonald's, vier Straßenkarten und das Autohandbuch mit den Zulassungspapieren. Er beobachtete Quincy, als dieser aufmerksam den Inhalt studierte.

»Was ist mit der Handtasche?«, fragte Quincy.

Kincaid hielt sie ihm gehorsam auf.

Quincy sah hinein. »Ihre Waffe«, sagte er schließlich. »Eine Glock Kaliber 40, Halbautomatik. Rainie hat sie normalerweise im Handschuhfach aufbewahrt, wenn sie sie nicht am Körper trug.«

»War sie immer bewaffnet, wenn sie unterwegs war?«

»Immer.«

»Wo waren Sie heute Nacht?«

»Ich bin um zweiundzwanzig Uhr ins Bett gegangen. Sie können Mrs Thompson fragen, die Pensionsinhaberin. Sie war unten im Erdgeschoss, als ich ins Haus kam.«

»Ist die Rezeption immer besetzt?«

»Nein.«

»Also könnten Sie später noch einmal das Haus verlassen haben, ohne dass es ihr aufgefallen wäre?«

»Ich habe kein Alibi, Sergeant. Nur mein Wort.«

Kincaid wechselte die Taktik. »Ist Ihre Frau oft mitten in der Nacht mit dem Auto unterwegs, Mr Quincy?«

»Manchmal, wenn sie nicht schlafen kann.«

»Auf dieser Straße?«

»Sie führt zum Strand. Rainie hört nachts gern dem Meeresrauschen zu.«

»Hat sie das auch am zehnten September gemacht, als sie wegen Trunkenheit am Steuer festgenommen wurde?«

Quincy schien nicht überrascht, dass Kincaid von der Festnahme wusste. Er sagte einfach: »Ich würde in den umliegenden Bars nachfragen.«

»Hat Ihre Frau ein Alkoholproblem, Mr Quincy?«

»Das fragen Sie sie besser selbst.«

»Klingt, als hätten Sie Probleme.«

Es war keine Frage, und der Profiler antwortete nicht.

»Was werden wir im Wald finden, Mr Quincy?« Kincaid sah ihn neugierig an,

»Ich weiß es nicht.«

»Was ist Ihrer Meinung nach passiert, hier auf dieser Straße mitten in der Nacht?«

»Ich weiß es nicht.«

»Sie wissen es nicht? Kommen Sie, Mr Quincy. Sie sind doch der geniale Profiler, der Experte für die Abgründe der menschlichen Seele.«

Quincy lächelte zum ersten Mal. Es ließ sein Gesicht noch düsterer erscheinen.

»Sergeant«, sagte er ruhig. »Offensichtlich kennen Sie meine Frau nicht.«

3

DIENSTAG, 4:45 UHR

Quincy wollte sich bewegen. Sein erster Impuls war, sich in das dichte Unterholz zu stürzen und verzweifelt nach seiner verschwundenen Frau zu schreien. Sein zweiter, sich Rainies Auto vorzuknöpfen, es auseinanderzunehmen, etwas zu suchen, irgendetwas: Eine Notiz. Kampfspuren. Den einen wundersamen Anhaltspunkt, der besagte: Rainie ist hier. Oder vielleicht: Deine Frau liebt dich immer noch.

Natürlich ließ das Sergeant Kincaid nicht zu. Kollegiale Höflichkeit hatte ihre Grenzen, wenn man der getrennt lebende Ehemann der Vermissten war. Also wurde Quincy hinter das Absperrband verbannt, wo er eine Zeit lang auf- und abtigerte und immer nasser, schmutziger und wütender wurde.

Schließlich setzte er sich wieder in sein Auto. Er saß auf dem schwarzen Ledersitz, starrte auf das schicke holzgemaserte Armaturenbrett und hasste plötzlich alles an seinem Auto.

Rainie wurde vermisst. Wie konnte er da in einer Luxuslimousine sitzen?

Er versuchte, das Geschehen draußen durch die Windschutzscheibe zu verfolgen, aber der heftige Regen beeinträchtigte die Sicht. Hin und wieder sah er im Wald eine Taschenlampe aufblitzen. Vier Deputys. Das war's. Nach Auskunft von Kincaid stammten sie alle von hier und hatten Erfahrung mit der Suche nach verschollenen Jägern; unter den momentanen Wetterbedingungen konnten sie nicht mehr tun. Sobald es dämmerte, würden sie natürlich Freiwillige holen und eine groß angelegte Such- und Rettungsaktion starten. Eine Einsatzzentrale einrichten, Suchhunde losschicken, die Wälder nach einer ausgeklügelten Rastermethode absuchen.

Vorausgesetzt, dass Rainie dann noch immer vermisst wurde. Vorausgesetzt, dass die vier Deputys, die jetzt mitten in der Nacht ziellos herumstolperten, nicht wie durch ein Wunder die sprichwörtliche Nadel im Heuhaufen fanden.

Rainie war weg. Ihre Waffe auch.

Er sollte seinen Kopf einschalten. Das war seine Stärke. Niemand konnte sich so gut in perverse Verbrecher hineinversetzen wie Pierce Quincy. Andere Leute besaßen ein Talent zum, sagen wir, Jonglieren. Er hatte dieses.

Er versuchte, seine Gedanken zu ordnen. Er dachte an frühere Entführungsfälle. An die verschiedenen Methoden, mit denen man naive Frauen in ihr Verderben locken konnte. Ted Bundy beispielsweise hatte gern eine Verletzung vorgetäuscht und seinen Arm in Gips gelegt, um sich von jungen Studentinnen seine Bücher tragen zu lassen. Der Ökokiller in Virginia, der es auf Barbesucherinnen abgesehen hatte, legte auf dem Parkplatz einen Nagel hinter den Hinterreifen ihres Autos. Dann musste er ihnen nur folgen, bis dem Reifen die Luft ausging. Hallo, junge Frau, kann ich Ihnen helfen?

Andere wiederum gingen blitzkriegartig vor. Trieben das Opfer in die Enge, überrumpelten es aus dem Hinterhalt. Es gab so viele Methoden, so viele Möglichkeiten. Mitten in der Nacht, auf einer einsamen, bewaldeten Straße, wäre es nicht schwer.

Aber Rainie war bewaffnet. Rainie wusste Bescheid. Rainie kannte die Tatortfotos auch.

Er unterbrach seinen Gedankengang und versuchte sich

vorzustellen – eine Theorie zu entwickeln –, was hier irgendwann nach zwei Uhr passiert war. Sein Gehirn weigerte sich schlichtweg. Noch gelang es ihm nicht, wie ein ausgebildeter Ermittler zu denken. Dazu war er noch zu sehr der schockierte, überforderte Ehemann.

Rainie war weg. Ihre Waffe auch.

Quincy schloss die Augen und legte die Stirn auf das Lenkrad.

Wie schon so oft in seinem Leben wünschte er sich, nicht so gut Bescheid zu wissen über all das, was jemand wie er am besten kennen musste.

DIENSTAG, DREI WOCHEN ZUVOR, 17:45 UHR

»Du bist so ruhig heute Abend.«

Seine Stimme riss sie aus ihrer Tagträumerei. Sie hob abrupt den Kopf und blinzelte. Dann erst drangen seine Worte zu ihr durch; sie lächelte schwach. »Ist das nicht normalerweise mein Satz?«

Er versuchte ebenfalls zu lächeln, während er das Wohnzimmer betrat, ohne ihr zu nahe zu kommen. Es hatte mal eine Zeit gegeben, da wäre er ganz selbstverständlich zu ihr ans Sofa gegangen. Er hätte sie auf die Wange geküsst, ihr vielleicht eine Haarsträhne hinters Ohr geschoben. Oder nicht mal das. Vielleicht hätte er sich einfach auf seinen Lieblingsplatz – den Lehnsessel neben dem Gaskamin – gesetzt, ein Buch aufgeschlagen und mit ihr geschwiegen.

Dieses Mal nicht.

»Woran denkst du?« Ihm gefiel nicht, wie seine Stimme klang.

»Ach, nur Arbeit.« Sie warf ihre Haare über die Schulter und stand auf. In Oregon war es im Oktober normalerweise warm und mild. Dieses Jahr hatte es aber so viel geregnet wie schon lange nicht mehr, und der endlose graue Nieselregen kroch einem kalt in die Knochen. Rainie hatte bereits ihre Wintersachen hervorgekramt. Sie trug einen ausgeleierten, cremefarbenen Zopfmusterpullover und ihre uralten Lieblingsjeans. Die Jeans betonten ihre langen, schlanken Beine. Der Pullover hob die rötlichen Reflexe in ihrem langen kastanienbraunen Haar hervor.

Quincy fand, dass sie wunderschön aussah.

»Ich muss los«, sagte Rainie.

»Du willst noch mal weg?«

»Ich treffe mich mit Dougie. Ich dachte, ich hätte es dir gestern Abend gesagt.«

»Du hast dich doch erst mit Dougie getroffen.«

»Das war am Dienstag, heute ist Donnerstag. Komm schon, Quince, ich habe dir von Anfang an gesagt, dass es viel Zeit in Anspruch nehmen wird.«

»Rainie …« Er wusste nicht, wie er es sagen sollte.

»Was?« Ihre Stimme klang ungeduldig, während sie, die Hände in die Hüften gestemmt, auf ihn zuging. Jetzt sah er ihre Füße. Nackt, keine Socken. Zehn unlackierte Zehennägel. Er war dem Untergang geweiht, dachte Quincy. Er liebte sogar die Zehen seiner Frau.

»Ich bin der Meinung, dass du nicht noch mal wegfahren solltest.«

Sie riss ihre blauen Augen weit auf und starrte ihn ungläubig an. »Du bist der Meinung, dass ich nicht noch mal wegfahren sollte? Was soll das denn heißen? Du bist doch nicht etwa eifersüchtig auf Dougie!«

»Ehrlich gesagt, habe ich so meine Probleme mit Dougie.« Sie wollte protestieren, aber er hob die Hand. »Aber ich weiß, dass Dougie nicht das eigentliche Problem ist.« Und da war es, als hätte er ein Streichholz angezündet.

Rainie entfernte sich mit fahrigen, aufgeregten Bewegungen von ihm. Sie nahm ihre Socken und Schnürstiefel vom Boden neben dem Sofa und setzte sich, um sie anzuziehen. »Lass es sein«, sagte sie bestimmt.

»Ich kann nicht.«

»Natürlich kannst du. Es ist ganz einfach. Sieh einfach ein für alle Mal ein, dass du mich nicht umkrempeln kannst.«

»Ich liebe dich, Rainie.«

»Lass den Scheiß! Wer liebt, akzeptiert, Quincy. Und du hast mich noch nie akzeptiert.«

»Ich glaube, wir sollten miteinander reden.«

Sie hatte ihre Socken angezogen und nahm einen Stiefel. Aber sie war so wütend – oder vielleicht auch traurig; es war Teil des Problems, dass er es nicht wusste –, dass sie sich mit den Schnürsenkeln schwertat. »Es gibt nichts zu reden. Wir sind am Tatort gewesen, wir haben gesehen, was wir gesehen haben, und jetzt bearbeiten wir den Fall so wie immer. Es war nur ein Doppelmord, um Himmels willen. Wir haben schon Schlimmeres gesehen.«

Es gelang ihr nicht, den Stiefel anzuziehen. Ihre Finger zitterten zu sehr. Schließlich stieß sie ihren linken Fuß hinein, ohne die Schuhbänder zu verschnüren. Mit dem anderen Stiefel machte sie es genauso.

»Rainie, bitte, ich will gar nicht so tun, als würde ich deine Gefühle verstehen …«

»Da, schon wieder. Ein Satz wie aus dem Seelenklempnerlehrbuch. Bist du mein Mann oder mein Therapeut? Gib's zu, Quincy – du kennst den Unterschied nicht.«

»Ich weiß, dass du über das, was passiert ist, sprechen musst.«

»Nein, muss ich nicht!«

»Doch, Rainie, musst du!«

»Zum letzten Mal, gib endlich Ruhe!«

Sie wollte mit flatternden Schnürsenkeln an ihm vorbeistürmen. Er packte sie am Arm. Sie warf ihm einen finsteren Blick zu. Er sah, dass sie kurz davor war, gewalttätig zu werden. Wenn sich Rainie in die Enge getrieben fühlte, konnte sie nur kämpfen. Ein Teil von ihm fasste es als gutes Zeichen auf, dass ihre Wangen endlich Farbe bekamen.

Der andere Teil spielte die einzige Karte aus, die er noch hatte.

»Rainie, ich weiß, dass du getrunken hast.«

»Das ist eine Lüge!«

»Luke hat mir von dem Strafzettel erzählt.«

»Luke ist ein Idiot!«

Quincy sah sie einfach nur an.

»Also gut, ja, ich hatte einen Drink.«

»Du bist Alkoholikerin. Du hast nicht nur einen Drink.«

»Entschuldige, dass ich ein Mensch bin. Ich bin gestrauchelt und habe mich wieder gefangen. Zwei Biere in fünfzehn Jahren sind kein Grund, die Polizei zu rufen.«

»Wo willst du heute Abend noch hin, Rainie?«

»Mich mit Dougie treffen. Das habe ich doch schon gesagt.«

»Ich habe heute Nachmittag mit ihm gesprochen. Er hat nichts davon erwähnt.«

»Er ist ein Junge, er ist durcheinander …«

»Er wusste auch nichts von Dienstagabend.«

Sie stutzte. Erwischt, in die Enge getrieben.

Ihr Gesichtsausdruck brach Quincy das Herz. »Rainie«, flüsterte er, »seit wann fällt dir das Lügen so leicht?«

Die Röte wich aus ihren Wangen. Sie sah ihn lange an, so lange, dass er begann, Hoffnung zu schöpfen. Dann kühlten ihre Augen zu einem sanften Grau ab, das er nur allzu gut kannte. Sie kniff den Mund zusammen.

»Du kannst mich nicht ändern, Quincy«, sagte sie ruhig, entzog ihm den Arm und ging.

DIENSTAG, 5:01 UHR

Quincy spähte aus dem Auto in die Dämmerung.

»O Rainie«, murmelte er. »Was hast du gemacht?«

4

DIENSTAG, 5:10 UHR

Special Agent Kimberly Quincy kam gern schnell aus den Startlöchern. Kurz bevor der Wecker klingelte, rollte sie sich um 5:00 Uhr aus jahrelanger Gewohnheit aus dem Bett. Um 5:45 Uhr war sie ihre zehn Kilometer gejoggt. Um 6:00 Uhr hatte sie geduscht und eine schicke schwarze Hose und ein cremefarbenes, figurbetontes Seidenoberteil angezogen. Ein Glas Orangensaft, Toast und Kaffee in der Küche, dann nahm sie ihre Jacke und machte sich auf den Weg.

Um 6:30 Uhr wurde der Morgenverkehr bereits dichter; es ging langsam voran, aber noch ohne Stau. In der Regel nutzte Kimberly die dreiviertelstündige Fahrt, um ihren Tag im Kopf zu planen. Heute Vormittag musste sie ein paar Recherchen erledigen, und das bedeutete, dass sie Formulare für die Rechercheanalysten ausfüllen musste. Das FBI bestückte seine Agenten mit den leistungsstärksten Schusswaffen der Welt, aber der Himmel mochte dem beistehen, der sich Zugang zu einem Computer verschaffen wollte.

Danach musste sie für ihren letzten Fall stapelweise Kisten durchsehen: Auf dem Kunstmarkt von Atlanta waren einige erstklassige Kunstfälschungen aufgetaucht. Kimberlys Team versuchte, ihren Weg über diverse Galerien und Händler zurückzuverfolgen und eine Verbindung zwischen den Stücken herzustellen.

Da sie bereits an zwei Serienmörderfällen beteiligt gewesen

war, hatte Kimberly einst die Hoffnung gehegt, gleich der Abteilung für Gewaltverbrechen oder, noch besser, der Einheit für Terrorismusbekämpfung und Spionageabwehr zugeteilt zu werden. Aber sie war nun mal eine Frau, und die Wirtschaftskriminalität blieb der bevorzugte Einstieg in die weibliche FBI-Karriere.

Die gute Nachricht war, dass es ganz danach aussah, als würde heute Nachmittag eine der Sonderkommissionen einem Straftäter einen Haftbefehl überreichen, und man hatte Kimberly gebeten, mitzukommen. Bei derartigen Aktionen war Verstärkung immer willkommen, und außerdem wäre es, wie ihr Vorgesetzter sie gern erinnerte, ein gutes Training für eine junge Agentin. Das würde den heutigen Tag also immerhin etwas interessanter gestalten.

Sie war jetzt seit zwei Jahren beim FBI, und Kimberly hatte langsam das Gefühl, sich einzuleben. Sie mochte Atlanta; die Stadt war jünger, hipper, als sie erwartet hatte, ohne dabei aber ihren altmodischen Südstaatencharme einzubüßen. Sie mochte das warme Wetter und die vielen naturverbundenen Aktivitäten, die hier an der Tagesordnung waren: Radfahren, Wandern, Joggen, Schwimmen. Und so wie's aussah, war sie auch bis über beide Ohren in Mac verliebt.

Sie waren jetzt seit zwei Jahren zusammen. Wer hätte das gedacht? Eine junge, ehrgeizige FBI-Agentin und ein etwas arroganter, aber sehr attraktiver Detective der Staatspolizei. Es war alles andere als eine konventionelle Beziehung. Sie hatte aufgehört zu zählen, wie viele gemeinsame Freitagabende oder Wochenenden sie in letzter Minute hatten absagen müssen. Sein Handy, ihr Handy. Einer von beiden wurde immer zu einem Einsatz gerufen.

Aber es funktionierte. Sie liebten beide ihre Arbeit und schätzten die gemeinsamen Momente zu zweit, die sie ergattern konnten. Apropos: Momentan war geplant, sich am Wochenende in Savannah zu treffen. Was hieß, dass jeden Augenblick garantiert einer von ihnen zu einem wichtigen Fall abbeordert wurde.

Kimberly war also gespannt, was diese Woche noch passieren würde.

Sie parkte das Auto, schenkte sich im Büro noch eine Tasse Kaffee ein und schlängelte sich an den Kistenstapeln vorbei hinter ihren Schreibtisch. Ihr kleines Fleckchen Paradies, wo sie schlechten Kaffee schlürfte und die gebräuchlichste Waffe eines FBI-Agenten zückte – einen Kugelschreiber.

Tatsächlich wurde sie erst um 8:00 Uhr das erste Mal gestört, als ihr Handy klingelte.

Sie sah die vertraute Nummer auf dem Display. »Hallo, Dad.«

Die Verbindung war schlecht. Starkes Rauschen, dann ein Knistern, dann ihr Name. »… Kimberly.«

»Dad, ich kann dich nicht hören.«

»Rainie … zwei Uhr heute Nacht … Staatspolizei …«

»Dad?«

»Kimberly?«

»Du musst woanders hingehen. Ich kann dich kaum hören.« Wieder Knistern und Rauschen. Dann zweimal Klick. Die Verbindung war unterbrochen. Kimberly sah verärgert auf ihr Handy. Da klingelte es erneut. Sie nahm das Gespräch sofort an.

»Hey, Dad.«

Kein Ton. Nichts.

Irgendwas stimmte nicht. Sie hörte Geräusche im Hintergrund. Etwas Gedämpftes, Rhythmisches. Ein Knirschen. Ein Tuckern. Fast wie ein fahrendes Auto.

»Dad?«, sagte sie stirnrunzelnd.

Schweres Atmen. Stöhnen. Ein Schlag.

Dann wieder das Atmen. Lauter. Schnell. Fast… wie jemand in Not.

»Hallo?«

Noch mehr weißes Rauschen. Kimberly gab sich Mühe, konnte aber keine einzelnen Geräusche identifizieren. Endlich kam sie auf die Idee, einen Blick auf ihr Display zu werfen. Es war nicht die Nummer ihres Vaters.

»Rainie?«, fragte sie überrascht.

Der Empfang wurde schlechter. Wieder das weiße Rauschen, dann Stille, dann der rasselnde Atem.

»Rainie, du musst lauter sprechen«, sagte Kimberly laut. »Ich höre nichts.«

Knacken, Rauschen, nichts.

»Rainie? Rainie? Bist du noch dran?«

Kimberly starrte frustriert auf ihr Handy, aber laut ihrer Anzeige war das Gespräch noch aktiv.

Schließlich setzte wieder das dumpfe weiße Rauschen ein.

Dann ein seltsames metallisches Pling.

Pling pling pling.

Pause.

Pling pling pling.

Pause.

Pling pling pling.

Dann war die Verbindung weg.

Kimberly klappte verärgert ihr Handy zu. Es klingelte sofort wieder. Dieses Mal war es ihr Vater.

»Wo bist du?«, fragte sie. »Der Empfang ist miserabel.«

»Auf einer Landstraße in der Nähe von Bakersville«, sagte ihr Vater.

»Du musst noch mal von vorn anfangen. Ich habe keinen Ton verstanden, weder von dem, was du, noch was Rainie gesagt hat.«

Schweigen.

»Du hast von Rainie gehört?« Die Stimme ihres Vaters klang eigenartig, angespannt.

»Gerade vor ein paar Sekunden. Sie hat von ihrem Handy aus …«

»Ihr Handy«, fiel ihr Quincy ins Wort. »Warum haben wir nicht an das verdammte Handy gedacht?«

Jetzt hörte Kimberly viele Geräusche. Eine Autotür wurde geöffnet und dann zugeschlagen. Ihr Vater rief nach einem Sergeant namens Kincaid.

»Dad, du machst mir Angst.«

»Sie wird vermisst.«

»Wer wird vermisst?«

»Rainie.« Er redete schnell, hastig, offenbar in Eile. »Man hat ihr Auto gefunden. Heute Nacht um zwei Uhr. Der Motor und die Scheinwerfer waren noch an. Ihre Handtasche lag auf dem Beifahrersitz. Aber keine Spur von ihrer Waffe. Oder ihrem Handy. Sprich, Kimberly. Sag mir jedes einzelne Wort, das sie gesagt hat.«

Jetzt kapierte Kimberly endlich. Das fahrende Auto, der keuchende Atem, die metallischen Geräusche. »Sie hat nichts gesagt, Dad. Aber sie hat mir ein Zeichen gegeben. Ich glaube … ich glaube, sie hat SOS signalisiert.«

Quincy erwiderte nichts. Das musste er auch nicht. Kimberly konnte sich denken, welche Bilder ihrem Vater durch den Kopf gingen.

Das Begräbnis ihrer Schwester. Das Begräbnis ihrer Mutter.

All die Menschen, die er geliebt hatte und die viel zu früh von ihm gegangen waren.

»Mac und ich kommen mit dem nächsten Flugzeug«, sagte sie knapp.

»Das musst du nicht …«

»Wir nehmen die nächste Maschine.« Dann sprang Kimberly auf und rannte ins Büro ihres Vorgesetzten.

5

DIENSTAG, 6:45 UHR

»Damit wir uns richtig verstehen: Ihre Tochter hat also einen Anruf über Lorraines Handy erhalten?«

»Richtig.«

»Aber nicht von Rainie. Nur von ihrem Handy.«

»Sie hat Rainies Stimme nicht gehört«, wiederholte Quincy, »aber sie hörte schweres Atmen, und es klang, als käme es aus einem fahrenden Auto. Dann hörte sie ganz deutlich eine Abfolge von metallischen Schlägen; für Kimberly klang es wie ein SOS-Signal.«

Sergeant Kincaid seufzte. Er stand unter der weißen Markise, die über Rainies Toyota gespannt war. Er hatte seit zwanzig Minuten fotografiert; jetzt skizzierte er die Position des Sitzes und der Spiegel und notierte den Stand des Kilometerzählers und der Tankanzeige. Dem Sergeant klebten die Haare am Kopf, und sein schwarzes Gesicht glänzte vor Nässe; ansonsten sah er genauso aus, wie er sich fühlte: Wie ein Mann, den man mitten in der Nacht aus seinem warmen Bett geholt hatte und der jetzt im Regen stand.

»Mr Quincy ...«

»Meine Tochter ist FBI-Agentin. Sie arbeitet seit zwei Jahren im FBI-Büro in Atlanta. Sergeant Kincaid, Sie werden doch nicht den Instinkt einer Kollegin gering schätzen.«

»Mr Quincy, ich würde sogar den Instinkt meines Captains gering schätzen, wenn er mir mit so einer Geschichte käme.

Sie wissen nur, dass Ihre Tochter einen Anruf von einem bestimmten Handy empfangen hat; Sie haben keinen Beweis, wer der Anrufer war.«

»Es ist Rainies Handy!«

»Es ist ein Handy! Handys werden verloren, fallen gelassen, verliehen. Herrgott noch mal, sogar mein acht Monate alter Sohn hat bereits einen Anruf von meinem Handy getätigt, indem er auf die Kurzwahltaste gedrückt hat. Das ist nicht schwierig.«

»Besorgen Sie sich die Verbindungsdaten«, sagte Quincy stur.

»Das werde ich im Zuge meiner Ermittlungen sicherlich tun. Außerdem werde ich auch die Festnetznummer und die Kontoauszüge Ihrer Frau überprüfen und herausfinden, was sie in den letzten vierundzwanzig Stunden getan hat. Ich mache das nicht zum ersten Mal!« Kincaid schien sich bewusst zu werden, wie schrill seine Stimme klang. Er holte tief Luft und atmete langsam aus. »Mr Quincy …«

»Ich mache das auch nicht zum ersten Mal«, sagte Quincy.

»Ja, ich weiß, Sie sind der Experte …«

»Meine ältere Tochter ist von einem Verrückten umgebracht worden, Sergeant Kincaid. Derselbe Mann hat danach meine Exfrau ermordet, und um ein Haar hätte es auch meine jüngere Tochter erwischt. Vielleicht passieren in Ihrer Welt solche Sachen nicht, in meiner schon.«

Kincaid atmete noch einmal tief durch. Quincy sah, dass ihm der Sergeant nicht glauben wollte. Was irgendwie auch verständlich war. Aber bei der Polizeiarbeit musste man immer mit allem rechnen. Und die Statistiken besagten, dass von den zweihunderttausend Erwachsenen, die jedes Jahr vermisst wurden, nur elftausend vermisst blieben, und dass von diesen elftausend wiederum nur dreitausendvierhundert gegen ihren

Willen entführt worden waren. Wäre Rainie ein kleines Kind oder eine Studentin gewesen, sähe das alles vielleicht etwas anders aus. Aber sie war eine erwachsene Frau und eine professionelle Ermittlerin, die zudem bewaffnet war.

Kincaid war hier, weil es zwei Möglichkeiten gab: Entweder hatte sich die vermisste – und möglicherweise betrunkene – Fahrerin des Fahrzeugs im Wald verirrt, oder die vermisste – und möglicherweise betrunkene – Fahrerin des Fahrzeugs hatte sich im Wald das Leben genommen.

Natürlich würde er in alle Richtungen ermitteln. Aber jede Ermittlung begann zwangsläufig mit einer Theorie. Kincaid hatte eine, Quincy hatte eine andere.

»In Ordnung«, sagte Kincaid zu Quincys Überraschung. »Sehen wir es einen Augenblick mit Ihren Augen. Sie glauben also, Ihre Frau wurde aus ihrem Auto verschleppt und entführt.«

»Ich würde diese Möglichkeit gern weiter verfolgen.«

»Wie? Wie Sie selbst gesagt haben, ist sie immer bewaffnet. Sie kennt sich gut mit Selbstverteidigungstechniken aus. Wenn Sie mich fragen, verschwindet so jemand nicht ohne Gegenwehr. Sehen Sie sich um, Mr Quincy. Sehen Sie hier Spuren eines Kampfes?«

»Erstens: Ich bin mir nicht hundertprozentig sicher, dass sie ihre Glock bei sich hatte. Normalerweise trug sie sie am Körper, aber wir müssten erst das Haus absuchen, um meine Annahme zu bestätigen. Zweitens: Zum jetzigen Zeitpunkt können wir nicht ausschließen, dass sie vielleicht getrunken hatte, was ihre Fähigkeit, sich selbst zu verteidigen, unter Umständen beeinträchtigte. Drittens: Sehen Sie sich um, Sergeant Kincaid. Welche Beweise sollten in diesem Schlammloch denn noch übrig sein?«

Kincaid runzelte die Stirn und musterte nachdenklich erst

den Schlamm und dann Quincy. Er schien endlich Gefallen an dem Spiel zu finden.

»In Ordnung. Wer würde so etwas tun? Wer hätte ein Motiv, Lorraine Conner zu entführen?«

»Sie meinen, außer ihrem getrennt lebenden Ehemann?«, fragte Quincy sarkastisch.

»Genau.«

»Rainie hat viele Fälle bearbeitet, als Deputy bei der Polizei von Bakersville, danach als Privatermittlerin und dann als meine Partnerin. Allein dadurch kam sie mit gewissen Personenkreisen in Kontakt.«

»Können Sie uns eine Namensliste geben?«

»Ich kann's versuchen. Ich würde auch Luke Hayes kontaktieren, den früheren Sheriff von Bakersville …«

»Den Vorgänger von Sheriff Atkins?«

»Luke schied aus privaten Gründen aus dem Amt aus«, sagte Quincy. »Ich habe Sheriff Atkins noch nicht kennengelernt, habe aber nur Gutes über sie gehört.«

»Mr Hayes sollte also willens sein, uns Geschichten aus der guten alten Zeit zu erzählen. Wie steht's mit aktuellen Fällen? Arbeitet sie momentan an einem brisanten Fall?«

Quincy schüttelte den Kopf. »Wir haben bei einem Zweifachmord in Astoria geholfen, aber hinter den Kulissen. Wenn der Verdächtige nervös wäre, würde er vielleicht den verantwortlichen Beamten ins Visier nehmen, aber nicht uns.«

»Moment mal. Reden Sie von dem Doppelmord in Astoria?«

»So viele kommen hier in der Gegend nicht vor.«

»Anfang August, richtig?« Und dann stellte Sergeant Kincaid unter Beweis, dass er wirklich intelligent war. »Die Verhaftung am zehnten September wegen Trunkenheit am Steuer«, murmelte er.

»Genau.«

Kincaid blickte in den Wald, hinüber in das undurchdringliche Dunkel jenseits der Reichweite der kräftigen Suchscheinwerfer. Wieder wusste Quincy, was der Sergeant dachte, weigerte sich aber nach wie vor, ebenfalls in diese Richtung zu denken. Andererseits hätte Quincy auch nicht vermutet, das Rainie wieder zu trinken anfangen würde. Also vielleicht wusste der Ehemann wirklich immer als Letzter Bescheid.

»Soweit ich weiß, gibt es in dem Fall keinen Verdächtigen«, sagte Kincaid knapp.

»Aufgrund unserer Analysen haben wir einen klaren Verdächtigen identifiziert. Aber wie ich zuletzt gehört habe, gibt es keine eindeutigen Beweise, um ihn zu überführen. Die Detectives lassen natürlich nicht locker. Zum jetzigen Zeitpunkt bin ich allerdings nicht optimistisch.«

»Scheiße«, murmelte Kincaid.

»Scheiße«, stimmte Quincy leise zu.

»Was ist mit den Fotos im Kofferraum?«, fragte Kincaid. »Das sieht nach einem höllischen Fall aus. Deputy Mitchell kotzt sich noch immer die Seele aus dem Leib.«

»1985. Das Gros unserer momentanen Arbeit besteht darin, alte Fälle wieder aufzurollen. Manchmal funktioniert es, manchmal nicht.«

»Wer einmal mordet, tut es wieder«, murmelte Kincaid. »Irgendwelche Mörder da draußen haben noch immer ein Interesse daran, nicht gefasst zu werden.«

»Stimmt, aber woher sollten sie von unserer Arbeit erfahren? Rainie und ich sind Consultants. Die meiste Zeit treten wir nicht offiziell in Erscheinung.«

Quincy hatte sein Handy aufgeklappt. Er versuchte es wieder auf Rainies Nummer. Es ging niemand ran. Aber es klingelte, also war es eingeschaltet. Vielleicht lag das Handy außer ihrer Reichweite.

Vielleicht war sie nicht in der Lage, danach zu greifen.

Er wollte nicht darüber nachdenken. Auch wenn Rainie ihm nie geglaubt hatte, aber der Astoria-Fall hatte auch ihm ziemlich zugesetzt.

»Was bleibt uns dann?«, fragte Kincaid. »Nach Ihren eigenen Worten hat es niemand auf Ihre Frau abgesehen.«

»Vielleicht. Aber Moment mal.« Quincy hob die Hand und runzelte die Stirn. »Erstens können wir ein Fremdverbrechen nicht ausschließen. Zweitens gibt es einen Anhaltspunkt. Rainie arbeitet seit Kurzem ehrenamtlich …«

»Ehrenamtlich?«

»Sie kümmert sich um Pflegekinder, vertritt sie vor Gericht. Es gibt da eine Organisation, bei der man Mitglied werden kann …«

Kincaid winkte ab.

»Ja, ja, ich habe davon gehört. Sie wollte also Kindern helfen.«

Kincaid nickte und bewies erneut, dass er zwischen den Zeilen lesen konnte. »Das ergibt Sinn.«

»Sie hatte bereits ihren ersten Schützling. Einen Jungen namens Douglas Jones. Douglas – Dougie – behauptet steif und fest, dass ihn sein Pflegevater schlägt. Seine Pflegeeltern sagen allerdings, dass er sich das alles nur ausdenkt, weil ihm ihr ziemlich strenger Erziehungsstil nicht passt. Ich sollte hinzufügen, dass Dougie bereits wegen Diebstahl, Tierquälerei und Brandstiftung auffällig geworden ist. Reizender Kerl.«

»Wie alt?«

»Dougie ist sieben.«

»Sieben?« Kincaid zog die Augenbrauen hoch. »Sie wollen, dass ich einen Siebenjährigen verdächtige?«

»Nein, nein«, sagte Quincy, fügte dann aber trocken hinzu: »Aber vielleicht ändern Sie Ihre Meinung doch noch. Rainie soll herausfinden, ob Dougie die Wahrheit sagt – in dem Fall würde sie ihn vor Gericht vertreten – oder ob er lügt – dann würde sie versuchen, zwischen ihm und seiner Pflegefamilie zu vermitteln. Der Vater ist Stanley Carpenter. Sechsunddreißig Jahre alt, arbeitet als Ladearbeiter in der Käsefabrik. Er hat es zu einer gewissen Berühmtheit gebracht, weil er eine halbe Palette mit Käse anheben kann.«

»Ein kräftiger Kerl.«

»Ein sehr kräftiger Kerl. Das ist interessanterweise auch sein Hauptargument zu seiner Verteidigung. Ein Mann von seiner Statur, der einen Jungen wie Dougie schlägt … Da würde man nicht mehr von Misshandlung reden. Das wäre dann ein Fall für den Gerichtsmediziner.«

Kincaid lachte.

»Das ist die verrückteste Verteidigung, die ich je gehört habe. Aber …«

»Sie ergibt Sinn.«

»Ja, sie ergibt Sinn.« Kincaid wandte sich nachdenklich zum Auto. Quincy holte erneut sein Handy heraus und wählte Rainies Nummer. Sie antwortete immer noch nicht, aber aus dem Wald hörte man auch kein Klingeln.

Eine leise Hoffnung keimte in ihm auf.

»Glaubt sie, dass er es ist?«, fragte Kincaid. »Dass dieser Stanley den Jungen schlägt?«

»Sie hatte ihre Zweifel. Möglich, dass sie ihn anzeigt, was für Stanley …«

»Nichts Gutes bedeuten würde.«

»Genau.«

»Und ein so kräftiger Kerl«, fuhr Kincaid fort, »könnte eine Frau wahrscheinlich auch gegen ihren Willen entführen, sogar eine ausgebildete Polizistin. Angenommen, sie hatte keine Waffe bei sich.«

»Angenommen, sie hatte keine Waffe bei sich.«

»In Ordnung«, sagte Kincaid abrupt. »Schluss jetzt. Bis der Regen aufhört, können wir hier nichts mehr tun. Wir verschwinden von hier.«

»Kann ich mitkommen?«

»Solange Sie in meinem Blickfeld bleiben und versprechen, nichts anzurühren.«

»Ich werde ein braver Junge sein«, versprach Quincy. »Wo fahren wir hin?«

»Die Waffe suchen, was sonst? Das ist doch der einzige Anhaltspunkt, den wir derzeit haben. Wenn wir die Waffe finden, wissen wir schon etwas mehr. Mit Ihrer Erlaubnis werden wir also jetzt Ihr Haus durchsuchen.«

6

DIENSTAG, 7:32 UHR

Als Quincy zu Kincaid ins Auto stieg, quälte sich die Sonne durch die dichte Wolkendecke, die den Tag nur als eine blassere Version der Nacht erscheinen ließ. Der ganze November schien bisher so gewesen zu sein, ein einziger, endloser Tag, dessen nicht endender Nieselregen hin und wieder durch ein sintflutartiges Gewitter unterbrochen wurde.

Quincy hatte sich noch nicht so recht an das Klima in Oregon gewöhnt. Er stammte aus Neuengland, wo man die klirrendste Kälte ertragen konnte, solange nur die Sonne schien. Ehrlich gesagt, konnte er nicht begreifen, wie die Menschen in Oregon die tief hängenden Regenwolken auf Dauer aushalten konnten. Rainie mochte diese grauen Tage, an denen sie es sich zu Hause so richtig gemütlich machen konnte. Er selbst hatte jedoch in letzter Zeit das Gefühl gehabt, mit dem Kopf gegen eine Ziegelwand anzurennen.

»Wann haben Sie und Rainie sich getrennt?«, fragte Kincaid vom Fahrersitz. Offenbar legte er keinen Wert auf Smalltalk.

»Ich bin vor einer Woche ausgezogen«, sagte Quincy knapp.

»Sie oder Rainie?«

»Offiziell bin ich derjenige, der gegangen ist.«

»Werden Sie die Scheidung einreichen?«

»Ich hoffe, dass es nicht dazu kommen wird.«

Kincaid grunzte skeptisch. »Paartherapie?«

»Im Augenblick nicht.«

»Mhm. Eine staatliche Pension, richtig?« – »Die habe ich, ja.« Quincy wusste, worauf Kincaid hinauswollte. Da Quincy als FBI-Agent die erforderlichen zwanzig Jahre im Dienst gewesen war, stand ihm eine Staatspension zu. Solche Rentenpläne gab es nicht mehr viele. Vor allem, weil die meisten FBI-Ruheständler jung genug waren, um nach ihrer Pensionierung im privaten Sektor zu arbeiten und sich mit dem zusätzlichen Einkommen noch eine zweite Rente anzusparen. ›Doppelt kassieren‹ nannte man das. Ja, für Quincy war es gut gelaufen. Daher das Auto, die Kleidung, das Haus.

»Eine Scheidung wäre teuer«, stimmte Quincy zu.

»Mhm«, sagte Kincaid wieder.

»Sie stellen immer noch nicht die richtige Frage, Sergeant.«

»Und die wäre?«

»Ob ich sie liebe.«

»Ob Sie sie lieben? Sie haben sie verlassen.«

»Natürlich habe ich sie verlassen, Sergeant. Mir fiel nichts anderes ein, um sie dazu zu bringen, mit dem Trinken aufzuhören.«

Sie hatten das Haus erreicht. Kincaid bog nach rechts in die Schotterauffahrt ab; die Reifen suchten knirschend Halt. Die Auffahrt war unpraktisch. Bei schlechtem Wetter war sie die Hölle. Im letzten Winter hatten Rainie und Quincy geschworen, sich darum zu kümmern. Sie teeren und planieren zu lassen, sobald es wärmer wurde.

Sie hatten den Plan nie in die Tat umgesetzt. Sie liebten ihr kleines Holzschloss am Ende der Auffahrt. Und auch wenn sie es nicht direkt so sagten, schätzten sie die Auffahrt als ihren persönlichen Burgwall. Nicht jedes Fahrzeug schaffte es bis zum Haus. Und schon gar nicht, ohne gehört zu werden.

Kincaid schaltete in einen niedrigeren Gang und gab Vollgas. Als sie den Hügelkamm erreichten, schreckten sie an der

Salzlecke, die Rainie im Garten aufgestellt hatte, ein Reh auf, das in den Wald flüchtete. Kincaid hielt neben einem Wall aus regennassen Farnen.

Bereits beim Aussteigen sah er Quincy mit hochgezogenen Augenbrauen an.

Quincy und Rainie hatten das Haus gerade erst vor einem Jahr entdeckt. Es war nicht groß, aber das im Craftsman-Stil gebaute Haus vereinte von allem das Beste: Ein riesiges Panoramafenster mit Blick auf die Berge. Ein aus lauter Giebeln und Mulden bestehendes Dach. Eine weitläufige Veranda mit zwei identischen Adirondack-Schaukelstühlen.

Rainie hatte den offenen Grundriss geliebt, die freigelegten Balken und den riesigen Steinkamin. Quincy schätzte die großen Fenster und vielen Oberlichte, durch die das einfallende schwache Licht an grauen Tagen optimal genutzt wurde. Das Haus hatte viel gekostet, mehr als sie wahrscheinlich hätten ausgeben sollen. Aber ein Blick, und sie hatten ihre Zukunft gesehen: Rainie mit einem Buch vor dem Kamin; Quincy im Arbeitszimmer, wo er seine Memoiren schrieb. Und ein Kind von noch unbekannter Nationalität, das in der Mitte des großen Wohnzimmers mit Bauklötzen spielte.

Sie hatten das Haus mit Hoffnung in den Herzen gekauft.

Quincy hatte keine Ahnung, was Rainie heute beim Anblick des Hauses durch den Kopf ging.

Er ging als Erster die Stufen hinauf zur Haustür, blieb dann stehen und ließ Kincaid am Türknauf drehen. Die Tür war abgeschlossen; Rainie hätte das Haus nie anders verlassen.

Schweigend holte Quincy den Schlüssel aus seiner Tasche. Kincaid schloss auf.

Die schwere Tür öffnete sich in den halbdunklen Eingangsbereich, und das Licht wanderte langsam über den mosaikverzierten Steinboden. Zur Linken befand sich eine Holztreppe mit einem roh gezimmerten Geländer. Zur Rechten tat sich das große, gewölbte Wohnzimmer mit dem Steinkamin auf, das in den Essbereich und die Küche überging.

Quincy nahm viele Dinge gleichzeitig wahr: die karierte Flanelldecke, die unordentlich vor dem Kamin lag; das aufgeschlagene Taschenbuch auf der Ottomane, mit den Seiten nach unten. Das leere Wasserglas, Rainies Laufschuhe, die graue Strickjacke über der Rückenlehne des jagdgrün bezogenen Sofas.

Das Zimmer war zwar unaufgeräumt, aber nichts deutete auf eine gewaltsame Störung hin. Es wirkte eher wie eine vorübergehend unterbrochene Bühnenszene – Quincy erwartete beinahe, Rainie mit einer Tasse Kaffee in der Hand und einem verdutzten Gesichtsausdruck aus der Küche kommen zu sehen.

»Was machst du denn hier?«, würde sie fragen.

»Dich vermissen«, würde er antworten.

Nur dass Rainie vielleicht keine Tasse Kaffee in der Hand haben würde, sondern ein Bier.

Kincaid betrat endlich das Wohnzimmer. Quincy folgte ihm, erleichtert, dass der Sergeant den Raum studierte und nicht seinen zweifelsohne emotionalen Gesichtsausdruck.

Im Wohnzimmer hatte sich Kincaid schnell umgesehen. Er schien das Buch, das Glas, die Laufschuhe zu bemerken. Dann ging er in die Frühstücksecke. Der Zettel lag noch auf dem Tisch.

Kincaid las ihn, sah Quincy an, las ihn noch einmal und ging dann wortlos in die Küche. Quincy war sich nicht sicher, ob das die Verletzung der Privatsphäre besser oder schlimmer machte.

Der Sergeant öffnete den Kühlschrank. Er blickte zu Quincy und öffnete die Tür so weit, dass Quincy den Sechserpack sah.

Quincy nickte. Im Kühlschrank war nicht viel Essbares, aber die Küche war aufgeräumt. In der Spüle standen ein Kaffeebecher und eine Müslischale. Die Ablagen waren sauber.

Rainie war noch nie die Superhausfrau gewesen, aber sie hielt eindeutig noch Ordnung. Bei einer Frau, die schon total verzweifelt war, hätte die Küche anders ausgesehen. Andererseits hatte Quincy einmal einen Fall gehabt, wo eine vierzigjährige Mutter von drei Kindern das Haus von oben bis unten blitzblank geputzt hatte, bevor sie sich im Bad erhängte. In ihrem Abschiedsbrief hatte sie ihrem Mann genaue Anweisungen hinterlassen, wie er die vorgekochten Mahlzeiten für ihn und die Kinder aufwärmen sollte. Die Frau – sie hatte ihre Antidepressiva abgesetzt – wollte niemandem Unannehmlichkeiten bereiten. Sie wollte nur nicht mehr leben.

Kincaid ging den Flur entlang ins Arbeitszimmer – eins der wenigen Zimmer, die mit einem Teppichboden ausgelegt waren, einem dicken Wollteppich, auf dem Quincy gern auf und ab marschierte, um an einer Formulierung zu feilen. Das hier war sein Reich, und obwohl er seit einer Woche nicht mehr hier gewesen war, roch er noch Spuren seines Aftershaves. Hatte Rainie in der letzten Woche diesen Raum betreten? Hatte sie es auch gerochen und an ihn gedacht?

Der Schreibtisch war leer geräumt, der schwarze Ledersessel an den Tisch gerückt. Der Raum machte jetzt schon einen verlassenen Eindruck. Vielleicht doch kein Raum für schöne Erinnerungen, sondern eine dunkle Vorankündigung dessen, was noch kommen würde.

Kincaid betrat den letzten Raum im Erdgeschoss: das Schlafzimmer.

Hier sah es unordentlicher aus. Die mit einem grün-, gold- und burgunderfarbenen Stoff bezogene Daunendecke lag am Fußende des Bettes. Die cremefarbenen Leintücher waren verknittert. In der Ecke lag ein Berg Schmutzwäsche. Es roch nach Schweiß und ungewaschenen Bettlaken.

Quincy, der Rainie besser kannte als sich selbst, brauchte nur hinzusehen, um zu begreifen, was sich hier in der Nacht abgespielt hatte. Die Bettdecke, die sie in einem Albtraum zurückgeworfen hatte. Der schief sitzende Lampenschirm, als sie nach dem Licht tastete.

Auf dem Weg ins Bad hatte sie Socken und Jeans beiseite gestoßen. Die Unordnung am Waschbecken, wo sie sich Wasser ins Gesicht gespritzt hatte, um den Traum zu vertreiben.

Aber es hatte nicht funktioniert. Zumindest hatte es das nicht, als Quincy noch hier gewesen war. Er hatte ihr von der Tür aus zugesehen, wenn sie sich das Gesicht rieb.

»Willst du reden?«

»Nein.«

»Muss ein schlimmer Traum gewesen sein.«

»Alle Albträume sind schlimm, Quincy.«

»Nach Mandys Tod hatte ich auch Albträume.«

»Und jetzt?«

»Jetzt ist es nicht mehr so schlimm. Jetzt wache ich auf, und du liegst neben mir.«

War das der Zeitpunkt, an dem sie anfing, ihn zu hassen? Weil er in ihrer Liebe Trost fand, sie in seiner aber scheinbar nicht?

Kincaid war im Badezimmer fertig. Er öffnete die Kommodenschubladen und inspizierte dann die Nachttische.

»Wo hat Rainie ihre Waffe aufbewahrt, wenn sie zu Hause war?«

»Wir haben einen Waffensafe.«

»Wo?«

»Im Arbeitszimmer.«

Quincy führte Kincaid zurück in den holzgetäfelten Raum.

Er deutete auf ein Bild an der Wand, ein Schwarzweißporträt eines kleinen Mädchens, das hinter einem Duschvorhang hervorspähte. Die meisten dachten, sie hätten das Bild vielleicht gekauft, weil das Mädchen mit der Zahnlücke so neckisch lächelte. In Wirklichkeit war es ein Foto von Mandy, als sie sechs Jahre alt gewesen war. Er hatte das Foto immer in seiner Geldbörse bei sich getragen. Vor Jahren hatte Rainie es für ihn vergrößern und rahmen lassen.

Manchmal, bei einem besonders schlimmen Fall wie zum Beispiel dem Astoria-Fall, setzte sich Quincy in sein Zimmer und starrte einfach nur das Foto seiner Tochter an. Dann dachte er daran, dass sie nie geheiratet, nie Kinder in die Welt gesetzt hatte, nie ihr Leben gelebt hatte, und die Trauer drohte ihn schier zu erdrücken.

Manche Leute glaubten, es gäbe im Himmel einen speziellen Ort für Kinder. Einen Ort, wo sie weder Krankheit, noch Schmerz oder Hunger erleiden müssen. Quincy war sich da nicht so sicher; sein schonungsloser analytischer Verstand tat sich schwer mit Glaubensfragen. Trafen die Kinder dort wieder mit ihren Eltern und Großeltern zusammen? Was war mit dem Neugeborenen, das verhungerte, weil seine Mutter sich eine Woche lang dem Suff hingab? Was mit dem Fünfjährigen, den sein Vater die Treppe hinuntergestoßen hatte? Gab es im Himmel auch Pflegeeltern?

Oder waren diese Kinder für alle Ewigkeit allein?

Quincy wusste keine Antworten auf diese Fragen. Er stand einfach nur jeden Tag auf und machte seine Arbeit. Weil er das nun mal tat.

Kincaid nahm Mandys Foto von der Wand. Der Safe war dahinter versteckt.

Quincy nannte ihm die Zahlenkombination. Kincaid öffnete den Safe, und sie inspizierten beide dessen Inhalt.

»Ich zähle drei Waffen«, sagte Kincaid mit einem Anflug von Triumph in der Stimme, aber Quincy sagte: »Sie ist nicht da.«

»Aber sehen Sie doch …«

»Alles Reservewaffen. Eine Kaliber 22, eine Kaliber 9 und mein alter Dienstrevolver. Rainies Glock ist nicht dabei.«

»Könnte sie die Waffe woanders hingelegt haben?«

»Nein. Unsere Abmachung lautet, die Waffe zu Hause in den Safe einzuschließen. Wir wollten es uns zur Gewohnheit werden lassen. Sie wissen schon.« Zum ersten Mal versagte Quincy die Stimme; er fing sich und ergänzte: »Wegen des Adoptivbabys.«

»Sie wollen ein Baby adoptieren?« Kincaid klang jetzt vollkommen perplex.

»Wir wollten, aber es wurde nichts daraus.«

»Warum nicht?«

»Aufgrund der Festnahme wegen Trunkenheit am Steuer. Dazu kamen noch ein paar andere Dinge aus Rainies Vergangenheit – und schon hat man eine emotional instabile Persönlichkeit.«

»Scheiße, Mann«, murmelte Kincaid.

»Na ja, das ganze Adoptionsprozedere soll ja auch nicht allzu einfach sein.«

»Aber Sie glaubten, ein Adoptivkind zu bekommen? Auch im September noch?«

»Wir hatten sogar schon das Bild des Kindes, Sergeant.«

»Scheiße.« Kincaid warf noch einmal einen Blick in den Safe und überlegte. Eine Ermittlerin mit einem Burn-Out-Syndrom nimmt sich, durch eine kaputte Ehe und eine misslungene Adoption überfordert, das Leben. Wie gesagt, in der Polizeiarbeit musste man so ziemlich mit allem rechnen.

»Wie dem auch sei«, versuchte Kincaid einzulenken. »Es

ist helllichter Tag, die Bedingungen bessern sich. Ich finde, es ist Zeit, die Hunde in den Wald zu schicken. Haben Sie sonst noch Familie?«

»Meine Tochter ist auf dem Weg hierher.«

»Gut, gut. Das ist wahrscheinlich das Beste.«

»Geben Sie sie noch nicht auf«, sagte Quincy angespannt. »Meine Frau war mal Polizistin. Sie hat etwas besseres verdient als ein weiterer unerledigter Fall auf dem Schreibtisch eines überarbeiteten Sergeants zu werden …«

»Jetzt aber mal halblang!«

»Ich habe auch Ressourcen, Sergeant. Ist Ihnen das noch nicht in den Sinn gekommen? Ein Wort, und ich kenne einige Leute, die mir einen Gefallen schulden. In dieser Stadt gibt es genug Menschen, die Rainie kennen und lieben und an sie glauben. Sie werden die Wälder durchsuchen, sie werden im Schlamm und Regen herumkriechen …«

»Hey, ich habe den Fall noch nicht aufgegeben!«

»Sie ziehen voreilige Schlussfolgerungen!«

»Als neutraler Außenstehender …«

»Sie kennen meine Frau nicht!«

»Ganz genau!«

Kincaid atmete schwer. Quincy auch. Die beiden Männer starrten sich lange an und warteten darauf, dass der andere nachgab.

Da klingelte Quincys Handy.

Er sah auf das Display und hob die Hand, um Kincaid zum Schweigen zu bringen.

»Ist es …?«

»Schsch. Es ist Rainie.«

7

DIENSTAG, 8:04 UHR

Hallo?«

Rauschen. Ein Biep. Dann ein Klick wie bei einer unterbrochenen Verbindung.

»Hallo?«, wiederholte Quincy ungeduldiger und umklammerte das Handy, bis seine Handknöchel weiß hervortraten.

Der Anruf war weg. Er fluchte und hätte das Telefon beinahe durch den Raum geschleudert, als es wieder klingelte. Er klappte das Handy auf, noch ehe der Klingelton verstummt war.

»... Morgenzeitung.«

»Rainie? Wo bist du?«

»Sie kann momentan nicht ans Telefon kommen.« Die Stimme klang verzerrt, wie durch einen Stimmverzerrer.

»Wer spricht da?«

»Lesen Sie die Morgenzeitung!«, sagte die Stimme.

»Hier spricht Ermittler Piercy Quincy. Ich suche Rainie Conner. Können Sie mir sagen, wo sie ist?«

»Lesen Sie die Morgenzeitung!«

»Ist sie bei Ihnen? Was wollen Sie?«

»Was alle wollen – Ruhm, Reichtum und einen leckeren Apfelkuchen. Auf Wiederhören.«

»Hallo? Wer sind Sie? Wo sind Sie?«

Aber der Anrufer war weg. Quincy wählte sofort Rainies Nummer, aber niemand antwortete.

»Wer war das? Was hat sie gesagt?« Kincaid stand neben ihm und wirkte ebenso aufgewühlt und ungeduldig wie Quincy.

»Es war ein Mann, glaube ich. Er muss einen Stimmverzerrer benutzt haben. Er sagte immer wieder, ich solle die Morgenzeitung lesen. Genau so. ›Lesen Sie die Morgenzeitung!‹ Schnell – Stift, Papier. Wir müssen es aufschreiben.«

Quincy durchsuchte seinen Schreibtisch, riss die Schubladen auf und stieß eine Schale mit Stiften um.

Kincaid suchte in einer anderen Schublade nach einem Notizblock. »Warum die Zeitung?«

»Keine Ahnung.«

»Welche Zeitung?«

»Ich weiß nicht. ›Lesen Sie die Morgenzeitung!‹ Das hat er gesagt. ›Lesen Sie die Morgenzeitung!‹« Quincy hatte endlich einen Stift in der Hand, konnte ihn aber kaum festhalten, so stark zitterte er. Zu vieles ging ihm durch den Kopf. Rainie ist entführt. Rainie ist verletzt. Rainie … So viele, noch weitaus schlimmere Gedanken.

Vor neun Jahren war Bethie am anderen Ende der Leitung gewesen. »Pierce, Mandy ist etwas passiert. Komm bitte, so schnell du kannst!«

Kincaid hatte einen Spiralblock gefunden und beförderte ihn mit einem Stoß über den Schreibtisch in Quincys Richtung.

Aber Quincy konnte nicht schreiben. Seine Finger konnten den Stift nicht halten, seine Hand brachte keine Worte aufs Papier. Noch nie in seinem Leben hatte seine Hand so stark gezittert. Und da passierte es – ein surrealer Augenblick, als würde er neben sich stehen und sich dabei zusehen, wie seine Hand, eine alte, dick gewordene Hand mit ersten Altersflecken, vergebens versuchte, einen Kugelschreiber zu halten.

Er fühlte sich ohnmächtig ausgeliefert. Seine Frau war entführt worden, und eine Schrecksekunde lang, in der ihm schier das Herz stehen blieb, wusste er nicht, was er tun sollte.

Kincaid nahm Quincy den Block weg. Der mitfühlende Blick des Sergeants war mehr, als Quincy zu akzeptieren bereit war.

»Sie reden«, sagte Kincaid. »Ich schreibe.«

Quincy fing von vorne an. Schließlich gab es nicht viel zu dokumentieren. Jemand, der Quincy mit verzerrter Stimme über Rainies Handy angewiesen hatte, die Morgenzeitung zu lesen, und der behauptete, sich Ruhm, Reichtum und einen Apfelkuchen zu wünschen. Alles in allem vier Sätze, sechsundzwanzig Wörter.

Sie begannen mit der ersten Instruktion: Lesen Sie die Morgenzeitung!

»Von hier«, sagte Kincaid.

»Was? Der Anruf? Der Empfang war nicht gut, aber er hätte von jedem Ort an der Küste anrufen können. Die Telefondaten werden uns nicht weiterhelfen – dort wird nur eine Verbindung zu meinem Handy aufgeführt sein.«

»Nein, nein, nicht der Anruf, die Zeitung. Sonst hätte er gesagt ›Morgenzeitungen‹, Plural. Aber er sagte ›Zeitung‹. Das ist konkret. Ich würde auf die *Bakersville Daily Sun* tippen.«

»Als ob hier täglich die Sonne scheinen würde«, murmelte Quincy sarkastisch. »Wir haben sie nicht abonniert. Aber …« Er überlegte kurz. »Vielleicht finden wir etwas im Netz.«

»Vergessen Sie's. Wir gehen direkt an die Quelle.«

»Kennen Sie dort jemanden?«

»Besser. Ich habe einen Pressesprecher. Wenn es sein muss, kann er den Eigentümer der Zeitung direkt anrufen.« Kincaid drückte zwei Tasten auf seinem Handy. Wenige Sekunden, nachdem er einen gewissen Lieutenant Mosley am Apparat hatte, gestikulierte er wie wild nach dem Notizblock.

»Haben wir einen Absender? Was steht auf dem Poststempel? Nein, nein, nein, auf keinen Fall anfassen. Ich schicke sofort zwei Forensiker und einen Daktyloskopen hin. Sorgen Sie dafür, dass jeder, der den Brief angerührt hat, von den anderen abgesondert wird, und wenn es sich dabei um den Zeitungsinhaber selbst handelt. Wir sind unterwegs.«

Kincaid klappte sein Handy zu und lief zur Tür; Quincy folgte ihm.

»Was ist los? Was hat er gesagt?«

»Ein Erpresserbrief. Die Redakteurin der Meinungsseite hat vor zwanzig Minuten unsere Presseabteilung informiert. Sie haben heute Morgen ein Schreiben mit der Post erhalten. Eine Frau sei entführt worden; sie lebend wiederzusehen würde zehntausend Dollar in bar kosten.«

»Wer ist der Absender?«

»Unklar.«

»Wann?«

»Der Poststempel ist von gestern.«

»Aber das ist unmöglich.« Sie waren am Auto. Kincaid stieg auf der Fahrerseite ein, Quincy ging um die Kühlerhaube herum zur Beifahrerseite.

»Ja und nein«, sagte Kincaid und ließ den Motor an. »Es ist unmöglich, dass der Mann Ihre Frau gestern Nachmittag entführt hat. Aber in dem Schreiben wurde die entführte Person nicht namentlich erwähnt.«

»Also doch ein Fremdverbrechen«, ergänzte Quincy. »Der Kerl wusste nicht, wen er entführen würde. Er wusste nur, dass er jemanden entführen würde.«

»Genau. Ein Gelegenheitsverbrechen.«

»Mit einer Berufspolizistin als Geisel?«

»Vielleicht war es sein Glückstag. Oder … Wir wissen noch nicht, wie er sein Opfer ausgesucht hat. Vielleicht«, sagte Kincaid leise, »war er in einer Bar gewesen.«

Quincy schwieg. Kincaid raste mit halsbrecherischer Geschwindigkeit die steile Auffahrt hinab. Quincy hielt sich am Armaturenbrett fest.

»Ein Brief ist jedenfalls schon mal ein gutes Zeichen«, sagte Kincaid. »Der Typ nimmt Kontakt auf, und jede Kontaktaufnahme liefert uns Informationen. Zuerst der Anruf auf Ihr Handy. Jetzt haben wir einen Umschlag, einen Brief und einen Poststempel. Wir brauchen nur ein bisschen Speichel von der Briefmarke oder der Kuvertlasche, und schon haben wir die DNA. Der Poststempel liefert uns geografische Daten. Dazu die Handschriftenprobe, und schon haben wir einen Verdächtigen. Das alles arbeitet zu unseren Gunsten.«

»Ich will, dass der Brief an das FBI-Labor geschickt wird.«

»Machen Sie mich nicht wütend.«

»Sergeant, bei allem Respekt …«

»Unser Urkunden- und Handschriftendezernat ist sehr gut, danke.«

»Das FBI-Labor ist besser.«

»Das FBI-Labor ist an der Ostküste. Wir würden allein wegen des Transports einen Tag verlieren. Wir können uns genauso gut hier um den Brief kümmern, und vor allem können wir gleich heute Nachmittag damit anfangen. Es ist Ihnen doch klar, dass es auf jede Minute ankommt.«

»Das tut es immer«, sagte Quincy knapp und blickte aus dem Fenster. »Immer.«

»Haben Sie jemals mit einem Polizisten vor Ort zusammengearbeitet, dessen Intelligenz Sie respektiert haben?«

»Nur im Falle der Frau, die ich geheiratet habe.«

Kincaid zog eine Augenbraue hoch. Er fuhr noch immer zu

schnell, schnitt die Kurven und fädelte sich im Slalom durch den Verkehr. Der Sergeant, dachte Quincy, muss mal ein großer Fan von Starsky & Hutch gewesen sein.

»Geben Sie mir eine halbe Stunde«, sagte Kincaid plötzlich. »Vielleicht ändern Sie dann Ihre Meinung.«

»Sie wollen meine Frau in der nächsten halben Stunde finden?«

»Nein, aber ich kann herausfinden, ob es tatsächlich der Verfasser des Erpresserschreibens war, der Ihre Frau entführt hat.«

»Wie?«

»Dem Brief lag eine Karte bei. Folgen Sie den Instruktionen, und Sie finden ein Lebenszeichen. Der Typ redet mit uns, Mr Profiler, und deshalb werden wir ihn schnappen.«

»Ich komme mit«, sagte Quincy sofort.

Kincaid grinste ihn an. »Daran habe ich nie gezweifelt.«

8

DIENSTAG, 8:33 UHR

Die Innenstadt von Bakersville, Oregon, war recht überschaubar – eine vier Häuserblocks umfassende Main Street mit diversen Familienunternehmen, von denen die meisten seit der Eröffnung des Wal-Marts am Stadtrand ums Überleben kämpften. Der karitative Orden der Elks unterhielt eine Loge in der jetzt hellblau gestrichenen ehemaligen Kegelbahn. Dann gab es da noch den Blumenladen an der Ecke, drei Häuser weiter ein Esslokal, einen Schreibwarenladen und einen kleinen JC Penney's. Die Geschäfte waren für die Einheimischen gedacht; die meisten Sommertouristen waren nur auf der Durchreise von den Stränden im Süden zur Tillamook-Käsefabrik im Norden.

Quincy konnte sich nicht erinnern, wann er das letzte Mal in der Stadt gewesen war, aber Kincaid schien sich auszukennen. Der Sergeant fuhr in einem rasanten Bogen um die Ecke und nahm die nächste in einer scharfen Rechtskurve. Und telefonierte dabei gleichzeitig mit seinem Handy. Er beorderte einen Detective zur *Daily Sun*, um das Erpresserschreiben sicherstellen zu lassen. Den Lieutenant bat er um Verstärkung.

Der Spurensicherung trug er auf, sich schleunigst zur Fundstelle des Autos aufzumachen. Und er kontaktierte Sheriff Atkins, die nach wie vor die Suchaktion leitete.

Schließlich hatte Kincaid wieder den Pressesprecher in der

Leitung, um sich von ihm über alle wichtigen Ansprechpartner bei der *Daily Sun* informieren zu lassen.

Polizeiarbeit war Management. Polizeiarbeit hieß, ein Dutzend Bälle gleichzeitig in der Luft zu halten, ohne Grenzen zu verletzen oder Vorschriften zu missachten. Es war lange her, dass Quincy mittendrin gesteckt hatte in einem Fall. Er spürte das Adrenalin durch seine Adern pumpen, das unverwechselbare erregende Prickeln, und hatte ein schlechtes Gewissen. Seine Frau war entführt worden, und er fühlte sich in die guten alten Zeiten zurückversetzt!

Kincaid klappte sein Handy zu. Zur Linken tauchte soeben ein zweistöckiges, mit einem Flachdach versehenes Bürogebäude auf, ein typischer Betonkasten aus den siebziger Jahren. Kincaid bog mit quietschenden Reifen auf den Parkplatz und quetschte seinen Chevy zwischen zwei Geländewagen. Willkommen bei der *Daily Sun*.

»Ich rede«, sagte Kincaid, während er aus dem Auto sprang. »Sie hören zu.«

»Wie viele Entführungsfälle haben Sie schon bearbeitet?«, fragte Quincy.

»Ach, halten Sie den Mund.« Kincaid steuerte auf das Gebäude zu.

Drinnen sah man auf den ersten Blick, dass etwas passiert war. Reporter, Redakteure und Assistenten, die eigentlich geschäftig ihren Aufgaben nachgehen sollten, drückten sich leise in der Lobby herum. Manche von ihnen hielten Aktendeckel vor der Brust. Aber die meisten gaben sich gar nicht erst Mühe, ihre Neugier zu verbergen. Alle wussten, dass etwas vorgefallen war, und warteten gespannt, was als Nächstes passieren würde.

Kincaid enttäuschte sein Publikum nicht. Der Sergeant stolzierte mit rausgestreckter Brust auf die Empfangsdame zu, mit gezückter Dienstmarke und einer Miene, die einem coolen TV-Detective Ehre gemacht hätte. »Sergeant Detective Carlton Kincaid. Ich muss mit Owen Van Wie sprechen, sofort.«

Van Wie war der Herausgeber des Lokalblattes. Er war heute Morgen umgehend informiert worden und hatte zum großen Ärger des Pressesprechers der Polizei bereits einen Anwalt hinzugezogen. Noch sicherte Van Wie der Polizei seine uneingeschränkte Kooperation zu. Mal sehen, wie lange noch.

Die Empfangsdame ging voran, und Kincaid nickte der versammelten Menschenmenge zu.

»Carlton?«, murmelte ihm Quincy ins Ohr.

»Ach, halten Sie den Mund.«

Die *Daily Sun* war eine Kleinstadtzeitung, und das sah man dem Büro des Herausgebers auch an. Ein kleiner, fensterloser Raum, ein Spalier von grauen, rein funktionellen Aktenschränken und ein total überladener Schreibtisch. Van Wie saß dahinter, und ihm gegenüber ein ebenfalls mit Anzug und Krawatte bekleideter Mann. Quincy tippte auf den Anwalt.

Da die Herren die einzigen Stühle im Raum besetzten, blieb Kincaid und Quincy nichts anderes übrig, als sich nebeneinander in die enge Türöffnung zu zwängen. Kincaid zückte seine Dienstmarke und stellte sie beide mit knappen Worten vor.

Quincy schüttelte zuerst Van Wie und dann dem Anwalt des Verlegers, Hank Obrest, die Hand. Der Anwalt trug einen Anzug von der Stange und eine billige Krawatte aus Polyester. Ein Provinzanwalt für das Provinzblatt, dachte Quincy. Wahrscheinlich waren die beiden zusammen zur Schule gegangen und seitdem die dicksten Freunde.

»Haben Sie das Schreiben?«, fragte Kincaid. Der Sergeant war definitiv kein Fan von Smalltalk.

»Ja, hier vor mir.« Van Wie zeigte auf zwei Blätter auf seinem Schreibtisch. Er und Obrest beäugten den Brief so misstrauisch wie eine Bombe, die jeden Augenblick explodieren könnte.

»Haben Sie den Umschlag aufgehoben?«

»Liegt direkt daneben. Cynthia, das ist die Redakteurin unserer Meinungsseite, hat ihn als Erste geöffnet. Mit einem Brieföffner, fein säuberlich aufgeschlitzt. Keine Ahnung, ob Ihnen das hilft oder nicht.«

Kincaid holte ein Taschentuch aus seiner Jackentasche und zog die beiden Blätter zu sich heran. Quincy versuchte, ebenfalls einen Blick auf das Schreiben zu werfen, aber Kincaids Schultern hinderten ihn daran.

»Wer hat es noch angefasst?«, fragte Kincaid.

»Die Postabteilung« – Van Wie zählte die einzelnen Personen an den Fingern ab – »Jessica, sie sortiert die Post. Und wahrscheinlich Gary, Cynthias Assistent.«

»Wir brauchen ihre Fingerabdrücke zum Abgleich.«

»Das ist bestimmt kein Problem«, gab der Herausgeber zurück.

»Bestimmt nicht«, sagte Kincaid mit Nachdruck.

Quincy beugte sich nach links, nahm seinen Kugelschreiber aus der Brusttasche und schob die Blätter so zurecht, dass er sie lesen konnte.

Der Brief war auf billiges weißes Kopierpapier gedruckt, normales DIN-A-4-Format. Keine Kopf- oder Fußzeilen. Als Anschrift war nur die Adresse der Zeitung aufgeführt.

Sehr geehrte Redaktion,
Sie kennen mich nicht. Ich bin nicht von hier. Aber ich kenne diese Stadt. Letzte Nacht habe ich eine Frau entführt, die hier lebt. Keine Angst. Ich bin kein Perverser.

Ich will Geld. 10 000 Dollar in bar. Sie werden die Frau lebend zurückbekommen. Ich meine es ernst. Ich arbeite professionell. Befolgen Sie die Anweisungen, dann wird alles gut. Wenn nicht, dann wird die Frau sterben.
Anbei finden Sie eine Karte, die Ihnen zeigt, wo Sie ein Lebenszeichen finden können. Finden Sie das X bis 12 Uhr Mittag nicht, wird die Frau sterben.
Missachten Sie diesen Brief, wird die Frau sterben. Denken Sie daran, ich stehe zu meinem Wort.

Mit freundlichen Grüßen
Der Fuchs

Quincy las das Schreiben dreimal. Dann schob er es behutsam zur Seite. Auf dem zweiten Blatt, ebenfalls billiges weißes Büropapier, war eine einfache, mit dickem blauem Filzschreiber gemalte Zeichnung, auf der ein X eingetragen war.

Quincy hatte sich ursprünglich eine komplizierte Karte vorgestellt. Eine Karte, die bestätigen sollte, dass der Entführer alles unter Kontrolle hatte, mit genauen Anweisungen für die Polizei.

Stattdessen erinnerte die Karte in ihrer Einfachheit an eine Cartoonzeichnung. Nach Verlassen des Redaktionsgebäudes nahm man die 101 in Richtung Süden und bog erst links, dann rechts ab, bis man zu einem Friedhof in der Nähe des Luftfahrtmuseums von Tillamook kam. Amateurhaft. Pubertär. Aber auch genial. Der Friedhof lag etwas abgelegen, sodass es niemandem auffallen würde, wenn sich dort nachts ein Mann herumtrieb. Und dennoch war die Ortsangabe konkret genug, sodass es der Polizei nicht schwerfallen dürfte, das »Lebenszeichen« zu finden.

Quincy las das Schreiben noch einmal. Und dann noch einmal.

Die eisige Kälte, die sich in seinem Magen breit machte, gefiel ihm gar nicht.

Kincaid inspizierte den Umschlag. »Als Absender sind hier die Initialen W. E. H. und eine Adresse in Los Angeles angegeben«, murmelte der Sergeant. »Will er damit beweisen, dass er nicht von hier ist?«

»Möglich.«

»Aber der Poststempel ist von Bakersville, also hat er den Brief hier abgeschickt.«

Es klopfte an der Tür. Detective Ron Spector vom Bezirksbüro der OSP. Kincaid ging hinaus, um sich mit Spector im Flüsterton im Flur zu unterhalten.

Quincy sah noch einmal auf die Karte. Er hätte sich am liebsten gleich zur Tür hinausgestürzt, um zum Luftfahrtmuseum zu fahren und – ausgerechnet auf einem Friedhof – nach einem Lebenszeichen zu suchen. Aber seine rationalere, analytische Hälfte wusste, dass ein Ermittler nie überstürzt handeln durfte. Das Erpresserschreiben selbst war eine wahre Fundgrube mit Informationen, die man besser nicht missachtete. Aus den Formulierungen ließ sich einiges ableiten. Genau wie aus dem Papiertyp, der verwendeten Druckertinte, den Fingerabdrücken auf dem Papier, dem Speichel auf der Kuvertlasche. Ein Detective müsste den Absender überprüfen. Quincy selbst wollte die Initialen recherchieren – W. E. H.; irgendwie kamen sie ihm bekannt vor.

Hatte er sie schon mal gesehen? Kannte er die betreffende Person?

Es fehlten noch so viele Teile des Puzzles. Sie mussten die umliegenden Hotels und Motels nach alleinreisenden Männern zwischen zwanzig und vierzig abklappern. Sie mussten herausfinden, was Rainie als Letztes getan hatte und wer sie möglicherweise gesehen hatte. War sie in einer Bar gewesen? Hatte sie noch immer ihre Waffe bei sich?

Quincy stutzte. Ging man von einer Zufallstat aus, dann war dem Kidnapper vielleicht nicht klar, dass er eine Polizistin entführt hatte … Es war Rainie immerhin gelungen, an ihr Handy zu kommen. Was war mit ihrer Waffe?

Quincy war seltsamerweise nicht wohl bei dem Gedanken. Einerseits hätte Rainie vielleicht eine Chance, ihrem Entführer zu entkommen, solange sie die Waffe bei sich hatte. Andererseits hatte er im Laufe der Jahre schon oft mit Mördern zu tun gehabt, deren Mordlust durch den Widerstand des Opfers erst so richtig angestachelt wurde. Sie hat sich gewehrt, also habe ich sie umgebracht. Für manche Männer war es wirklich so einfach.

Kincaid war zurückgekommen und informierte Van Wie, dass ab jetzt Detective Spector für die Abwicklung bei der *Daily Sun* zuständig sein würde. Dann nahm Kincaid die beiden Blätter vorsichtig mit dem Taschentuch an sich. Detective Spector sollte die Originale bekommen, um die Beweismittelkette zu wahren. Aber Kincaid und Quincy brauchten für ihre Arbeit eine Kopie des Schreibens.

Kincaid signalisierte Quincy, ihm über den Flur zu folgen.

»Was halten Sie davon?«, fragte Kincaid auf dem Weg zum Kopiergerät.

»Einfach, aber clever«, sagte Quincy.

»Einfach, aber clever? Kommen Sie, Mr Profiler. Für das Schweinegeld, das Sie verdienen, können Sie doch bestimmt mehr als das.«

»Ich will eine detaillierte Dokumentenanalyse des Schreibens«, sagte Quincy abrupt. »Das Papier muss auf Druckrillen untersucht werden. Können Ihre Leute das?«

»Sie stehen in dem Ruf, kompetent zu sein.«

»Werden Sie die Analyse in Auftrag geben?«

»Auch ich stehe in dem Ruf, kompetent zu sein.«

»In Ordnung.« Quincy ging nicht auf Kincaids Sarkasmus ein. »Meiner Meinung nach lügt der Verfasser des Schreibens. Meiner Meinung nach will er uns etwas vormachen, was nicht stimmt.«

»Aha, ihr erster Gedanke ist also totale Paranoia. Wer hätte das gedacht?«

»Er behauptet, er sei professionell. Er behauptet, es gehe ihm ums Geld. Aber haben Sie jemals gehört, dass es dem Erpresser egal ist, wen er als Opfer nimmt? Er hätte in dieser Gegend genauso gut jemanden entführen können, der seiner Lösegeldforderung nicht nachkommen kann.«

»Zehntausend Dollar sind nicht so viel Geld«, protestierte Kincaid.

»Ganz genau«, sagte Quincy. »Warum zehntausend Dollar? Das ist nicht viel Geld, um dafür einen Menschen als Geisel zu nehmen.«

»Er muss einen Betrag nennen, der realistisch ist. Sie haben es selbst gesagt – das hier ist nicht die wohlhabendste Ecke von Oregon. Außerdem – verstehen Sie mich nicht falsch – für viele von uns sind zehn Riesen kein Pappenstiel.«

Quincy zuckte mit den Achseln. »Warum bringt er die Polizei ins Spiel? In den meisten Erpresserbriefen steht doch ausdrücklich, dass die Polizei auf keinen Fall informiert werden darf. Für jemanden, der nur mal schnell zehn Riesen kassieren will, macht er sich das Leben unnötig schwer.«

»Aber bei seiner Vorgehensweise hat er keine andere Wahl. Ohne unsere Bestätigung, dass es sich um ein Erpresserschreiben handelt und dass es ein Lebenszeichen der Geisel gibt, würde die Familie der Entführten das Schreiben nicht ernst nehmen. Und dann würde Señor Fuchs kein Geld sehen.« Kincaid hatte die beiden Blätter kopiert. Dann legte er den Umschlag auf die Glasscheibe. »Jetzt sage ich Ihnen, was ich denke. Punkt eins – ich stimme Ihnen sogar zu. Das Schreiben ist eine einzige Lüge. Aber in einem bin ich nicht Ihrer Meinung. Sie glauben, er lügt, weil er was ganz Übles im Schilde führt. Ich glaube, er lügt, weil er ein blutiger Anfänger ist.«

»Aha, Ihr erster Gedanke ist also ganz banale Dummheit.« Quincy spreizte die Hände. »Wer hätte das gedacht?«

»In Ordnung, hören Sie zu. Unser Kerl braucht Geld. Also gehe ich davon aus, dass er nicht allzu intelligent ist und sich im Leben etwas schwer tut. Für so jemanden sind zehn Riesen ein Haufen Kohle. Vielleicht hat er Spielschulden.« Kincaids Blick war vielsagend; entlang der Küste gab es jede Menge Spielkasinos und damit auch die bekannten Probleme: illegales Glücksspiel, Kreditwucher, Alkoholismus. »Oder einen neuen Geländewagen, den er abbezahlen muss. Keine Ahnung. Tatsache ist, dass zehn Riesen für den Typen genug sind, besonders für einen Tag Arbeit.«

»Einen Tag Arbeit?«

»Ja, was mich zum zweiten Punkt bringt. Unser Täter ist nicht gewieft genug für eine große Aktion. Er braucht etwas Einfaches und Schnelles. Also: Anstatt sich gezielt eine Geisel auszusuchen, ihr tagelang nachzustellen, um herauszufinden, wo er sie am besten entführt, zu Hause oder am Arbeitsplatz, entscheidet er sich für ein Gelegenheitsverbrechen. Ein leichtes Opfer. Wie beispielsweise eine Frau, die etwas getrunken hat und mitten in der Nacht am Straßenrand anhält. Da er über die Frau nichts weiß, stellt sich natürlich die Frage, wie er Kontakt aufnehmen kann. Ganz einfach – über die Lokalzeitung. Vielleicht waren wir nicht schnell genug – keine Ahnung –, also beschließt er, direkt mit uns Kontakt aufzunehmen. Es ist immer noch relativ einfach. Er hat das Handy des Opfers, er benutzt einen Stimmverzerrer, den man heutzutage in jedem Elektroladen kaufen kann. Zack, fertig. Wenn er jemals einen Krimi gesehen hat, weiß er, dass er als Erstes ein Lebenszeichen vorweisen muss. Da er sich das alles mehr oder weniger spontan ausdenkt, stellt sich wieder die Frage: Wie mach ich es am besten? Hey, ich hab's, ich vergrab's auf einem Friedhof. Das erfüllt seinen Zweck, außerdem hat er noch seinen Spaß dabei, sich vorzustellen, wie ein guter, attraktiver State Detective verzweifelt bemüht ist, keine Knochen auszubuddeln. Ich werde weiß Gott meinen Spaß dabei haben. Dann lässt sich der Entführer ein paar Fristen einfallen, weil er es sich nicht leisten kann, die Sache in die Länge zu ziehen. Er schickt den Brief vor siebzehn Uhr ab, damit man uns am nächsten Tag gleich frühmorgens verständigt. Jede Wette: Wir fahren zum Friedhof und finden dort die Instruktionen, wo wir das Lösegeld in, sagen wir, ein, zwei Stunden abgeben sollen. Wahrscheinlich hat er uns noch eine Karte gemalt. Stecken Sie das Geld unter Grabstein A, finden Sie die Frau bei Baum B. Schnell, sauber und kein schlechter Weg, um sich mal eben zehn Riesen zu verdienen.« Kincaid nahm den Umschlag und die Kopien und schloss den Kopierer. »Jetzt habe ich eine Frage an Sie: Haben Sie zehn Riesen?«

»Ja.«

»Würden Sie sie bezahlen, um Ihre von Ihnen getrennt lebende Ehefrau zurückzubekommen?«

Quincy zögerte keine Sekunde. »Ja.«

»Sehen Sie. Es wird ein guter Tag werden. Gehen wir auf Fuchsjagd.«

»Ich glaube nicht, dass es ihm ums Geld geht«, insistierte Quincy ruhig.

»Wieder Ihre Paranoia?«

»Vielleicht. Aber ich weiß etwas, was Sie nicht wissen.«

»Und das wäre, Mr Profiler?«

»Ich weiß, wer der Fuchs ist.«

9

DIENSTAG, 9:45 UHR

Dougie war draußen im Wald. Dougie war immer draußen im Wald. Regen, Wind, Kälte – all das machte ihm nichts aus. Draußen zu sein war gut. Draußen waren Bäume und Fichtennadeln und grüne Moospolster, die sich schön anfühlten, aber nicht immer gut schmeckten. Heute Morgen hatte er schon drei verschiedene Arten Moos probiert. Eine hatte nach Erde geschmeckt, die nächste nach Baumrinde, und die dritte hatte ihn so komisch am Gaumen gekitzelt.

Davon hatte er nichts mehr gegessen.

Jetzt buddelte Dougie einen verfaulten Baumstamm aus. Der riesige Baumstamm war wahrscheinlich vor ewigen Zeiten umgefallen, auf alle Fälle schon vor Dougies Geburt. Jetzt hatten sich interessante Pilzgewächse darauf angesiedelt und Unmengen von Insekten. Dougie hatte einen Stock, mit dem er grub und grub und grub. Je tiefer er grub, umso interessantere Insekten kamen zum Vorschein.

Dougie war sieben Jahre alt. Das hatte man ihm zumindest gesagt. Er erinnerte sich nicht an seinen Geburtstag. Vielleicht irgendwann im Februar. Seine erste »Zweitfamilie« hatte sich ein Datum für ihn ausgedacht, seinen »Willkommenstag«. Das war im Februar gewesen, und er hatte Kuchen und Eiskrem bekommen.

Seine erste Zweitfamilie war ganz okay gewesen. Wenigstens konnte er sich an nichts Schlimmes erinnern. Aber eines Tages war die Dame in dem lilafarbenen Kostüm gekommen und hatte ihm befohlen, seine Tasche zu packen. Er würde zu einer zweiten Zweitfamilie kommen, hatte sie gesagt, er brauche aber keine Angst zu haben, die würden ihn auch liebhaben.

»Dougie«, hatte die Frau in dem lilafarbenen Kostüm leise gesagt, nachdem sie das Haus verlassen hatten. »Du darfst nicht mit Zündhölzern spielen; das macht die Leute nervös. Versprich mir, keine Streichhölzer mehr!«

Dougie hatte es achselzuckend versprochen. Während hinter ihnen die Garage seiner ersten Zweitfamilie in Schutt und Asche lag.

Die zweite Zweitfamilie hatte weder Geburtstage noch Willkommenstage gefeiert. Bei denen wurde überhaupt nichts gefeiert. Seine neue Mutter hatte ein strenges, verhärmtes Gesicht. »Müßiggang ist des Teufels Ruhebank«, sagte sie immer, bevor sie ihm befahl, den Boden zu schrubben oder das Geschirr zu spülen.

Dougie hasste Hausarbeit. Hausarbeit bedeutete, drinnen zu sein, und Dougie war nicht gerne drinnen. Er wollte draußen sein. Im Wald. Wo es nach Erde und Bäumen duftete. Wo ihn keiner komisch ansah oder hinter seinem Rücken über ihn tuschelte.

Er hatte es drei Wochen bei seiner zweiten Zweitfamilie ausgehalten. Dann hatte er gewartet, bis alle im Bett waren, war zum Kamin geschlichen und hatte sich mit den großen langen Streichhölzern prächtig amüsiert. Die Dinger brannten wirklich klasse.

Er erinnerte sich noch an den geschockten Gesichtsausdruck seiner neuen Mama, als sie aus dem Schlafzimmer gerannt kam. »Riecht's hier nach Rauch? Du lieber Himmel, ist das ein Feuer? Dougie! Was hast du getan, du Ausgeburt der Hölle!«

Seine zweite Zweitmutter schlief nackt. Sein zweiter Zweitvater auch. Die Feuerwehrleute hatten sich das Schmunzeln nicht verkneifen können. Dann entdeckten sie ihn in der Krone der riesigen Eiche, wo er das Knistern und Knacken und Knallen des brennenden Hauses hören konnte. Sie zeigten mit dem Finger auf ihn und starrten ihn an.

Danach war er in ein Heim für Jungen gekommen. Eine, wie es hieß, Erziehungsanstalt für »schwer erziehbare Kinder und Jugendliche«. Aber dann tauchte die Frau in dem lilafarbenen Kostüm wieder auf. Dougie sei zu jung für so eine Einrichtung, hatte er sie sagen hören. Dougie habe noch eine Chance.

Dougie wusste nicht, was das bedeutete. Er packte einfach seine Tasche und ging mit zum nächsten Zuhause. Dieses Mal war es ein Haus in Stadtnähe. Kein Wald, kein Park, nicht einmal ein anständiger Garten. Für Dougie hatte das winzige Haus, in dem es nur so wimmelte von neuen Geschwistern, die aber überhaupt keine Geschwister waren, sondern nur Kinder, die sich hassten, einzig und allein einen Vorteil: Es lag nur einen Straßenzug von einem kleinen Tante-Emma-Laden entfernt.

Dougie lernte klauen. Wenn sie ihm schon alle Streichhölzer wegnahmen, war Klauen die zweitbeste Lösung. Er fing klein an. Schokoriegel, Kaugummi, die kleinen Pfennigbonbons in den unteren Regalen. Sachen, die niemand so richtig wahrnahm. Als er das erste Mal seine Beute mit nach Hause brachte, wurde sie ihm von einer seiner »Schwestern« weggenommen. Als er protestierte, verpasste sie ihm eine aufs Auge. Dann saß sie vor ihm und aß alle seine Bonbons auf, während sein Auge zuschwoll.

Dougie hatte seine Lektion gelernt. Er entdeckte einen losen Ziegelstein in der Rückwand der Tankstelle, unter dem er seine Beute verstecken konnte. Es war gut, eigene Vorräte zu haben. Manchmal knurrte ihm der Magen, wenn er sie nur anschaute. Hunger war nicht gleich Hunger, und sogar Dougie selbst begriff, dass er hungriger war als die meisten.

Eines Tages erwischte ihn der Ladenbesitzer und zog ihm die Ohren lang. Dougie schrie und rückte die Lakritzstangen und Apfeltaschen raus, die seine Taschen ausbeulten. »Ich tu's nie wieder«, versprach er und wischte sich mit dem Handrücken über die Nase. Dabei fielen ihm noch mehr Süßigkeiten aus dem Jackenärmel.

Und das war das Ende von Zuhause Nummer drei.

Die Frau in dem lila Kostüm beschloss, dass Dougie mehr Aufmerksamkeit brauchte. Eine Familie mit so vielen Kindern war nicht das Richtige für Dougie. Er brauchte ein Zuhause, wo man sich mehr um ihn kümmerte. Am besten eines mit einer positiven männlichen Bezugsperson.

Dougie kam also in sein viertes Zuhause, wo man ihn ganz aufgeregt seinem neuen »großen Bruder«, dem zehnjährigen Derek, vorstellte. Derek war bei den Pfadfindern, Derek spielte Football, Derek war ein »toller Kerl« und würde einen guten Einfluss auf Dougie ausüben.

Derek hatte gewartet, bis alle zu Bett gegangen waren, und dann Dougie das Haus gezeigt.

»Siehst du den Stuhl da, Kleiner? Das ist mein Stuhl.« Ein Schlag in die Magengegend.

»Siehst du den Ball, Kleiner? Das ist mein Ball.« Drei Finger in die Niere.

»Siehst du diese Xbox? Das ist meine Xbox.« Ein Karatehieb in den Nacken.

In diesem Haushalt hatte Dougie es länger ausgehalten. Hauptsächlich, weil er Angst hatte, nachts sein Bett zu verlassen. Aber eines Tages verbrachte Derek das Wochenende bei seiner Großmutter. Dougie stand um ein Uhr nachts auf.

Er fing mit dem Schlafzimmer an. Er zog Dereks Laken ab, nahm Dereks Anziehsachen aus der Kommode, Dereks Spielsachen aus dem Schrank. Er nahm den Stuhl. Den Ball. Die Xbox.

Im Garten warf er alles auf einen Haufen. Und da er ja jetzt mehr Erfahrung hatte, holte er den Benzinkanister. Ein kleiner Funke und zisch!

Dougie büßte beide Augenbrauen und seine Ponyfransen ein. Er wurde umgehend von der Frau in dem lila Kostüm abgeholt, die sich schwer damit tat, ein Kind anzuschreien, dem alle Gesichtshaare versengt waren und das folglich einen permanent erstaunten Gesichtsausdruck zur Schau trug.

Jetzt stecke er in GROSSEN SCHWIERIGKEITEN. Das würde in seine AKTE aufgenommen werden. Jetzt würde ihn niemand mehr haben wollen. Ob er sich denn keine FAMILIE wünsche? Ob er denn keine CHANCE mehr wolle? Wie KONNTE er bloß?

Er konnte, weil er es tat, und er würde es wieder tun. Das wusste er. Die Frau in Lila wusste es auch. Dougie mochte das Feuer. Es gefiel ihm, wenn das Streichholz aufflammte. Es gefiel ihm, wenn die Flamme das Holzstäbchen verschlang und an seinen Fingern leckte. Es tat weh. Er hatte sich unzählige Male die Fingerspitzen verbrannt, sogar Blasen an den Handflächen gehabt. Feuer tat weh. Aber der Schmerz war nicht schlimm. Er war echt. Er war ehrlich. Wie Feuer eben.

Dougie mochte das.

Und jetzt war er hier. Bei den Carpenters. Gute Leute, hatte ihm die Frau in Lila gesagt. Ehrliche, fleißige Leute. Sie hatten sich ausdrücklich ein Problemkind gewünscht. (»Der Himmel steh ihnen bei«, hatte die Frau in Lila gemurmelt.) Vielleicht wussten sie ihn richtig anzupacken. Sein neuer Zweitvater, Stanley, konnte angeblich sehr gut mit Jungs umgehen. Er war Footballcoach an der Highschool und mit vier Brüdern aufgewachsen.

Vielleicht würde er Dougie endlich, endlich in den Griff bekommen.

Dougies neues Kinderzimmer bei seiner fünften Zweitfamilie enthielt nichts außer einer Matratze. Wollte er ein Bettlaken, musste er es sich verdienen. Wollte er eine Decke, musste er sie sich verdienen. Spielsachen, dito.

An der Küchenwand hing eine komplizierte Tabelle. Für jede erledigte Hausarbeit gab es einen Punkt. Jede höfliche Bitte – ein Punkt. Gehorchte er – ein Punkt.

Fluchte er, gab's einen Punkteabzug. War er frech – ein Punkt weniger. Hielt er sich nicht an eine Vorschrift – ein Minuspunkt. Und so weiter und so fort.

Seine neuen Eltern gingen kein Risiko ein. Keine Streichhölzer, kein Benzin, kein Feuerzeugbenzin, weder im Haus noch im Garten. Jedenfalls hatte Dougie bisher noch nichts gefunden. Allerdings war seine Suchzeit begrenzt. Jeden Abend wurde er um Punkt sieben in seinem Zimmer eingeschlossen.

In der ersten Nacht stand er um drei Uhr auf und pinkelte in den Schrank. Am nächsten Morgen hatte ihm Stanley einfach einen Schwamm in die Hand gedrückt und war mit ihm wieder in sein Zimmer gegangen.

»Du kannst den Schwamm benutzen oder deine Zunge, aber du wirst das aufwischen, Dougie. Also los.«

Stanley hatte die ganze Zeit danebengestanden, die kräftigen, muskulösen Arme über seiner kräftigen, muskulösen Brust verschränkt. Dougie hatte alles sauber gemacht. In der nächsten Nacht hatten sie ihm wenigstens einen Eimer überlassen.

Dougie wartete bis Mitternacht, dann stellte er den Eimer auf den Kopf und kletterte darauf, um an das Fenster zu kommen. Sein neuer Vater, der ihm als Vorbild dienen sollte, hatte es zugenagelt.

Stanley war schlau. Aber Dougie auch.

Dougie investierte drei ganze Tage in sein nächstes Projekt. Ja, Ma'am, ich wasche ab. Ja, Ma'am, ich esse Mohrrüben. Ja, Ma'am, ich putze mir die Zähne. Als Gegenleistung bekam er ein Bettlaken und das kleine Malset, das er sich ausdrücklich gewünscht hatte.

In der fünften Nacht stand er auf dem Eimer und entfernte mit Hilfe einer Filzstiftkappe aus dem Malset langsam und systematisch alle Nägel. Er brauchte bis vier Uhr morgens, aber er schaffte es. Und dann konnte er zwei Wochen lang kommen und gehen, wie er wollte. Sie sperrten Dougie im Zimmer ein, und flink wie ein Wiesel war er wieder weg, in Richtung Wald oder in Richtung Stadt, um Streichhölzer zu suchen. In der dritten Woche erwischte ihn Stanley.

Wie sich herausstellte, wusste sein neuer Zweitvater viel mehr über Bestrafungsmethoden als Dougie.

Kurz darauf kam die Dame in Lila zu Besuch.

»Dougie«, hatte sie gesagt, »weißt du denn nicht, dass das deine letzte Chance ist?«

Sie hatte ausgesehen, als würde sie gleich weinen. Sie hatte Tränen in den Augen. Ihre Unterlippe zitterte. Dougie erinnerte sich dunkel. Eine Zeit, ein Ort, er kam nicht drauf. Es war nur eine flüchtige Wahrnehmung, wie ein Geruch, oder ein Windhauch auf seinem Gesicht.

Er wäre am liebsten auf die Frau zugegangen, um sich an sie zu schmiegen und sein Gesicht an ihren Hals zu drücken, so wie er es bei anderen Kindern gesehen hatte. Er wünschte sich, dass sie ihn in ihre Arme nahm und ihm sagte, dass alles gut werden würde. Er wünschte sich, von ihr geliebt zu werden.

Und da hatte er ihr lila Kostüm angestarrt und sich gefragt, wie es wohl brennen würde.

»Stanley schlägt mich«, sagte Dougie.

Und ab da wurde alles anders.

Die Dame in dem lila Kostüm kam mit einer anderen Frau, die Jeans trug. Ihr Name war Rainie, und sie war jetzt sein Rechtsbeistand. Das hieß, so erklärte sie ihm, dass sie auf seiner Seite war. Ihre Aufgabe sei es, herauszufinden, was tatsächlich passiert war und ob es in der Familie irgendwelche Probleme gab. Wenn ja, würde sie ihm helfen, seine Rechte zu wahren. Andernfalls würde sie versuchen, zwischen ihm und seinen Pflegeeltern eine Lösung zu vermitteln. Letztere, so hatte sie ihm gesagt, wollten ihn nicht hergeben, obwohl Dougie »seine Einstellung von Grund auf ändern« müsse, wie Stanley es formulierte.

Rainie war gar nicht so übel. Sie war auch gern draußen, und bei ihr brauchte er nicht viel zu reden, vor allem nicht über seine Gefühle, und das war gut. Dougies Gefühle hatten meist etwas mit Feuer zu tun, und eigentlich verstand sogar er in seinem Innersten, dass ihn das zu einem Außenseiter machte.

Jetzt riss er ein Stück Rinde vom Baumstamm. Ein großer, haariger Käfer suchte das Weite. Dougie jagte ihn mit seinem Stock. Der Käfer war schnell. Dougie war schneller.

»Dougie.«

Die Stimme kam von hinten. Dougie drehte sich um. Seine Zweitmutter hielt vorsichtig Abstand. Sie trug ein ausgewaschenes graues Sweatshirt und hatte die Arme um ihren Oberkörper geschlungen, um sich zu wärmen. Sie sah müde und unglücklich aus. Sie sah immer müde und unglücklich aus.

»Komm rein, es gibt Frühstück, Dougie.«

»Ich habe schon gegessen.« Er öffnete den Mund, woraufhin drei Käfer sichtbar wurden.

»Dougie …«

Sie starrte ihn an, er starrte sie an. Zwischen seinen Lippen bewegte sich ein Käferbein. Er schob es mit dem Zeigefinger wieder in den Mund.

»Hast du Rainie heute schon gesehen?«, fragte seine Zweitmutter plötzlich.

»Was?«

Ihre Stimme wurde ungeduldig. Sie entfernte sich bereits von ihm und seinen käferkauenden Wangen. »Hast du Rainie Conner, deinen Rechtsbeistand, heute schon gesehen? Ist sie hier gewesen, oder hat sie angerufen?«

»Nein.«

»Gut. Mehr wollte ich nicht wissen.«

»Sucht man sie?«

Seine Zweitmutter blieb stehen. »Was meinst du damit, Dougie?«

»Wird sie gesucht? Wird sie vermisst?«

»Weißt du etwas, Dougie? Gibt es etwas, was du mir sagen musst?«

»Ich hoffe, sie ist tot«, sagte er einfach, dann wandte er sich wieder dem Baumstamm zu und stocherte in seinem fauligen Inneren, um noch einen Käfer hervorzuscheuchen. »Sie hat mich angelogen. Und wer lügt, wird bestraft.«

10

DIENSTAG, 10:42 UHR

Der Regen ließ endlich nach. Während Kincaid und Quincy auf dem Highway 101 in südlicher Richtung fuhren, lockerte sich der Dunst über der Küste auf, sodass hier und dort bewaldete Berggipfel sichtbar wurden.

Rainie liebte diese Berge. Sie war hier aufgewachsen, unter den riesigen Douglastannen, nur einen Steinwurf von der felsigen Küste entfernt. Ihrer Meinung nach musste die Natur so majestätisch und erhaben sein, dass Normalsterbliche vor Ehrfurcht zitterten. Wenn Rainie glücklich war, ging sie hinaus in die Natur. Wenn sie nervös war, ging sie hinaus in die Natur. Wenn sie aufgeregt, ängstlich, gestresst oder zufrieden war – sie ging immer hinaus in die Natur.

Wenn Rainie depressiv war – das hatte Quincy auf die harte Tour gelernt –, dann blieb sie zu Hause und igelte sich in ihrem verdunkelten Schlafzimmer ein.

Kincaid setzte den rechten Blinker. Der tief in Gedanken versunkene Detective fuhr endlich langsamer als Lichtgeschwindigkeit.

Durch das Schreiben hatte der Fall Gestalt angenommen, und Kincaid schien sich langsam warmzulaufen. Er hatte einen Gegner. Er hatte jemanden, der sich zu dem Verbrechen bekannte. Er hatte einen Brief, der ihm eine Reihe von greifbaren Anhaltspunkten lieferte und logische nächste Schritte erforderlich machte. Jetzt konnte Kincaid seine Leute von seinem Handy aus dirigieren wie ein General, der seine Truppen in den Krieg führt.

Quincy hingegen hatte das Gefühl, als würde er sich langsam in nichts auflösen. Er war ein erfahrener Ermittler. Außerdem wusste er besser als die meisten, dass einem Schlimmes widerfahren konnte. Dennoch waren ihm die letzten Stunden eher unwirklich vorgekommen. Rainie war zäh. Rainie war kompetent. Ja, er machte sich Sorgen wegen ihres Alkoholkonsums und ihrer psychischen Verfassung. Aber er hatte nie ernsthaft Angst gehabt, dass ihr jemand etwas antun könnte.

Es war einer dieser Momente, in denen sich Quincy wünschte, nicht Profiler geworden zu sein, sondern Ingenieur – oder Mathelehrer oder Milchbauer. Dann könnte er jetzt nämlich einzig und allein ein Mensch, ein besorgter Ehemann sein und sich mit dem Gedanken trösten, dass er zehntausend Dollar hatte und liebend gern das Zehnfache gezahlt hätte, um Rainie wieder sicher in seine Arme zu schließen.

Er könnte sich sagen, dass alles gut werden würde und dass alles nur ein seltsamer, kleiner Zwischenfall war und er in wenigen Stunden seine Frau wieder sehen würde.

Dann würde er nicht so viele Statistiken kennen und nicht wissen, dass die meisten Lösegeldfälle mit dem Tod der Geisel enden.

Kincaid bog ab. Vor ihnen tauchte das Luftfahrtmuseum von Tillamook aus dem Nebel auf.

Bei schönem Wetter war das Museum nicht zu übersehen. Die alte Luftschiffhalle aus dem Zweiten Weltkrieg durfte sich rühmen, die größte Holzkonstruktion der Welt zu sein. Sie erstreckte sich über fünfzehn Stockwerke und eine Gesamtfläche von sage und schreibe drei Hektar. In der dunklen, riesigen Halle fiel die Sammlung von dreißig Kampfflugzeugen kaum auf.

Er und Rainie hatten die Halle einmal besichtigt. Rainie hatte sich am Ende zu ihm umgedreht, ihn nachdenklich angesehen und gesagt: »Hier könnte man wunderbar eine Leiche verstecken.«

Die Luftschiffhalle war Teil des Marinestützpunkts. Obwohl der Stützpunkt in Tillamook seit 1948 außer Betrieb war, hatte er noch immer das Aussehen und die Atmosphäre einer Militäranlage: niedrige, verstreut liegende Gebäude zur Unterbringung der Offiziere und Soldaten; riesige Ländereien zu Trainingszwecken; ein Geflecht von Straßen auf dem Gelände selbst und ringsherum.

Außer dem Luftfahrtmuseum befand sich dort noch eine Charterfluggesellschaft. Und dann gab es noch das angrenzende Gefängnis hinter einer mit Wachtürmen und Stacheldraht bewehrten Mauer.

Es war eine belebte Gegend, aber nicht zu belebt. Unter all den Touristen und Museumsbesuchern würde ein Fremder nicht auffallen. Auch abends könnte er sich auf dem Gelände unbehelligt bewegen, solange er den Eindruck machte, als wisse er Bescheid. Kurzum, es war der perfekte Ort für ein verbotenes Rendezvous.

Sie folgten den Instruktionen auf der Karte und bogen vor dem Museum scharf nach rechts ab. Die Straße führte direkt zu einem kleinen, von Feldern umgebenen Friedhof.

»Der katholische Friedhof«, merkte Kincaid beim Aussteigen an. »Vielleicht hat der Entführer noch ein paar ungelöste Probleme.«

»Wer hat die nicht?«, murmelte Quincy und kam näher, um gemeinsam mit Kincaid die Karte zu studieren.

Es dauerte einen Moment, bis sie sich zurechtfanden. Auf der linken Seite der Karte war eine Straße eingezeichnet, dahinter ein kleines Gestrüpp. Es war eine grobe, offensichtlich nicht maßstabgerechte Skizze, und aufgrund der fehlenden Bäume oder Büsche war keiner der Anhaltspunkte auf Anhieb zu erkennen.

»Eins steht fest«, sagte Kincaid nach einer Weile. »Im Kunstunterricht ist der Typ durchgefallen.«

»Der Trick besteht vermutlich darin, es nicht zu genau zu nehmen. Wir müssen die Anhaltspunkte wie Punkte auf einem Kompass ansehen. Die Büsche sollen südlich von uns sein, die Bäume links von uns. Wenn wir uns so hinstellen …«

»Das X ist keine Markierung«, sagte Kincaid. »Sondern ein Kreuz.«

»Dort ist es.«

Das eineinhalb Meter hohe Granitkreuz war im Laufe der Jahre porös geworden und hatte unter den Regenfällen der letzten Jahrzehnte eine grünliche Färbung angenommen. Das Kreuz war an den Seiten mit Moos bewachsen. Der untere Teil war von Farnen umwuchert. Dennoch bewahrte der Grabstein seine zeitlose Würde. Der letzte Grabhüter über vier Familiengenerationen.

Erde zu Erde, dachte Quincy. Staub zu Staub.

»Ich sehe nichts«, sagte Kincaid. »Sie?«

Quincy schüttelte den Kopf und ging weiter um das Kreuz herum. Der alte Grabstein schien unberührt. Keine frischen Blumen, keine umgegrabene Erde. Er runzelte die Stirn, trat ein paar Schritte zurück, runzelte erneut die Stirn.

Der Friedhof war noch in Betrieb. Dunkle Erdhügel zeigten die Neuzugänge an. Viele Grabsteine waren mit bunten Fähnchen geschmückt, zweifelsohne Überbleibsel vom Veteranentag. Hier und da standen Vasen mit frischen Nelken, Margeriten oder Rosen. Er nahm Kincaid die Karte ab und studierte sie. Er hasste dieses Spiel.

»Uhrzeit«, fragte Kincaid.

»Zehn Uhr achtundfünfzig.«

»Also haben wir noch eine Stunde.« Der Sergeant sah sich um. »Wie schwierig kann es sein, wenn wir noch eine ganze Stunde haben?«

»Kann ich Sie etwas fragen?«, fragte Quincy plötzlich. »Diese Frist… wie will er eigentlich wissen, ob wir fündig werden?«

Kincaid war so klug, sich nicht umzudrehen. Stattdessen versteifte er sich und flüsterte: »Sie glauben, er sieht uns zu?«

»Vielleicht ist er irgendwo auf Beobachtungsposten. Oder er hat ein elektronisches Überwachungssystem installiert.«

»Das ist hier draußen nicht einfach.«

»Falls er hier im Freien ein kabelloses Überwachungssystem installiert hat, dann müssten Sie Ihre Meinung von ihm als doofem Trottel revidieren«, sagte Quincy.

»Scheiße, Mann. Das fehlt uns gerade noch! Ein kleiner, verbrecherisch veranlagter MacGyver.«

»Das würde mir auch nicht gefallen.«

Quincy schritt jetzt vorsichtig einen größeren Radius ab, um ein Gespür für die Umgebung zu bekommen. Hinter den umliegenden Gebäuden könnte man leicht etwas verstecken. In dem hohen Gras ebenfalls. Und was die Kameras anging: hinter einer Fahne, einem Blumenkorb, zwischen den Farnen – es gab unzählige Möglichkeiten. Sie würden ein ganzes Team erfahrener Ermittler brauchen, um ein so großes Gelände abzusuchen. Zu zweit würden sie es auf keinen Fall in einer Stunde schaffen.

»Vielleicht sollten Sie mir von diesem Fuchs erzählen«, sagte Kincaid angespannt und musterte die Gebäude, die überwucherten Straßen, jeden Grabstein, der höher als ein Meter fünfzig war.

»Er entführte die zwölfjährige Tochter eines prominenten

Bankers in L. A.« Quincy ging wie beiläufig auf den einzigen Strauch weit und breit zu. Er sah, dass Kincaid die Hand an seinen Pistolenhalfter legte. »Ihr Vater erhielt mehrere Erpresserbriefe, in denen ein Lösegeld in Höhe von fünfzehnhundert Dollar in bar gefordert wurde. Die Unterschrift lautete ›Der Fuchs‹.«

»Fünfzehnhundert Dollar ist nicht viel Geld.«

»Im Jahr 1927 schon.«

»Wie bitte?«

»Perry Parker, der Vater, trieb das Geld auf. Den Instruktionen entsprechend übergab er die Tasche einem jungen Mann, der in einem Auto auf ihn wartete. Auf dem Beifahrersitz saß seine Tochter. Sobald der Täter das Geld hatte, fuhr er los. Am Ende der Straße warf er die Leiche von Marion Parker aus dem Auto.«

Quincy war bei dem Rhododendronstrauch angekommen und wollte gerade noch einen Schritt darauf zu machen, als der Strauch wackelte.

»Runter!«, schrie Kincaid.

Quincy duckte sich. Ein schwarzer Rabe flog von dem Gebüsch auf. Kincaid schoss ihm fast den Kopf ab.

»Heilige Mutter …«

»Es ist ein Vogel! Ein Vogel! Nicht schießen! Herrgott noch mal, nicht schießen!«

Kincaid richtete sich zitternd und mit großen, weiß geränderten Augen in seinem dunkelhäutigen Gesicht auf. Er hatte den Finger vom Abzug genommen, blieb aber in Schusshaltung.

Quincys Blick irrte unruhig umher. Er wollte alles auf einmal sehen, konnte sich aber auf nichts konzentrieren. Er war am Durchdrehen, Kincaid auch. Sie waren als Profis in diese Sache hineingegangen, aber jetzt kamen sie sich vor wie zwei

Schuljungen, denen man auf dem Friedhof einen Streich spielt.

»Ich sehe nichts«, sagte Kincaid mit rauer Stimme.

»Ich auch nicht.«

»Aber wenn er hier wäre, wüsste er, dass wir seiner dummen Karte gefolgt sind.«

»Allerdings.«

Kincaid atmete tief durch, entspannte sich und steckte seine Glock wieder in den Halfter. Er ging ein paar Schritte und schüttelte seinen Arm aus. »Jetzt muss ich wegen diesem Scheißvogel melden, dass ich meine Dienstwaffe abgefeuert habe«, murmelte er. Er war stinksauer, aber wenigstens auf eine gesunde Art und Weise. »Scheiße, Mann. Ich hätte Buchhalter werden sollen. Denken Sie das auch manchmal? Mein Vater ist Buchhalter. Vielleicht nicht der aufregendste Job der Welt, aber er hat den größten Teil des Sommers frei, und ich glaube nicht, dass er schon mal auf einem Friedhof maskierte Männer gejagt hat. Er sitzt am Schreibtisch und addiert Zahlen. Das könnte ich auch.«

»Ich wollte immer Lehrer werden. Da hätte man es zwar auch die meiste Zeit mit gewalttätigen Kriminellen zu tun, aber wenigstens stehen sie da erst am Anfang ihrer Verbrecherlaufbahn, nicht in ihrer Blüte, wenn sie bereits ein halbes Dutzend Menschen umgebracht haben.«

Kincaid starrte ihn an. »Sie haben wirklich eine interessante Sichtweise, Mr Profiler.«

»Ich bin der Hit auf Cocktailpartys«, versicherte ihm Quincy.

Kincaid seufzte und suchte das Gelände wieder nach dem »X« ab. »Also noch mal, wie war das mit diesem Fuchs?«

»Ach so, ja. Mr Parker bezahlte das Lösegeld, und als Gegenleistung warf der Fuchs die Leiche seiner zwölfjährigen

Tochter aus dem Auto. Er hatte Marion die Beine abgehackt, ihr die Innereien herausgenommen und ihr Drähte zwischen die Augen geklemmt, damit es so aussah, als wäre sie noch am Leben. Die Polizei fand später ihre Innereien über ganz L. A. verteilt.«

Kincaids Gesicht bekam eine leicht grünliche Färbung. »Großer Gott! Das ist wirklich passiert?«

»Der Fall ist ziemlich berühmt.«

»1927? Dafür kann man ja nun wirklich nicht gewaltverherrlichende Videos verantwortlich machen, oder? Aber ich kapier's trotzdem nicht. Sie reden hier von vor achtzig Jahren. Ich bezweifle, dass wir es mit dem gleichen Täter zu tun haben.«

»Es ist ganz bestimmt ein anderer Täter. Der Fuchs ist tot. Mr Parker erkannte ihn sofort als einen früheren Angestellten; er wurde geschnappt und 1928 gehängt.«

»Mit anderen Worten, es hat mit unserer Sache nichts zu tun«, sagte Kincaid stirnrunzelnd. »Der Typ damals unterschreibt seinen Erpresserbrief mit ›Der Fuchs‹, unserer auch. Wahrscheinlich, weil es sich cool anhört.«

»Der Fuchs«, sagte Quincy leise, »hieß in Wirklichkeit William Edward Hickman.«

Kincaid stutzte und hatte wieder diese leicht grünliche Gesichtsfarbe. »W. E. H.«

»Wohnhaft in L. A.«

»Herrgott noch mal … Können denn heutzutage selbst die Verbrecher nicht mehr normal sein? Ich schwör's, sogar die Kriminellen schauen zu viel fern.«

»Das Pseudonym, die Karte, der Friedhof.«

Quincy machte eine ausholende Handbewegung.

»Womit auch immer wir es hier zu tun haben, ich bezweifle, dass es nur um Geld geht. Ehrlich gesagt, wenn jemand mit einer kriminellen Ader Geld wollte, würde er eine Tankstelle überfallen. In Lösegeldfällen geht es immer um mehr.«

Kincaid zog die Augenbrauen zusammen. »In Ordnung. Ich beiße an: Wie viele solcher Fälle haben Sie schon bearbeitet?«

»Sechs.«

»Und die Erfolgsquote für glückliche Familienzusammenführungen?«

»Dreiunddreißig Prozent. Zwei der sechs Entführungsopfer haben überlebt.«

»Haben die anderen vier Familien gezahlt?«

»Ja. Aber es spielte keine Rolle. In den anderen vier Fällen wurden die Geiseln innerhalb einer Stunde nach ihrer Entführung getötet. Die Täter hatten nie vor, sie am Leben zu lassen. Eine Geisel zu haben ist nicht einfach. Wenn sie einen gesehen haben, können sie einen später identifizieren. Dazu kommt allein schon der Aufwand, sie irgendwo unterzubringen, ihnen etwas zu essen zu geben, sie in Schach zu halten. Es ist viel einfacher, sie sofort umzubringen. Drei von den Entführten waren Kinder, darunter ein zweijähriges Mädchen«, fuhr Quincy fort. »Wir haben den Mann später geschnappt. Er war ein ehemaliger Geschäftspartner der Eltern, der der Meinung war, dass sie ihm zu wenig Abfindung ausgezahlt hatten. Also hat er ihre Tochter umgebracht, um noch fünfzigtausend Dollar mehr herauszuholen. Bei solchen Verbrechen geht es nie nur ums Geld, Sergeant Kincaid. Da ist fast immer eine persönliche Komponente im Spiel.«

»Sie wissen Dinge, die mir nicht gefallen.«

»Mir gefallen sie meistens auch nicht.«

Kincaid sah auf seine Uhr. »Wir haben noch vierzig Minuten.«

»Ich glaube, wir brauchen nur noch zehn. Vorausgesetzt,

dass Sie eine Schaufel mitgebracht haben.« Quincy zeigte auf den Boden. Kincaid formte mit den Lippen ein kleines »o« und ging dann zum Kofferraum seines Autos.

11

DIENSTAG, 11:19 UHR

Quincy hatte es zuerst gar nicht bemerkt. Kincaid auch nicht. Aber wenn man genauer hinsah, erkannte man, dass nicht alle Farne am Sockel des Kreuzes gleich waren. Vier von ihnen waren gewöhnliche Waldfarne, kurz und mit gefleckten Rändern. Der fünfte hingegen war grüner, saftiger und makellos. Ein Gartenfarn, wie Quincy nach eingehenderer Betrachtung feststellte. Wahrscheinlich bei einem Floristen oder in einer Baumschule gekauft und neben den Grabstein gepflanzt, damit man nicht sah, dass hier vor kurzem gegraben worden war.

Er tastete den Rand mit den Fingern ab, fand aber keine Spur von einem Plastiktopf. Aber die Erde war lockerer, lehmig – handelsübliche Blumenerde.

Quincy begann mit bloßen Händen zu buddeln. Der Farn ließ sich leicht herausnehmen; die Wurzeln hatten immer noch die Form eines Blumentopfs. Aber die lockere Erde rieselte, so wie er befürchtet hatte, sofort in das Loch zurück, sodass man nichts sehen konnte.

Kincaid kam mit einer mittelgroßen Kinderschaufel zurück. Er quittierte Quincys fragenden Blick mit einem Achselzucken. »Hier in der Gegend muss man manchmal das Auto freischaufeln, und diese Größe passt gut in den Kofferraum.«

»Wir brauchen eine Plastikdecke«, sagte Quincy. »Besser zwei Stück. Haben Sie auch einen Spurensicherungskoffer im Kofferraum?«

»Hey, ich bin Staatspolizist. Ich habe alles im Kofferraum!«

Kincaid verschwand wieder. Quincy nutzte die Gelegenheit, erneut hastig in dem Loch herumzutasten. Er hatte ein schlechtes Gewissen. Er wusste nicht einmal genau, wonach er suchte. Und jegliches Beweismaterial gehörte Kincaid, dem Hauptermittler. Aber Quincy brauchte es nötiger. Es war seine einzige Verbindung zu Rainie.

Schließlich berührten seine Finger etwas Hartes, Festes. Es fühlte sich an wie ein Stein. Er tastete die Konturen ab, bis kein Zweifel mehr bestand.

Er setzte sich auf die Fersen und ließ sich dann in das nasse Gras fallen. Seine Hände waren voller Schlamm, seine Hose moosbeschmiert. Zum ersten Mal spürte er es wirklich – seine feuchten Klamotten, seine nassen Haare, die vielen schlaflosen Nächte.

Er wischte sich über seine brennenden Augen, um vor Kincaids Rückkehr die Fassung wiederzugewinnen, schaffte es aber nur, sich noch mehr Dreck ins Gesicht zu schmieren.

Kincaid kam mit einer Kiste zurück und sah ihn mit einem schwer zu deutenden Blick an.

Quincy räusperte sich. Seine Augen brannten immer noch, seine Stimme klang rau und heiser. »Haben Sie schon mal Beweismaterial ausgegraben?«

Kincaid nickte.

»Der Trick ist, die ganze Seite des Lochs auszuheben. Immer nur ein Spatenstich. Dann kippt man die Erde auf die Plastikplane, mit der Unterseite nach oben. Das Ganze deckt man mit einer Schicht Plastik ab, um es zu konservieren, bis die Spurensicherung kommt. Man weiß nie, welche Spuren der Täter hinterlassen hat. Erdpartikel von seinem eigenen Spaten, Haare, Teppichfasern aus seinem Auto …«

»Ich weiß.«

»Es ist wichtig, es richtig zu machen«, flüsterte Quincy.

»Ich weiß, Mann. Ich weiß.«

Kincaid machte sich an die Arbeit. Quincy saß einfach nur zusammengesunken da. Er hätte aufstehen sollen, aber er besaß nicht die Energie dazu. Stattdessen lauschte er dem rhythmischen Kratzen des Spatens und sah zu, wie sich im Norden die Regenwolken immer dichter zusammenballten. Er sah die dunkelgraue Linie am Horizont, die wie dichter Nebel aussehende Schlechtwetterfront, die bald über das Tal hinwegfegen würde. Ein regnerischer Tag nach einer regnerischen Nacht.

Er spürte die Nässe auf seinem Gesicht und redete sich ein, dass es nur Regentropfen waren.

»Ich hab's«, sagte Kincaid.

Quincy drehte sich um. Der Sergeant stand vor einer halbkreisförmig ausgelegten Plastikplane, auf der die Erde aufgeschichtet war. Vor ihm lagen zwei Gegenstände. Das eine war ein Plastikbehälter, das andere eine Waffe.

Kincaid streifte sich ein Paar Latexhandschuhe über und deutete zuerst auf die Waffe.

»Rainies?«

»Ja.«

»Sind Sie sich sicher?«

»Ich müsste die Seriennummer überprüfen, um ganz sicher zu sein, aber es ist eine 40-Millimeter-Glock, ein etwas älteres Modell …«

»In Ordnung.« Kincaid kümmerte sich um den Plastikbehälter. »Tupperware«, berichtete er. »Wasserdicht. Er denkt mit.«

Quincy nickte bloß. Ihm war nicht bewusst gewesen, wie sehr er sich an die Hoffnung geklammert hatte, dass Rainie noch im Besitz ihrer Waffe war. Wenn es ein Gelegenheitsverbrechen wäre, wenn der Kidnapper wirklich nur ein blutiger

Amateur wäre, der nicht wusste, wen er in seine Gewalt gebracht hatte …

Vielleicht, so hatte Quincy insgeheim gedacht, war sie angeheitert gewesen. Aber sobald sie sich ihrer Lage bewusst wurde, sich wieder sammelte …

Er hatte sich an den Gedanken geklammert, dass seine Frau, wie früher, eine Kämpferin war, dass sie sich nicht unterkriegen ließ. Aber seit dem Astoria-Fall war er sich nicht sicher, ob diese Frau noch existierte.

»Noch ein Brief«, sagte Kincaid. »Scheißkerl!«

Quincy stand auf. Er schüttelte die Regentropfen von seinem Mantel und trat widerwillig neben Kincaid. »Was schreibt er?«

»Noch ein Rendezvous, um sechzehn Uhr. Folgen Sie den Anweisungen für die Lösegeldübergabe.«

»Damit vergewissert er sich, dass wir sein erstes Schreiben ernst genommen haben«, sagte Quincy ruhig. »Sonst wüssten wir nicht, wo wir das Lösegeld deponieren sollten.«

»Es funktioniert.«

»Für zehntausend Dollar macht er sich ganz schön viel Arbeit.«

»Was uns zugute kommt.« Kincaid hielt das Schreiben triumphierend in die Höhe. »Sehen Sie – es ist handschriftlich. Wir haben gerade ein weiteres Beweisstück bekommen.«

Quincy schüttelte den Kopf. »Sparen Sie sich die Mühe. Ich kann Ihnen jetzt schon sagen, wer das geschrieben hat. Schließlich wollte er uns ein Lebenszeichen geben. Es ist Rainies Handschrift.«

12

DIENSTAG, 11:58 UHR

Sie träumt. Sie geht die Stufen hinauf, durch die Tür, in den düsteren Raum. Wasser tropft von ihrer Kapuze auf den zerschlissenen Teppichboden.

»Nicht weitergehen«, befiehlt eine junge uniformierte Polizistin. »Keine Schuhe, keine Haare.« Die Polizistin zeigt auf eine Ecke des schmalen Flurs. Dort steht ein langes, niedriges, jetzt durch eine Plane abgedecktes Regal, auf dem wahrscheinlich die Schuhe, Sandalen und schmutzigen Freizeitsachen der Bewohner stehen. Auf der Plane liegen einige Schutzanzüge, Füßlinge und Haarnetze.

Quincy und Rainie sehen sich an. Diese Ausrüstung kommt normalerweise nur zum Einsatz, wenn ein hohes Kontaminationsrisiko besteht. Es ist der erste Hinweis, dass sie es mit einem wirklich scheußlichen Tatort zu tun haben werden.

Schweigend klappen sie ihre Schirme zusammen, legen ihre Regenmäntel und Schuhe ab und ziehen den Anzug, die Füßlinge und die Haarnetze über. Quincy ist als Erster fertig; Rainie braucht etwas länger, um ihre langen, dichten Haare unter dem Netz zu verstauen.

Draußen regnet es noch immer in Strömen. Es ist elf Uhr vormittags, aber wegen des Sommergewitters ist es in der alten Maisonettewohnung zappenduster.

Quincy hält Rainie die Tür auf. Die Gewohnheit ist so tief verwurzelt, dass er es auch an jedem Tatort automatisch macht. Sie findet es charmant, aber zugleich auch ein bisschen herzzerreißend. Diese höfliche Geste scheint an so einem Ort nichts zu suchen zu haben.

Als Erstes schlägt ihr der Geruch entgegen. Der rostige Geruch von Blut, vermischt mit dem Gestank von Stuhlgang und frei liegenden Eingeweiden. Rainie ist schon an so vielen Tatorten gewesen, dass ihr ihre Nase fast genauso viel verrät wie ihre Augen. Folglich weiß sie sofort, auch wenn sie den Raum kaum betreten hat, dass sie es hier mit einem Slasher zu tun haben. Ein Messer, eine große Klinge, extensive Verstümmelung nach dem Tod.

Deshalb also die Füßlinge. Der Täter hat ein Gemetzel angerichtet und überall blutige Fußabdrücke hinterlassen. Bei einer solchen Beweislage sind sogar Kleinstadtsheriffs schlau genug, nichts zu vermasseln.

Sie betreten einen großen Raum, eine offene Küche zur Rechten, das Wohnzimmer zur Linken. Noch immer keine Leiche in Sicht, aber rundherum ist alles voller Blut. Dunkle Schlieren an den Wänden, die fast wie ein Farbanstrich aussehen. Tropfen auf dem Boden. Flecken auf dem Sofa, Handabdrücke auf dem Sessel.

Rainie hat erst einmal einen so schlimmen Tatort gesehen, und bei dem Gedanken daran greift sie hinter sich nach Quincys Hand. Sein Händedruck ist kühl und stark. Es geht ihm gut.

Vor dem Herd stecken zwei Detectives die Köpfe zusammen.

»Hier fängt's an«, sagt einer der beiden. »Sie will etwas aus dem Kühlschrank nehmen, und wumm!«

»Wie ist er hereingekommen?«

»Die Verandatür war aufgebrochen. Es ist ein ziemlich billiges Modell, also war es nicht weiter schwierig.«

»Er bricht ein und greift die Frau an.«

»Er bricht ein und wartet«, korrigiert der erste Detective. »Sie hätte es gehört, wenn jemand die Schiebetür aufbricht. Wahrscheinlich hat er es ein paar Stunden vorher gemacht. Wann genau – das ist natürlich die große Frage. Aber er sah, dass niemand hier war, und nutzte die Chance. Vielleicht sind sie nach Hause gekommen und haben ihn überrascht, oder es war von Anfang an sein Plan, ihnen aufzulauern. Keine Ahnung. Jedenfalls brach er ein und versteckte sich. Nur so lässt sich erklären, dass sie noch Zeit hatte, das Kind ins Bett zu bringen.«

Kind? Rainie bleibt abrupt stehen, ohne sich dessen überhaupt bewusst zu sein. Sie spürt Quincys Händedruck.

»In Ordnung, er versteckt sich, wartet, bis das Kind im Bett ist und dann …«

»Geht er zu ihr in die Küche.«

»Rammt ihren Kopf gegen den Kühlschrank.«

»Und das Blutbad beginnt.«

»Wahrscheinlich hat sie gar nichts mitbekommen«, sagt einer der Detectives.

Woraufhin der andere sagt: »Was man von dem Kind nicht behaupten kann.«

DIENSTAG, 12:08 UHR

Ein Stoß. Ein starker, durchdringender Schmerz an ihrer Hüfte. Rainie riss die Augen auf. Um sie herum war alles dunkel. Endlich bin ich tot, dachte sie.

Ein neuer Stoß. Härter. Sie spürte, wie das Fahrzeug unter ihr ruckelte und Halt suchte. Nach und nach nahm sie noch mehr Sachen wahr, ein Durcheinander an Eindrücken für ihre Augen, die nichts sehen konnten. Hartes Metall an ihrer Wange. Beißender Benzingeruch in ihrer Nase. Ein Baumwollknebel in ihrem Mund.

Sie versuchte, ihre Hände zu bewegen, aber die Fessel saß zu fest. Ein letztes aufbäumendes Kribbeln ging durch ihre Finger, bevor ihre Hände total taub wurden. Ihren Füßen erging es ebenso.

Das Fahrzeug ruckelte erneut, und sie wurde gegen den Kofferraumdeckel geschleudert. Beim Zurückprallen stieß sie mit dem Kopf gegen etwas Hartes. Ein Wagenheber, ein Werkzeugkasten? Sie stöhnte nicht einmal mehr. Sie presste vor Schmerzen einfach nur die Augen zusammen.

Sie war verwirrt, verwirrter, als sie sein sollte. Mit dem klareren Teil ihres Gehirns vermutete sie, dass Betäubungsmittel im Spiel waren. Aber sogar dieser Gedanke entschlüpfte ihr immer wieder. Sie war im Auto gewesen. Weißes Licht. Dann Schwarz. Bewegungen. Der Wunsch, mit den Füßen zu treten, zu kämpfen. Waffe, hatte sie gedacht. Waffe. Ihre Hände waren zu schwer. Sie konnte die Arme nicht heben. Dann hatte sie eine Weile an überhaupt nichts gedacht.

Jetzt kam sie langsam wieder zu sich. Sie wollte unbedingt etwas sehen; die Finsternis versetzte sie in Panik. Sie spürte den Kofferraumdeckel nur wenige Zentimeter von ihrem Gesicht entfernt, hörte den Regen auf den Deckel prasseln. Sie befand sich in einem Auto, gefesselt, geknebelt, hilflos, auf dem Weg nach weiß Gott wohin.

Sie versuchte wieder, die Hände und die Füße zu bewegen. Und da, urplötzlich, drehte sie leicht durch.

Sie rammte ihren Kopf gegen den Stahlsarg und schlug sich die Nase ein. Egal. Sie wand sich wie wild. Autodiebe dressierten einen nicht wie einen Thanksgiving-Truthahn. Einfache Handtaschenräuber würden sich nicht damit aufhalten, eine

Frau bewusstlos zu machen. Das machten nur Vergewaltiger, Mörder, Männer, die sich an der Angst und dem Todeskampf einer Frau freuten.

Zu viele Gedanken und Bilder überfluteten ihr Gehirn. Fotos von Frauen mit abgehackten Gliedmaßen. Tonaufnahmen von Mädchen, die zu dem Falschen ins Auto gestiegen waren und um Gnade winselten.

Sie brauchte ihre Waffe.

Sie brauchte ihre Hände.

Sie wollte nicht mit diesem hilflosen Gefühl sterben.

Sie warf sich hin und her und schlug mit Händen und Füßen um sich. Ihre Gedanken waren jetzt schneller, klarer. Sie musste die Schlusslichter kaputt machen. Vielleicht würde dadurch ein Polizist auf das Auto aufmerksam. Oder das Schloss finden und den Kofferraumdeckel aufmachen, um den Fahrer zu erschrecken. Es gab immer irgendwelche Möglichkeiten, sie musste sie nur finden.

Etwas Feuchtes lief ihr übers Kinn. Blut von ihrer kaputten Nase. Ihr wurde übel von den Benzindämpfen, und von den Rändern ihres Gehirns her wurde es wieder dunkel.

Wenn sie nur das Schloss finden, ihre Finger bewegen könnte!

Etwas kratzte an ihrer Taille. Ihr Handy. Sie hatte ihr Handy noch!

Eine schnelle Drehung, und ihr Handy fiel klappernd zu Boden. Sie tastete mit den Fingern, bis sie es zu fassen bekam.

Sie spürte, wie das Auto langsamer wurde, abbremste und eine scharfe Linkskurve machte.

Ihre Finger fanden einen Knopf. Sie drückte ihn und endlich, nach einer kleinen Ewigkeit, wurde sie mit einer Stimme belohnt. Kimberly.

Hilfe, versuchte sie zu sagen. Hilfe, versuchte sie zu schreien.

Aber aus ihrer Kehle kam kein einziger Laut.

Sogar im Glück hatte sie Unglück. Die Verbindung wurde unterbrochen. Das Auto blieb stehen. Und Rainie verlor wieder das Bewusstsein.

SAMSTAG, VIER MONATE ZUVOR, 9:58 UHR

Sie versuchten, sich unauffällig unter die Trauergäste zu mischen, während sie mit den Augen die Menschenmenge überflogen. Es war weit hergeholt, aber als Berufsermittler musste man es versuchen. Manche Mörder schlagen zu und ergreifen die Flucht, andere kommen gern an den Ort des Geschehens zurück. Also waren auf der Beerdigung mehrere Detectives im Einsatz, und außerdem hatten sie Überwachungskameras installiert.

In einem so aufsehenerregenden, schrecklichen Fall wurden alle Budgetanfragen anstandslos bewilligt.

Eine ältere Frau stand weinend in der ersten Reihe. Die Großmutter, die aus Idaho eingeflogen war. Neben ihr stand ihr Mann, mit überkreuzten Armen und unbewegtem Gesicht. Er war für seine Frau stark. Oder vielleicht war er auch nur fassungslos, dass es überhaupt so kleine Särge gab.

Rainie sollte eigentlich konzentriert und aufmerksam sein und Hunderte von Gesichtern überfliegen; die ganze Stadt war, im Schock vereint, auf dem Friedhof zusammengekommen.

Sie hörte das durchdringende Wehklagen der Großmutter. Vor ihrem geistigen Auge sah sie immer wieder die geblümte rosafarbene Unterhose auf dem Boden liegen.

»Urin«, hatte Quincy leise gesagt, als er die Unterhose inspizierte. Was ganz normal war, wenn ein vierjähriges Mädchen mitten in der Nacht aufwacht und einen fremden Mann in der Tür stehen sieht. Wenn ein vierjähriges Mädchen den fremden Mann in ihr Zimmer kommen sieht.

Hatte sie »Mama!« gerufen? Oder hatte sie keinen Ton herausgebracht?

Auf dem Grabstein, den die Großeltern ausgewählt hatten, war eine Engelfigur – ein zum Schlafen eingerollter Putto. Rainie stand noch lange, nachdem die Beerdigung vorbei war und die letzten Trauergäste gegangen waren, vor dem Grabstein.

»Glaubst du an den Himmel?«, fragte sie Quincy leise.

»Manchmal.«

»Machst du dir darüber denn keine Gedanken? Du hast deine halbe Familie beerdigt, Quincy. Wenn es keinen Himmel gibt, worauf freust du dich dann?«

»Es tut mir leid, dass dir die Sache so nahe geht«, sagte er ruhig. Mehr konnte er nicht sagen.

»Gott kann mich mal. Er ist launisch und grausam. Kein Kind hat so etwas verdient ...«

»Rainie ...«

»Die Großeltern haben erzählt, dass sie regelmäßig in die Kirche ging. Sollte das nicht helfen? Sie war keine Atheistin. Das hier war ein vierjähriges Mädchen, das seine Mutter liebte und an Gott glaubte. Wie kann er so etwas zulassen?«

»Rainie ...«

»Ich mein's ernst, Quincy. Mit dem Himmel wollen wir uns nur vormachen, den Tieren überlegen zu sein. Aber das sind wir nicht. Wir kommen wie Tiere auf diese Welt, und wir sterben wie Tiere. Bei manchen von uns dauert es länger, andere werden im Schlaf abgeschlachtet. Es ist so dumm und sinnlos ... und dieses arme kleine Mädchen, Quincy! Ihre Mutter hat so sehr für sie gekämpft und dennoch ... O Gott, Quincy! O mein Gott ...«

»Wir finden denjenigen, der das getan hat. Wir sorgen dafür, dass es nicht noch einmal geschieht …«

»Sie war vier Jahre alt, Quincy! Sie wollte keine Gerechtigkeit. Sie wollte einfach nur leben.«

Er griff nach ihrer Hand, aber Rainie wandte sich ab.

DIENSTAG, 12:17 UHR

Eine Tür wurde geöffnet und zugeschlagen. Das Geräusch weckte sie auf und riss sie von einer Dunkelheit in die nächste. Ein metallenes Quietschen. Jemand musste den Kofferraum geöffnet haben, denn plötzlich spürte sie den Regen auf ihrem Gesicht.

Kämpfe, dachte sie und versuchte, so klar zu denken, wie es ihr vorhin möglich gewesen war. Tritt mit den Beinen, schlag mit den Händen. Sie schaffte es nicht. Die Benzindämpfe vernebelten ihr das Gehirn, und sie wollte nichts anderes tun als sich erbrechen.

Sie lag zusammengerollt im Auto, passiv und schwer.

»Ich werde dir die Fesseln lockern«, sagte eine ruhige Männerstimme. »Wenn du tust, was ich sage, ist alles in Ordnung. Wenn du dich wehrst, bringe ich dich um. Verstanden?«

Es war eine rhetorische Frage. Sie wussten beide, dass sie mit dem Knebel im Mund nicht antworten konnte.

Sie spürte seine Hände vor ihrem Körper. Der Mann war nicht sonderlich geschickt, und seine rauen Finger hatten Mühe, den Knoten zu lösen.

Tritt ihn, dachte sie wieder. Aber ihr Körper gehorchte nicht.

Er schlug ihr auf die Hände. Ein scharfer Schmerz schoss durch ihre Unterarme, als ihre Nervenenden plötzlich wieder mit Blut versorgt wurden. Er schüttelte ihre Finger, die sich zu gehorchen bemühten. Er kontrollierte bereits mehr von ihrem Körper als sie.

»Hier ist ein Kugelschreiber. Nimm!« Er faltete die Finger ihrer rechten Hand um den kühlen Metallzylinder. »Hier ist ein Papierblock. Nimm!« Er drückte ihr den Block in die linke Hand, und wieder folgten ihre Finger seinem Befehl.

»Jetzt schreib. Genau, was ich dir sage. Wenn du gehorchst, kannst du etwas Wasser haben. Wenn nicht, dann bringe ich dich um. Verstanden?«

Dieses Mal brachte sie ein Nicken zustande. Die Bewegung freute sie irgendwie; es war die erste Bewegung, die sie von sich aus geschafft hatte.

Er diktierte. Sie schrieb. Letztendlich waren es nicht viele Worte. Datum. Uhrzeit. Ort. Weitere Instruktionen.

Sie war entführt worden. Er wollte Lösegeld. Aus irgendeinem Grund musste sie deswegen kichern, und das machte ihn wütend.

»Was hast du?«, fragte er. »Was ist so komisch?« Wenn er wütend war, klang seine Stimme höher und jünger. »Machst du dich über mich lustig?«

Woraufhin sie noch stärker lachen musste. Sie lachte, dass ihr die Tränen kamen und ihre Augenbinde durchweichten. Da wurde sie sich noch anderer Dinge bewusst: dass es immer noch regnete und dass sie das Meer rauschen hörte, wenn sie die Ohren spitzte.

Er nahm ihr Kugelschreiber und Papier aus der Hand. Dann fesselte er ihre Hände mit einem Plastikband.

»Dein Leben ist in meiner Hand, du dumme Kuh. Wenn du dich über mich lustig machst, werfe ich dich jetzt sofort über die Klippen. Was hältst du davon?«

Es würde keine Rolle spielen, dachte sie. Er hatte die einzige

Frau auf der Welt entführt, der es egal war, ob sie tot oder lebendig war. Was würde er tun? Sie gegen Lösegeld dem einzigen Familienangehörigen aushändigen, den sie hatte – einem Ehemann, der sie verlassen hatte? Der Mann hatte nicht gerade das große Los gezogen.

»Armer Irrer«, murmelte sie trotz des Knebels.

Das Verhalten des Mannes änderte sich schlagartig. Er beugte sich vor, sodass sein Gesicht nur ein paar Zentimeter von ihrem entfernt war. Sie spürte sein Lächeln an ihrem Ohr. »Mach dir um mich keine Sorgen, Rainie Conner. Du hältst mich für jung und dumm? Du denkst, ich weiß nicht, wen ich in meiner Gewalt habe? Das ist erst der Anfang unserer Beziehung. Du machst alles, was ich dir sage. Oder jemand, der dir recht nahe steht, wird sterben.«

Er schubste sie wieder in den Kofferraum. Der Deckel fiel zu, wieder stieg ihr der Benzingeruch in die Nase. Rainie lag im Finstern. Sie dachte nicht mehr an Astoria oder an ihre missliche Lage. Sie dachte nicht einmal mehr an Quincy. Sie sehnte sich einfach nur nach einem kühlen Bier.

13

DIENSTAG, 13:43 UHR

Kaum hatte das Flugzeug auf der Landebahn des Portland International Airport aufgesetzt, zog Kimberly ihr Handy aus der Tasche. Die Flugbegleiterin wollte sie gerade zurechtweisen, drehte sich aber abrupt um, als sie Kimberlys Gesichtsausdruck sah. Mac lachte in sich hinein. Kimberly drückte die Taste, auf der sie die Nummer ihres Vaters eingespeichert hatte.

Quincy hob nach dem ersten Klingelton ab.

»Wir sind am Flughafen. Und du?«

»Im Staatsministerium für Umwelt und Fischerei.«

»Gehst du fischen?«

»Wir richten gerade eine Einsatzzentrale im Konferenzraum ein. Hier ist mehr Platz.«

Kimberly verarbeitete die Nachricht – die Situation hatte sich also derart entwickelt, dass man eine Zentrale für eine Sonderkommission einrichtete – und fragte leiser: »Rainie?«

»Es scheint sich um eine Entführung mit Lösegeldforderung zu handeln, möglicherweise ein Gelegenheitsverbrechen.« Die Stimme ihres Vaters war gespenstisch ruhig. »Die Lokalzeitung hat heute Morgen ein Erpresserschreiben erhalten. Wir sind den Anweisungen darin gefolgt und haben inzwischen ein Lebenszeichen sowie weitere Instruktionen für die Lösegeldübergabe erhalten.«

»Ein Lebenszeichen?« Kimberly war sich nicht sicher, ob

sie es hören wollte. Das Flugzeug hatte seine Parkposition erreicht. Mac sprang auf und nahm ihre Taschen aus dem Gepäckfach, dann drängte er sich, dicht gefolgt von Kimberly, durch den Mittelgang.

»Ihre Waffe«, sagte Quincy am anderen Ende der Leitung.

»Okay.« Keine Finger oder andere Extremitäten, wie Kimberly befürchtet hatte. Ihr Vater hatte wahrscheinlich das Gleiche gedacht. »Wie geht es dir?«

»Bin gut beschäftigt.«

»Und der leitende Ermittler?«

»Sergeant Detective Carlton Kincaid, Staatspolizei. Macht einen kompetenten Eindruck.«

»Wow.« Kimberly wandte sich an Mac. »Mein Vater hat gerade einen Staatspolizisten als kompetent bezeichnet.«

»Muss die Trauer sein«, sagte Mac. »Oder der Detective ist ein Genie.«

Die Tür des Flugzeugs öffnete sich endlich; Kimberly und Mac betraten den Flugsteig.

»Wo ist das Ministerium für Umwelt und Fischerei?«, fragte Kimberly.

»In der Third Street, beim Festplatz.«

»Wir sind in einer Stunde dort.«

»Gut. Die nächste Kontaktaufnahme ist um vierzehn Uhr zwanzig.«

DIENSTAG, 13:52 UHR

Das Staatsministerium für Umwelt und Fischerei in Bakersville schien ein relativ neues Gebäude zu sein. Sehr naturverbunden. Eine große, offene Eingangshalle mit riesigen freigelegten Balken. Eine Fensterwand mit Blick über das saftige

Weideland auf die Küstenkette. Quincys erster Gedanke war, dass es Rainie hier gefallen würde. Sein zweiter, dass er viel besser arbeiten könnte, wenn nicht ein riesiger Elchkopf jeden seiner Schritte beobachten würde. Und dann war da noch der ausgestopfte, auf einem Baumstamm sitzende Otter, der ihn aus dunklen, versteinerten Augen ansah.

Vom Auto überfahren, hatte einer der Beamten stolz verkündet. Ein ausnehmend schönes Exemplar. Erstaunlich, in welch gutem Zustand der Otter noch war.

Woraufhin Quincy sich fragte, was der Mann wohl noch so in seiner Gefriertruhe hatte; angesichts Quincys Job war es kein sehr beruhigender Gedanke.

Die Eingangstüren öffneten sich, und eine ältere, stämmige Frau in der gelbbraunen Uniform des Sheriffsbüros von Bakersville betrat das Gebäude. Sie hatte ihren breitkrempigen Hut tief in die Stirn gezogen und trug einen schwarzen Einsatzgürtel um die Taille. Sie kam geradewegs auf Quincy zu und schüttelte ihm die Hand; ihr Händedruck war erstaunlich fest.

»Sheriff Shelly Atkins. Freut mich, Sie kennenzulernen. Wenn auch unter diesen bedauerlichen Umständen.«

Shelly Atkins hatte dunkelbraune Augen und ein offenes Gesicht. Aufgrund der Fältchen um ihre Augen schätzte Quincy sie ungefähr auf sein Alter. Man würde sie bestimmt nicht als Schönheit bezeichnen, aber ihre Gesichtszüge hatten etwas. Stark. Offen. Direkt. Die Sorte Frau, der man als Mann gern ein Bier spendierte.

»Pierce«, murmelte Quincy und erwiderte den Händedruck. Sheriff Atkins ließ seine Hand los und ging zu dem Konferenztisch aus Eichenholz. Quincy beobachtete sie, während er sich noch immer fragte, warum er Pierce gesagt hatte, wo er doch sonst nur als Quincy bekannt war.

»Was ist der Stand der Dinge?«, fragte Sheriff Atkins.

Am Kopfende des Tisches sah Kincaid endlich von dem Papierstapel auf, den er gerade sortierte. In dem Raum waren bereits zahlreiche Staats- und Bezirkspolizisten versammelt. Jetzt, da Sheriff Atkins da war, schien es offenbar losgehen zu können.

Kincaid verteilte den ersten Stapel. »Also gut.« Seine Stimme schallte durch den Raum. »Setzen wir uns.«

Da es ihm niemand verboten hatte, setzte sich Quincy auf den leeren Stuhl neben Kincaid und tat sein Bestes, nicht weiter aufzufallen.

Das Handout waren Kopien der ersten beiden Erpresserbriefe sowie eine Niederschrift des Telefonats, das der Entführer mit Quincy geführt hatte. Darüber hinaus hatte Kincaid ein grobes Zeitdiagramm ausgearbeitet sowie eine schmählich kurze Liste der Informationen erstellt, die sie bereits über den »Tatverdächtigen W. E. H.« hatten.

Nichts, was Quincy nicht schon wusste. Nachdem er die vier Seiten überflogen hatte, musterte er die Mitglieder der Sonderkommission.

Jetzt, da die Sache langsam Gestalt annahm, hatte Kincaid eifrig seine Truppe zusammengetrommelt. Detective Ron Spector vom OSP-Büro in Portland war in Begleitung von Alane Grove gekommen, einer jungen Frau, die im Büro von Tillamook County tätig war. In Quincys Augen war Detective Grove kaum älter als achtzehn, aber da er aus ihrer Sicht wahrscheinlich schon mit einem Bein im Grab stand, beruhten die Vorurteile wahrscheinlich auf Gegenseitigkeit.

Der Pressesprecher der Polizei, Lieutenant Allen Mosley, saß auch mit am Tisch. Der Lieutenant, ein älterer, kräftig gebauter Mann mit kurz geschorenem silberblondem Haar, trug die Uniform der OSP und würde als offizieller Sprecher der

Ermittlungen dienen. Wie Quincy wusste, waren Entführungen außergewöhnlich und sexy genug, sodass die Öffentlichkeit darüber informiert werden wollte. Angesichts der Tatsache, dass es sich in diesem Fall bei der Geisel um die Frau eines früheren FBI-Profilers handelte, war es schier eine Sensation. Pfeif auf die Ermittlungen; Quincy sollte sich schleunigst einen Agenten suchen und über Buch- und Filmrechte verhandeln.

Quincy wünschte sich, er wäre nicht so wütend. Er wollte nicht hier sitzen und über unbedeutende Details einer bislang ungenügenden Ermittlung diskutieren. Er wollte sich mit beiden Händen auf den Tisch stützen und Kincaid anschreien: »Hören Sie endlich auf mit dem Scheiß und finden Sie meine Frau!«

Er schob die Papiere hin und her und bemühte sich, tief durchzuatmen.

Kincaid stellte sich vor das Whiteboard. Weitere Uniformierte trafen ein – Staats- und Bezirkspolizisten sowie Beamte der Polizei von Bakersville – und der Sergeant wirkte richtiggehend aufgekratzt.

»Also, wir haben folgende Situation«, erklärte er. »Um circa zwei Uhr heute Nacht …«

War Rainie in eine Bar gefahren? Das war die Sache, die Quincy nicht verstand. Bei dem Wetter! Hatte sie sich so verzweifelt nach einem Drink gesehnt? Er hatte gehofft, dass sie seine Abwesenheit so schockieren würde, dass sie keinen Tropfen mehr anrühren würde. Er hatte nicht gedacht, dass es sie völlig aus dem Gleichgewicht bringen könnte.

Vielleicht war es gar kein Hinterhalt gewesen. Vielleicht musste sie gar nicht kämpfen. Vielleicht war sie nur eine einsame Frau in einer einsamen Bar, die den richtigen, beziehungsweise falschen, Mann kennenlernte.

Quincy knetete mit Zeigefinger und Daumen seinen Nasenrücken. So etwas wollte er nicht denken. So etwas wollte er sich nicht vorstellen.

»Wir fanden also«, fuhr Kincaid in seiner Schilderung fort, »ein zweites Schreiben in einer Tupperschüssel. Darin befinden sich Instruktionen für die Lösegeldübergabe. Wenn Sie sich bitte einen Augenblick Zeit nehmen würden, es zu lesen.«

Quincy legte gehorsam Beweisstück B obenauf und las:

Sehr geehrte Polizei,
wenn Sie bis hierher gekommen sind, dann wissen Sie, wie man Instruktionen befolgt. Das ist gut. Weiter so, und Sie werden die Frau lebend wiedersehen. Ich bin kein Monster. Wenn Sie tun, was ich sage, wird alles gut.
Die Kontaktperson muss eine Frau sein. Sie wird $10 000 zum Festplatz bringen. In bar. Nichts Größeres als Zwanzigdollarscheine.
Sie muss Pierce Quincys Handy bei sich haben. Ich melde mich. Sobald ich das Geld habe, bekommen Sie die Geisel. 16 Uhr. Seien Sie pünktlich. Wenn Sie meine Anweisungen nicht befolgen, wird es tödliche Konsequenzen haben.
Denken Sie dran, ich stehe zu meinem Wort.

Mit freundlichen Grüßen
Bruno Richard Hauptmann

Detective Grove hatte das Schreiben als Erste zu Ende gelesen und blickte stirnrunzelnd auf. »Er hat mit seinem Namen unterschrieben?«

Quincy wollte etwas sagen, aber zu seiner Überraschung war Sheriff Atkins schneller. »Falls Sie an Wiedergeburt glauben. Hauptmann wurde 1936 hingerichtet. Nachdem man ihn der Entführung und des Mordes an Charles Lindberghs Sohn für schuldig befunden hatte.«

»Hauptmann war der Entführer des Lindbergh-Babys?« Lieutenant Mosley klang geschockt.

Sheriff Atkins nickte, sah sich das erste Schreiben noch einmal an und blickte dann zu Quincy. »Dieses erste Schreiben – der Fuchs? War das auch eine echte Person?«

»Ja. William E. Hickman. Ebenfalls ein ziemlich berühmter Kidnapper.«

»In den dreißiger Jahren?«, fragte Detective Grove.

»In den Zwanzigern. In den zwanziger und dreißiger Jahren gab es eine Reihe spektakulärer Entführungsfälle. Alle in reichen Familien. Alle endeten tragisch.«

Die Anwesenden brauchten eine Sekunde, um diese Information zu verarbeiten.

»Vielleicht will er uns durch die Namen von seiner Spur abbringen«, spekulierte Detective Grove. Die junge Polizistin klang zögerlich. »Damit wir kostbare Zeit mit der Jagd nach Gespenstern verlieren.«

»Vielleicht ist er ein Geschichtsfreak und sehnt sich nach der guten alten Zeit«, sagte Mosley.

»Es ist reines Imponiergehabe«, warf Quincy ein. Er war sich bewusst, dass Sheriff Atkins ihn noch immer unverwandt ansah. »Er macht sich über uns lustig und will mit seinem Wissen angeben. Einerseits macht er Dinge, die ihn wie einen Amateur aussehen lassen – handschriftliche Instruktionen, grob skizzierte Wegbeschreibungen. Andererseits will er uns wissen lassen, dass er seine Hausaufgaben gemacht hat.«

»Er kennt Ihren Namen«, sagte Sheriff Atkins.

»Den hat er von mir. Als er das erste Mal anrief, habe ich mich am Telefon vorgestellt.« Geknickt merkte Quincy erst jetzt, wie viele Informationen er dem Kidnapper unnötigerweise gegeben hatte. Ein Anfängerfehler; er schämte sich.

»Hat er Erfahrung?«, fragte Sheriff Atkins ruhig.

Quincy erwiderte ihren Blick. »Ich weiß es nicht.«

»Es zeugt nicht von Intelligenz, eine handschriftliche Notiz zu hinterlassen. Dadurch haben wir etwas in der Hand, um ihn aufzuspüren.«

»Es ist nicht seine Handschrift. Es ist die des Opfers.« Beim letzten Wort brach Quincys Stimme, und er fuhr leiser fort: »Es ist Rainies Handschrift.«

Kincaid räusperte sich am Kopfende des Tisches, und alle wandten ihre Aufmerksamkeit wieder ihm zu. Quincy war dankbar für die Ablenkung. Kincaid hielt die letzte Seite des Handouts, Beweisstück D, hoch.

»Wir haben bereits angefangen, Informationen über den Täter zu sammeln. Wie Sie sehen können, wissen wir noch nicht viel. Wir reden hier über einen Mann, der wahrscheinlich zwischen zwanzig und dreißig Jahre alt ist. Er behauptet, nicht von hier zu sein, aber da es der hiesige Poststempel ist, sollten wir noch keine voreiligen Schlüsse ziehen. Angesichts seines eher simplen Ansatzes würde ich vermuten, dass sein schulischer Hintergrund eher begrenzt ist, mit Sicherheit nicht mehr als ein Highschool-Abschluss. Und aufgrund der relativ niedrigen Lösegeldsumme würde ich spekulieren, dass er über ein unterdurchschnittliches Einkommen verfügt. Was die Fahndung angeht, müssen wir nach einem alleinstehenden Mann Ausschau halten, der einen älteren Pickup-Truck fährt…« Er hielt inne und sah zu Quincy.

»Einen Transporter«, sagte Quincy. »Jemand wie er braucht eine günstige Fortbewegungsmethode, ein Fahrzeug, in dem er schlafen und sein Opfer transportieren kann. In solchen Fällen haben wir es oft mit kleinen Transportern zu tun.

Nichts Luxuriöses. Eher so in der Preisklasse um ein-, zweitausend Dollar.« Er blickte zu Sheriff Atkins. »Ich würde die Campingplätze überprüfen. Um diese Jahreszeit kann man dort besonders günstig übernachten, und man wäre relativ ungestört.«

»Das können wir tun«, sagte der Sheriff. »Aber Sie übersehen das Nächstliegende.«

Kincaid zog eine Augenbraue hoch. »Und das wäre?«

Atkins zuckte mit den Schultern. »Die üblichen Verdächtigen. Wir sollten uns die Typen vorknöpfen, die uns bereits als geldgierige kleine Gauner bekannt sind und die ohne mit der Wimper zu zucken ihre eigene Mutter verkaufen würden, ganz zu schweigen von einer Fremden, die sie auf der Straße aufgabeln. Sie haben selbst gesagt, dass wir nicht sicher sein können, ob er nicht doch von hier ist. Scheint mir, als könnten wir ein paar hiesigen Ganoven auf den Zahn fühlen, um zu sehen, ob einer Aua schreit.«

»Wie wollen Sie vorgehen?«, fragte Kincaid trocken. »Von Tür zu Tür gehen und die Herrschaften fragen, ob sie in letzter Zeit jemanden entführt haben?«

Sheriff Atkins zögerte keine Sekunde. »Ich für meinen Teil würde mir ihr Grundstück genauer ansehen, vielleicht fällt mir ja ein brandneuer Pickup-Truck oder Geländewagen auf, mit dem man sofort mit zehn Riesen in der Kreide stehen würde. Dann würde ich anklopfen und um eine kleine Führung bitten. Mir das Haus und die umliegenden Gebäude ansehen, schauen, ob sie ins Schwitzen kommen. Wer weiß? Vielleicht stolpere ich dabei sogar über ein paar Meth-Labors, die Sie dann ausheben können.«

Die letzte Bemerkung war ein Seitenhieb auf die momentanen Anstrengungen – beziehungsweise fehlenden Anstrengungen – der Staatspolizei, das wachsende Methamphetamin-

Problem in der Gegend in den Griff zu bekommen. Kincaid fasste die Spitze so auf, wie sie gemeint war.

»Klingt gut«, sagte der Sergeant knapp. »Mein Vorschlag wäre, dass Sie paarweise aufkreuzen und die gebührende Vorsicht walten lassen. Ein Geiselnehmer kann sehr schnell sehr unangenehm werden, wenn er sich überrumpelt fühlt.«

»Danke, Sergeant. Wir werden uns zu erinnern versuchen, wie wir unsere Arbeit machen müssen.«

»In Ordnung.« Kincaid räusperte sich und raschelte mit den Blättern. »Bleibt also noch, die umliegenden Hotels und Motels abzuklappern und die letzten Schritte des Opfers zurückzuverfolgen. Ich will wissen, wer Lorraine Conner in den letzten vierundzwanzig Stunden gesehen hat und wo sie gewesen ist. Detective Grove, wie wär's, wenn Sie sich darum kümmern? Entscheiden Sie, wie viele Leute Sie brauchen, und Sie bekommen sie.«

»Ja, Sir.« Alane Grove schmiss sich in Pose und glühte förmlich ob der wichtigen Aufgabe, mit der sie betraut worden war.

»Detective Spector koordiniert die Wissenschaftler. Sowohl die Daktyloskopen als auch die zwei Forensiker vom Labor in Portland sollten jeden Augenblick hier sein. Wir müssen noch das Auto untersuchen, ganz zu schweigen von den beiden Schreiben, dem Briefumschlag, dem Plastikbehälter und der Waffe. Das sollte uns haufenweise Informationen liefern. Was uns zur letzten, unmittelbar anstehenden Aufgabe bringt – wie wir mit der *Daily Sun* umgehen. Die gute Nachricht: Owen Van Wie, der Herausgeber, hat uns seine absolute Kooperation zugesagt. Er hat seinen besten Reporter, Adam Danicic, auf den Fall angesetzt, der in Absprache mit uns über den Fall berichten soll.«

Lieutenant Mosley nickte und nahm seinen Kugelschreiber. »Wir müssen so bald wie möglich eine Pressekonferenz veranstalten. Es ist besser, die Medien hören die Einzelheiten von uns, als wenn irgendwelche Spekulationen und Gerüchte zu ihnen durchdringen. Natürlich werden sie als Erstes wissen wollen, ob wir das FBI anfordern.«

Kincaids Antwort kam wie aus der Pistole geschossen. »Nein. Es gibt keinen Hinweis darauf, dass das Opfer den Bundesstaat verlassen hat, und unsere Forensiker haben alles im Griff. Die Hilfe unserer Kollegen von der Stadt- und Bezirkspolizei wissen wir natürlich zu schätzen.«

»Danke, Sir, sehr freundlich«, sagte Sheriff Atkins.

Kincaid schenkte ihr ein ebenso gnädiges Lächeln.

Quincy hatte jedoch genug.

»Letzte, unmittelbar anstehende Aufgabe?«, fragte er ungläubig. »Was ist damit, den Festplatz überwachen zu lassen? Das Lösegeld zu besorgen? Eine Polizistin zu verkabeln? Die Aufgaben, die Sie gerade skizziert haben, nehmen mehrere Tage in Anspruch. Wir haben aber nur noch zwei Stunden.«

Kincaid wich seinem Blick aus. Mosley auch. Im Raum wurde es plötzlich mucksmäuschenstill.

Und da kapierte Quincy endlich. Er schlug mit der Faust auf den Tisch. »Ich zahle das Lösegeld«, sagte er mit rauer Stimme. »Verdammt noch mal, Sie können mich nicht daran hindern, das Geld zu zahlen.«

»Mr Quincy …«

»Sie ist meine Frau! Und sie ist eine Kollegin von Ihnen. Wie können Sie es wagen …«

»Wir werden alles in unserer Macht Stehende tun, um Ihre Frau zu finden.«

»Außer, die Anweisungen des Entführers zu befolgen!«

»Wir werden sie aber auch nicht missachten. Lieutenant Mosley und ich haben schon darüber gesprochen; ich glaube, es wäre das Beste, einen Dialog mit dem Entführer …«

»Nein, das Risiko ist zu groß. Wir haben nicht genug Informationen. Das lasse ich nicht zu.«

Kincaid schwieg. Lieutenant Mosley ebenfalls.

Und dann kapierte Quincy auch den Rest. Er war so erfreut gewesen, dass ihn der Sergeant Detective in die Ermittlungen mit einbezog, dass er sich keine Gedanken über Kincaids Motivation gemacht hatte. Schätzte er Quincys Hilfe wirklich, oder wollte er den früheren Ermittler nur bei Laune halten?

Als Quincy weitersprach, war seine Stimme täuschend ruhig. »Wann?«

Kincaid sah auf seine Uhr. »Die Sonderausgabe der *Daily Sun* geht wahrscheinlich gerade in Druck.«

»Wer hat die Nachricht verfasst?«

»Ich«, sagte Kincaid, ohne mit der Wimper zu zucken.

»Dazu sind Sie nicht qualifiziert. Rufen Sie das FBI! Holen Sie einen Profiler! Machen Sie es richtig!«

»Ich würde niemals grundlos das Leben einer Geisel in Gefahr bringen«, sagte Kincaid bestimmt. »Unsere Nachricht ist einfach und klar. Wir werden das Lösegeld zahlen, aber wir brauchen mehr Zeit. Das arbeitet zu unseren Gunsten, Mr Quincy, und auch zu Gunsten von Rainie.«

»Sie kapieren es immer noch nicht. Es geht hier nicht um Geld, Sergeant Detective Kincaid. Es geht um Macht: er will sie besitzen und uns gegenüber ausspielen ...«

»Danke, Mr Quincy.«

»Ein falsches Wort von Ihrer Seite und er wird sie aus reiner Niedertracht umbringen.«

»Danke, Mr Quincy.«

»Sie müssen einen Profi holen ...«

»Dafür ist es zu spät, Mr Quincy. Es ist passiert.«

In dem darauf folgenden Schweigen trafen diese Worte

Quincy wie ein Schlag gegen die Brust. Es verschlug ihm den Atem, und sein Herz raste wie wild. Adrenalin, Wut, Schmerz.

Dreißig Jahre. Dreißig Jahre, in denen er eine solide Wissensgrundlage erworben hatte, seine Instinkte trainiert hatte, sich den Ruf erworben hatte, der Beste der Besten zu sein. Aber jetzt, da es am meisten darauf ankam, jetzt, da Rainie irgendwo da draußen war, hilflos, schutzlos, ihn brauchte …

Er nahm seine Sachen und verließ das Gebäude just in dem Augenblick, als es wieder zu regnen begann.

14

DIENSTAG, 14:38 UHR

Shelly Atkins holte ihn auf dem Parkplatz ein. Quincy drehte sich erst im letzten Moment um, mit hochgezogenen Schultern und zusammengepressten Lippen.

Er verspürte kein Bedürfnis, seine schlechte Laune zu überspielen.

Sheriff Atkins blieb ein paar Schritte hinter ihm stehen. Sie sagte nicht sofort etwas. Der Regen prasselte zwischen ihnen hernieder, rann von Shellys Hut und bildete Pfützen zu ihren Füßen.

»Eine lange Nacht«, sagte sie schließlich.

Quincy zuckte mit den Achseln. Sie waren alle seit den frühen Morgenstunden auf; es erschien ihm keiner besonderen Erwähnung wert.

»Die Staatspolizei schmeißt den Laden gern auf ihre Weise«, fing sie von neuem an.

»Wie immer.«

»Ich habe heute Vormittag mit Luke Hayes gesprochen. Er hatte nur Gutes über Ihre Frau zu sagen. Als Mensch und als Ermittlerin. Er war total überrascht, als er hörte, dass sie vermisst wurde, und meinte, er würde sich umhören.«

»Das weiß ich zu schätzen.«

»Er meinte auch, dass Sie mal beim FBI waren und ziemlich gut sind.«

Quincy zuckte bloß mit den Schultern.

»Glauben Sie, dass er von hier ist?«, fragte sie unvermittelt. Sie brauchte nicht zu sagen, wen sie meinte.

»Er kennt sich zumindest hier aus«, sagte Quincy vorsichtig. »Meiner Meinung nach hat er entweder früher hier gewohnt, oder er ist oft genug hier gewesen, um die Gegend gut zu kennen. Für Entführungen braucht es eine komplizierte Logistik. Ein Kidnapper sucht sich in der Regel einen Ort, an dem er sich wohl fühlt.«

»Ich habe irgendwo gelesen«, sagte Shelly, »dass die meisten Lösegeldfälle eine persönliche Komponente haben. Ein Geschäftspartner, ein Familienmitglied oder auch ein Kredithai, der seine Schulden eintreiben will.«

»Rainie hat nicht gespielt, ich bin ihr Geschäftspartner, und die einzigen Schulden, die wir haben, sind unsere Hypotheken. Obwohl ... heutzutage weiß man nie ... den Banken ist alles zuzutrauen.«

Der Regen wurde noch stärker. Sheriff Atkins schien es nicht zu kümmern. Auch Quincy war seit Stunden so nass und müde, dass es ihm nichts mehr ausmachte. Vielleicht, dachte er, hätten sie nie nach Oregon ziehen sollen. Vielleicht wäre Rainie nichts passiert, wenn er von ihr verlangt hätte, in New York zu bleiben.

»Kincaid ist kein schlechter Detective«, sagte Shelly schließlich.

»Er hat seine guten Momente.«

»Wir werden alle unser Bestes geben.«

»Danke.«

»Aber wenn ich Sie wäre, würde ich mich auch auf niemanden verlassen.«

Quincy legte den Kopf schief.

»Ich würde mich selbst umhören wollen«, sagte Shelly. »Ich würde wissen wollen, wo ich anfangen sollte.«

»Das stimmt«, sagte Quincy leise. »Das würde ich gern.«

»Einer meiner Leute hat heute Vormittag ein paar Anrufe getätigt. Routineüberprüfungen von Orten, wo Rainie sich öfter aufhält. Sie wissen schon, für den Fall, dass sie wie durch ein Wunder dort auftaucht. Unter anderem hat er Dougie Jones' Pflegemutter, Laura Carpenter, angerufen. Sie meinte, Dougie hätte sofort, als sie Rainies Namen erwähnte, gefragt, ob sie vermisst wird. Anscheinend hat Dougie gesagt, dass Rainie eine Lügnerin ist und dass Lügner bestraft werden.«

»Was hat Dougie sonst noch gesagt?«

»Das war alles, was Mrs Carpenter berichtet hat. Jedenfalls scheint mir Dougies Aussage der Nachforschung wert. Aber Dougie mag keine Uniformen. Und keine Männer.«

»Dann ist es ja gut, dass meine Tochter hierher kommt«, sagte Quincy.

»In der Tat.« Ihr Lächeln ließ Shelly Atkins zehn Jahre jünger wirken. Wieder fielen ihm ihre Augen auf; sie hatte sanfte braune Augen. Schwer vorstellbar, dass eine Frau mit diesen Augen log.

»Was hat Sie nach Bakersville geführt, Sheriff Atkins?«

»Der Job. Ich war vorher in La Grande. Im Vergleich dazu ist Bakersville ein großer Karriereschritt.«

»Sehnen Sie sich schon nach den ruhigen alten Tagen?«

Sie grinste. »Kein bisschen!«

Als Shelly wieder nach drinnen ging, bog ein Auto auf den Parkplatz ein. Kimberly saß am Steuer, Mac auf dem Beifahrersitz. Quincy hatte einen Plan. Jetzt hatte er sein eigenes Team. Und er hatte noch etwas – Kincaid hatte versäumt, ihm sein Handy abzunehmen, als er aus dem Raum gestürmt war. Der Entführer hatte ihn bereits einmal angerufen. Quincy wettete, dass er es bald wieder tun würde.

DIENSTAG, 15:01 UHR

»Na ja, das muss man der Staatspolizei lassen, der Text ist gar nicht so schlecht«, sagte Kimberly eine Viertelstunde später. Sie saßen am Stadtrand in *Martha's Diner*, einem von Rainies Lieblingsrestaurants; Rainie war schier süchtig nach Marthas selbst gebackenem Blaubeerkuchen. Quincy hatte sich ein Stück bestellt, aber es stand ungegessen wie ein Mahnmal auf dem Tisch.

Kimberly schob Quincy die Ausgabe der *Daily Sun* hin. Sie meldete die Entführung auf der Titelseite, ohne aber Rainies Namen oder Beruf zu erwähnen. Quincy konnte im gesamten Text den Einfluss der Staatspolizei erkennen. Wichtige Fakten waren einbehalten worden, um dem Entführer nichts mitzuteilen, was er nicht wissen konnte. Gewisse Suggestivaussagen waren absichtlich eingefügt worden – das Opfer war möglicherweise zuletzt in einer Bar gesehen worden –, um die Öffentlichkeit zu ermutigen, sachdienliche Hinweise zu geben.

Der Text schloss mit einer offiziellen Stellungnahme des Pressesprechers. »Wir sind sehr darauf bedacht, mit dem Entführer zusammenzuarbeiten«, wurde Lieutenant Mosley zitiert, »und wir werden alles in unserer Macht Stehende tun, damit das Entführungsopfer heil und gesund zu seiner Familie zurückkehrt. Leider ist es uns aufgrund neuer landesweiter Bankbestimmungen nicht möglich, der Forderung des Entführers innerhalb des von ihm gesetzten Zeitrahmens nachzukommen. Daher möchten wir den Entführer bitten, uns auf einer speziell für ihn eingerichteten Nummer anzurufen, damit wir die Sache besprechen und einen für beide Seiten akzeptablen Plan ausarbeiten können. Ich wiederhole, wir wollen die Forderungen des Entführers erfüllen, aber wir brauchen noch etwas Zeit.«

Der Artikel schloss mit der Telefonnummer der Hotline, die wahrscheinlich direkt mit der Einsatzzentrale verbunden war, wo die gesamte Sonderkommission mitsamt einem Aufnahmegerät bereitstand. In Quincys Augen war es zu offensichtlich. Er hatte seine eigene Meinung, wen der Entführer anrufen würde, und es würde bestimmt keine von der Polizei überwachte Hotline sein.

»Der Entführer soll also anrufen und mit einem erfahrenen Experten sprechen«, sagte Kimberly.

»Ich glaube, er soll mit Kincaid sprechen. Ich weiß noch nicht, ob ich den Sergeant einen erfahrenen Experten nennen würde.«

»Aber du hältst ihn auch nicht gerade für einen Dummkopf.«

»Ich gestehe ihm ein geringfügig höheres Intelligenzniveau zu.«

»Wie ich sehe, ist der erste Rausch verflogen«, murmelte Mac, der mit offensichtlichem Genuss ein riesiges paniertes Hühnerschnitzel verdrückte.

Kimberly hingegen hatte die Appetitlosigkeit ihres Vaters geerbt; sie rührte ihren Thunfischsalat genauso wenig an wie er seinen Teller Suppe.

»Welche Strategie verfolgt die Staatspolizei?«, fragte Kimberly.

»Kincaid hielt es nicht für nötig, mir Einzelheiten mitzuteilen, aber vermutlich wählen sie die klassische Vorgehensweise: Zeit zu gewinnen, um die Ermittlungen voranzutreiben und ihre Leute zusammenzutrommeln. Wenn alles nach Plan verläuft, finden sie Rainie noch vor der Lösegeldübergabe.«

»Neue landesweite Bankbestimmungen.« Mac schluckte den letzten Bissen hinunter und schob seinen Teller zur Seite.

»Nette Idee, aber nur, falls der Typ seine Hausaufgaben nicht gemacht hat.«

»Kincaid denkt, dass der Entführer ein niedriges Bildungsniveau hat. Der Dorfdepp, sozusagen.«

Mac grinste. »Und du?«

»Seine Kommunikationsmittel waren bis jetzt einfach, aber clever. Die Schreiben sind fehlerfrei und angemessen formuliert. Manches wirkt etwas unbeholfen, aber bisher ist er sehr effektiv.«

»›Einfach‹ heißt nicht unbedingt ›dumm‹«, murmelte Kimberly.

»Genau.«

»Der Typ kann nicht auf den Kopf gefallen sein, wenn es ihm gelingt, jemanden wie Rainie zu entführen. Ich kann mir nicht vorstellen, dass sie auf irgendwelche Tricks hereinfällt oder sich ohne Gegenwehr überwältigen lässt.«

Quincy schwieg. Er dachte an ihre monatelangen Auseinandersetzungen und Diskussionen und Sorgen. Er hatte Kimberly gegenüber nie etwas davon erwähnt. Er wollte Rainies Privatsphäre schützen.

Vielleicht wollte er aber auch niemandem, nicht einmal seiner Tochter, eingestehen, dass auch seine zweite Ehe am Scheitern war.

Kimberly und Mac sahen sich an. Quincy konnte sich noch immer nicht dazu durchringen, etwas zu sagen.

»War sie wirklich in einer Bar?«, fragte Kimberly schließlich mit sanfter Stimme.

»Ich weiß es nicht. Dazu müssen wir erst herausfinden, was sie in den letzten Stunden vor ihrer Entführung getan hat.«

»Dad, du solltest wissen, was sie in den Stunden vor ihrer Entführung getan hat.«

»Du gehst davon aus, dass wir noch zusammen wohnen.«

»O Dad.« Kimberly streckte ihre Hand über den Tisch und drückte die Hand ihres Vaters. Sie und Mac wechselten erneut einen Blick, dann sagte Mac plötzlich: »Ich glaube, ich muss mal auf die Toilette.«

»Nein, nein.« Quincy entzog Kimberly seine Hand und winkte ab. Er zwang sich, bestimmt und sachlich zu klingen. Für einen Mann, der den Großteil seines Lebens damit zugebracht hatte, sich zu verstellen, war das nicht weiter schwierig. »Es ist kein Geheimnis. Immerhin weiß es schon die Staatspolizei. Rainie und ich haben uns getrennt. Vor einer Woche. Ich hatte gehofft, es würde nur vorübergehend sein. Ich dachte, wenn ich gehe, würde sie vielleicht vor lauter Schock mit dem Trinken aufhören.«

»O Dad.« Kimberly klang bestürzt.

Mac hingegen kam ohne Umschweife zum Punkt. »Seit wann?«

»Es fing vor einigen Monaten an. Wenigstens soweit ich weiß. Man hat uns im August bei einem Doppelmord zu Rate gezogen. Eine Mutter und ihre kleine Tochter. Seitdem hatte Rainie Probleme.«

»Ihr seid aber doch beide schon öfter an schlimmen Tatorten gewesen«, sagte Mac.

»Was heißt ›schlimm‹?«, gab Quincy achselzuckend zurück. »Als Profi kann ich dir mit Theorien kommen. Dass alle Fälle zusammen schließlich zu viel für sie wurden – der sprichwörtliche Tropfen, der das Fass zum Überlaufen brachte. Dass sie aufgrund unserer Adoptionspläne sensibler war – sozusagen nicht in der Lage, zwischen Privatleben und Beruf zu unterscheiden. Letztendlich spielt es keine Rolle. Früher oder später scheint es für jeden Ermittler den einen Fall zu geben, der einem zu nahe geht. Du hattest deinen vor einigen Jahren, Mac. Rainie hatte ihren im August.«

Mac wandte den Blick ab. Sie wussten alle drei, dass er dazu keinen Kommentar abgeben würde.

»Was ist mit der Adoption?«, fragte Kimberly. »Das muss doch etwas gewesen sein, worauf Rainie sich freuen konnte.«

»Wir wurden abgelehnt.«

»O Dad«, murmelte Kimberly wieder.

»Aus Sicht der Staatspolizei wirft unsere Trennung natürlich ein anderes Licht auf mich«, sagte Quincy forsch. »Sergeant Kincaid hat offensichtlich entschieden, mir gewisse Details der Ermittlungen mitzuteilen und mir dafür andere vorzuenthalten.«

»Wie schön«, murmelte Mac. »Als ob du nicht schon genug Sorgen hättest.«

»Die gute Nachricht ist«, fuhr Quincy fort, »ich scheine in Sheriff Shelly Atkins, der Nachfolgerin von Luke Hayes, eine Verbündete gefunden zu haben. Sie hat mir einen Anhaltspunkt gegeben. Scheinbar hat der Junge, für den Rainie als Rechtsbeistand tätig ist, Dougie Jones, heute Morgen als Erstes gefragt, ob Rainie vermisst wird. Er nannte Rainie eine Lügnerin und sagte, dass Lügner bestraft werden.«

»Du glaubst, dass es ein Kind war?«, fragte Kimberly stirnrunzelnd.

»Das bezweifle ich. Dougie ist erst sieben. Andererseits …« Quincy zuckte die Schultern. »Er ist ein schwieriger Junge mit einer schwierigen Vergangenheit. Durchaus möglich, dass er etwas weiß.«

»Wann sprechen wir mit ihm?«, fragte Mac und winkte nach der Rechnung.

»Ich habe mir gedacht, dass Kimberly ihn vernehmen soll. So bald wie möglich.«

»Ich?« Kimberly sah sich um.

»Dougie mag weder Polizisten noch Männer.«

Kimberly kniff die Augen zusammen. »Und was macht ihr zwei, während ich mich um diesen charmanten kleinen Jungen kümmere?«

»Wir gehen auf den Rummelplatz, was sonst? Kincaid hat viel Zeit und Mühe in den Zeitungsartikel investiert und ist dabei von einer großen Annahme ausgegangen: dass der Entführer den Artikel auch vor sechzehn Uhr liest.«

Mac las zwischen den Zeilen. »Ah, das kann ein Spaß werden.«

»Ganz genau«, sagte Quincy.

15

DIENSTAG, 15:09 UHR

»Glaubst du an die wahre Liebe?«

Die Stimme kam von weither, begleitet von dem Klappern von Töpfen und Pfannen. Ich träume wieder, dachte Rainie. Von einem dunklen Nichts, durch das eine dröhnende Stimme schallt. Vielleicht ist das der Himmel.

Der Himmel riecht nach Schinken, stellte sie ohne Ironie fest. Dann donnerte die Stimme wieder los.

»Meine Mutter glaubte an die wahre Liebe. Auch als sie mit meinem Vater ins Bett stieg. Als sie ihm die Klamotten schrubbte, ihm seinen Whiskey kaufte und von seinen Schlägen blaue Flecken bekam. Ja, meine Mutter war eine richtige Romantikerin. Wahrscheinlich liebte sie meinen Vater auch noch in dem Augenblick, als er sie erschlug. Meine Mutter nannte es Liebe, mein Vater Gehorsam. Wenn du mich fragst, haben sie beide Scheiße geredet.«

Eine Hand berührte ihre Schulter. Rainie zuckte zusammen und wurde sich bewusst, dass sie auf der Kante eines harten Holzstuhls saß, von dem sie beinahe hinuntergefallen wäre.

»Entspann dich«, sagte die Stimme ungeduldig. »Höchste Zeit, dass du dich zusammenreißt. Du hast noch zu tun.«

Weitere Geräusche. Die Person – der Stimme nach ein Mann zwischen Anfang zwanzig und Anfang dreißig – bewegte sich im Raum. Eine Kühlschranktür wurde auf- und zugemacht. Ein kurzer Schlag, ein Brutzeln, dann erfüllte ein neuer Geruch die Luft. Gebratene Eier. Schinken mit Ei. Frühstück.

Es muss Vormittag sein, dachte sie, aber diese Einschätzung fühlte sich nicht richtig an. Die Fesseln und die Augenbinde machten es ihr schwer, sich zurechtzufinden. Sie war betäubt worden und hatte immer wieder mal das Bewusstsein verloren. Sie erinnerte sich an weißes Licht, eine Fahrt in einem Auto, daran, dass sie etwas geschrieben hatte. All das brauchte Zeit. Aber wie viel Zeit?

Sie sollte sich aufsetzen und den Kopf freibekommen. Aber es war einfacher, in ihrem dunklen Kokon zu bleiben, zusammengekauert, gefesselt, ahnungslos. Gefangene mussten nicht denken. Gefangene mussten nicht fühlen.

Vage wurde ihr bewusst, dass sie keinen Knebel mehr trug, aber ihr Mund war so ausgetrocknet, dass sie jetzt genauso wenig sprechen konnte wie zuvor. Kurz darauf merkte sie, dass sie ihre Füße bewegen konnte. Also hatte er ihr sowohl den Knebel als auch die Fußfesseln entfernt. Warum? Weil sie noch zu tun hatte?

Es konnte nicht Vormittag sein, beschloss sie. Sie hatte das Haus kurz nach ein Uhr nachts verlassen. Es fühlte sich an, als wäre das mindestens zwölf Stunden her. Ihr Entführer musste sich schlafen gelegt haben. Das ergab Sinn. Nachdem er mitten in der Nacht aktiv gewesen war, hatte er sich schlafen gelegt und machte sich jetzt ein spätes Frühstück beziehungsweise ein frühes Mittagessen. Mittag. Das schien schon eher zu stimmen.

Jetzt kratzte er eine Pfanne aus. Die Luft roch verbrannt und fettig. In Gedanken sah sie ein kleines Zimmer, ohne dass sie hätte sagen können, warum. Eine winzige Küche in einem verschlossenen Haus. Unter dem Fett glaubte sie schmutzige Wäsche und abgestandene Luft zu riechen.

Ein Quietschen, als ein Stuhl über den Linoleumboden gezogen wurde. Der Mann setzte sich schwerfällig, und Rainie fühlte plötzlich, wie ihr jemand eine Gabel Rührei an die Lippen drückte.

»Iss, aber langsam. Von dem Betäubungsmittel kann einem übel werden. Wenn du erbrichst, ist das dein Pech. Ich kümmere mich nicht um die Sauerei.«

Ihr Magen drehte sich allein von dem Geruch der Eier. Rainie fuhr sich über die Lippen und versuchte zu sprechen. Erst beim zweiten Mal brachte sie ein Wort heraus. »Wasser«, krächzte sie. Dann noch einmal, etwas lauter: »Wasser.«

Ihre Stimme klang fremd. Harsch, kehlig, rau. Wie die Stimme eines Opfers.

Der Stuhl quietschte wieder. Der Mann stand auf und bewegte sich im Raum. In der Art, wie er einen Plastikbecher gegen die Spüle drückte und den Wasserhahn aufdrehte, konnte sie seine Ungeduld spüren.

Kurz darauf wurde ihr der Becher an die Lippen gedrückt. »Vier Schluck Wasser, dann etwas von dem Ei, dann wieder Wasser. Komm schon, trink. Ich habe nicht den ganzen Tag Zeit.«

Sie tat wie befohlen. Einerseits überraschte sie das. Andererseits auch nicht. Seit wann fühlte sie sich jetzt schon so hilflos? Es hatte angefangen, lange bevor Entführer A sie an Punkt B entdeckt hatte. Sie war überfordert und machtlos gewesen, seit sie den kleinen leblosen Körper in der Wohnung in Astoria gesehen hatte.

Seit sie die Angst gespürt hatte, die dort noch immer in der Luft gehangen hatte, seit sie wusste, wozu das kleine Mädchen gezwungen worden war. Niemand hatte ihm helfen können. Niemand hatte es retten können. Und der Mann war ihr bestimmt riesengroß und mächtig vorgekommen, als er ihr den

Schlafanzug vom Leib riss und sich anschickte, sich an ihr zu vergehen.

Kein Happy End. Der Mann hatte getan, was er tun wollte; dann hatte er die vierjährige Aurora Johnson mit einem Kissen erstickt. Wo war da die Gerechtigkeit? Wo war da Gott?

Und seitdem hatte Rainie das Gefühl, als würde ihr das Leben entgleiten. Sie surfte im Internet und las Geschichten, die sie, das wusste sie, besser nicht lesen sollte. Geschichten von einem Zwölfjährigen, der einen Dreijährigen vergewaltigt und umgebracht hatte. Von einem Erdrutsch, der eine Mutter und drei kleine Kinder unter sich begrub, als der Vater gerade mal kurz ein Eis holen ging. Von dem Tsunami. Über zweihunderttausend Leute auf einen Schlag einfach so weg, ein Drittel davon Kinder, die nicht die geringste Chance hatten. Nicht, dass diejenigen, die das Unglück überlebt hatten, besser dran wären. Laut den Nachrichten nutzten Sklavenhändler das Chaos prompt aus, um sich Waisenkinder zu schnappen und Sexsklaven aus ihnen zu machen.

All diese Kinder, deren Leben voller Schrecken, Elend und Leid war.

Was sollte da ein Einzelner ausrichten? Für jeden Mord, in dem sie ermittelte, geschahen hundert andere. Und die Täter waren keine abgebrühten Verbrecher mit schiefen gelben Zähnen und kleinen Knopfaugen. Es waren charmante Vorstadtväter. Es waren Fußballmütter. Es waren selbst noch Kinder, Zehn-, Elf-, Zwölfjährige.

In Rainies Kopf waren viel zu viele Sachen, die sie nicht wissen sollte. Bilder, die sie quälten. Fragen, die sie verfolgten. Hatte die kleine Aurora im Sterben gewusst, wie sehr ihre Mutter sie geliebt hatte, wie tapfer ihre Mutter bis zum bitteren Ende gekämpft hatte? Oder hatte sie ihre Mutter dafür gehasst, dass sie sie im Stich gelassen hatte?

»Noch ein Bissen«, befahl ihr Entführer.

Sie öffnete gehorsam den Mund, schluckte und erbrach sich dann zu ihrer beider Überraschung über den Tisch.

»Großer Gott!« Der Mann sprang so heftig auf, dass der Stuhl umkippte. »Das ist ja eklig. O Mann …«

Er schien nicht zu wissen, was er tun sollte. Rainie blieb sitzen, passiv, ungerührt, und überließ es ihm, sich darum zu kümmern. Sie schmeckte Galle in ihrem Mund. Etwas Wasser wäre gut. Oder Orangensaft. Irgendetwas, um ihre Kehle zu besänftigen.

Und dann dachte sie an Quincy. Sie sah ihn so deutlich vor sich stehen, dass sie ihre gefesselten Hände nach ihm ausstreckte. Sie war im Arbeitszimmer. Es war spät nachts. Er stand in der Tür, seinen dunkelgrünen Bademantel um die Taille verschnürt.

»Komm ins Bett«, sagte er.

Aber sie konnte nicht. Wieder einmal las sie eine dieser schrecklichen Geschichten und konnte nicht aufhören. Sie war wie ein Schwamm, der das Leid der ganzen Welt in sich aufsaugte, während sie selbst dabei auf der Strecke blieb.

»Rainie, wonach suchst du?«, fragte er leise.

Sie wusste keine Antwort darauf, und als sie wieder aufsah, war er weg. Also hatte sie ihr Bier wieder aus dem Aktenschrank geholt.

»Scheiße, scheiße, scheiße«, murmelte ihr Entführer jetzt. »Herrgott noch mal.« Fließendes Wasser in der Spüle. Dann wurde ein Schwamm ausgedrückt. Also machte er doch sauber. Ansonsten hätte er ihr die Fesseln abnehmen müssen, aber das konnte er nicht tun.

Der Gedanke amüsierte sie. Also war auch ihr Entführer hilflos, er hatte sich selbst zu einem Opfer gemacht. Sie musste lächeln.

Im nächsten Moment schlug sie der Mann ins Gesicht, und sie stürzte zu Boden.

»Lass das verdammte Grinsen«, brüllte er. »Wehe, du machst dich über mich lustig!«

Sie spürte ihn über sich; seine Wut war wie eine physische Präsenz, die den Raum füllte. Sie konnte ihn förmlich vor sich sehen. Die Hände zu Fäusten geballt. Den Mund zusammengepresst. Er wollte es tun: sie schlagen, immer und immer wieder. Wie sein Vater seine Mutter geschlagen hatte. Wie ihre eigene Mutter von unzähligen, gesichtslosen Freunden geschlagen worden war.

Wie man in den Wald hineinruft, so schallt es heraus. Die Kinder, denen heute Leid geschieht, werden morgen anderen Leid zufügen.

Und plötzlich wusste Rainie genau, wer ihr Entführer war – trotz ihrer Augenbinde. Sie hatte ihn die meiste Zeit ihres Lebens gekannt. Er war ein Teil ihrer selbst, ihrer Vergangenheit, die sie immer wieder einholte. Seit sie vor drei Monaten ihr erstes Bier geöffnet hatte, war sie immer tiefer gefallen, und er war schlicht und einfach der Teufel, der ihr ganzes Leben auf sie gewartet hatte.

Der Mann packte sie am Kragen. Er riss sie hoch, zerrte ihre Schulter durch ihre Kotze und verschmierte den unerträglichen Gestank auf ihren Klamotten. Sie taumelte; er schubste sie, und sie stieß mit den Unterschenkeln gegen etwas Niedriges, Hartes. Ein Couchtisch, ein Stuhl. Egal. Es gab keinen Ausweg. Keinen Rückzugsraum. Sie keuchte und spürte ihn auf sich zukommen.

»Dein Mann hat dich verlassen, Lorraine«, höhnte er.

Sie schwieg. Wie konnte er das wissen?

»Was hast du getan? Herumgehurt? Mit seinem besten Freund gepennt?«

»N-n-nein«, flüsterte sie. Ihr Herz hämmerte in ihrer Brust. Komisch. Seine physische Nähe schüchterte sie nicht ein, aber seine Fragen machten ihr Angst.

»Bist du eine Nutte, Lorraine?«

Sie reckte ihr Kinn.

»Ja, ich kann es mir schon vorstellen. Wahrscheinlich hast du es mit der ganzen Stadt getrieben. Dein Mann hatte gar keine andere Wahl, als sich mit eingezogenem Schwanz aus dem Staub zu machen.«

Rainie überraschte sich selbst. Sie sammelte das bisschen Flüssigkeit, das sie noch im Mund hatte, und spuckte in Richtung des Mannes.

Im Gegenzug packte er sie an den Haaren und riss ihren Kopf nach hinten. Unwillkürlich entwich ein leiser Schrei aus ihrer Kehle.

»Hasst er dich?«

»N-n-nein.« Das glaubte sie zumindest. Noch nicht.

»Du hast den Zettel geschrieben. Du weißt, was ich will. Wird er zahlen, Lorraine? Wird dein Mann zehn Riesen für seine miese Hure von Frau springen lassen?«

»Ja«, sagte sie zuversichtlicher. Quincy würde zahlen. Er würde das Zehnfache, das Hundertfache des Betrags zahlen. Und nicht nur, weil er ein verantwortungsvoller Ehemann oder Ex-FBI-Agent war, sondern weil er sie liebte, weil er sie immer geliebt hatte. Das war das Schlimmste an seinem Schreiben gewesen. Nicht »Auf Wiedersehen« oder »Reiß dich zusammen« oder »Hör auf zu trinken, dumme Kuh.« Ihr Mann der wenigen Worte hatte geschrieben: »Ich liebe dich.« Und das war's gewesen.

»Ich hoffe dir zuliebe, dass du die Wahrheit sagst und dein Alter die Knete rausrückt«, sagte ihr Entführer. »Ich suche keine Mitbewohnerin, Lorraine. Entweder ich bekomme in der nächsten Stunde mein Geld, oder du beißt ins Gras. Also mach keine Mätzchen. Versuch nicht, mich reinzulegen.«

Der Mann hielt sie noch immer an den Haaren gepackt und zog sie daran, wie an einem Seil, zur Tür.

»Es gibt keine wahre Liebe«, sagte der Mann wieder. »Es gibt nur schönes, echtes Bargeld. Und jetzt ist es an der Zeit, dass Quincy damit rausrückt.«

16

DIENSTAG, 15:32 UHR

Kimberly parkte das Mietauto, sah sich um und seufzte. Der Regen war zwar endlich einem leichten Nieseln gewichen, aber das änderte nichts daran, dass sie ihre Lieblingsschuhe ruinieren würde.

Für einen zweiundzwanzig Grad warmen Tag in Atlanta, Georgia, waren die schmal geschnittene schwarze Hose und das taillierte Seidenoberteil gerade richtig gewesen. Da sie vom Büro auf schnellstem Weg zum Flughafen gefahren war, hatte sie keine Zeit gehabt, noch mal zu Hause vorbeizuschauen. Also hatte sie nur ihre Reisetasche dabei, die sie immer für den Notfall im Kofferraum mitführte. Darin waren eine marineblaue FBI-Windjacke, Unterwäsche, Zahnbürste, Zahnpasta, Haarbürste und Deodorant. Das war's.

Mit anderen Worten, keine Schuhe, mit denen man fünfzehn Meter durch den Schlamm hätte stiefeln können. Keine legeren Klamotten, mit denen man es bei einem Kind leichter gehabt hätte. Kein Pullover, der ihre Arme gewärmt hätte. Sie könnte es mit der Windjacke probieren, aber da der Junge bekanntlich eine Abneigung gegen Polizisten hatte, bot es sich nicht gerade an, in einer Jacke mit dem FBI-Logo aufzukreuzen.

Tja, mit ihrer schönen Hose, ihrer schönen Bluse und einem absolut traumhaften Paar Schuhe war sie eindeutig overdressed. Und jetzt würde sie auch noch leiden müssen. Wie liebte sie doch ihren Job!

Sie öffnete die Autotür und stieg aus. Prompt versanken ihre Absätze fünf Zentimeter tief im Schlamm. Als sie ihren Fuß herauszog, gab es ein saugendes Geräusch. Wild entschlossen machte sie einen zweiten Schritt und zuckte heftig zusammen, als plötzlich eine Stimme aus dem Wald sagte: »Schöne Schuhe.«

Kimberly drehte sich um, während sie, den einen Fuß nach vorne, den anderen nach hinten eingesunken, mühsam das Gleichgewicht zu halten versuchte. Hinter einer dicken Tanne spähte ein Junge hervor. Seine braunen Augen waren fast zu groß für sein Gesicht. Sein blaues Sweatshirt und seine schlammbespritzte Jeans hingen locker an seiner hageren Gestalt.

Auf ihren Blick hin steckte er seine Hände in die Taschen und zog die Schultern hoch. Er war offensichtlich schon länger im Freien. Sein Sweatshirt war patschnass, seine nassen Haare klebten ihm in dunklen Zacken an der Stirn. Seine Wange war schlammverschmiert, und an seinen Klamotten hingen Kiefernnadeln. Aber er starrte sie einfach an.

»Ja, sie sind wirklich schön«, sagte Kimberly schließlich. »Schön wertlos.« Sie schnitt eine Grimasse und zog ihren Fuß ein zweites Mal aus dem Schlamm, was ihr dasselbe saugende Geräusch einbrachte. Pfeif drauf! Sie zog die Schuhe aus und ging barfuß auf den Jungen zu. Der Schlamm zwischen ihren Zehen erinnerte sie an die Zeit damals in Virginia, als … Lieber nicht daran denken!

Der Junge kicherte, während sie auf ihn zustapfte.

»Erzähl mir nicht, dass du noch nie barfuß durch den Schlamm gelaufen oder in Pfützen herumgesprungen bist!«, sagte Kimberly. »Da hast du aber was verpasst.«

Dougie Jones, so vermutete sie, biss an. Er ging in die Knie und machte sich eifrig an den Schnürsenkeln seiner dreckigen

Tennisschuhe zu schaffen. Während sich seine dünnen, flinken Finger mit den regendurchweichten Knoten abmühten, hatte Kimberly Zeit, näher zu kommen.

»Brauchst du Hilfe?«, fragte sie. Dougie hielt ihr schweigend einen Fuß hin.

Da ihr Outfit ohnehin schon ruiniert war, ging Kimberly vor ihm in die Hocke und schnürte ihm die Schuhe auf. »Anderen Fuß.«

Er gehorchte. Sie zog ihm beide Schuhe aus, dann streifte Dougie hastig seine Socken ab. Es waren billige weiße Sportsocken mit farbigen Streifen am Bündchen. Die Fersen waren durchgewetzt, die Zehen ganz gelblich. Die Socken machten Kimberly traurig. Es sollte nicht zu viel verlangt sein, einem Jungen ein neues Paar Socken zu kaufen.

»Du bist Dougie Jones, richtig?«

Der Junge nickte geistesabwesend.

»Hi«, sagte sie sanft. »Ich heiße Kimberly.«

Dougie schien es egal zu sein. Er setzte seine Füße in den Morast, wackelte mit den Zehen und sah zu, wie sie im Schlamm versanken.

»Ich mag Käfer«, sagte Dougie. »Wollen Sie einen sehen?«

Er griff in seine Tasche. Als ausgebildete FBI-Agentin brachte es Kimberly fertig, nicht zu schreien, als der Junge einen großen schwarzen Käfer aus seiner Hosentasche holte und auf ihren Arm setzte. Der Käfer war riesig. Und schnell. Er rannte zu ihrer Schulter hoch und dann weiter zu ihren nassen Haaren.

»Das ist ein schöner Käfer«, sagte Kimberly schwach, während sie wie angewurzelt dastand. Dougie musterte sie, testete sie, wartete.

Der Käfer hatte ihren Hals erreicht. Kimberly, die am liebsten das Feuer auf den Käfer eröffnet hätte, nahm ihn mit der linken Hand. Sie spürte, wie seine klebrigen Beine in ihrer Faust strampelten. Sie ließ den Käfer zu Boden fallen.

»Es ist ein wunderschöner Käfer, Dougie«, sagte Kimberly. »Aber er gehört nicht in deine Tasche. Käfer gehören in den Wald. In Gefangenschaft wird er sterben.«

Dougie sah ihr in die Augen. Dann trat er mit seinem nackten Fuß auf den Käfer und starrte Kimberly mit großen, ausdruckslosen Augen an.

Kimberly glaubte plötzlich zu verstehen, warum Rainie zu trinken begonnen hatte.

»Warum stehst du auf dem Käfer, Dougie?«, fragte sie ruhig.

»Weil ich es will.«

»Der Käfer könnte sterben.«

Der Junge zuckte mit den Schultern.

»Wenn du dich nicht um den Käfer kümmerst, Dougie, wer dann?«

Dougie runzelte die Stirn; diese Frage schien er nicht erwartet zu haben. Er hob, fast neugierig, den Fuß. Der Käfer zappelte und wand sich und versuchte zu entkommen.

Dougie beobachtete den Käfer lange Zeit. Kimberly blieb hinter dem Jungen in der Hocke sitzen, sodass ihre Schultern auf gleicher Höhe waren.

»Das Jugendamt hat dich geschickt«, sagte Dougie.

Kimberly verneinte.

Dougie runzelte die Stirn. »Das Jugendamt hat dich geschickt«, wiederholte er, dieses Mal bestimmter. »Holst du mich wieder weg? Ist mir egal. Wir können gehen. Na los. Wo ist die Frau in dem lila Kostüm?«

»Dougie, ich bin eine Freundin von Rainie. Ich bin gekommen, um Rainie zu finden.«

Dougie machte ein finsteres Gesicht. Er zog die Schultern hoch und wandte sich ab. »Ich will nicht mehr mit dir reden.«

»Das tut mir leid.«

»Sie trinkt, weißt du das?«

»Rainie trinkt?«

»Ja.«

»Hast du sie dabei gesehen?« – »Nein.« Er klang sachlich. »Aber ich weiß es. Sie sagt, sie will mir helfen. Sie sagt, sie ist meine Freundin. Aber sie ist Alkoholikerin. Ich weiß darüber Bescheid.«

»Ach so. Wusstest du, dass Rainie vermisst wird, Dougie?«

Er zuckte mit den Achseln.

»Das macht mich sehr traurig. Ich bin Rainies Freundin, und ich würde sie gerne wiederfinden.«

Dougie sah sie an. »Du bist blöd.«

Die Vehemenz der Worte überraschte sie. Kimberly lehnte sich zurück, verlor fast das Gleichgewicht und musste sich mit einer Hand im Schlamm abstützen. »Warum sagst du das?«

Dougie antwortete nicht, sondern schob seine zitternde Unterlippe vor. Er nahm den Käfer wieder in die Hand und steckte ihn sich in den Mund. Seine rechte Wange beulte sich aus, dann seine linke, während der Käfer wie wild um sein Leben kämpfte.

Kimberly wusste nicht, was sie tun sollte. Die Dozenten an der FBI-Akademie hatten eindeutig noch nie mit jemandem wie Dougie zu tun gehabt.

Sie nahm einen Stock und fing an, Bilder in den Schlamm zu zeichnen; es schien besser zu sein, als Dougie beim Käferkauen zu beobachten.

»Als ich jünger war«, sagte sie ruhig, »älter als du, aber trotzdem noch viel zu jung, ist meine ältere Schwester gestorben. Ein Jahr später ist meine Mutter gestorben. Sie wurde von demselben Mann umgebracht, der auch meine Schwester auf dem Gewissen hat. Er hat meine Mutter mit einem Messer durchs ganze Haus gejagt. Ich habe mir die Zeitungsartikel rausgesucht und die Fotos vom Tatort angesehen.«

Kimberly zeichnete noch ein Bild. Sie war keine große Künstlerin. Sie fing mit einem Quadrat an, dann machte sie daraus ein Haus. Die Eingangstür war zu klein, die Fenster waren zu groß. Sie versuchte, davor einen Baum zu zeichnen, aber er überschattete das winzige Haus und wirkte zu bedrohlich. Sie wusste, dass Kinder, die misshandelt wurden, oft düstere, schreckliche Bilder zeichneten. Es war ihre Vergangenheit. Vielleicht war es auch Dougies.

»Danach wollte derselbe Mann, der Mörder, mich umbringen. Ich bin weggerannt. Ich bin die ganze Strecke von New York hierher nach Portland geflohen, um ihm zu entkommen. Aber der Mann hat mich verfolgt. Er hat mich gefunden und eine Waffe an meinen Kopf gehalten. Er beschrieb mir in allen Einzelheiten, wie er mich umbringen würde, sodass ich mich bereits als Leiche sah.«

Kimberly sah das erste Mal auf. Dougie starrte sie verzückt an.

»Es ist schlimm, wenn man seine Mutter verliert«, flüsterte sie. »Dann ist man ganz allein auf der Welt. Allein zu sein macht Angst. Allein zu sein heißt, nicht zu wissen, was als Nächstes passiert. Allein zu sein heißt, niemanden zu haben, der einem hilft. Weißt du, warum ich noch am Leben bin, Dougie? Weißt du, warum mich dieser Mann nicht umgebracht hat?«

Dougie schüttelte langsam den Kopf.

»Wegen Rainie«, sagte Kimberly. »Sie ging dazwischen, sie hielt ihn am Reden und lenkte ihn ab. Und dadurch gewannen wir Zeit. Am Ende wurde er erschossen, nicht ich. Rainie hat mir das Leben gerettet, Dougie. Deshalb ist sie meine Freundin.«

Dougie nahm ihr den Stock ab und machte die grobe Zeichnung kaputt, bis nur noch mit Wasser gefüllte Erdrillen übrig waren. Dann nahm er den Käfer aus dem Mund, hielt ihn zwischen Zeigefinger und Daumen und sah zu, wie er zappelte und sich wand.

»Freunde sind nicht perfekt«, sagte Kimberly. »Freunde machen Fehler. Ich wette, du kennst einen Haufen Leute, die Fehler gemacht haben, Dougie. Leute, die dich enttäuscht haben. Ich wünschte, ich könnte dir sagen, dass es nicht wieder passieren wird, aber Fehler gehören nun mal zum Leben dazu.«

»Stanley schlägt mich«, sagte Dougie unvermittelt.

»Wer ist Stanley?«

»Mein Pflegevater. Er schlägt mich. Ich habe es der Frau in Lila gesagt, und sie hat es Rainie gesagt. Rainie soll dafür sorgen, dass Stanley aufhört, aber sie hat es nicht getan.«

»Es tut mir leid, das zu hören, Dougie. Hat Stanley dich in letzter Zeit auch wieder geschlagen?«

»Ja.«

»Hast du einen blauen Fleck?«

Dougie schüttelte den Kopf. »Man kann kleinen Jungs wehtun, ohne dass sie davon blaue Flecken bekommen. Stanley weiß das.«

Kimberly überlief ein kalter Schauer. Sie sah zum Haus, das ungefähr dreißig Meter entfernt war. Unter der überdachten Veranda lagen die Fenster im Dunkeln. Die riesigen Tannen warfen schwarze Schatten auf das kleine, düstere Haus. American Gothic. Kimberly hätte nie und nimmer darin wohnen wollen.

»Dougie, hat Stanley Rainies Namen erwähnt? Hat er dir gesagt, dass sie vermisst wird?«

»Ich rede nicht mit Stanley.«

»Hast du gesehen, dass er und Rainie sich gestritten haben?« Dougie presste die Lippen zusammen. Er hatte endlich den Käfer freigelassen, der eiligst unter dem nächsten Stein Zuflucht suchte.

»Vielleicht haben sie in letzter Zeit gestritten?«, fragte Kimberly wieder. »Hat Stanley jemals gedroht, Rainie zu schlagen?«

»Rainie sollte am Donnerstag zu mir kommen«, sagte Dougie. »Sie ist nicht gekommen. Sie ist in eine Bar gegangen.«

»Wer hat dir das gesagt, Dougie? Woher weißt du, dass Rainie in einer Bar gewesen ist?«

Der Junge verweigerte erneut die Antwort, presste stattdessen die Lippen zusammen und reckte herausfordernd das Kinn in die Höhe. Aber dieses Mal glaubte Kimberly die Antwort zu kennen. Der Junge hatte recht gehabt. Stanley wusste, wie man jemandem wehtat, ohne Spuren zu hinterlassen.

»Dougie«, sagte Kimberly ruhig. »Ich frage dich noch einmal: Gibt es irgendetwas, das du mir gern sagen würdest?«

»Ich hoffe, dass Rainie stirbt«, sagte Dougie. Dann lief er zu dem Stein, schnappte sich den Käfer und verschwand im Wald.

17

DIENSTAG, 15:53 UHR

Quincy und Mac parkten einen Block vom Festplatz entfernt, vor dem alten, seit Jahren leer stehenden rosafarbenen Auktionshaus, wo früher jeden Dienstagmorgen das Milchvieh versteigert wurde. Quincy blickte durch die Windschutzscheibe zum Horizont. Theoretisch blieben ihnen noch einige Stunden Tageslicht. Aber die dicken, schwarzen Regenwolken ließen der Sonne kein Durchkommen und tauchten bereits den Nachmittag in die dunklen Grautöne der Dämmerung.

Quincy stieg aus und ging im Nieselregen zum Kofferraum seines Autos. Mac folgte ihm.

Quincy hatte die meiste Zeit seines Lebens auf Abruf bereitgestanden, und alte Gewohnheiten legt man schwer ab. Sein Kofferraum enthielt noch immer die Grundausrüstung eines erfahrenen Profilers: eine Tasche mit Kleidungsstücken; ein altes Paar Wanderschuhe, um in tiefe Schluchten hinabzuklettern, in denen so viele Mörder vorzugsweise ihre Opfer abluden; zwei Kameras; eine Schachtel Latexhandschuhe; einen dünnen weißen Schutzanzug; Leuchtkugeln für den Notfall; Taschenlampen; einen Erste-Hilfe-Koffer; und natürlich eine verschlossene Metallbox mit verschiedenen Waffen – Schrotflinte, Gewehr, 22-Kaliber-Pistole – und einem halben Dutzend Munitionsschachteln.

Schweigend machten sich die beiden Männer bereit. Quincy nahm das Gewehr, Mac die Schrotflinte. Sie nahmen sich jeder eine Taschenlampe. Aus seiner eigenen Tasche holte Mac eine Windjacke und eine Baseballkappe, auf denen das Logo des *Georgia Bureau of Investigation* prangte. Quincy blieb in seinem gelbbraunen Trenchcoat, auf dem gar nichts prangte, ein wandelndes Model für einen Herrenkatalog.

»An deiner Stelle würde ich auch noch meinen Ausweis gut sichtbar tragen«, sagte Quincy zu Mac.

»Damit man mich nicht für den Entführer hält und erschießt?«

»Kimberly würde mich lynchen.«

»Eines Tages solltet ihr wirklich versuchen, eine normale kleine Familienfeier auf die Beine zu stellen. Eine Wanderung, ein Picknick, einfach nur ein nettes Beisammensein. Ihr solltet euch nicht nur deswegen treffen, weil euch jemand nach dem Leben trachtet.«

»Das würde nie und nimmer gut gehen. Falls du es noch nicht bemerkt hast, keiner von uns ist ein Konversationstalent.« Quincy verschnürte seinen Regenmantel um das Gewehr. Jederzeit greifbar, aber nicht sichtbar. Die Munition verschwand in seinen Manteltaschen. Die Taschenlampe behielt er in der Hand.

Mac war über Quincys namenloses Outfit eindeutig nicht erfreut. »Hast du denn gar nichts mit einem FBI-Logo drauf? Nicht einmal ein lausiges Sweatshirt?«

»Aus Sicht des FBI wäre es Falschwerbung. Außerdem haben mich die meisten Beamten schon gesehen. Sie werden mich nicht für den Kidnapper halten. Eher erschießen sie mich, weil meine Anwesenheit beweist, dass es doch der getrennt lebende Ehemann war.«

»Wow, du kannst einem wirklich gute Laune machen.«

Der Regen wurde stärker und peitschte Quincy wieder ins Gesicht. Er grinste. »Das sagen sie alle.«

Der Festplatz von Bakersville war riesig. Quincy wusste das; er war an heißen Augusttagen schon öfter auf dem charmanten Volksfest gewesen, das alles zu bieten hatte: ein Riesenrad, Pferderennen, Viehschauen und haufenweise Eiscremestände. Aber jetzt stand er geduckt neben einer riesigen Skulptur von Tillamook-Käse, starrte über das weitläufige Gelände und fühlte sich plötzlich total überfordert.

Zum einen war da der Platz selbst: unzählige Hektar offenes, flaches Land für die Fahrgeschäfte, Verkaufsstände und Zuckerwattebuden. Dann die Gebäude: das zweistöckige Hauptgebäude mit der Kuppel, flankiert von zwei riesigen Gebäuden, die jeweils in zwei getrennte Bereiche unterteilt waren, links das Auditorium und das Kongresszentrum, rechts die Milchviehbereiche – ein überdachter und ein unüberdachter Bereich. Und das war nur der Teil beim Haupteingang. Hinter den Gebäudedächern ragten die Tribünen hervor, daneben die Rennbahn und die Pferdekoppeln, die Viehscheune und die Pferdeställe.

Um diese Jahreszeit befanden sich in dem überdachten Milchviehbereich Tennisplätze – nicht übel, wenn man sich erst einmal an den Jauchegestank gewöhnt hatte. Ein anderes Gebäude war in eine Rollschuhbahn umgewandelt worden, während das Auditorium für Bankette und ähnliche Anlässe vermietet wurde.

Aber der Versuch, dem Festplatz auch in der Nebensaison Leben einzuhauchen, war immer etwas halbherzig gewesen. Und so stand an diesem Dienstagnachmittag um sechzehn Uhr kein einziges Auto auf dem Parkplatz.

Der riesige Festplatz lag leer und verlassen vor ihnen. Um ihn zu sichern, würde man ein ganzes SWAT-Team brauchen. Wenn nicht sogar zwei oder drei. Der Entführer hatte eine gute Wahl getroffen, und zum ersten Mal verließ Quincy der Mut.

Waren es die Jahre, die einen Menschen altern ließen? Oder einfach das immer stärker werdende Bewusstsein, dass man nicht alles kontrollieren konnte? Dass die Identifizierung eines Serientäters nicht unbedingt Gerechtigkeit mit sich brachte. Dass selbst ein richterlicher Schuldspruch ein ermordetes Kind nicht wieder zum Leben erweckte und auch die Eltern nachts nicht besser schlafen ließ.

Quincy wollte nur seine Frau zurück haben. Er stellte sich vor, wie sie zu Hause im Wohnzimmer vor dem Kamin saßen, Rainie mit einem Buch in der Hand an seine Brust gelehnt. Wie er ihr den Arm streichelte und den Lichtreflexen des Kaminfeuers auf ihrem langen kastanienbraunen Haar zusah. Wie sie sich ohne viele Worte wohl fühlten miteinander, so wie es noch vor sechs Monaten der Fall gewesen war.

Es schien nicht viel verlangt, und dennoch wusste er nicht, ob er das jemals wieder haben würde. In Quincys Welt war privates Glück immer ein Luxus gewesen.

Mac beobachtete ihn und wartete auf Anweisungen, einen Angriffsplan. »Ich sehe keine Polizisten«, sagte er schließlich.

»Das bedeutet nur, dass sie ihren Job machen.«

»Bist du dir sicher, dass dieser Kincaid hier ist?«

»Er würde fahrlässig handeln, wenn er nicht wenigstens ein paar seiner Leute herschicken würde. Kincaid hat vielleicht eine aggressive Vorgehensweise, aber er ist nicht dumm.«

»Also marschieren wir einfach hinein?«

»Nein. Falls uns der Entführer nicht erschießt, dann tun es wahrscheinlich Kincaids Leute. Sie machen ihren Job; wir wollen jetzt nichts vermasseln.« Quincy holte tief Luft und sah sich noch einmal um. »Das Hauptgebäude ist zu ungeschützt«, murmelte er. »Von dem Speicher kann man das ganze untere Stockwerk überblicken. Also eignet es sich nicht für seine Zwecke. Auch in den Scheunen kann man sich nicht verstecken. Ebenso wenig im Auditorium und im Kongresszentrum. Schließlich sind die Räumlichkeiten dazu da, so viel Ausstellfläche wie möglich zu bieten, nicht um einem Kidnapper Unterschlupf zu gewähren. Also, wo würde er hingehen? Er hat sich diesen Ort ausgesucht. Warum? Was gibt es hier, das er braucht?«

»Festplätze sind groß und schwierig zu sichern.«

»Aber das hat Vor- und Nachteile. Je größer das Gelände, umso länger dauert es, rein und raus zu kommen.«

Mac nickte. »Genau wie wir wird er sein Fahrzeug verstecken wollen. Das bedeutet, dass er zu Fuß unterwegs ist. Andererseits hat er eine Geisel bei sich. Vielleicht kann sie laufen, oder sie wird von ihm geführt, oder ...« Mac zögerte; er wollte es nicht vor Quincy aussprechen.

Also sagte es Quincy an seiner Stelle: »Vielleicht trägt er eine Leiche.«

»Ja«, sagte Mac leise. »Vielleicht. Also wird er sich in der Nähe eines Eingangs aufhalten wollen, irgendwo an einer leicht zugänglichen Stelle, wo er sich aber dennoch verstecken kann.«

»Der Haupteingang hier ist nicht gut.«

»Zu ungeschützt«, stimmte Mac zu. »Direkt neben der Abfahrt von der Third Street.«

»Hinten bei der Rennbahn ist ein freies Gelände, das als Parkplatz dient.«

»Die Rennbahn«, murmelte Mac.

Quincy kapierte es zur gleichen Zeit wie der Detective des GBI.

»Die Tribünen«, verkündete Mac. »Sie bieten genug Möglichkeiten, um sich zu verstecken ...«

»... und man hat dennoch einen guten Überblick über das Gelände ...«

»… und die anrückenden Polizisten.«

»Und sie sind direkt neben dem Hinterausgang«, schloss Mac.

Da reimte sich Quincy plötzlich auch den Rest zusammen. »Er wird den Festplatz nicht zu Fuß verlassen«, sagte er aufgeregt. »Selbst wenn er bei den Tribünen hereinkommt, muss er Hunderte von Metern über freies Gelände laufen. Da würde man ihn auf jeden Fall sehen. Also müsste er mit dem Auto fahren, aber schau dir den Boden an. Wahrscheinlich würde er im Schlamm stecken bleiben; die Polizei würde es garantiert, sobald sie die Verfolgung aufnimmt.«

Macs Augen weiteten sich. »Ein Geländewagen.«

»In den Koppeln, wo ihn niemand sehen kann. Schnell rein und wieder raus.«

»Er setzt einen Helm auf…«

»… und wir sehen nur einen schlammbespritzten Mann von hinten davonfahren.«

»Pfeif auf die Tribünen«, erklärte Mac. »Wir gehen direkt zu den Koppeln. Wir finden den Geländewagen, und dann kann sich unser Herr Entführer seine zehntausend Dollar sonst wohin stecken.«

»Du kannst einem wirklich gute Laune machen«, sagte Quincy.

»Ja«, sagte Mac bescheiden. »Das sagen sie alle.«

DIENSTAG, 15:58 UHR

Sie waren wieder in Bewegung. Dieses Mal war Rainie nicht bewusstlos; sie lag auch nicht wieder im Kofferraum, sondern auf einer Rückbank, und versuchte aufmerksamer zu sein.

Sie fuhren über holperige Straßen. Vermutlich vom Regen ausgewaschene Feldwege. Ihr Magen holperte mit: sie schmeckte immer noch Galle in ihrer Kehle und hätte sich am liebsten erbrochen.

Aber das wäre keine gute Idee. Ihr Entführer hatte den Knebel durch einen Klebestreifen ersetzt. Wenn sie sich übergab, würde sie möglicherweise an ihrem Erbrochenen ersticken. Kein tröstlicher Gedanke.

Das Fahrzeug selbst roch nach einem Raumerfrischer mit Tannenduft. Sie hätte eher Zigarettengeruch erwartet; aus irgendeinem Grund stellte sie sich ihren Entführer als Raucher vor. Aber eigentlich konnte sie sich nicht erinnern, dass die Klamotten oder der Atem des Mannes nach Nikotin gerochen hätten. Rauchen war schwer zu verbergen. Trinken auch. Sie musste es ja wissen.

Das letzte Mal hatte sie vermutet, im Kofferraum eines Pkws zu sein. Aber jetzt kam es ihr vor, als würde sie höher sitzen als in einem Pkw, außerdem würde ein normales Auto auf diesen Straßen gar nicht zurechtkommen. Vielleicht fuhr der Entführer also einen Pickup-Truck oder einen Geländewagen. Vielleicht war sie in einer Art Staubox eingesperrt gewesen. Sie hatte sie schon bei vielen Trucks in der Stadt gesehen. Männer brauchten einen Platz für ihre Spielsachen.

Der Truck rumpelte über einen Straßenbuckel, und ihr Magen drehte sich bedenklich.

Nicht an Essen denken, nicht an den Geruch denken. Komm schon, Rainie, konzentrier dich. Felder mit gelben Blumen. Sanft dahinfließende Flüsse. Das jahrzehntealte Mantra kam so schnell zurück, als wäre es nie weg gewesen. Wie damals mit sechzehn, als sie sich in ihrer Hilflosigkeit geistig wegbeamte, während der Freund ihrer Mutter über sie herfiel. Mit fünfundzwanzig, als sie, betrunken, im Hinterzimmer einer Bar von einem Kerl betatscht wurde. Mit dreißig, als Quincy sie das erste Mal berührte und sie merkte, welche Heidenangst ihr das Versprechen von Liebe einjagte.

Felder mit gelben Blumen. Sanft dahinfließende Flüsse. Felder mit gelben Blumen. Sanft dahinfließende Flüsse.

Das Fahrzeug wurde abrupt nach links herumgerissen. Sie kippte zur Seite, da sie sich mit ihren gefesselten Händen nicht abstützen konnte. Holper, holper, holper. Im schnellen Rhythmus. Vielleicht waren sie auf einem Kiesweg oder einer verwitterten Teerstraße.

Dann blieb das Fahrzeug plötzlich stehen; ihre Füße rutschten vom Sitz, und sie fiel hart auf den Boden. Sie versuchte, wieder nach oben zu rutschen, zuerst die Hüften, dann die Füße. Sie hörte, wie die Fahrertür auf- und zugemacht wurde. Er würde nach hinten kommen, um seinen Preis zu holen.

Tritt ihn, dachte sie. Sie lag auf der Seite, die Füße neben der Beifahrertür; sie brauchte die Beine nur ein bisschen anzuwinkeln und ihn in den Bauch zu treten. Er würde stürzen und dann könnte sie … was? Wie ein Häschen aus dem Auto hoppeln, an Händen und Füßen gefesselt und mit einem Klebeband über dem Mund? Höchstwahrscheinlich würde sie kopfüber in den Schlamm fallen und in einer Pfütze ertrinken.

Dennoch hatte sie das Bedürfnis, es zu tun. Sie wollte die Befriedigung spüren, wenn ihre Füße in seine Eingeweide traten und er überrascht aufstöhnte. Wegen ihm fühlte sie sich klein und hilflos, und dafür hasste sie ihn.

Die Tür ging auf. Mit etwas Verspätung trat sie nach ihm.

Er packte ihre Füße und stieß ihre Beine zur Seite. »Herrgott noch mal. Ich hab keine Zeit für so 'n' Scheiß. Steh auf. Los, mach schon.«

Er zog sie an dem Seil, mit dem ihre Füße gefesselt waren, aus dem Auto, als wäre sie eine Rinderkeule. Sie schlug mit dem Kopf auf das Trittbrett. Als Nächstes landete sie mit der Schulter im Schlamm, was ihr schier die Luft abschnürte. Sie blähte ihre Nasenflügel auf, bog ihren Rücken durch und presste, verzweifelt nach Sauerstoff ringend, die Lippen gegen das Klebeband. Sie bekam keine Luft, sie würde sterben.

Vor lauter Panik und Angst schlug sie um sich.

Ihr Entführer trat ihr ins Kreuz. »Steh auf, hab ich gesagt. Na los, beweg dich!«

Vor ihren Augen tanzten schwarze Punkte. Endlich schien sich ihr Entführer ihrer misslichen Lage bewusst zu werden. Er bückte sich, zerrte sie vom Boden hoch und riss ihr das Klebeband vom Mund. »Wenn du schreist, bring ich dich um.«

Sie schrie nicht. Selbst wenn sie gewollt hätte, hätte sie keinen Ton herausgebracht. Sie holte Luft, tiefe, wunderbare, regenkalte Atemzüge, und schmeckte das Meer und die Tannen und Kuhfladen. Das Gras auf den Feldern und die Erde. Und in dem Augenblick war sie auf ganz und gar pathetische Weise dankbar, am Leben zu sein.

Sie hörte ein schabendes Geräusch. So als würde ein Messer aus einer Lederscheide gezogen.

Noch immer ein bisschen benommen und verwirrt wandte sie sich in Richtung des Geräuschs.

»Lorraine«, sagte ihr Entführer in einem Ton, den sie bisher noch nicht an ihm kannte. »Ich befürchte, ich habe schlechte Neuigkeiten.«

Rainie versuchte davonzulaufen, aber es war zu spät.

18

DIENSTAG, 16:03 UHR

Sich den Koppeln auf der Festwiese zu nähern war leichter gesagt als getan. Den Rücken gegen die Viehscheune gepresst, ließen Mac und Quincy ihren Blick über das nebelverhangene Gelände schweifen, um herauszufinden, ob sich irgendwo etwas bewegte. Der Regen trommelte mit ohrenbetäubendem Lärm auf die Metalldächer über ihnen, von denen sich immer wieder mal ein Schwall Wasser über sie ergoss.

Quincy rutschte aus und wurde von Mac aufgefangen. Kaum waren sie eineinhalb Meter gegangen, stolperte Mac in dem knöcheltiefen Schlamm und riss sie beide zu Boden. Keuchend und bis auf die Haut durchnässt rappelten sie sich wieder auf.

»Du bist auf der linken Seite von oben bis unten voller Schlamm«, berichtete Mac.

»Du gehst davon aus, dass es Schlamm ist«, antwortete Quincy.

Mac kapierte – schließlich standen sie neben einem Kuhstall – und zog eine Grimasse.

Als sie das Ende der zweiten Scheune erreichten, wurde die Sache noch schwieriger. Um zu den Pferdekoppeln zu kommen, mussten sie ein circa fünfzig Meter langes, offenes Feld überqueren. Quincy blickte zu den Tribünen, um nach einem Scharfschützen Ausschau zu halten. Auf den Dächern war niemand zu sehen.

Sie rannten los, über das freie Feld, um einen Maschendrahtzaun herum, schlängelten sich durch ein paar unüberdachte Sitzreihen, zu den Pferdekoppeln, wo sie sich beide flach gegen die Holzwand drückten.

Sie verschnauften einen Augenblick unter dem Dachvorsprung. Mac sah, wie Quincy das Wasser vom Gesicht in den Kragen lief. Der ältere Mann war über und über mit Schlamm bespritzt, und das Grau in seinen Haaren war jetzt in der Nässe deutlicher sichtbar. Einen Moment lang machte sich Mac Sorgen. Quincy war Mitte fünfzig, und ein Außeneinsatz war etwas für jüngere Männer. Aber da grinste Quincy, und Mac sah, dass er bei allem Stress und aller Angst aufgeputscht war. Einmal Polizist, immer Polizist.

»Bereit?«, flüsterte Quincy.

»Los geht's.«

Gebückt rannten sie in die Koppel, Mac mit der Schrotflinte voran, Quincy mit dem Gewehr in der Armbeuge hinterher. Der Umgebungswechsel war abrupt und irritierend: eben noch der schlüpfrige Morast unter dem bedeckten Himmel, dazu der Duft von nassen Tannen und gemähtem Gras, jetzt die festgestampfte Erde in einem düsteren Raum, in dem es nach Holzspänen, Heu und trockenem Pferdemist roch.

Mac warf blitzschnell einen Blick in den langen Mittelgang, dann verschwand er in der ersten Box; das Adrenalin pumpte in seinen Adern, und seine Hände zitterten an der Schrotflinte. Ein so langer, dunkler Raum war schwer zu überblicken. Und wegen des Regens, der mit ohrenbetäubendem Lärm auf das Dach prasselte, war es praktisch unmöglich, etwas zu hören.

Er hob die linke Hand, sodass Quincy sie sehen konnte, und zählte an den Fingern bis drei, dann sprang er auf und warf noch einen Blick in das Innere, bevor er wieder hinter der Stallwand in Deckung ging.

Er schüttelte den Kopf. Nichts. Keine Person, kein mitten in der Koppel geparkter Geländewagen. Sie würden von jetzt an systematischer vorgehen müssen und die Koppel Meter für Meter, Box für Box absuchen.

Wieder übernahm Mac die Führung. Er bewegte sich langsam und geduckt, mit kleinen, flinken Schritten in Richtung Mittelgang. Er packte die Schrotflinte fester und konzentrierte sich auf seine Atmung.

Ein Blick nach links, ein Blick nach rechts.

Zentimeter für Zentimeter, Reihe für Reihe und da …

Eine Bewegung. Mac hatte es zuerst gesehen, aus den Augenwinkeln. Jemand rannte aus der letzten Box zum Hinterausgang.

»Stehen bleiben! Polizei!« Mac richtete sich auf, legte die Schrotflinte an und legte seinen Finger an den Abzug.

Da ertönte hinter ihm eine Stimme aus dem Dunkeln. »Noch eine Bewegung, und Ihr Freund ist tot.«

Mac wirbelte herum und sah einen schick gekleideten Schwarzen, der eine Pistole auf Quincys Kopf richtete. Mac überlegte noch immer, was er tun sollte, als Quincy ungehalten sagte: »Kincaid.«

Die Antwort des Detectives klang gleichermaßen genervt. »Scheiße, Mann.«

DIENSTAG, 16:38 UHR

»Ich glaube, er ist leicht eingeschnappt«, sagte Mac eine Viertelstunde später. Man hatte ihn und Quincy in die Rollschuhbahn am Eingang des Festplatzes gebracht. In der riesigen Halle war es kalt und unwirtlich.

»Ich würde eher sagen, verärgert.«

Kincaid, der in einigem Abstand mit Detective Ron Spector zusammenstand, sah zu ihnen herüber und funkelte sie wütend an. Es war nicht das erste Mal.

Mac saß zähneklappernd, mit nassen Klamotten und schlammbespritztem Gesicht, auf einem harten Klappstuhl aus Metall. Quincy war in keiner besseren Verfassung. Niemand hatte ihnen ein Handtuch, geschweige denn einen heißen Kaffee angeboten. Das überraschte Mac nicht. Er hatte schon einmal, bei einem Fall in Virginia, Zuständigkeitsgrenzen überschritten. Die Staatspolizei von Virginia war damals auch nicht gerade begeistert gewesen.

Der Haupteingang ging auf. Ein junger Kerl in einer gelbbraunen Polizeiuniform zerrte einen aufgelösten Typen hinter sich her und schubste ihn auf die Rollschuhbahn. Mac und Quincy standen auf.

Der Mann in dem khakifarbenen Trenchcoat, den Mac als den Mann von der Pferdekoppel erkannte, war von oben bis unten voller Schlamm. Er schien in dem gleichen Zustand zu sein wie Mac und Quincy, was bedeutete, dass er offensichtlich auch auf dem Gelände unterwegs gewesen war. Jetzt stolperte er nach vorne, blinzelte ein paar Mal und krächzte dann, mit erhobenen Händen: »Presse!«

»Scheiße, Mann.« Kincaid ging auf den Eindringling zu und funkelte ihn wütend an. »Wer sind Sie?«

»Adam Danicic. *Bakersville Daily Sun*.«

»Ausweis.« Kincaid streckte seine Hand aus. Danicic zog überaus nervös seine Brieftasche aus dem feuchten Trenchcoat und reichte sie Kincaid, der sie aufklappte.

»Also, Adam Dan-i-chic«, sagte Kincaid. »Was zum Teufel noch mal haben Sie bei den Stallungen gemacht?«

Der Reporter wagte ein Lächeln. »Recherchiert?«

»Herrgott noch mal. Ist jemand von den hier Anwesenden ein Kidnapper? Keiner? Das hier ist verdammt noch mal ein Fall der Staatspolizei, und hier laufen mir zu viele Leute herum, die nichts mit der OSP zu tun haben.«

Es war keine sehr diplomatische Bemerkung, und Kincaid selbst schien sich dessen sofort bewusst zu sein. Während ihn der Deputy vom Sheriffsbüro in Bakersville pikiert anstarrte, ging Kincaid seufzend ein paar Schritte zur Seite. Er seufzte noch einmal und wandte sich dann wieder an den Reporter.

»So wie ich es sehe, ist es ihre Aufgabe, mit uns zu kooperieren. Sie wollen doch sicherlich nicht, dass eine andere Zeitung von einer ›vertraulichen Quelle‹ bei der Staatspolizei erfährt, dass der unerfahrene, egoistische, rücksichtslose Reporter der *Daily Sun* leichtsinnig das Leben einer Frau in Gefahr gebracht hat.«

Danicic schwieg. Immerhin war er klug genug, die Standpauke wie ein Mann über sich ergehen zu lassen.

»Mit uns zu kooperieren heißt, dass Sie uns vorab über Ihre Aktivitäten informieren«, fuhr Kincaid fort.

»Ich ermittle auf eigene Faust, und ich schreibe auf eigene Faust«, sagte Danicic ruhig. »Das tun Reporter. Was die Redaktion abdruckt, ist ihre Sache.«

»Ist das Ihr Ernst?«

»Ja, Sir.«

Kincaid musterte den jungen Reporter erneut – die sauber rasierten Wangen, das kurz geschnittene dunkle Haar, der konservative Trenchcoat. »Sie sehen jedenfalls nicht aus wie ein Linker.«

»Fox News«, sagte der Reporter schwungvoll. »Mein Ziel ist es, noch vor meinem dreißigsten Lebensjahr von ihnen angeheuert zu werden. Nachrichtenteams könnten so junge Draufgänger wie mich gut gebrauchen.«

»Sie machen Scherze. Sie arbeiten für ein Provinzblatt …«

»Jeder fängt mal klein an.«

»Und Sie haben gerade eine wichtige Polizeiermittlung vermasselt.«

»Nicht wirklich. Im Ernst, wir alle wissen, dass Sie nur vorsorglich hier sind und da der Entführer nicht aufgetaucht ist, habe ich keinen Schaden angerichtet. Was mich hingegen interessieren würde, ist die Anwesenheit der beiden Männer dort drüben. Warum steht auf seiner Jacke ›GBI‹? Heißt das nicht ›Georgia Bureau of Investigation‹? Bedeutet das, wir haben es jetzt mit einer überregionalen Sonderkommission zu tun, in der verschiedene Polizeibehörden zusammenarbeiten …«

»Raus«, presste Kincaid hervor.

»Darf ich Sie zitieren?«

»Raus!«

Der Deputy aus Bakersville, der an der Tür stehen geblieben war und Kincaids Unbehagen sichtlich genoss, setzte sich in Bewegung. Aber Rache war süß, und so ließ er sich Zeit, den Reporter nach draußen zu bringen.

»Ich werde mich weiter umhören«, gab Danicic über die Schulter zurück. »Es gibt immer Leute, die mit der Presse reden wollen. Hey, vielleicht bekomme ich sogar ein Exklusivinterview mit dem Entführer selbst. Haben Sie schon mal daran gedacht?«

»Ach, Herrgott noch mal.« Die Tür fiel endlich ins Schloss. Kincaid wirbelte zu Mac und Quincy herum. Gegen einen aggressiven Schreiberling konnte ein Sergeant nicht viel ausrichten. Der Journalist hingegen …

»Sie!« Kincaid fing mit Mac an. »Wer sind Sie, und was zum Teufel machen Sie hier?«

»Detective Mac McCormack, Georgia Bureau of Investigation.«

»Georgia Bureau of Investigation? Wie das? Haben Sie heute

früh auf dem Weg zur Arbeit die falsche Abzweigung genommen?«

»Ich gehöre zu ihm«, sagte Mac lapidar und nickte in Quincys Richtung. »Genauer gesagt bin ich der Freund seiner Tochter.«

»Der FBI-Agentin«, ergänzte Kincaid.

»Ganz genau.«

Kincaid kniff misstrauisch die Augen zusammen. »Und wo steckt sie momentan, wenn ich fragen darf?«

Mac zuckte mit den Achseln. »Ich stelle ihr nicht zu viele Fragen. Sie kann wirklich gut mit der Waffe umgehen.«

Kincaid sah aus, als würde er ihm am liebsten an die Kehle springen. Mac war mittlerweile daran gewöhnt. Jedes Mal, wenn er mit Kimberly und ihrem Vater unterwegs war, schien ihm jemand nach dem Leben zu trachten.

»Sie sehen scheiße aus«, sagte Kincaid zu Quincy.

»Ich habe auch einiges davon an mir kleben.«

»Was immer Sie da zu tun glauben – es ist uns keine Hilfe.«

»Stimmt. Es wäre viel befriedigender gewesen, den Reporter zu erschießen.«

»Ich weiß, dass Sie sich für einen Experten in diesen Dingen halten, Mr Quincy, aber Sie sind auch Teil der Familie. Bestimmt weiß ein so intelligenter Mann wie Sie, dass Sie in dieser Ermittlung nie und nimmer besonnen und objektiv sein können.«

»Für Sie ist Rainie nur eine Nummer«, sagte Quincy leise. »Eine Statistik, die über Ihren Schreibtisch wandert. Sie lösen den Fall, und das Leben geht weiter. Sie lösen ihn nicht, und das Leben geht trotzdem weiter. Für Sie macht es keinen Unterschied.«

Kincaid beugte sich vor. Mac erwartete, dass der Sergeant zur nächsten Tirade anheben würde, aber seine Stimme war überraschend ernst. »Die Fälle, die Sie bisher bearbeitet haben, waren auch Statistiken. Haben Sie deshalb jeden Tag ausgeschlafen, sich die Wochenenden frei genommen, jede Nacht bei Ihrer Frau zu Hause gegessen? Ach, nicht? Dacht ich's mir doch. Ich habe eine Frau, Mr Quincy. Ich habe ein wunderbares Baby, und ich würde nichts lieber tun als diesen Fall abschließen und zu ihnen nach Hause fahren. Heiß duschen, trockene Sachen anziehen, die Füße hochlegen und das Baby auf meine Brust setzen. Klingt wirklich gut. Gehen wir.«

»Sie wollen nicht zahlen«, sagte Quincy ruhig. »Sie wollen die Sache kompliziert machen.«

»Weil ich es richtig machen will, verdammt noch mal! Weil ich auf Sie, den Experten, gehört habe. Was war noch mal Ihre berufliche Meinung, Mr Quincy? Was haben Sie mir erzählt, als wir gemeinsam am Grab herumgebuddelt haben?« Kincaid wartete die Antwort nicht ab, sondern zählte die Punkte an den Fingern seiner rechten Hand auf. »Erstens, Fälle dieser Art haben fast immer eine persönliche Komponente. Zweitens, in den meisten Fällen ist das Opfer am Ende tot. Wissen Sie, warum ich das hier in die Länge ziehe, Mr Quincy? Wissen Sie, warum ich mir den Hintern aufreiße und mit einem Entführer kommuniziere, obwohl selbst ich weiß, dass mir die Sache eine Nummer zu groß ist? Weil ich Angst habe, dass Lorraine tot ist, sobald wir in die Lösegeldzahlung einwilligen. Mir geht es nicht darum, so schnell wie möglich zu meiner Frau nach Hause zu kommen, Mr Quincy. Mir geht es darum, Ihre zu retten.«

Quincy kniff die Lippen zu einem dünnen, störrischen Strich zusammen.

»Wenn wir Zeit schinden«, fuhr Kincaid ruhiger fort, »muss der Entführer sie wegen eines Lebenszeichens am Leben halten. Und vielleicht, nur vielleicht, finden wir heraus, welche

Verbindung zwischen ihm und Rainie besteht. Die Spurensicherung kümmert sich um das Auto und die Briefe. Fähige Leute versuchen gerade herauszufinden, was Ihre Frau unmittelbar vor ihrem Verschwinden getan hat, und Sheriff Atkins fühlt den hiesigen Ganoven auf den Zahn. Der Fall steht noch immer am Anfang. Wir sammeln nach wie vor Anhaltspunkte.«

»Irgendwelche Anrufe auf der Hotline?«

»Nein.«

»Aber weil er sich hier nicht hat blicken lassen, gehen Sie davon aus, dass er die Zeitung gelesen hat.«

»Vielleicht braucht er etwas Bedenkzeit. Um sich Plan B auszudenken.«

»Haben Sie einen Plan B?«

»Ja, Sir, das habe ich. Wenn er anruft, werden wir so zuvorkommend und freundlich wie möglich sein. Es sei sein Spiel, wir wollen nur seine Anweisungen befolgen. Wir würden ihm das Geld liebend gern geben, aber wir brauchen noch etwas Zeit. Und dann« – Kincaid holte tief Luft – »schlagen wir ihm ein Geschäft zur Güte vor. Wenn er uns noch ein Lebenszeichen liefert, bekommt er eine Anzahlung. Nicht die ganze Summe, weil die Bank noch mehr Zeit braucht, aber die ersten ein-, zweitausend, damit er weiß, dass wir kooperieren.«

Mac schloss die Augen. Auch Quincy durchschaute den Plan sofort und sprang auf. »Sie wollen das Lösegeld nicht bezahlen?«

»Er bekommt eine Anzahlung …«

»Sie wollen ihn übers Ohr hauen. Das weiß er genauso gut wie wir.«

»Nicht, wenn wir alles richtig machen.«

»Wir? Ein überforderter Detective der Staatspolizei, der noch nie mit einem Geiselnehmer verhandelt hat?«

Kincaid wurde rot, ließ sich aber nicht einschüchtern. »Weil wir gerade davon sprechen: Ich habe eine professionelle Unterhändlerin von unserer taktischen Einheit angefordert. Candi, mit i. Sie soll genial sein.«

»Großer Gott!« Quincy vergrub den Kopf in den Händen.

»Diese Strategie war schon mal sehr erfolgreich. Bei einem Fall in Großbritannien …«

»Großer Gott«, sagte Quincy noch einmal.

Kincaid fuhr fort, als hätte er ihn nicht gehört: »… drohte der Täter, Tierfutter zu vergiften, sollten bestimmte Hersteller nicht beträchtliche Zahlungen leisten. Statt die gesamte Summe auf einmal zu zahlen, hat die Sonderkommission den Täter hingehalten und eine Reihe kleiner Barzahlungen getätigt. Natürlich musste der Erpresser dadurch öfter Kontakt mit den Firmen aufnehmen und sich auch öfter blicken lassen, um das Geld entgegenzunehmen. Seine Festnahme war nur eine Frage der Zeit.«

»Das hier ist keine Erpressung, die sich gegen ein namen- und gesichtsloses Opfer richtet.«

»Umso besser. Je dringender der Kerl mit uns sprechen muss, desto mehr wird er von sich verraten. Ich will die Sache nicht ewig in die Länge ziehen. Der Plan lautet: eine Anzahlung von zweitausend Dollar, vorausgesetzt, dass er uns ein Lebenszeichen übermittelt. Wir betrachten es sogar als Bonus für seine Geduld. Wir arrangieren die Übergabe für heute Abend, und morgen Nachmittag erhält er dann seine zehntausend. Das heißt, statt der ursprünglichen zehntausend kassiert er zwölftausend Dollar.«

»Sie wollen an seine Habgier appellieren«, kommentierte Mac.

Kincaid warf ihm einen Blick zu. »Genau.«

Mac sah Quincy an. Der Profiler war aschgrau im Gesicht.

Er sank erschöpft auf den Metallstuhl, und Mac machte sich erneut Gedanken, wie er das Ganze körperlich wegsteckte.

»Es kommt nur darauf an, ihm die Sache schmackhaft zu machen«, sagte Kincaid ruhig. »Wir geben ihm das Gefühl, dass er alles unter Kontrolle hat und darüber hinaus für seine Bemühungen belohnt wird. Wir betonen, was für ihn dabei herausspringt, nicht, dass er seine Pläne ändern muss.«

»Da wäre nur ein Problem«, sagte Quincy.

»Und das wäre?«, fragte Kincaid misstrauisch.

Aus Quincys Manteltasche war ein leiser Klingelton zu hören. »Ich bezweifle, dass der Kidnapper dumm genug ist, Ihre Hotline anzurufen.«

Quincy holte sein Handy aus der Tasche, sah auf die Nummer und zeigte ihnen das Display. Auf der Anzeige stand Rainies Name. »Warum sollte er Sie anrufen, Sergeant Kincaid, wenn es so viel einfacher ist, mich anzurufen?«

»Scheiße, Mann.« Kincaid machte wilde Handbewegungen zu Detective Spector, während Quincy das Handy aufklappte und sich zum Sprechen anschickte.

19

DIENSTAG, 17:05 UHR

Sheriff Shelly Atkins war müde. Sie wollte eine heiße Schokolade trinken, heiß duschen und in ihr Bett schlüpfen, die Reihenfolge war ihr ziemlich egal. Sie war lange Nächte gewöhnt. Ihre Eltern hatten eine Rinderfarm im Osten des Bundesstaates. Eine Farm ließ sich auch nur mit schlaflosen Nächten bewirtschaften. Aber die letzten sechzehn Stunden hatten sie arg mitgenommen. Alles war durchnässt: ihre Schuhe, ihre Socken, ihre Bluse, ihre Ersatzbluse. Wenn sie die Autoheizung aufdrehte, beschlugen die Fenster von der Feuchtigkeit, die an ihrem Körper verdampfte.

Und jetzt fingen auch noch ihre Hände an, wehzutun, diese tief in den Knochen sitzenden, klopfenden Schmerzen in ihren von klein auf überstrapazierten Gelenken. Sie gab sich Mühe, ihre Knöchel nicht zu sehr zu reiben. Nicht, dass ihr Deputy es bemerken würde. Dan Mitchell war seit gestern Abend um einundzwanzig Uhr im Einsatz. Er saß, die Augen auf Halbmast, zusammengesunken auf dem Beifahrersitz. Wenn sie noch länger Auto fuhren, würde er einschlafen.

Mit dem Gehalt eines Deputys kam man hier in der Gegend nicht weit. Dan war nicht der Einzige von ihren Leuten, der zusätzlich einen Teilzeitjob in einer hiesigen Molkerei hatte. Er war beim Melken zur Abendschicht eingeteilt und kam danach zur Nachtschicht aufs Revier. Manchmal wunderte sie sich, wie er bei diesem Pensum die Nächte überhaupt durchstand. Sie wollte ihn nicht fragen. Bakersville war an sich ein ruhiges Fleckchen. Wenn ihre Leute hin und wieder in den frühen Morgenstunden einnickten, so hatte es deswegen noch keine Beschwerden gegeben.

Sie musste sich langsam über die weitere Einteilung ihres Personals Gedanken machen. Alle waren seit drei Uhr heute Morgen im Dienst, was bei einem Fall, bei dem ein Menschenleben auf dem Spiel stand, nicht ungewöhnlich war. Aber jetzt schien der Fall an Dynamik zu verlieren und sich in die Länge zu ziehen. Kincaid hatte die für sechzehn Uhr vorgesehene Lösegeldübergabe verschoben. Ihr Gefühl sagte ihr, dass er sie am Abend erneut hinauszögern würde. Wenn sich die Sache über zwei, eventuell gar drei Tage hinzog, dann konnten ihre Leute nicht alle rund um die Uhr arbeiten. Der Schlafentzug würde eine Bande bewaffneter Zombies aus ihnen machen.

Also beschloss sie, sie in zwei Zwölfstundenschichten einzuteilen. Dan, Marshall und voraussichtlich sie selbst würden als Erste nach Hause gehen; sie waren schon am längsten wach. Andererseits konnte sie sich schwer vorstellen, zwölf Stunden lang auszusetzen. Vielleicht drei oder vier Stunden. Etwas Schlaf, um die grauen Zellen wieder auf Vordermann zu bringen, und dann wieder ran an die Buletten.

Sie unterdrückte erneut ein Gähnen und bog nach links in eine lange, kurvige Straße. Die Einheimischen pflegten zu sagen, dass Tillamook seine Existenz drei Dingen verdankte: dem Käse, den Bäumen und dem Meer. Wegen der Käsefabrik ging es den Milchfarmen prächtig, die umliegenden Wälder hielten die Holzarbeiter in Lohn und Brot, und die herrlichen Strände zogen die Touristen an. Die Menschen kümmerten sich um das Land, und das Land kümmerte sich um die Menschen, wie ihr Vater sagen würde.

Aber wie in jeder Gemeinde, sogar einer, die für ihre malerischen Weidehügel bekannt war, gab es auch in Tillamook County weniger erfreuliche Seiten. Shelly und Dan hatten die sauberen, modernisierten Molkereibetriebe mit den frisch gestrichenen Scheunen, den glänzenden grünen Traktoren und den Gütesiegel-Schildern hinter sich gelassen und schlängelten sich auf schmalen Landstraßen vorbei an Wohnwagensiedlungen, baufälligen Hütten und kleinen, schlecht ausgestatteten Molkereien, deren Scheunen aussahen, als würde sie der nächste Sturm hinwegfegen.

Shelly kannte den Menschenschlag, der hier wohnte. Die Männer waren stoppelbärtig und langgliedrig und hatten die schmalen Wangen und schwabbeligen Bauchpartien, die man bekam, wenn man die meisten Mahlzeiten aus einer Bierdose zu sich nahm. Die ebenso dünnen und gebeugten Frauen hatten strähniges Haar und neigten zu blauen Flecken. Die Kinder traten rudelweise auf, meist in Begleitung von ein, zwei verwahrlosten Hunden. Sie alle waren Fremden gegenüber äußerst misstrauisch, und alle konnten dir erklären, warum es nicht ihre Schuld war, dass ihre Farmen nichts abwarfen. Der Milchpreis sei gesunken, der Preis für das Milchvieh sei gesunken. Die gierigen Banken quetschten den kleinen Mann aus, indem sie allzu bereitwillig zu hohe Kredite vergaben. Die Regierung täte nicht genug, um ihnen zu helfen, die Gemeinde täte so, als würde es sie gar nicht geben.

Shelly wusste Bescheid. In La Grande, ihrer Heimatstadt, war sie mit den gleichen Geschichten aufgewachsen. Wie ihr Vater zu sagen pflegte, arbeiteten die erfolgreichen Farmer viel und redeten wenig, während die anderen meist wenig zu tun, dafür aber umso mehr zu sagen hatten.

Besuche wie diese waren nach wie vor das Schwierigste an Shellys Job. In diese verwahrlosten Küchen mit kaputtem Linoleumboden und Wasserflecken an den Decken zu kommen.

Einer Zwanzigjährigen, die zwanzig Jahre älter aussah und ihr drittes Kind auf der Hüfte trug, zum zweiten oder dritten Mal zu erklären, dass sie noch andere Möglichkeiten hatte. Dass sie nicht bleiben musste.

Zu wissen, dass sie wiederkommen würde. Wie ihr Vorgänger, der vor vielen Jahren wahrscheinlich dasselbe zu der Mutter dieses Mädchens gesagt hatte. Im Leben wiederholten sich bestimmte Dinge immer wieder, und je älter sie wurde, desto weniger war Shelly überzeugt, auf alles eine Antwort zu wissen. Ihre Eltern waren weiß Gott nicht reich gewesen, und ihr Abendessen hatte oft genug aus wenig Fleisch, dafür aus umso mehr Kartoffeln bestanden, aber sie hatte ihren Vater nie gebrochen oder gedemütigt erlebt. Oder ihrer Mutter dabei zusehen müssen, wie sie einen blauen Fleck mit Schminke zu kaschieren versuchte. Ihre Eltern hatten nie jemand anderem die Schuld für ihr schweres Leben gegeben. Wir müssen nur ein bisschen härter arbeiten, hatte ihr Vater immer gesagt, also war das die Lektion, die Shelly und ihre Brüder gelernt hatten.

Sie bog in eine ungeteerte Auffahrt ein. Den Bruchteil einer Sekunde drehte der rechte Reifen im Schlamm durch und sie glaubte festzustecken. Dann ruckelte der Geländewagen nach vorne und riss Dan aus seinem Schlummer.

»Was zum …«, begann er, merkte aber gerade noch rechtzeitig, dass er neben seiner Chefin saß.

Shelly grinste ihn an. »Hat das Nickerchen gut getan?«

»'Tschuldigung.«

»Kein Grund sich zu entschuldigen. Einer von uns muss frisch sein. Wir sind da.«

Sie hielt vor einem kleinen Farmhaus, dessen Veranda ein Loch von der Größe eines Felsbrockens aufwies. Auf dem Grundstück standen vier Pickup-Trucks, drei verrostete Chevys und etwas, das früher einmal ein Mähdrescher gewesen sein konnte. Darüber hinaus wetteiferten verschiedene Gebrauchsgegenstände um den Grund und Boden: alte Küchenherde, Backöfen, Gefrierschränke, die nur darauf warteten, im Sommer zu tückischen Fallen für ein arglos spielendes Kind zu werden.

Das Grundstück gehörte Hal Jenkins. Als sein Vater noch lebte, war es eine Farm gewesen, keine schlechte, wie Shelly gehört hatte. Klein, aber gut geführt und ordentlich ausgerüstet. Aber Hal hatte beschlossen, dass er zum Automechaniker berufen war. Daher auch die vielen Autos. Er war kein schlechter Mechaniker gewesen. Nein, was Hal das Genick gebrochen hatte, war, dass er Autoteile aus den Fahrzeugen nichts ahnender Kunden ausbaute und in andere Autos wieder einbaute – und dann den vollen Preis für das Ersatzteil verlangte. Ein paar Jungs vom Land, die sich selbst ganz gut mit Autos auskannten, waren ihm auf die Schliche gekommen.

In dieser Ecke rief man ungern die Polizei, also hatten sie Hal stattdessen windelweich geprügelt und sich dann mit einem Baseballschläger sein Haus vorgeknöpft. Die meisten Fenster im Erdgeschoss waren noch immer notdürftig mit Sperrholzplatten vernagelt.

Nachdem er vier Monate im Krankenhaus verbracht hatte, beschloss Hal, dass die Autoindustrie wohl doch nicht das Richtige für ihn war, und wandte seine Aufmerksamkeit der Ofenreparatur zu. Aber mit Haushaltsgeräten gab es nicht so viel zu verdienen. Heutzutage kauften sich die Leute lieber etwas Neues, anstatt ihre alten Sachen reparieren zu lassen.

Womit genau Hal sein Geld verdiente – das war die große Frage. Shelly vermutete, dass Hal endlich den wahren Wert einer abgelegenen Farm mit vielen Nebengebäuden entdeckt hatte: ein Meth-Labor. Der Hubschrauber der Staatspolizei war bereits einige Male über das Grundstück geflogen, ohne aber die Wärmesignatur zu entdecken, die für einen Durchsuchungsbeschluss erforderlich war. Bisher hatte Hal es zu verhindern gewusst, dass Shelly oder ihre Deputys über sein Grundstück stiefelten. Hal würde bestimmt nicht den Nobelpreis gewinnen, aber auf seine eigene, kämpferische Art war er ziemlich ausgebufft.

Shelly stieg zuerst aus. Ihre Schuhe versanken tief im Morast. Scheiße, sie könnten von Glück reden, wenn sie das Auto wieder freibekamen. Dan stieg etwas vorsichtiger aus und sah auf seine Uhr.

Shelly warf ihm einen verärgerten Blick zu. »Jetzt ist nicht die Zeit, sich über das Abendmelken Gedanken zu machen.«

»'Tschuldigung«, murmelte er verlegen.

Aus dem Haus kam eine Stimme. »Was?« Die offizielle Hal-Jenkins-Begrüßung. Keine offene Tür. Nicht einmal ein Blick durch eine kaputte Fensterscheibe.

»Hallo, Hal. Hier sind Sheriff Atkins und Deputy Mitchell. Wir haben uns gedacht, wir könnten mal kurz mit Ihnen reden.«

»Nein.«

»Herrgott noch mal, Hal. Es regnet in Strömen, und wir sind voller Schlamm. Sie könnten uns wenigstens eine Tasse Kaffee anbieten.«

»Nein.«

»Dann muss ich Ihnen leider eine unangenehme Mitteilung machen. Unser Auto steckt fest …« Dan sah sie überrascht an. Sie brachte ihn mit einer Handbewegung zum Schweigen. »Sieht so aus, als müssten wir uns da drüben bei den Haushaltsgeräten und Autoteilen etwas suchen, mit dem wir uns freibuddeln können. Wird aber nicht lange dauern.«

Die Tür wurde endlich aufgerissen. Hal trug einen Dreitagebart, ein dunkelgrünes Flanellhemd und die abgerissenste Jeans, die Shelly je gesehen hatte. »Sie rühren hier nichts an!«

»Hal, wir haben keine Lust, den ganzen Tag hier rumzustehen. Wir sind dienstlich hier.«

Hal funkelte sie wütend an. An sich war er noch ein junger Mann und würde gar nicht so schlecht aussehen, wenn er sich mit seinem Äußeren etwas Mühe geben würde. Er war groß gewachsen, hatte welliges, dunkles Haar und die athletische Figur eines Naturburschen. Es hieß, er sei ein guter Schütze und Jäger, der sein erbeutetes Wild oft meilenweit durch die Wälder zerrte.

Obwohl ihn die Jungs ziemlich zugerichtet hatten, hatte er sich, nach allem, was man so hörte, redlich gewehrt. Seine drei Angreifer wurden alle in der Notaufnahme verhaftet, zwei hatten Platzwunden, die genäht werden mussten, der dritte hatte zwei Knochenbrüche.

Eine ein Meter siebzig große Frau wäre kein Problem für Hal. Und wenn er nüchtern und entsprechend motiviert war, konnte er, wie gesagt, auch ganz schön durchtrieben sein.

Shelly ging die Verandastufen hinauf und versuchte, einen Blick in das düstere Innere des Hauses zu werfen. Sie wollte sehen, ob der gute alte Hal die neueste Ausgabe der *Daily Sun* hatte. Aber es war zu dunkel, und Hal war nicht gerade ein Hausmann; es war schwierig, in dem Müll und der Unordnung überhaupt etwas zu erkennen.

»Haben Sie einen Durchsuchungsbeschluss?«, fragte Hal.

»Haben Sie etwas zu verbergen?«, gab Shelly zurück.

»Ja. Das beste chinesische Essen der Welt. Ich möchte nicht, dass es sich rumspricht. Also, wenn's Ihnen nichts ausmacht, Sheriff, würde ich gerne weiteressen.«

»Na so was, und ich hätte Sie immer für einen Pizzamenschen gehalten.« Shelly lehnte sich gegen den Türrahmen und rückte Hal so nahe, dass dieser einen Schritt zurückweichen musste. Noch eine Minute, und sie würde ihren Fuß über die

Schwelle setzen und außerdem Hals Sicht blockieren, sodass Dan sich ungestört auf dem Grundstück umsehen konnte.

Hal hustete dreimal, ohne die Hand vor den Mund zu nehmen. Seine Taktik, sich wieder Platz zu verschaffen. Shelly rührte sich nicht vom Fleck, obwohl sie später ernsthaft überlegen müsste, ihre Klamotten zu verbrennen.

»Brauchen Sie Hustensaft?«, fragte sie beiläufig. »Ich wette, Sie haben welchen im Haus.«

»Und ob. Bei dem Regen muss man sich ja erkälten.«

»Kaufen Sie ihn deshalb kistenweise?«

Hal grinste. Manche Hustensirups, die man rezeptfrei kaufen konnte, enthielten Pseudoephedrin, das man zur Herstellung von Methamphetaminen benötigte. Wenn in einer Gegend in den Apotheken und Drogerien plötzlich der Hustensaft knapp wurde, war es das erste Anzeichen für eine erhöhte Meth-Produktion in der Region. Apotheken und Drogerien wurden dadurch ein interessanter Schauplatz im Kampf gegen Drogen. Als Erstes bat die Polizei die Läden, Großbestellungen zu melden, aber die illegalen Chemiker fingen einfach an, im Umkreis mal hier, mal da ein Fläschchen zu kaufen.

Auf Betreiben der Polizei hin hörten die Läden als Nächstes auf, die frei erhältlichen Medikamente – nun ja, frei erhältlich zu machen. Wenn man in Oregon Hustensaft für Kinder wollte, musste man den Apotheker persönlich danach fragen. Da aber sogar diese Methode nicht narrensicher war, hatten die großen Pharmakonzerne versprochen, für diese Märkte pseudoephedrinfreie Hustensirups herzustellen. Die waren genauso wirksam bei Husten, brachten aber nicht die halbe jugendliche Bevölkerung in Gefahr.

Natürlich waren da noch die Internetapotheken, Drogenfahrten nach Kanada, all das. Verbrecher waren dumm, aber nie so dumm, wie es die Polizei gern hätte.

»Wie ich gehört habe, haben Sie noch Schulden.« Shelly wollte endlich zur Sache kommen.

»Ich? Nie im Leben. Sei weder ein Leiher noch ein Borger.«

»Hal, Sie zitieren ja Shakespeare!« Shelly blinzelte ungläubig.

Hal grinste. Keine gute Idee, wenn man bedachte, was jahrelanges Tabakkauen mit seinen Zähnen angestellt hatte. »Shakespeare? Scheiße, mein Alter hat behauptet, das sei von ihm. Der alte Hurenbock; ich hätte wissen sollen, dass er lügt.«

»Eher ein Fall von Plagiarismus. Also, werden Sie Ihr Haus jemals wieder herrichten?«

»Warum sollte ich? Neue Fenster sind nur neue Zielscheiben. Jemand wie ich kennt immer Leute, die denken, man hätte ihnen was getan.«

»Und? Haben Sie ihnen etwas getan?«

»Ach, Sheriff, ich will nur mein chinesisches Essen essen und ein paar Öfen reparieren. Kann man denn nicht mehr in Ruhe seinen Lebensunterhalt verdienen?«

Shelly nickte und kaute an ihrer Lippe. Hal blockierte ihre Sicht ins Haus und hielt sie hin. Er hatte eindeutig etwas zu verbergen, aber deshalb waren sie ja hier. Hal würde immer etwas zu verbergen haben, und er hatte recht, sich mit den Fenstern erst gar keine Mühe zu machen.

»Was ist mit den Leuten, die Ihnen etwas getan haben?«

Das war eine neue Taktik. Hal runzelte die Stirn, zog eine Augenbraue hoch und überlegte. »Was meinen Sie damit?«

»Ich meine damit, dass manche Leute ein paar schnelle Kröten verdienen wollen. Und dafür allen möglichen Schwachsinn machen. Sachen, bei denen die Staatspolizei ins Spiel kommt und bald auch noch das FBI. Das macht die Sache für alle unangenehm, finden Sie nicht auch?«

Hal zählte endlich zwei und zwei zusammen – und bewies,

dass er die jüngste Ausgabe der *Daily Sun* gelesen hatte. »Die Entführung«, murmelte er.

»Ganz genau.«

Ausnahmsweise antwortete Hal schnell und zuvorkommend. »Auf gar keinen Fall. So was mache ich nicht. Eine Frau entführen und Lösegeld verlangen. Und alles wegen lausiger zehn Riesen? Das ist Schwachsinn. Ich halt's ja kaum lang genug mit einer dieser Quasselstrippen aus, um sie zu bumsen. Da werd ich den Teufel tun, mir eine ins Haus zu holen und sie auch noch einzusperren.«

»Na ja, Sie haben ja auch noch eine Scheune.«

»Herrgott noch mal.«

»Lassen Sie uns kurz nachsehen. Dann können wir Sie von der Verdächtigenliste streichen und Ihnen einen Besuch vom FBI ersparen.«

»So lange das FBI denselben Durchsuchungsbeschluss hat wie Sie, brauche ich mir keine Sorgen zu machen. Zeit für mein Abendessen …«

Hal wollte die Tür zuschlagen. Shelly setzte ihren Fuß in die Tür. »Dieses Mal meinen wir es ernst, Hal«, sagte sie ruhig. »Der klitzekleinste Hinweis, dass die Geisel irgendwo hier in der Nähe ist, und ein Richter wird uns die Erlaubnis geben, Ihr Haus Brett für Brett auseinanderzunehmen. Vergessen Sie die Fenster; wenn wir fertig sind, steht hier kein Haus mehr.«

»Ich lasse meine Finger von Menschen.«

»Kennen Sie vielleicht jemanden, der das nicht tut?«

Hal starrte sie an. Shelly starrte zurück. »Nur ein kleiner Tipp …«

»Also gut«, sagte er plötzlich. »Haben Sie was zum Schreiben? Ich gebe Ihnen ein paar Namen.«

Zehn Minuten später stiegen Shelly und Dan wieder ins Auto. Die Reifen des Geländewagens waren tief eingesunken, sie saßen fest. Hal kam fluchend aus dem Haus. Er hebelte mit einem Hammer ein paar Sperrholzplatten von den Fenstern und schob sie unter die Reifen.

Als die Reifen wieder Haftung bekamen, wurde Hal mit Schlamm bespritzt. Das Letzte, was Shelly sah, war ein großer, mürrisch dreinblickender Mann, der seine Bretter aus dem Schlamm zog, um sie wieder vor die Fenster zu nageln.

»Was denken Sie?«, fragte sie Dan.

»Die dritte Scheune hinten scheint vor kurzem repariert worden zu sein.«

»Wäre sie ein gutes Versteck für Rainie Conner?«

»Möglich, aber bei der Lage und Größe seines Grundstücks würde er mit einem Labor viel mehr Geld machen.«

»Ganz meine Meinung. Er hat eindeutig Dreck am Stecken, aber nicht unseren Dreck.«

Dan sah wieder auf die Uhr.

»Überstunden werden besser bezahlt als das Melken, Dan.«

»Ja, aber an Tagen wie heute fehlen mir die Kühe.«

20

DIENSTAG, 17:08 UHR

Die Stimme am anderen Ende der Leitung klang wieder tonlos und gespenstisch verzerrt. »Ich mag keine Menschenmengen.«

»Ich für meinen Teil bevorzuge auch kleinere Gruppen«, antwortete Quincy. Sein Gehirn arbeitete auf Hochtouren. Er wünschte, er hätte Notizen vor sich liegen, eine gründlichere Analyse des Falls. Normalerweise war er der neutrale Beobachter, der in einer Situation wie dieser eingeflogen wird und eine Akte mitsamt den Namen und Fotos von Leuten, die ihm nichts bedeuten, gereicht bekommt. Dann analysierte er kühl und rational die Fakten und skizzierte einige Schlüsselpunkte, bevor er sich in ein Hinterzimmer zurückzog und anderen dabei zusah, wie sie seine Strategie in die Tat umsetzten.

Ein Profiler trat in der Regel erst in Aktion, wenn der Schaden bereits angerichtet war. Er las die Notizen anderer Leute und bestimmte deren weiteres Tun und Handeln. Er selbst wurde nicht involviert. Er telefonierte beispielsweise nicht mit dem Entführer seiner Frau.

Quincy rückte auf die Stuhlkante vor; in seiner Stimme war ein Zittern, das er sich nicht leisten konnte.

»Sie haben meine Anweisungen nicht befolgt«, leierte die Stimme herunter.

»Ich will Ihnen das Geld bezahlen«, sagte Quincy ruhig. Beschwichtigen, nicht herausfordern. Erst besänftigen, dann

Druck ausüben. »Ich gebe mir alle Mühe, Ihren Instruktionen nachzukommen. Aber die Bank konnte mir nicht so viel Geld auf einmal geben. Es gibt Bankgesetze …«

»Sie lügen.«

»Ich bin auf der Bank …«

»Sie lügen!« Die verzerrte Stimme wurde schrill.

Quincy schwieg und atmete schwer. Er hatte sich geirrt. Der Entführer hatte mehr Informationen, als sie gedacht hatten.

»Sie sind nicht auf der Bank gewesen«, sagte der Entführer anklagend.

Kincaid gestikulierte wie wild und tat so, als würde er ein Telefon ans Ohr halten. Sollte Quincy sagen, er hätte die Bank angerufen? Quincy schüttelte den Kopf. Zu viele unbekannte Faktoren. Vielleicht überwachte der Kidnapper Quincys Bank. Vielleicht hatte er dort Kontakte oder arbeitete womöglich selbst dort. Sie hatten ihre Hausaufgaben nicht gemacht, und das hatten sie jetzt davon.

»Ich habe Bargeld«, sagte Quincy plötzlich. »In meinem Haus. Von … Aktivitäten, über die ich lieber nicht sprechen will.« Seine anzügliche Anspielung funktionierte. Die Stimme lachte blechern.

»Ich dachte, es würde reichen«, fuhr Quincy hastig fort. »Ich wollte Ihnen das Lösegeld zahlen, ohne dass es jemand mitbekam. Aber als ich das Geld zählte, war es nicht genug. Ich hatte Angst, dass Sie wütend werden, wenn ich nur mit der Hälfte des Geldes auftauche. Ich will Sie nicht wütend machen.«

»Sie haben die Polizei eingeschaltet.«

»Ich habe die Polizei nicht eingeschaltet. Die *Bakersville Daily Sun* hat die Polizei eingeschaltet, nachdem sie Ihr Schreiben erhalten hat. Dann kam die Polizei zu mir. Ich versuche, mit Ihnen zusammenzuarbeiten. Ich will tun, was Sie von mir verlangen.«

»Warum?«

Die Frage überraschte Quincy und brachte ihn aus dem Konzept.

»Sie ist meine Frau«, hörte er sich sagen.

»Sie haben sie verlassen.«

Er brachte keine Antwort zustande. Woher wusste der Entführer das? Hatte Rainie es ihm gesagt und er benutzte es jetzt als Druckmittel? Sie haben die Falsche erwischt; außer meinem Mann habe ich niemanden, aber er hat sich von mir getrennt und wird ganz bestimmt nicht zahlen, um mich zurück zu haben.

Oder vielleicht war der Entführer doch kein Fremder. Vielleicht war es jemand, den sie kannten, ein Kollege oder gar ein Freund. Quincy hatte eine Vermutung. Sie gefiel ihm gar nicht.

»Lieben Sie Ihre Frau?«, fragte die verzerrte Stimme.

Quincy schloss die Augen. Das war keine gute Frage. Er spürte die versteckte Drohung, die Ankündigung zukünftigen Leids.

»Rainie ist immer eine wunderbare Ehefrau gewesen«, sagte er ruhig. »Wir haben uns darauf gefreut, ein Kind zu adoptieren. Sie engagiert sich sehr im sozialen Bereich. Sie hat sich für ein Denkmal für ein kleines Mädchen eingesetzt, das im Sommer in Astoria ermordet wurde. Vielleicht haben Sie davon gehört?«

Der Entführer biss nicht an. Stattdessen spottete er: »Sie ist fürsorglich. Sie ist mitfühlend. Sie ist eine Zierde für die Menschheit.«

»Sie sagten, dass Sie kein Monster sind. Diese Dinge sollten Ihnen etwas bedeuten. Kann ich mit Rainie sprechen? Lassen Sie sie ans Telefon. Beweisen Sie, dass Sie keine Hintergedanken haben.«

»Sie haben nicht gezahlt.«

»Ich habe Geld ...«

»Es ist nicht genug.«

»Ich besorge die gesamte ...«

»Es ist nicht genug. Sie haben nicht gehorcht. Sie werden bestraft werden. Ich stehe zu meinem Wort.«

Der Anrufer wollte auflegen.

»Warten Sie«, sagte Quincy panisch. »Lassen Sie mich mit Rainie reden. Wenn ich weiß, dass es ihr gut geht, kann ich Ihnen mehr Geld besorgen. Ich kann Aktien in Bargeld umwandeln, ich habe Geld auf der Bank. Ich liebe meine Frau. Ich bin bereit zu zahlen!«

»Liebe gibt es nicht«, sagte die Stimme. »Einen schönen Abend noch!« Dann war die Stimme weg. Aus.

»Verdammte Scheiße!« Quincy schleuderte das Handy durch den Raum. Es war nicht genug. Er nahm den Klappstuhl und hob ihn über den Kopf. Mac packte seinen linken Arm, Kincaid den rechten. Quincy wehrte sich. Er war müde, ihm war kalt, er war voller Schlamm und Kuhscheiße. Ihm klang noch immer diese schreckliche Stimme im Ohr. Er spürte, wie ihm Tränen übers Gesicht liefen.

Er hatte versagt. Er hatte nicht genug Fragen gestellt, er hatte seine Hausaufgaben nicht gründlich genug gemacht. Er hätte das Geld – oder zumindest einen Teil davon – abheben sollen, wenn das schon ihre Version war. Eine einfache Vorsichtsmaßnahme, für den Fall, dass man sie beobachtete. Aber anstatt ein paar grundlegende Schritte zu unternehmen, war er zu sehr damit beschäftigt gewesen, mit Kincaid zu streiten, seine Expertise in den Vordergrund zu spielen, sich einzureden, wie genial er immer noch war.

Er war ein Narr, und jetzt würde Rainie darunter leiden. Und sie würde wissen, dass er sie im Stich gelassen hatte.

Sie hatten ihn zu Boden gerungen. Er spürte den kalten Holzboden an seiner Wange und war sich vage des Gewichts von zwei Männern bewusst, die ihn unter Kontrolle halten wollten.

»Den Notruf«, schrie Kincaid. »Wir brauchen einen Arzt, schnell!«

Dummes Arschloch, dachte Quincy. Rainie war diejenige, die Hilfe brauchte.

Und dann wurde es interessanterweise schwarz um ihn herum.

DIENSTAG, 17:43 UHR

Kimberly war auf dem Weg zur Einsatzzentrale, als sie einen Krankenwagen aus dem Parkplatz des Festplatzes kommen sah. Sie trat auf die Bremse, bog in die Kreisauffahrt ein und sprang aus dem Auto, kaum dass es zum Stehen gekommen war. Vor den großen Metalltüren zu ihrer Linken drängte sich eine ganze Reihe uniformierter Männer. Sie zwängte sich hindurch und hielt verzweifelt nach Mac, ihrem Vater oder Rainie Ausschau.

»Was ist passiert? Was ist passiert?«

Mac sah sie als Erste. Noch bevor er etwas sagte, schlang er seine Arme um ihre Taille.

»Dad? Dad? Dad?«

»Langsam, langsam. Tief einatmen. Beruhige dich!«

Sie wollte sich nicht beruhigen. Ihr Vater lag auf dem Boden. Man hatte eine Decke über ihn gebreitet, sein Gesicht war gespenstisch weiß, seine Zehen zeigten gerade nach oben, und ein älterer Mann in einem dunklen Traueranzug und mit einem Stethoskop um den Hals sah auf ihn hinab. Das konnte doch nicht wahr sein! Herrgott noch mal, sie war doch nur kurz weg gewesen!

»Was zum Teufel ist passiert?« Ihre Stimme tönte schrill durch die große Halle. Mac legte ihr die Hand auf den Mund und drückte Kimberly fest an sich, so als könnte seine schiere Anwesenheit das Geschehene rückgängig machen.

»Liebes, Liebes, beruhige dich, es ist nicht so schlimm, wie es aussieht. Dein Vater hatte einen Anfall. Kincaid rief einen Krankenwagen, und Sheriff Atkins hat einen Arzt geholt. Er ist gerade bei ihm.«

»Aber der Krankenwagen ist gerade weggefahren. Sollte er nach einem ›Anfall‹ nicht ins Krankenhaus kommen? Ist das nicht das Übliche?«

»Er hat sich geweigert.«

»Der verfluchte … Ich bringe ihn um.«

»Sachte.« Mac rieb mit einer Hand ihre Arme, während er mit der anderen noch immer ihre Taille umklammert hielt. Ihr wurde bewusst, dass sie zitterte wie Espenlaub. Wenn Mac sie nicht gehalten hätte, wäre sie glatt zusammengebrochen.

»Der Entführer hat wieder angerufen«, murmelte Mac so leise, dass nur sie ihn verstehen konnte. »Das Telefonat verlief nicht gut. Er deutete an, Rainie zu bestrafen, da man seinen Lösegeldforderungen nicht nachgekommen sei.«

»O nein!«

»Dein Vater wurde … emotional. Als wir ihn beruhigen wollten, ist bei ihm eine Sicherung durchgebrannt.«

»Sein Herz?«, fragte sie panisch.

»Ich weiß es nicht, Liebes. Ich bin kein Arzt. Aber dein Vater könnte wirklich etwas Ruhe und Erholung gebrauchen.«

Sie nickte an seiner Brust. Sie klammerte sich an ihn und konnte es noch immer nicht fassen, dass ihr Vater reglos auf dem Boden lag. »Ich habe ihn noch nie so alt gesehen«, flüsterte sie.

»Ich weiß.«

»Er und Rainie wollten kürzer treten, ein Kind adoptieren. Ich habe immer gedacht, dass er noch sein ganzes Leben vor sich hat.«

»Ich weiß, Liebes.«

»Ach, Mac«, seufzte sie. »Armer Dad.« Und gleich darauf: »Arme Rainie.«

DIENSTAG, 18:04 UHR

Als der Arzt endlich fertig war, bat er Mac, Quincys Auto zu holen. Dann verfrachteten er und Kincaid Quincy auf die Rückbank, wo er es bequemer hatte. Kimberly versuchte zweimal, einen Blick auf ihn zu werfen. Beide Male zog Mac sie zur Seite.

»Nicht bevor du mit dem Arzt gesprochen hast.«

»Du hast nur Angst, dass ich ihn anschreien werde.«

»Ich weiß, dass du ihn anschreien wirst. Nicht bevor du mit dem Arzt gesprochen hast.«

Als der Arzt endlich ansprechbar war, hätte Kimberly am liebsten sofort losgebrüllt.

»War es ein Herzinfarkt?«, fragte sie.

»Sein Blutdruck ist gestiegen, sein Puls ist arrhythmisch und er hat keine gesunde Gesichtsfarbe«, berichtete der Arzt. »Es könnte also möglicherweise ein Herzinfarkt gewesen sein. Mit Sicherheit kann ich das erst nach einigen Tests sagen.«

»Dann führen Sie die Tests durch.«

»Dazu müsste Ihr Vater ins Krankenhaus eingeliefert werden.«

Kimberly kniff die Augen zusammen. »Er weigert sich immer noch?«

»Ihr Vater glaubt, dass es nur ein einfacher Angstanfall war – was durchaus möglich wäre.«

»Also ist mein Vater jetzt Arzt?«

»Ihr Vater ist ein Mann mit festen Überzeugungen.«

»Hat man ihm seine Waffe abgenommen? Falls ja, dann bin ich das einzige noch bewaffnete Mitglied der Familie, folglich sollte er tun, was ich ihm sage.«

Der Arzt machte einen dezenten Schritt nach hinten. »Was wir berücksichtigen sollten, ist die Familiengeschichte. Wissen Sie, ob Ihre Großeltern Herzprobleme hatten?«

»Die Mutter meines Vaters ist jung gestorben. An Krebs, glaube ich. Und mein Großvater …« Sie zögerte und sagte schließlich: »Alzheimer.«

»Und Ihre Urgroßeltern?«

»Keine Ahnung.«

Der Arzt überlegte. »Aus meiner Sicht wäre es das Beste, ihn sofort ins Krankenhaus zu bringen und ein paar Tests durchzuführen. Sollte der Patient dem nicht zustimmen« – er verdrehte die Augen – »dann wäre mein Rat: viel Ruhe, heiß duschen, etwas Trockenes anziehen und die nächsten achtundvierzig Stunden keine unnötige Aufregung.«

»Sie haben gut reden.« Kimberly sah sich um und seufzte. »Wissen Sie, warum all die Polizisten hier sind?«

»Man hat mir gesagt, dass es eine sehr schwierige Zeit für ihn ist.«

»So lange seine Frau vermisst wird, bringe ich ihn auf keinen Fall dazu, sich zu Hause auszuruhen.«

»Dann sorgen Sie wenigstens dafür, dass er etwas Trockenes anzieht, eine warme Suppe isst und sich ein paar Stunden ausruht. Sollte er über Magenschmerzen klagen, rufen Sie sofort den Notarzt. Und, Miss Quincy – ich würde ihn nicht aus den Augen lassen.«

Der Arzt packte seine Sachen. Kimberly ging zum Auto. Ihr Vater hatte die Augen geschlossen, aber sie nahm ihm nicht eine Sekunde ab, dass er schlief. Sie rutschte zu ihm auf den Rücksitz, nahm seine Füße in ihren Schoß und massierte seine Knöchel. Erleichtert stellte sie fest, dass sein Gesicht unter der aschgrauen Maske wieder etwas Farbe bekam.

»Wir machen weiter, Dad«, sagte sie leise. »Rainie weiß, dass du sie liebst.«

Quincy schlug die Augen auf. »Nein, Liebes, das ist ja gerade das Problem. Sie hat mir nie geglaubt.«

Kimberly beugte sich vor und umarmte ihren Vater. Ausnahmsweise ließ er es geschehen.

DIENSTAG, 19:04 UHR

Das Schreiben kam eine Stunde später. Adam Danicic, der Reporter der *Daily Sun*, behauptete, es in einer wasserdicht verschlossenen Plastiktüte an seiner Windschutzscheibe gefunden zu haben, nachdem er zu seinem ein paar Hundert Meter entfernt geparkten Auto zurückgegangen war.

Er versicherte Kincaid am Telefon, dass er das Päckchen im Sinne ihrer Zusammenarbeit natürlich gleich persönlich überbringen werde. Kincaid für seinen Teil ging davon aus, dass er natürlich zuerst eine Kopie des Schreibens anfertigen würde.

Das Päckchen entpuppte sich als aus zwei Teilen bestehend: einer dünnen, in Klarsichtfolie eingepackten Notiz und einem größeren Gefrierbeutel, in dem etwas Dunkles, Unheimliches war, das hin und wieder zu zucken schien. Vor lauter Wassertropfen ließ sich der Inhalt beider Tüten schwer erkennen.

»Zuerst das Schreiben«, sagte Kincaid schließlich vom Ende des Konferenztisches in der Einsatzzentrale. Sheriff Atkins stand neben ihm, Quincy, Kimberly und Mac saßen in der Ecke. Seit seinem »Anfall« war Quincy sehr ruhig. Auch wenn es Kincaid den Job erleichterte, tat ihm der Mann leid. Ja, er fing sogar an, den Ex-FBI-Profiler richtig zu mögen. Und er machte sich höllische Sorgen, was als Nächstes mit seiner Frau passieren würde.

Kincaid streifte ein Paar Latexhandschuhe über und schälte die Notiz behutsam aus der Plastikfolie. Das Papier war zweimal gefaltet; trotz der Schutzhülle war es feucht, und die Druckertinte war verschmiert. Kincaid musste aufpassen, das Blatt nicht zu zerreißen.

Nachdem er das Papier auseinandergefaltet hatte, las er vor:

Sehr geehrte Mitglieder der Presse und der versammelten Sonderkommission:

Ich habe Ihnen einfache Anweisungen erteilt. Ich habe Ihnen versprochen, niemandem weh zu tun, wenn Sie sie befolgen.

Sie haben beschlossen, meine Anweisungen zu missachten. Sie haben beschlossen, meine Autorität anzuzweifeln. Sie haben beschlossen, das Monster frei zu lassen, und die Folgen haben Sie selbst zu verantworten.

Das Lösegeld beträgt jetzt $20.000 in bar. Sie werden schon bald verstehen, warum. Morgen, 10:00 Uhr. Es muss von einer Frau überbracht werden. Geben Sie ihr Quincys Handy. Ich werde sie anrufen, um ihr Anweisungen zu erteilen.

Gehorchen Sie wieder nicht, wird es noch schlimmer.
Wie Sie sehen, stehe ich zu meinem Wort.

Mit freundlichen Grüßen,
Nathan Leopold

»Leopold?«, fragte Kincaid.

Sheriff Atkins schüttelte den Kopf. Quincy ebenfalls.

»Ich kann den Namen im Internet recherchieren«, sagte Kimberly, rührte den Computer aber nicht an. Stattdessen starrte sie auf den Gefrierbeutel, der sich wie von selbst von einer Seite auf die andere rollte.

Kincaid sah den Reporter scharf an, der noch immer im Raum war, und deutete auf die Tüte. »Haben Sie das angefasst?«

Danicic verneinte.

»Ich mein's ernst. Haben Sie die Tüte geöffnet, um vielleicht nur mal kurz einen Blick hineinzuwerfen?«

Danicic wurde rot. Er reckte das Kinn, als würde ihn die Unterstellung beleidigen, gab dann aber zu: »Na ja, ich hatte daran gedacht. Aber die Tüte, äh, sie hat gezuckt!«

»Gezuckt?«

»Ja, gezuckt. Wenn ich es sage. Da dachte ich, ich überlasse die Sache am besten den Fachleuten.«

Kincaid zog eine Augenbraue hoch. Zum ersten Mal fiel ihm auf, dass Danicic direkt neben der Tür stand. Der Enthüllungsreporter der *Daily Sun* wollte offensichtlich kein Risiko eingehen.

Kincaid griff seufzend nach der Tüte. Er hörte, wie Sheriff Atkins hinter ihm ihren Pistolenhalfter aufmachte. Er zögerte.

»Wissen Sie, was da drin ist?«, fragte sie.

»Nein, aber ich würde gerne weiterhin meine Daumen gebrauchen können.«

»In Ordnung, ich schieße nicht auf Ihre Daumen. Für die kleinen Finger kann ich allerdings nicht garantieren.«

Kincaid nahm den nassen Gefrierbeutel und rollte ihn einige Male zwischen den Fingern. Der Inhalt war etwas Dickes, Zusammengerolltes. Ihm gefiel nicht, wie es sich anfühlte.

»Wenn es auch nur den leisesten Zischlaut von sich gibt«, murmelte er in Shellys Richtung, »sind mir meine Daumen egal. Dann schießen Sie dem Ding den Kopf ab. Hauptsache, Sie treffen.«

»Roger.«

»Ich hätte doch Buchhalter werden sollen.«

Kincaid öffnete den Beutel und kippte den Inhalt auf den Tisch. Ein dicker, feuchter Strang, der an der einen Seite zusammengebunden, an der anderen Seite lose war, fiel mit einem dumpfen Geräusch auf den Tisch. Kincaid wartete fast panisch darauf, dass etwas passierte. Ein Zischen, ein Biss, ein Schnappen. Nichts. Das dunkle Knäuel lag einfach nur da.

Sheriff Atkins spähte über Kincaids Schultern. »Es sind Haare. Menschenhaare.«

Quincy stand auf und trat näher. Kincaid sah Quincys Gesichtsausdruck an, dass er mit seiner Vermutung richtig gelegen hatte.

»Es sind Rainies Haare«, sagte Quincy sanft. »Er hat sie abgeschnitten. Schauen Sie sich die Enden an. Er hat sie mit einem Messer abgeschnitten.«

Quincy stupste das zusammengebundene Ende mit dem Finger an, als unter den Haaren etwas hervorgeschossen kam.

Kincaid sprang zurück. Sheriff Atkins stieß einen spitzen Schrei aus. Ein kleiner schwarzer Käfer rannte quer über den Tisch und verschwand unter einem Papierstapel.

»Was zum Teufel ist das?«, wollte Kincaid wissen.

Aus der Ecke kam ein leises Stöhnen von Kimberly. »O Dougie.«

21

DIENSTAG, 19:32 UHR

Rinie wurde durch das Geräusch von tropfendem Wasser geweckt. Ihr Kopf kippte nach hinten, sie schrak wie aus einem tiefen Traum hoch und stieß prompt mit dem Kopf an einen Holzbalken. Sie zuckte zusammen, und blitzartig überfielen sie die Schmerzen ihrer vielen Verletzungen.

Sie befand sich erneut an einem anderen Ort. Die undurchdringliche schwarze Leere war dieselbe, aber der Geruch war ein anderer. Feuchte Erde, Schimmel, Moder. Kein Geruch, den man mit einem Happy End assoziierte.

Sie war noch immer an Händen und Füßen gefesselt und trug eine Augenbinde. Die gute Nachricht: Sie hatte kein Klebeband mehr vor dem Mund. Sie konnte schlucken, die Zunge bewegen – kleine Freuden, die nichtentführte Menschen nie ausreichend zu schätzen wissen. Einen Augenblick lang war sie versucht, den Kopf zu heben und zu schreien, glaubte aber, nicht die Kraft dazu zu haben. Und dann kam ihr ein anderer Gedanke: Warum hatte er sie nicht wieder geknebelt? Vielleicht spielte es keine Rolle mehr, ob sie schrie. Vielleicht war sie mutterseelenallein.

Der Boden unter ihr fühlte sich feucht an. Sie begann zu zittern, und erst da fiel ihr zum ersten Mal auf, wie kalt ihr war. Die Nässe drang durch die Kleidung in ihre Haut. Sie hatte sich, wahrscheinlich unbewusst, zusammengerollt, um Wärme zu konservieren. Aber es war nicht genug. Ihr Zähneklappern machte das Pochen in ihrem Kopf nur noch schlimmer. Und durch das Zittern taten ihre diversen Schnittwunden und Blutergüsse noch mehr weh.

Ein Keller, dachte sie. Ein kalter, feuchter Keller, durch dessen Wände der Regen der letzten Monate gesickert war und auf dessen Boden sich Pfützen gebildet hatten. Der nach fauligen Pflanzen und moderiger Wäsche roch. In dem fette Spinnen riesige Netze woben und kleine Säugetiere ihre letzte Ruhestätte fanden.

Sie versuchte, sich aufzusetzen, aber es gelang ihr nicht. Sie war sich ziemlich sicher, dass ihr linkes Auge unter der Augenbinde zugeschwollen war. Eine nähere Bestandsaufnahme ergab außerdem eine aufgeplatzte Lippe, einen mit Striemen überzogenen Kopf und, vom Hals abwärts, unzählige Schnittwunden, von denen manche nur oberflächlich, manche gefährlich tief waren. Ihr war leicht schwindlig, ob aufgrund des Blutverlusts oder weil sie nichts gegessen hatte, das spielte im Prinzip keine Rolle. Sie war geschlagen und misshandelt worden, und jeder Atemzug schmerzte an den Rippen.

Außerdem fror sie. Ihre Haut fühlte sich widerlich an, kalt und klamm, wie die einer Leiche im Kühlfach der Gerichtsmedizin. Sie musste einen trockenen Ort finden. Sie brauchte frische Sachen zum Anziehen, haufenweise Decken und ein knisterndes Feuer. Dann würde sie sich aufwärmen, entspannt zurücklehnen und an die Zeit denken, als sie noch in Quincys Arm lag und er ihr über die Haare strich.

Es war der Gedanke an ihre Haare, der das Fass zum Überlaufen brachte. Sie begann, heftig und herzerweichend zu schluchzen, was ihre Schmerzen und das Hungergefühl nur noch schlimmer machte. Sie konnte gar nicht mehr aufhören zu weinen und gelangte zu der unweigerlichen Schlussfolgerung, dass es ihr nicht gut ging. Genauer gesagt, wenn sich nicht bald etwas änderte, würde sie wahrscheinlich sterben.

Komisch, wie man manchmal erst aufgrund von Kleinigkeiten das ganze Bild sah. Komisch, dass es erst ihrer geschorenen Lockenpracht bedurfte, um ihr endlich Angst einzujagen.

Sie hatte nicht sofort begriffen, was der Entführer mit ihr vorhatte. Sie hörte das schabende Geräusch des Messers. Spürte, wie er sie an den Haaren packte und ihren Kopf nach hinten bog, und ihr erster Gedanke war, ihren Hals zu schützen. Sie riss ihre gefesselten Hände ans Schlüsselbein und dachte an all die Tatortfotos, die sie schon gesehen hatte, von weißen Kehlen, in die ein makabres Lächeln eingeschnitzt war.

Als er begann, an ihren Haaren zu sägen, passierte etwas Seltsames: Rainie drehte durch.

Die gefesselten Hände konnte sie akzeptieren. Ihre unbeweglichen Füße, die Augenbinde, den Knebel, der ihrem Mund jegliche Feuchtigkeit raubte. Aber die Vorstellung, ihre Haare zu verlieren – das war zu viel. Es war der einzige Punkt, in dem sie eitel war, wo sie sich schön fühlte. Wie würde Quincy sie jemals wieder lieben, wenn sie keine Haare hatte?

Sie hatte mit dem Ellbogen zugeschlagen. Da er es nicht erwartet hatte, hatte sie Glück und traf ihn in die Rippen. Er gab einen eigenartigen, gedämpften Laut von sich, wie jemand, der erstickte. Dann riss er ihr mit brutaler Gewalt auch noch die letzten Haare aus der Kopfhaut.

»Was soll denn das, verdammt noch mal?«, brüllte er. »Spinnst du? Ich habe ein Jagdmesser in der Hand. Halt still!«

Aber Rainie hielt nicht still. Sie warf sich mit aller Kraft auf ihn und erwischte ihren Entführer genau in der Mitte. Er stürzte zu Boden. Sie stürzte sich auf ihn. Dann rollten sie im Schlamm, sie mit ihren gefesselten Gliedmaßen wie ein Wurm, er wild um sich schlagend wie ein auf dem Rücken liegendes Nashorn. Sie glaubte einen Schrei auszustoßen, einen primitiven Schrei voller Wut, Trauer und Hass. Aber kein Laut entwich ihrer Kehle. Sogar ohne das Klebeband vor ihrem Mund war sie nicht in der Lage, ihrer Wut freien Lauf zu lassen.

Er hatte nicht gelogen, was das Messer anging. Als er ihren Arm das erste Mal aufschlitzte, war es vielleicht ein Versehen gewesen. Beim zweiten Mal wussten sie beide, dass es Absicht war, aber dennoch konnte sie nicht aufhören.

Sie hasste ihn. Sie hasste ihn mit einer Wucht, die stärker war als sie, mit einer Wut, die ihr seit Jahrzehnten in den Knochen saß. Sie hasste ihn wegen des Vaters, den sie nie gekannt hatte. Sie hasste ihn wegen jeder verfluchten Ohrfeige, die ihr die Freunde ihrer Mutter verpasst hatten. Sie hasste ihn wegen Lucas, der sie vergewaltigt hatte, als sie noch zu jung gewesen war, um sich zu wehren, und außerdem hätte man ihr als White Trash sowieso nicht geglaubt. Sie hasste ihn wegen Aurora Johnson, weil Kinder nicht so viel Angst und Schmerz empfinden sollten.

Und sie hasste ihn wegen Quincy, vor allem wegen Quincy, weil Quincy sie eigentlich retten sollte. Tief in ihrem Herzen hatte sie immer geglaubt, dass Quincy sie irgendwie, auf irgendeine Art und Weise retten würde. So sollte es nun mal sein: Sie war die Leidenschaftliche, Wütende, Selbstzerstörerische. Quincy war ihr Fels in der Brandung. Er war der Geduldige, Vorausschauende. Er liebte sie. Sogar wenn sie sich schrecklich benahm, sogar wenn sie sich selbst kaum ausstehen konnte.

Er war das einzige Gute, das ihr in ihrem Leben widerfahren war.

Irgendwie hatte sie es geschafft, obenauf zu sein. Ihr Entführer lag auf dem Rücken und fand in dem glitschigen Schlamm keinen Halt. Wenn sie es schaffte, ihn unter sich festzuhalten, ihn so unbeweglich und schmutzig zu machen, wie sie sich fühlte …

Wieder schlitzte er ihr den Unterarm auf. Blind folgte sie der Quelle des Schmerzes und schlug mit ihren gefesselten Fäusten auf ihn ein. Dann fanden ihre Finger sein Handgelenk. Sie grub ihre Daumen in die weiche Ansammlung von Nerven und Sehnen an der Handwurzel und wurde umgehend mit einem leisen Zischen belohnt.

»Ich bring dich um!«, brüllte der Mann.

»Dann tu's!«, schrie sie zurück.

Er stieß die Hüften nach oben und sie fiel in den Schlamm. Aber sie ließ seine Handgelenke nicht los und klammerte sich mit aller Kraft an ihn.

»Du Schlampe!«

Sie spürte, wie er sich aufrappeln wollte. Sie schlug wieder zu, traf ihn am Knöchel, und er stürzte erneut.

Jetzt schlug er mit der linken Faust auf ihren Kopf und ihre Schultern ein. Es war ihr egal. Sie war jetzt so nahe an ihm dran, dass seine Schläge keine große Kraft mehr hatten. Sie bearbeitete weiter sein Handgelenk und stellte sich vor, wie sich seine Finger öffneten und er das Messer fallen ließ …

Seine Faust traf sie zwischen die Rippen. Sie schnappte nach Luft. Er nutzte seinen Vorteil und grub zwei Finger in ihre Niere. Ein stechender Schmerz schoss ihren Rücken hinauf, begleitet von etwas Warmem zwischen ihren Beinen. Sie hatte in die Hose gemacht. Er hatte sie zu einem Tier reduziert, das sich vor lauter Angst bepinkelte.

Scheiß drauf. Sie ließ sein Handgelenk los und biss ihm mit aller Kraft in den Unterarm.

»Aaaaauuu!«

Sie warf den Kopf hin und her und dachte dabei an alle Bilder von Kampfhunden, die sie jemals gesehen hatte. Sie wollte seinen Arm bis auf den Knochen durchbeißen, Blut schmecken. Sie kaute und mahlte mit den Zähnen.

»Du verfluchte ...« Er konnte das Messer in seiner rechten Hand noch immer nicht benutzen und mit der Linken nicht fest genug zuschlagen, um sie abzuschütteln. Sie würde gewinnen, dachte sie, und in ihrem Delirium sah sie förmlich vor sich, wie sie ihm den Arm abkaute und seine Hand ausspuckte. Wenn man sie fragen würde, wie sie ihrem bewaffneten Entführer trotz Fesseln und Augenbinde entkommen konnte, würde sie antworten: »Ich habe mir einfach vorgestellt, er sei ein leckeres, saftiges Steak.«

Er schlug sie wieder in die Eingeweide. Er hatte seine Beine um sie geschlungen, wollte sich auf sie rollen und sie in den Schlamm drücken. Sie hielt ihn mit den Händen auf Abstand, halb auf ihm, die Zähne wie ein Pitbull in seinem Unterarm vergraben.

Sie kämpfte und hasste und wütete. Aber ihr Entführer hatte schließlich doch noch eine schlaue Idee.

Er drückte ihr die Nase zu – und damit war das Spiel aus. Entweder sie biss weiter, dann würde sie ersticken. Oder sie hörte auf, und dann würde er sie erstechen.

Komisch, bis zu dem Augenblick hatte Rainie gar nicht gewusst, wie sehr sie am Leben hing.

Sie dachte wieder an Aurora Johnson. Sie dachte an all die kleinen Mädchen, die nie eine Chance gehabt hatten. Und sie dachte, zum ersten Mal seit langem, an Quincys Tochter Mandy.

Es tut mir leid, dachte Rainie. Quincy hatte bereits so viel verloren, und sie hätte ihm diesen Schmerz gern erspart.

Sie ließ den Entführer los. Er riss seinen Arm zur Seite und schrie, halb erleichtert, halb fluchend. Dann schlug er sie aufs Auge.

Die Wucht des Schlags ließ sie zurücktaumeln. Sie fiel rücklings in den Schlamm. Ihre Augenhöhle brannte wie Feuer, und hinter ihrer Augenbinde tanzten weiße Pünktchen auf und ab.

Dann hörte sie, wie er sich aufrichtete und auf sie zustapfte. Sie stellte ihn sich wie ein großes, klobiges Ungeheuer vor, so in etwa wie das Monster von der Schwarzen Lagune.

Ich liebe dich, Quincy, dachte sie.

Dann hatte ihr der Entführer mit dem Messergriff über den Kopf geschlagen.

Jetzt zwang sich Rainie, ihre Glieder auf dem feuchten Boden auszustrecken und sich aufzurichten. Aber ihre verletzten Muskeln krampften, und sie konnte vor lauter Schmerzen nicht aufrecht stehen. Vornübergebeugt wie eine alte Frau schlurfte sie mit gefesselten Füßen durch den Raum.

Ihre Finger berührten die Wand und zuckten zurück. Kalt, schleimig, eindeutig nasser Beton. Sie ging in die andere Richtung und erkundete mit kleinen schlurfenden Schritten ihr Reich. Sie stieß mit dem Schienbein gegen etwas Hartes aus Holz, und der Schmerz schoss ihr das Bein hoch. Bei genauerer Untersuchung entpuppte sich das Holzteil als eine Werkbank, allerdings ohne Werkzeuge. Als Nächstes geriet sie in ein Spinnennetz, zuckte zusammen und verfing sich prompt im nächsten. Etwas Großes, Haariges streifte ihre Wange, und sie gab sich alle Mühe, nicht zu schreien.

Auf der gegenüberliegenden Seite des Raums entdeckte sie eine Holztreppe. Mit den Händen zählte sie über zehn Stufen, weiter nach oben konnte sie nicht reichen. Wahrscheinlich führten sie zu einer Tür. Aber in ihrem momentanen Zustand traute sie sich nicht zu, die Treppe hinaufzusteigen; außerdem bezweifelte sie, dass die Tür geöffnet sein würde. Sie ging zurück zur Werkbank. Im Vergleich zum Boden fühlte sich die staubige Holzoberfläche warm an. Sie schwang ihre Beine auf die Tischplatte, rollte sich zusammen und stellte sich vor, im Club Med zu sein.

Sie hatte Halsschmerzen. Sie hustete, was ihr wiederum Rippenschmerzen verursachte.

Was Quincy wohl gerade machte? Wahrscheinlich, dachte sie, brachte er gerade die ermittelnden Beamten zur Weißglut, und bei dem Gedanken musste sie unwillkürlich lächeln.

Ihre Hände bewegten sich über die Werkbank. Mit einem Finger schrieb sie die Worte in den Holzstaub, die er wissen musste:

Ich liebe dich auch.

Dann hörte sie ein Geräusch über sich. Eine Tür ging auf. Schritte auf der Treppe.

Sie versteifte sich, um von der Werkbank zu klettern, um sich zu verteidigen.

Sie hörte ein dumpfes Geräusch, gefolgt von einem Stöhnen.

»Ich hab dir was mitgebracht«, sagte der Mann, dann hörte sie wieder Schritte auf der Treppe.

Die Tür wurde zugeschlagen und abgeschlossen. Dann Stille.

»Hallo?«, sagte Rainie zögerlich.

Langsam tastete sie sich mit ausgestreckten Händen zu den Stufen. Am Treppenabsatz lag jemand, zusammengerollt, so wie sie selbst noch vor kurzem dagelegen hatte. Derjenige war kleiner, als sie erwartet hatte, in nassen Jeans und einem noch nasseren Sweatshirt.

Ihre Finger strichen über eine Beule am Hinterkopf und tasteten dann über das Gesicht.

»O nein. O nein.«

Sie zog den Jungen in den Schoß, strich ihm über seine eisigen Wangen und drückte ihn an sich, um ihm von ihrem eiskalten Körper noch etwas Wärme abzugeben.

»Es wird alles gut, es wird alles gut«, murmelte sie immer und immer wieder. Aber sie wusste nicht, wen sie zu überzeugen versuchte: sich selbst oder Dougie Jones.

22

DIENSTAG, 20:20 UHR

Quincy saß in einer Ecke der Einsatzzentrale, eine Decke im Schoß und einen Becher schwarzen Kaffee zwischen den Händen. Am Konferenztisch herrschte eine hektische Betriebsamkeit, so wie sie Leute an den Tag legen, die etwas Wichtiges erledigen müssen, aber nicht genug Zeit haben. Kincaid und Sheriff Atkins, beide mit müden, angespannten Gesichtern, diskutierten gerade heftig miteinander. Mac telefonierte mit seinem Handy und blickte, ganz der aufmerksame Babysitter, der er zu sein versprochen hatte, hin und wieder zu Quincy herüber. Kimberly war auf Quincys persönliche Bitte hin losgezogen, um etwas zu erledigen; sie war erst gegangen, nachdem Mac ihr hoch und heilig geschworen hatte, Quincy nicht aus den Augen zu lassen.

Als Mac zum dritten Mal in seine Richtung sah, konnte Quincy es sich nicht verkneifen, wie zur Bestätigung die Hand zu heben. Bin noch nicht abgekratzt. Macht bitte weiter.

So, dachte er, würde es sich also eines Tages anfühlen, wenn ihn seine arbeitswütige Tochter in ein Altersheim steckte. Er nahm einen großen Schluck Kaffee und ignorierte das Zittern seiner Hand.

Im Gegensatz zu seiner Tochter glaubte er nicht, dass er demnächst das Zeitliche segnen würde.

Er hatte kein Spannen in der Brust, kein Kribbeln in den Gliedmaßen, keine Magenkrämpfe. Er war einfach nur müde.

Todmüde und in dem Stadium, das offiziell schon über Stress hinausging.

Es war nicht nur, dass er Rainie vermisste und sich schreckliche Sorgen um sie machte. Er fühlte, wie er sich langsam, aber sicher von ihr verabschiedete. Die kleinen Details ausblendete – ihre flanellgrauen Augen und ihre schnellen, geschmeidigen Bewegungen. Sie war eine Frau, die sich keine Mühe gab, sexy zu sein, und gerade dadurch die Aufmerksamkeit aller Männer auf sich zog.

Sie hatten sich beruflich kennengelernt. Damals arbeitete sie bei der Polizei in Bakersville und betreute ihren ersten großen Fall – eine Schießerei an der örtlichen Hauptschule. Da der Hauptverdächtige der Sohn des Sheriffs war, stand natürlich das gesamte Sheriffsbüro unter enormem Druck.

Dann kam er angetanzt – FBI-Agent, der Experte über Massenmörder, zu der Zeit mit einem Sonderforschungsprojekt über Schulschießereien beschäftigt –, in der Erwartung, mit offenen Armen empfangen zu werden. Er war von sich überzeugt, vielleicht sogar ziemlich arrogant gewesen.

Rainie hatte sich über seinen Titel und seine Referenzen lustig gemacht und außerdem einige nicht sehr schmeichelhafte Kommentare über seine Krawatte gemacht. Und da passierte es. Andere Leute verlieben sich bei einem romantischen Abendessen mit Kerzenlicht oder beim Strandspaziergang. Supervisory Special Agent Quincy verliebte sich, als er einer Kleinstadtpolizistin gegenübersaß, die Bleistifte entzweibrach, wenn sie wütend war.

Nach wie vor schenkte er ihr jedes Jahr zum Valentinstag eine Schachtel Bleistifte. Woraufhin sie lachte und die Stifte wie ein glückliches Kind auf dem Tisch auskippte.

»Ich muss keine Bleistifte mehr kaputtmachen«, zog sie ihn dann auf. »Ich habe den perfekten Ehemann.«

Die Bleistifte kamen auf ihren Schreibtisch. Früher oder später fand er die Stückchen auf dem Boden. So war es nun mal in einer Ehe – all die kleinen Dinge, die Außenstehende nie verstehen würden. Bleistifte für sie, republikanische Krawatten für ihn. Sie hatte nach wie vor eine Schwäche für Bon Jovi; er bevorzugte Jazz.

Sie hatten ihr System. Es war nicht jedermanns Sache, aber bis vor kurzem hatte es für sie wunderbar funktioniert.

Würde sie ihn hassen, wenn das Ende kam? Würde sie ihm die Schuld dafür geben, dass er bei seinem letzten Fall versagt hatte? Oder würde sie Verständnis haben? Jeder muss mal verlieren, sogar Quanticos vormaliger Bester der Besten.

Es war nicht die Vergangenheit, die dich kaputt machte, dachte Quincy, sondern die leere Zukunft, die endlosen Tage ohne die Menschen, die einem am meisten bedeuteten.

Mac kam herbei und ging vor Quincy in die Hocke. »Erzähl mir von dem Fall in Astoria!«

Und zu Macs großer Überraschung kam Quincy seiner Bitte nach.

DIENSTAG, 20:41 UHR

Zwanzig Minuten später traf die Unterhändlerin ein. Die Türen des Konferenzraums wurden aufgestoßen, und herein kam eine umwerfend attraktive Frau. Kincaid sah auf. Mac drehte sich um. Die meisten anderen Männer im Raum auch.

Candi mit »i« entpuppte sich als eine ein Meter achtzig große Frau hispanischer Abstammung mit einer wilden, pechschwarzen Mähne, die sie noch fünf Zentimeter größer machte. Sie trug hautenge Jeans, ein hautenges rotes T-Shirt und eine taillenlange schwarze Lederjacke. Von wegen Polizeiarbeit; sie sah aus, als sollte sie in Paris über den Laufsteg schreiten.

»Candi Rodriguez«, sagte sie zur Begrüßung und fuhr dann, ohne eine Antwort abzuwarten, fort: »Ist das das Telefon? Haben Sie es getestet, denn, glauben Sie mir, diese Aufnahmegeräte haben immer eine Macke. Ich brauche alle Informationen, die wir bisher über den Täter haben. Alter, Beruf, Interessen, ethnische Abstammung. Alles, was wir wissen – oder zu wissen glauben. Als Bulletpoint-Grafik. Außerdem brauche ich viel Wasser und Bewegungsfreiheit. Ich gehe beim Reden gerne auf und ab. Da kann ich besser denken.«

Sie ging auch jetzt auf und ab. Die anderen starrten sie nach wie vor mit offenem Mund an.

Quincy nahm noch einen Schluck Kaffee. Er fragte sich, was Kimberly tun würde, wenn sie jetzt hier wäre. Erst schießen und dann Fragen stellen? Oder das größere, exotischere Alphaweibchen zu Boden ringen? Männer konnten mal schnell ein Basketballspiel oder ein Saufgelage in der Bar um die Ecke arrangieren. Bei Frauen war es um einiges komplizierter.

»Was ist?«, fragte Candi mit »i« sichtlich genervt. »Mir wurde gesagt, es eilt, die Uhr läuft, blablabla. Oder bin ich gerade umsonst mit hundertzwanzig Sachen über die Bergstraßen hierher gebrettert? Ich bin da. Also, fangen wir an.«

Kincaid räusperte sich. »Sergeant Detective Kincaid«, stellte er sich vor. »Es gibt einige neue Entwicklungen.«

»Haben Sie ein Handout?«

»Wir hatten noch keine Zeit, einen Bericht zu schreiben.«

»Dann schießen Sie los, Sergeant Kincaid, denn Gedanken lesen kann ich garantiert nicht.«

Quincy nahm noch einen Schluck Kaffee, hauptsächlich, um sein Grinsen zu verbergen.

Kincaid spulte herunter, was bisher passiert war. Der missglückte Versuch, die Lösegeldübergabe durch einen Zeitungsartikel hinauszuzögern. Das Schreiben, das der Entführer am Auto eines Lokalreporters hinterlassen hatte.

Die Polizei hatte sich sofort mit Laura und Stanley Carpenter, Dougie Jones' Pflegeeltern, in Verbindung gesetzt. Laura hatte den Jungen zuletzt um 16:30 Uhr gesehen, als er ins Haus kam und um eine Cola bat. Seitdem war er spurlos verschwunden. Die hiesige Polizei durchkämmte gerade die Wälder. Es war ihre zweite Suchaktion innerhalb von fünfzehn Stunden, aber sie waren sich ziemlich sicher, dass das Ergebnis dasselbe sein würde.

»Er hat jetzt also eine Frau und ein Kind in seiner Gewalt?«, fasste Candi zusammen.

»Davon gehen wir im Moment aus.«

»Und welche Verbindung besteht zwischen Lorraine Conner und Douglas Jones?«

»Rainie«, meldete sich Quincy zu Wort. »Rainie und Dougie. Wenn Sie ihre vollen Namen benutzen, wird er sofort wissen, dass Sie nicht von hier sind.«

Candi warf ihm einen Blick zu. »Und wer sind Sie?«

»Der getrennt lebende Ehemann.«

Kincaid erntete eine hochgezogene Augenbraue von der Unterhändlerin. »Sie lassen ihn hier in der Einsatzzentrale herumsitzen?«

»Das ist noch gar nichts. Die halbe Zeit überlasse ich ihm die Leitung der Ermittlungen. Er ist Profiler, pensionierter FBI-Agent.«

»Sieh an, hier ist wirklich was los. Was gibt es noch, was ich nicht weiß?«

»Rainie ist seit zwei Monaten Dougies Rechtsbeistand«, sagte Quincy. »Sie besucht ihn mindestens ein-, zweimal die Woche.«

»Und wer weiß darüber Bescheid?« Candi mit »i« war nicht auf den Kopf gefallen.

»Alle Beteiligten – die hiesigen Gerichtsbeamten, Sozialdienste, Freunde und Familie der Carpenters. Aber da hier gern getratscht wird, weiß es wahrscheinlich die ganze Stadt.«

»Das heißt, der Täter ist von hier?«

Kincaid runzelte die Stirn und wollte etwas sagen, überlegte es sich aber in letzter Sekunde anders. In dem Punkt stimmte er nach wie vor nicht mit Quincy überein, aber vielleicht änderte er langsam seine Meinung.

»Ja«, sagte Quincy bestimmt. »Ich glaube, dass er von hier ist.«

»Also ist es eine persönliche Geschichte?«

»Der Entführer hat eine Beziehung zu Rainie und/oder Dougie«, antwortete Quincy. »Möglicherweise ist diese Beziehung aber einseitig.«

Candi runzelte die Stirn. »Ein Stalker?«

»Das wäre meine Vermutung. Rainie ist ein eher zurückgezogener Mensch. Sie hat nur wenige, sehr loyale Freunde. Ich bezweifle, dass sich einer von ihnen gegen sie wenden würde. Aber es ist durchaus möglich, dass ein entfernter Bekannter, jemand, den sie nur vom Sehen kennt, ein Interesse an ihr hat.«

Kincaid machte ein skeptisches Geräusch. Der Sergeant wollte sich nicht so schnell von seiner Theorie verabschieden, dass es sich bei der Entführung um eine Fremdtat handelte. Für Quincy hingegen bestand kein Zweifel. Der Täter hatte Rainies Waffe genommen. Er hatte ihr die Haare abgeschnitten. Zu guter Letzt hatte er auch noch Dougie Jones entführt. Ein völlig Fremder hätte nie und nimmer gewusst, wie er Rainie auf drei so perfekte Arten wehtun konnte.

Er sah verstohlen auf seine Uhr. Kimberly sollte mittlerweile dort sein. Gut.

»Also reden wir hier von einem Einheimischen, der die Opfer kennt«, sagte Candi. »Das macht also wie viele Verdächtige? Drei-, viertausend?«

Endlich meldete sich Shelly Atkins zu Wort. »Hey, da kann ich Ihnen helfen. Ich habe eine Liste.«

»Wirklich?«

»Aufgestellt von einem unangenehmen Typen, einem aufstrebenden Verbrecher, der seine Kollegen verpetzen will«, gab Sheriff Atkins zu. »Aber durchaus brauchbar, wenn Sie mich fragen.«

»Bestens. Ich muss über jede Person auf dieser Liste etwas Einzigartiges wissen. Etwas Persönliches, das nicht allgemein bekannt ist. Wir Unterhändler nennen das einen Köder.«

»Wenn der Anrufer darauf reagiert …«

»Dann ist Ihre Liste womöglich besser, als Sie denken, Sheriff.«

Shelly grunzte anerkennend.

Vielleicht hatte Candi mit »i« doch mehr zu bieten als ihre Haarmähne.

»Sie gehen davon aus, dass Sie mit dem Täter sprechen werden«, sagte Quincy sanft. »Sein nächster Anruf steht erst wieder für morgen Vormittag um zehn Uhr auf dem Programm, und dann heißt es Licht, Kamera, Action. Er will über mein Handy eine Beamtin anweisen, wo sie das Lösegeld übergeben soll. Meines Erachtens ist das kein guter Zeitpunkt, um den Deal neu zu verhandeln.«

»Sie glauben nicht, dass ich das Lösegeld übergeben kann?«

»Ich glaube, dass meine Tochter das Lösegeld übergibt.«

»Ihre Tochter?«

Wieder ein Blick zu Kincaid.

Der Sergeant zuckte mit den Schultern. »Sie ist FBI-Agentin.«

»Ist sie Unterhändlerin?«

»Sie ist schnell von Begriff«, sagte Quincy.

»Ist sie Unterhändlerin?«

»Sie hat Seminare belegt.«

Candi mit »i« verdrehte die Augen. »Wissen Sie was, stolzer Herr Papa? Ihre Tochter kann ihren Körper zur Verfügung stellen, aber der Kopf bin immer noch ich. Sie haben es jetzt einen Tag lang auf Ihre Art und Weise versucht, und wenn Sie mir die Bemerkung erlauben: Wow, Sie haben ganz schön Mist gebaut!«

Kincaid und Quincy wollten protestieren. Candi brachte sie mit einer Handbewegung zum Schweigen. »In weniger als vierundzwanzig Stunden ist es Ihnen nicht nur nicht gelungen, die Freilassung der ersten Geisel auszuhandeln, sondern Sie haben auch noch die Entführung einer zweiten Geisel provoziert. Ich weiß nicht, welche Polizeiakademie Sie besucht haben, aber bei uns gilt so etwas als ein wirklich schlechter Tag. Aber, hey, wenigstens eine Sache haben Sie richtig gemacht.«

»Sie gerufen zu haben?«, fragte Kincaid trocken.

Sie schenkte ihm ein umwerfendes Lächeln. »Ganz genau, Sergeant. Und wenn Sie mich jetzt entschuldigen würden – ich hole mir etwas Wasser.«

Candi mit »i« verließ den Raum und ließ die anderen sprachlos zurück.

Mac fing sich als Erster. »Zwanzig Mäuse, dass Kimberly ihr bis spätestens fünf Uhr morgen Nachmittag den Hintern versohlt.«

Die Beamten scharten sich um Mac. Diese Art Action konnte man sich nicht entgehen lassen.

23

DIENSTAG, 19:53 UHR

Er wartete schon auf der überdachten Veranda, als sie vorfuhr. Wahrscheinlich hatte er gehört, wie sich das Auto mit wild aufheulendem Motor die Auffahrt hinaufkämpfte. Der Regen rann vom Schrägdach der Veranda und bohrte einen tiefen Graben in den aufgeweichten Boden. Luke Hayes schien keine Notiz davon zu nehmen. Er stand, die muskulösen Arme vor der muskulösen Brust verschränkt, in einem kurzärmeligen Polohemd auf den Stufen und wirkte, als könnten ihm die Naturgewalten nichts anhaben. Der frühere Sheriff von Bakersville weiß sich immer noch eindrucksvoll in Szene zu setzen, dachte Kimberly.

Sie ließ sich Zeit beim Aussteigen. Sie fror, sie war durchnässt und voller Schlamm. Da spielten diese eineinhalb Meter ausgewaschene Auffahrt auch keine Rolle mehr. Aber sie wusste nicht, wie sie bei diesem Gespräch vorgehen sollte, und indem sie vorsichtig durch den Schlamm stapfte, gewann sie ein paar wertvolle Minuten, um sich zu sammeln.

Ihre Schuhe waren eindeutig im Eimer. Ihre Hose wahrscheinlich auch. Sie musste sich nachher beim Wal-Mart etwas zum Anziehen kaufen. Angesichts ihrer Vorliebe für Ann Taylor würde sich Mac vor Lachen ausschütten. Egal! Hauptsache warm und trocken. Das war das Einzige, was momentan zählte.

»Hey«, rief Luke zur Begrüßung.

»Selber hey.« Kimberly kannte Luke seit fast zehn Jahren. Er war ein alter Freund von Rainie und hatte einmal dabei geholfen, Quincy das Leben zu retten. Außerdem – aber das gehörte zu den Dingen, die sie ihrem Vater nie erzählen würde – hatte sie mal total für ihn geschwärmt. Ach ja, die Nächte, in denen sie abends ins Bett ging und von seinen kühlen blauen Augen, seinem harten muskulösen Körper, den rauen schwieligen Händen träumte. Luke Hayes hatte zweifellos eine Wirkung auf Frauen.

Sie war wirklich nicht scharf auf dieses Gespräch.

Er drückte sich vom Geländer ab. »Komm rein, Liebes. Ich habe gerade Kaffee aufgesetzt.«

»Bist du wirklich sicher? Ich bin patschnass und voller Schlamm …«

»Und ich dachte immer, du würdest dich nicht zweimal in meine vier Wände bitten lassen.« Luke hielt mit ernster Miene die Tür auf. »Komm rein, Kimberly, und trink einen Kaffee mit mir.«

Sie wurde rot und folgte Luke nach drinnen. Es war ein kleines Farmhaus mit zwei Schlafzimmern, einem großen Wohnzimmer und einer winzigen Küche. Optimal für einen Junggesellen. Das Haus war erstaunlich sauber, aber es deutete auch vieles darauf hin, dass sein derzeitiger Bewohner vor kurzem geschieden worden war: die schäbigen Möbel, die früher bei einem Kumpel in der Garage gestanden hatten; die fast leere Küche, in der hauptsächlich Fertigprodukte zu finden waren; die fehlenden Bilder an den Wänden, das Fehlen einer persönlichen Note.

Es war nur eine Durchgangsstation, ein Ort, an dem man tief durchatmete und sich überlegte, was man als Nächstes tun würde.

Luke schenkte ihr Kaffee ein. Der Papierbecher war zu heiß,

um ihn anzufassen, also steckte er ihn in einen zweiten Becher. »Milch oder Zucker, oder bist du wie dein Vater?«

»Ich trinke ihn schwarz«, gab sie lächelnd zu. Luke lächelte zurück. Er hatte sich wirklich nicht verändert und war ein außerordentlich attraktiver Mann, gerade jetzt, da er auf die vierzig zuging. Unglaublich blaue, von Lachfältchen eingerahmte Augen. Ein schlanker, muskulöser Körper. Harte, markante Gesichtszüge.

Rainie hatte Luke einmal als den Anker des Sheriffsbüros von Bakersville bezeichnet. Während sie emotional und launisch war und zu Wutausbrüchen neigte, konnte Luke schier gar nichts aus der Fassung bringen. Es lag daran, wie er sich bewegte, wie ruhig er einen ansah. Er schien immer alles unter Kontrolle zu haben, selbst wenn, wie sie mittlerweile alle wussten, das nicht der Fall war.

»Schönes Haus«, sagte sie schließlich.

»Ich hasse es.«

»Na ja, ein Anstrich würde nicht schaden.«

»Ich bin mehr der Blockhaustyp. Vier Jahre lang habe ich unser Haus gebaut. Sie meinte immer, dass es zu machomäßig sei. Natürlich hat sie es nach der Scheidung behalten.«

»Sie« war Deanna Winters, eine frühere Mitarbeiterin des Sheriffsbüros. Als sie und Luke vor zwei Jahren geheiratet hatten, bedeutete es das Ende von Lukes Herrschaft als begehrenswertestem Junggesellen der Stadt. Vor zehn Monaten hatte Luke Deanna in flagranti mit einem seiner Leute erwischt. Er warf sie beide aus dem Haus. Setzte sie buchstäblich splitterfasernackt vor die Tür. Ab da war die ganze Sache nur noch hässlicher geworden.

Luke reichte die Scheidung ein, Deanna konterte mit Misshandlungsbeschuldigungen. Er behauptete, sie sei ihm von Anfang an untreu gewesen. Sie entgegnete, dass er ihr »wissentlich und vorsätzlich« seine Impotenz verschwiegen und sie damit bewusst um Kinder gebracht hatte.

Angesichts der öffentlichen Aufmerksamkeit war Luke von seinem Posten als Sheriff zurückgetreten. Prompt hatte Deanna dem Richter vorgeheult, dass er sein Einkommen zu reduzieren versuchte, um sie um den ihr zustehenden Unterhalt zu betrügen.

Kimberly wusste nicht über alle Einzelheiten dieser Schlammschlacht Bescheid, aber Luke schien als Erster klein beigegeben zu haben. Er bekam die Scheidung. Deanna bekam alles, was er je besessen hatte. Gott sei Dank, murmelten die Leute hinter ihrem Rücken, hatten sie keine Kinder.

»Wir könnten ins Wohnzimmer gehen«, bot Luke an, »aber ich warne dich besser gleich: Das Sofa hat keine Federn, und der Liegestuhl macht Erwachsene zu Krüppeln.«

»Was machst du dann? Setzt du dich auf den Boden?«

»Ich gehe auf und ab. So lange ich mich bewege, laufe ich weniger Gefahr, etwas kaputtzumachen.«

Kimberly zog eine Augenbraue hoch.

Luke zuckte mit den Achseln, nahm seinen Kaffee und ging ins Wohnzimmer. »Du bist wegen Rainie hier«, sagte er mit dem Rücken zu ihr.

Kimberly bejahte.

»Quincy will wissen, ob ich etwas damit zu tun habe.«

»Er will wissen, ob du etwas gehört hast …«

»Unsinn! Quincy ist ein misstrauischer Bastard. Immer gewesen, und daran wird sich auch nichts ändern. In seinem Beruf kann ich es ihm nicht verdenken.« Luke setzte sich auf die Kante des Couchtisches. »Aber was Rainie und mich angeht, irrt er sich.«

»Was meinst du damit, Luke?«

»Wir hatten nie etwas miteinander, nicht einmal in Gedanken. Natürlich stehen wir uns sehr nah, aber nicht auf diese Art und Weise. Sie ist für mich eher wie die Schwester, die ich nie hatte.«

»Du hattest eine richtig schlimme Scheidung«, murmelte Kimberly.

»Wem sagst du das?«

»Deanna hat dich ausgenommen.«

»Wie ich sehe, wird wie eh und je kräftig getratscht. Was willst du damit sagen? Dass ich in finanziellen Schwierigkeiten stecke und daher beschlossen habe, eine Kollegin zu entführen? Richte deinem Vater einen schönen Gruß aus. Das ist sogar für ihn eine Spur zu paranoid. Ich habe die falsche Frau geheiratet. Das heißt nicht, dass ich ein schlechter Mensch bin.«

Kimberly ging vor ihm in die Hocke, sodass ihre Augen auf gleicher Höhe waren. Aus der Nähe sah sie seine Falten, die ungesunde Blässe, die von zu vielen schlaflosen Nächten herrührte. Es ging ihm nicht gut. Aber er hielt sich aufrecht und gerade, mit erhobenem Kopf.

»Es tut mir sehr leid«, sagte sie ruhig.

Er zuckte mit den Schultern. »Wem tut es das nicht?«

»Luke, wusstest du, dass Rainie wieder getrunken hat?«

Luke nickte. »Ja.« Er seufzte und nahm einen Schluck Kaffee. »Ich habe Quincy wegen der Trunkenheit am Steuer angerufen. Ich habe ihm nicht gesagt, dass es bereits das zweite Mal war. Das erste Mal habe ich es unter den Tisch fallen lassen, in der Hoffnung, dass sie von selbst die Kurve kriegt. Als sich das nicht bestätigte … nun ja, ich tat, was ich schon beim ersten Mal hätte tun sollen. Seitdem spricht sie nicht mehr mit mir.«

»O Luke.«

»Rainie ist eine starke Frau. Sie wird es schaffen. Das sage ich mir zumindest.«

»Hast du irgendeine Ahnung, was letzte Nacht passiert sein könnte? Wer sie entführt haben könnte?«

Er schüttelte den Kopf. »Ich denke seit dem Anruf von Sheriff Atkins darüber nach. Sicher, wir haben ein paar Jungs hier, die nicht abgeneigt sind, sich auf illegale Art und Weise ein paar Kröten zu verdienen. Aber eine Geiselnahme mit Lösegeldforderung … Das ist ein schweres Verbrechen. Das muss man planen, dazu muss die Logistik stimmen, man muss die Geisel unter Kontrolle halten. Ehrlich gesagt, sind die meisten hier zu faul für so etwas. Da pflanzen sie lieber ein paar ›Heilpflanzen‹ im Wald oder starten ein Labor auf ihrer Farm. Und was die Gewalttätigen angeht – ich sag's nicht gern, aber dafür haben sie ihre Ehefrauen.« Luke schnitt eine Grimasse. Kimberly konnte seine Gedanken lesen. Die Welt war voller Arschlöcher, und er, ein im Grunde anständiger Kerl, wurde von seiner Frau verlassen und verleumdet. »Weißt du, wo man sie zuletzt gesehen hat?«, fragte er.

»Noch nicht. Wir arbeiten natürlich daran.«

»Wenn es in einer Bar war …«

»Dann werden wir nie wissen, wen sie dort kennengelernt hat, noch dazu, wenn er nicht von hier ist«, ergänzte Kimberly an seiner Stelle.

»Genau. Rainie fuhr gern Auto, besonders wenn sie aufgeregt war oder ihr etwas nahe ging. Vielleicht ist sie einfach nur ziellos herumgefahren. In dem Fall …«

»Wissen wir genauso wenig.« Kimberly stand auf und vertrat sich die Beine. »Ich will ehrlich sein, Luke. Wir glauben nicht, dass es ein Fremder war.«

Luke stand stirnrunzelnd auf und sah sie neugierig an. »Aber ich dachte … als Shelly anrief … Sie sagte, dass der Erpresserbrief vor der eigentlichen Entführung abgeschickt worden war, dass jemand im Prinzip angekündigt hatte, eine

Frau zu entführen, noch bevor er sich Rainie unter den Nagel riss.«

»Anfangs machte es den Eindruck. Aber es gibt neue Entwicklungen. Der Täter hat noch eine Geisel …«

»Wen?«

»Dougie Jones.« – »Dougie Jones?«

»Wie viele Fremde können über die Verbindung zwischen den beiden Bescheid wissen? Außerdem hat er mit seiner letzten Nachricht ein besonders persönliches Zeichen übermittelt.«

Kimberly sah, wie Luke die Bauchmuskeln anspannte und die Zähne zusammenbiss, als würde er sich für einen Schlag wappnen. Falls er schauspielerte, dann machte er seine Sache sehr, sehr gut.

»Er hat Rainie die Haare abgeschnitten.«

»Nein!«

Kimberly nickte nachdenklich.

»Falls der Typ zu viele Filme gesehen hat, hätte er wohl eher einen Finger oder ein Ohr genommen. Haare sind fast zu harmlos. Außer …«

»In Rainies Fall. Sie hat wunderschönes Haar«, ergänzte Luke leise.

»Die einzige Eitelkeit, die sie sich leistet. Es scheint mir eine besonders intime Verletzung zu sein.«

»Du liebe Güte!«

Luke ließ sich wieder auf die Tischkante plumpsen. Der Kaffee schwappte über und spritzte auf seine Jeans. Er nahm keine Notiz davon.

»Also sucht ihr nach jemandem, der wahrscheinlich von hier ist. Jemand, der sich ein paar schnelle Kröten verdienen will …«

»Nicht unbedingt. Quincy hält die Lösegeldforderung für

ziemlich nebensächlich. Dem Täter ist nicht das Ziel – das Geld – wichtig, sondern der Prozess selbst, das Gefühl der Macht über Rainie und über die Sonderkommission.«

Luke seufzte und schloss die Augen. Als er sie wieder öffnete, kam es Kimberly vor, als sei er um Jahre gealtert. »Dann übersieht Quincy das Nächstliegende.«

»Das Nächstliegende?«

»Ihr sucht jemanden, der Rainie kennt. Jemanden, der einen persönlichen Grund hat, ihr und dem Sheriffsbüro von Bakersville zu schaden.«

»Dem Sheriffsbüro?«

»Ja, absolut. Ihr habt euch gefragt, was sich in Rainies Leben in letzter Zeit geändert hat, und die offensichtlichste Antwort war, dass sie wieder zu trinken angefangen hat. Daraufhin habt ihr euer Augenmerk auf schmierige Bars und betrunkene Fremde gerichtet. Aber was hat sich noch geändert? Rainie und Quincy sind nach Bakersville gezogen. Rainie ist nach Hause zurückgekommen, und jetzt steckt sie in Schwierigkeiten.«

Kimberly schüttelte den Kopf. »Ich kapier's immer noch nicht.«

»Hat sie dir nie erzählt, dass sie einen Mann umgebracht hat?«, fragte Luke mit ruhiger Stimme.

»O nein …«

»Lucas Bensen galt fast fünfzehn Jahre lang als vermisst. Erst vor acht Jahren gab Rainie zu, ihn mit sechzehn umgebracht und verscharrt zu haben. Der Fall ging vor Gericht, und Rainie wurde aufgrund mildernder Umstände freigesprochen. Lucas hatte Rainie vergewaltigt und dann ihre Mutter erschossen, als diese dazwischengehen wollte. Als Lucas dann das nächste Mal bei Rainie auftauchte, hat sie nicht lange gefackelt und gleich abgedrückt.«

»Ich habe die Geschichte gehört. Es fällt ihr immer noch schwer, darüber zu sprechen.«

»Was ich damit sagen will: Rainie hat die Tat gestanden, Rainie hat die Leiche rausgerückt und danach die Stadt verlassen.«

»Du glaubst, dass Lucas von den Toten auferstanden ist, jetzt, da sie wieder hier ist?«

Er sah sie seltsam an. »Natürlich nicht. Aber hat Rainie es euch denn nie erzählt? Lucas Bensen hatte einen Sohn.«

24

DIENSTAG, 20:26 UHR

Shelly Atkins hasste Kaffee. Was man aber als Polizistin nie und nimmer zugeben würde. Überwachungsaktionen, lange Nächte, Frühdienste – da war das Getränk der Wahl widerlicher bitterer Kaffee. Es war nun mal nicht das Gleiche, eine Schachtel Kräutertee auf den Tisch zu stellen.

Shelly konnte es sich nicht leisten, als anders angesehen zu werden. Sie war eine Frau, die in einem männerdominierten Umfeld das Sagen hatte. Die gute oder, je nachdem, schlechte Nachricht: Wenigstens war sie nicht hübsch. Sie hatte breite Schultern, muskulöse Arme und stämmige Beine. Sie konnte ein Feld pflügen, ein Fass Butter rühren und ein Kalb stemmen. Hier in der Gegend respektierten Männer so etwas.

Dennoch hatte sie noch keiner heiraten wollen. Aber vielleicht hatte sie nur noch nicht den Richtigen kennengelernt. Wer weiß? Ihre jungen Jahre hatte Shelly der Farm ihrer Eltern gewidmet. Als erwachsene Frau wollte sie nur sich selbst gehören.

Jetzt verließ sie den Konferenzraum und ging hinaus in die Eingangshalle. Um diese Uhrzeit war das Gebäude leer und verschlossen, die Beamten und Angestellten des Ministeriums waren nach Hause gegangen. Sie ging in eine Ecke, die von einem Baumstamm und einer wunderschönen Geweihgalerie dominiert war, und zog einen Kamillenteebeutel aus ihrer Brusttasche. Sie ließ den Beutel in ihren Becher mit heißem

Wasser verschwinden, setzte den Deckel auf den Becher und riss das Etikett vom Teebeutel. Niemand würde etwas merken.

Jeder hat seine kleinen Geheimnisse, dachte Shelly trocken, bevor es sie traurig stimmte, dass ihres nicht besser war. Herrgott noch mal, sie war fast fünfzig. Demnächst würde sie nach Paris durchbrennen und mit einem Maler schlafen müssen, damit sie nicht als totale Langweilerin endete. Vielleicht würde man sie in Paris für exotisch halten. Die Frauen dort waren so blass, so gespenstisch zart. Sicher gab es irgendwo auf der Rive Gauche einen Maler, dem es Spaß machen würde, die Letzte einer sterbenden Rasse zu malen – die amerikanische Farmersfrau. Sie würde sich einen Pflug umschnallen und nackt Modell stehen.

Dann hätte sie etwas, was sie sich in den ihr bevorstehenden schlaflosen Nächten in Erinnerung rufen könnte. Ich, Shelly Atkins, habe einmal vom Becher des Glücks gekostet. Ich, Shelly Atkins, habe mich wenigstens einen Augenblick lang schön gefühlt.

»Ich gäb was drum, Ihre Gedanken lesen zu können.« Quincys Stimme kam aus dem Nichts.

»Heiliger Strohsack!«, rief Shelly und verschüttete vor lauter Schreck etwas Tee auf dem Boden. Ihr Herz klopfte wie wild. Sie musste ein paar Mal tief durchatmen, bevor ihre Hände zu zittern aufhörten.

»Tut mir leid«, sagte Quincy zerknirscht. Er musste ihr aus dem Konferenzraum gefolgt sein. Er sah jetzt besser aus als noch vor einer Stunde. Gefasster, mehr Farbe im Gesicht, aufrechter. Zum Teufel, er sah ausgesprochen attraktiv aus, aber solche Gedanken wollte Shelly im Moment eigentlich nicht haben.

Shelly wusste mehr über Quincy, als ihm recht sein konnte. Sie war so etwas wie ein True-Crime-Junkie, und nachdem es sich herumgesprochen hatte, dass ein waschechter Profiler in ihren Bezirk gezogen war, hatte sie natürlich alles ausgegraben, was sie über ihn finden konnte. Schreckliche Fälle, faszinierende Geschichten.

Seit Wochen versuchte sie, ihren ganzen Mut zusammenzunehmen, um ihn zu kontaktieren. Sie würde liebend gern mehr über seine Arbeit erfahren und bei wichtigen Fällen seine Expertise einholen. Aber sie wusste nicht, wie sie es hätte anstellen sollen, ohne als eine Art FBI-Groupie dazustehen. Was sie möglicherweise war.

Ehrlich gesagt, wollte Shelly gar nicht unbedingt nach Paris reisen. Aber sie würde so gut wie alles tun, um einmal an einem Lehrgang der FBI-Akademie in Quantico teilzunehmen. Ach, wenn das Sheriffsbüro von Bakersville nur die Ressourcen hätte …

Shelly seufzte. Sie war ein hoffnungsloser Fall, und es würde also doch keine guten Geschichten fürs Altersheim geben.

»Wie geht es Ihnen?«, fragte sie mit heiserer Stimme.

Quincy stand jetzt neben ihr. Groß, schlank, distinguiert, mit grau meliertem Haar. Er roch nach Regen, Schlamm und Tannenbäumen, eine wandelnde Werbung für die wunderbare Welt der Natur. Sie wünschte sich, sie würde diese Dinge nicht bemerken.

»Scheinbar nicht gut genug. Sonst würde mir keiner mehr diese Frage stellen«, antwortete Quincy trocken.

»Sie haben uns einen Mordsschreck eingejagt. Ich habe noch nie gesehen, wie jemand so plötzlich zusammenklappte.«

»Wann sind Sie dazugekommen?«

»Sie hoben gerade den Klappstuhl über den Kopf und versuchten gleichzeitig, Kincaid in Stücke zu zerreißen.«

»Es war Sublimierung. Ich wollte Sergeant Kincaid insgeheim zum Krüppel machen, seit er beschlossen hatte, der Lösegeldforderung nicht nachzukommen. Der Augenblick erschien mir günstig.«

»Der junge Mann, den Sie da bei sich haben, ist sehr reaktionsschnell.«

»Mac? Er ist ein guter Mensch.«

»Wie lange ist er schon mit Ihrer Tochter zusammen?«

»Zwei Jahre.«

»Glauben Sie, dass es was Ernstes ist?«

»Keine Ahnung. Kimberly spricht selten über Herzensangelegenheiten.« Quincy nickte nachdenklich. »Aber ich hätte nichts dagegen. Natürlich ist für einen Vater kein Mann gut genug, aber in dem Fall ...«

»Er scheint mit ihr umgehen zu können«, sagte Shelly.

»So ähnlich.«

»Sie ist sehr attraktiv«, sagte Shelly. »Sie müssen sehr stolz auf sie sein.«

»Sie ist attraktiv, intelligent und stur wie ein Esel. Ich bin enorm stolz auf sie. Und Sie?«

»Weder Mann noch Kinder.« Shelly deutete mit dem Kopf zum Konferenzraum. »Ich muss all diese Typen da drinnen unter Kontrolle halten. Da muss ich schon genug bemuttern.«

»Das haben Sie schön gesagt.«

Shelly nahm einen Schluck von ihrem Tee.

Quincy schnupperte den Dampf, der aus der Tasse kam. »Kamille«, kommentierte er.

»Fünfzig Dollar, wenn Sie es für sich behalten.«

»Haben Ihre Leute moralische Vorbehalte gegen Kräutertee?«

Sie verzog das Gesicht. »Männer. Sie wissen ja, wie's ist.«

»Und ob.« Quincy lächelte. Sein Gesicht hellte sich auf, und es bildeten sich Lachfältchen um seine Augen. Ihr wurde warm ums Herz, und sie kam sich noch lächerlicher vor.

Shelly wandte sich ab und studierte das Geweih, den Baumstumpf, den Staub, der sich auf den Exponaten angesammelt hatte. Verdammt, in solchen Situationen war sie noch nie gut gewesen. Das war der wahre Grund, warum Shelly noch immer Single war: Sie konnte wirklich nur über die Arbeit reden.

»Ich habe Nathan Leopold recherchiert«, sagte sie.

»Und?«

»Das Gleiche wie bei den anderen. Ein berühmter Entführungsfall in den zwanziger Jahren. Leopold war ein Junge aus reichem Elternhaus, der sich für eine Art Verbrechergenie hielt. Er überredete seinen ebenfalls reichen und verwöhnten Freund Richard Loeb, ›der Erfahrung wegen‹ einen vierzehnjährigen Jungen zu entführen und umzubringen. Die beiden setzten ein Erpresserschreiben auf, hatten aber, genau wie die anderen, nie vor, den Jungen lebend zurückzugeben. Nachdem die Polizei den Leichnam entdeckt hatte, mischte sich Leopold in die Ermittlungen ein. Die Cops brauchten allerdings nicht lange, um ihm auf die Schliche zu kommen. Der geniale Nathan hatte seine Brille in der Nähe der Leiche verloren. Wie sich herausstellte, waren im ganzen Land nur drei Brillenfassungen von der Sorte hergestellt worden. Die gute alte Zeit, bevor alles massenproduziert wurde.«

»Ein Verbrecherduo«, sagte Quincy leise, »das auf einen Kick aus war.«

»Ja, aber Leopold war eindeutig der Anführer, das Alphamännchen. Meiner Meinung nach ist die Gemeinsamkeit zwischen den Namen, die uns der Entführer gegeben hat, dass sie alle aus berüchtigten Fällen stammen und dass keiner der Entführer vorhatte, die Geisel am Leben zu lassen.« In letzter Sekunde wurde sich Shelly bewusst, wie brutal das klang. »Entschuldigung«, murmelte sie verlegen und nahm hastig einen Schluck von ihrem Tee.

»Sie müssen sich nicht entschuldigen.«

»Es ist nur … Es geht um Ihre Frau. Ich kann mir nicht mal vorstellen, wie schwierig das sein muss.«

»Ich bezweifle, dass es jemals einfach ist.«

»Sie könnten nach Hause fahren, sich etwas ausruhen. Wir machen das schon.«

»Wenn Sie jetzt selbst nach Hause fahren würden, Sheriff Atkins …«

»Shelly, nennen Sie mich Shelly.«

»Wenn Sie nach Hause fahren würden, Shelly, würden Sie dann schlafen?«

»Wahrscheinlich nicht.«

»Es ist einfacher, hier zu sein. Es ist sogar einfacher, zu spekulieren, welcher Psychopath meine Frau entführt hat. Wenigstens tue ich etwas. Und vielleicht werde ich dann nicht verrückt und denke an all die Sachen, die ich nicht getan habe. Die Hinweise, die ich ignoriert habe, die Gespräche, die ich nicht geführt habe, die Symptome, die ich nicht erkannt habe. Sie wissen schon – all die Dinge, in denen ich meine Frau wahrscheinlich im Stich gelassen habe.«

»Im Nachhinein ist man immer klüger«, murmelte Shelly.

»Rainie ist Alkoholikerin«, sagte Quincy unvermittelt. »Aber in all den Jahren, in denen ich sie kenne, ist sie nicht ein einziges Mal zu einem Treffen der Anonymen Alkoholiker gegangen. Wenn man sie darauf ansprach, sagte sie: ›Ich war Alkoholikerin.‹ Es klang sehr einsichtig und ehrlich, und dennoch …«

»Sie benutzt die Vergangenheitsform.«

»Als wäre sie wie durch ein Wunder geheilt, als wäre es für sie kein Thema mehr. Was natürlich …«

»… eine Form der Verdrängung ist.«

»Ich habe sie nie gedrängt. Ich habe ihr nie Fragen gestellt.

Rainie hat mir immer vorgeworfen, sie ändern zu wollen. Natürlich habe ich das abgestritten, aber vielleicht war das nur meine Form der Verdrängung. Wie hätte ich ihre Aussage sonst so bereitwillig akzeptieren können? So, als wäre jetzt alles gut, als wäre sie geheilt. Die menschliche Psyche ist nicht so einfach. Suchtkrankheiten schon gar nicht.«

Shelly wusste nicht, was sie sagen sollte. Sie nahm wieder einen Schluck Tee.

»Es tut mir leid«, sagte Quincy abrupt.

»Was?« Shelly sah sich verwirrt um.

»So viel zu reden. Ich hatte nicht die Absicht, hier herauszukommen und Ihnen die Ohren vollzuquatschen. Es tut mir leid. Sie … Sie sind eine gute Zuhörerin.«

Shelly zuckte mit den Schultern und trank noch mehr Tee. Ja, das war ihr Schicksal. Eine gute Zuhörerin zu sein.

»Ich wollte Ihnen eigentlich ausrichten, dass Sergeant Kincaid für einundzwanzig Uhr ein Briefing angesetzt hat«, sagte Quincy. »Seien Sie bitte vorbereitet.«

»Ein Briefing worüber?« Shelly schnaubte. »Dass meine Leute Dougie Jones noch immer nicht gefunden haben? Dass wir immer noch nicht wissen, wer Ihre Frau entführt hat? Ich wünschte, ich hätte etwas, um mich vorzubereiten.«

»Ich glaube nicht, dass der Sergeant das Treffen darauf verwenden will, unsere Versäumnisse zu rekapitulieren.«

»Halleluja!«

»Ich glaube, er möchte besprechen, was als Nächstes geschehen soll.«

»Und das wäre?«

»Die Lösegeldübergabe morgen Vormittag um zehn Uhr. Keine Tricks mehr. Wir haben es auf Kincaids Art und Weise versucht. Jetzt lassen wir den Täter bestimmen, wo's lang geht.«

»Scheiße, Mann«, sagte Shelly müde.

»Das Zitat des Tages«, kommentierte Quincy lapidar. Shelly riss sich zusammen, als ihr wieder mal zu spät einfiel, dass Quincy der Ehemann des Opfers war und bestimmt mehr von dem hiesigen Sheriff hören wollte als Flüche.

»Wir geben uns alle Mühe«, versuchte sie es von Neuem. »Wir werden sie finden. Es wird alles gut werden.«

Quincy lächelte. »Faustregel Nummer eins in unserem Job, Shelly«, murmelte er. »Machen Sie keine Versprechungen, die Sie nicht halten können.«

25

DIENSTAG, 20:33 UHR

Kimberly musste vor ihrer Rückkehr zur Einsatzzentrale noch einen letzten Zwischenstopp einlegen. Luke war so freundlich gewesen, den Namen und die Adresse für sie herauszusuchen. Der Rest würde sich ergeben.

In Bakersville gab es nicht viele Mietshäuser, und die, die es gab, waren nicht im besten Zustand. Dieses hier schien besonders schief auf dem Fundament zu stehen. Der erste Stock neigte sich gefährlich über das Erdgeschoss. Der ganze Komplex sah aus, als wäre er früher ein billiges Motel gewesen – der rissige Asphalt auf dem Parkplatz, ein kümmerlicher Spielplatz mit einem Schaukelgestänge, aber ohne Schaukel, ein Swimmingpool, den man hastig mit Erde aufgefüllt hatte. Als Kimberly auf den Parkplatz einbog, beleuchteten ihre Scheinwerfer eine weiße Fassade, von der der Putz abblätterte, und krumme rote Fensterläden. Die ganze Anlage wirkte wenig einladend.

Sie suchte die Nummer 16 und klopfte leise. Von dem Fenster neben der Tür wurde der Vorhang zurückgezogen; eine junge Frau spähte heraus.

Kimberly zückte ihren Ausweis. »Mein Name ist Kimberly Quincy, FBI. Ich habe ein paar Fragen über Dougie Jones.«

Das wirkte. Der Vorhang fiel zurück. Die Tür wurde geöffnet.

Peggy Ann Boyd schien ungefähr in Kimberlys Alter zu sein. Sie hatte ihre langen dunklen Haare zu einem Pferdeschwanz zusammengebunden und sich bereits abgeschminkt. Ihr Kostüm hatte sie gegen eine graue Jogginghose und ein schwarzoranges Sweatshirt mit der Aufschrift »Go Beavs!« eingetauscht. Also hatte sie entweder an der Oregon State University studiert oder war ein Fan der Footballmannschaft. Ohne ein eigenes Profiteam nahmen die meisten Bewohner von Oregon die College-Liga sehr ernst.

»Entschuldigen Sie bitte, dass ich Sie um diese Uhrzeit störe«, sagte Kimberly beim Eintreten. Das Einzimmerapartment bestätigte ihre Vermutung, dass es sich bei dem Mietshaus früher um ein Motel gehandelt hatte. Graubrauner Teppichboden und goldene Vorhänge mit Blumenmuster. An einer Wand, neben dem Badezimmer, war eine Küchenzeile. Wenn irgendjemand zehn Riesen brauchen konnte, dachte Kimberly unwillkürlich, dann Peggy Ann Boyd.

»Was hat Dougie denn jetzt schon wieder angestellt?«, fragte die Sozialarbeiterin müde.

»Es geht nicht darum, was er getan hat. Sondern wo er ist.«

»Ist er abgehauen?«

»Er wird vermisst.«

Peggy Ann ließ sich auf das Bett plumpsen. Es war nur ein Stuhl im Zimmer; die junge Frau zeigte auf den alten Lehnsessel, und Kimberly nahm Platz.

»Wenigstens hat er nicht wieder etwas angezündet«, sagte Peggy Ann trocken. »Das ist schon mal ein Fortschritt.«

»Wie gut kennen Sie Dougie?«

Peggy Ann lächelte; ihr Gesicht wirkte dadurch nicht weniger angespannt. »Ich bin mir nicht sicher, ob man Dougie wirklich kennen kann. Ich hab's versucht. Andere haben's versucht. Aber ich hatte noch nie einen renitenteren Schützling. Der arme Junge! Ich weiß wirklich nicht, was ich noch mit ihm tun soll.«

»Wie ich gehört habe, war er in vier verschiedenen Pflegefamilien und einmal sogar in einer Erziehungsanstalt. Ich bin, ehrlich gesagt, erstaunt, dass Sie ihn angesichts seiner Vorgeschichte von Diebstahl und Brandstiftung überhaupt noch mal vermitteln konnten. Es überrascht mich, dass Sie es noch einmal versucht haben.«

Peggy Ann antwortete nicht sofort. Sie rang die Hände im Schoß. »Als FBI-Agentin bearbeiten Sie bestimmt viele Fälle«, sagte sie abrupt.

Kimberly bejahte.

»Manche davon sind sicher nur ein Job. Man tut, was man tun muss, man handelt rein mechanisch.«

»Natürlich.«

»Dougie war nicht nur ein Job für mich. Er war nicht nur eine Akte. Ich wollte … ich will diesen Fall noch immer richtig abschließen. Ja, er hat Probleme. Ja, er hat seine Macken. Aber … Sie hätten Dougie Jones vor vier Jahren sehen müssen. Vor vier Jahren war Dougie Jones ein großartiger kleiner Junge, dem man viel Liebe entgegenbrachte.«

Kimberly runzelte verwirrt die Stirn. Sie hatte Dougies offizielle Akte nicht gesehen; sie würden die Unterlagen erst morgen früh per Gerichtsbeschluss anfordern können. Aber nach allem, was sie sich hatte zusammenreimen können, war Dougie erst vor drei Jahren in die Obhut des Jugendamtes übergeben worden.

»Wie haben Sie Dougie kennengelernt?«, fragte sie behutsam.

»Ich kenne Dougie seit seiner Geburt.«

Kimberly machte große Augen. »Sie sind nicht etwa … Das wäre …«

Peggy Ann lachte. »Ich bin nicht seine Mutter, nicht einmal eine Verwandte. Ich bin seine Nachbarin. Dougie wurde hier in diesem Haus geboren. Apartment Nummer 22. Hier hat Dougies Leben begonnen.«

»Sie kannten seine Eltern?«

»Ja und nein.« Peggy Ann zuckte mit den Schultern. »Ich bin gelegentlich seiner Mutter über den Weg gelaufen. Bei den Briefkästen oder auf dem Parkplatz, wenn sie gerade die Einkäufe aus dem Auto nahm. Man lächelt sich an, dann sagt man Hallo, und beim dritten oder vierten Mal ist es ganz normal, sich ein bisschen zu unterhalten. Sie war jung, unverheiratet. Hatte sich unsterblich in Dougies Vater verliebt. Er leider nicht in sie. Die übliche Geschichte. Soweit ich wusste, hatte sie sonst niemanden, keine Familie. Mit staatlicher Unterstützung hatte sie sich für ein Programm angemeldet, das alleinerziehenden Müttern ermöglicht, das Erwachsenenabitur zu machen. Es ist ein Programm der Episkopalkirche; sie organisieren Betreuungsplätze für die Kinder und den Unterricht für die Mütter. Der Staat steuert für jeden Anwesenheitstag ein kleines Stipendium bei. Es ist nicht viel, aber das Programm hatte Erfolg. Gaby – Dougies Mutter – machte den Eindruck, als wäre sie eine der Erfolgreicheren.«

»Keine Drogen, kein Alkohol, keine anderen Männer?«

Peggy Ann schüttelte den Kopf. »Nein, soweit ich es beurteilen konnte, führte sie ein sehr ruhiges Leben. Ich habe ab und zu bei ihr vorbeigeschaut, nicht beruflich, sondern rein nachbarschaftlich. Meine Mutter war auch alleinerziehend, und ich weiß, wie schwer es ist. Manchmal habe ich auch ein, zwei Stunden auf Dougie aufgepasst, während Gaby schnell zum Einkaufen gegangen ist oder so. Er war schon immer frühreif. In einer Wohnung aufzuwachsen ist nichts für ein kleines Kind, besonders nicht in einer so kleinen Wohnung. Ich behaupte nicht, dass er ein Engel war, als seine Mutter noch am Leben war. Er war seit seinem zweiten Lebensjahr ein Meister im Ausbüxen. Wir haben ihn alle immer wieder mal draußen erwischt und zurückgebracht. Aber er wurde geliebt und umsorgt. Er hatte saubere Sachen zum Anziehen und genug zu essen. Gaby besorgte ihm alle möglichen Spielsachen auf Flohmärkten. Zu seinem dritten Geburtstag fand sie sogar ein Dreirad für ihn. Sie hat wirklich alles für ihren Sohn getan. Sie wollte ihnen beiden ein besseres Leben bereiten.«

»Was ist passiert?«

»Sie starb. Sie wurde auf dem Nachhauseweg vom Einkaufen von einem Auto angefahren. Der Unfallverursacher beging Fahrerflucht. Dougie lag schon im Bett, und sie war noch Milch holen gegangen. Niemand meldete sich, um den Jungen zu sich zu nehmen. Er wurde ein Mündel des Staates, und man hat mir seine Akte übertragen.«

»Haben Sie je daran gedacht, ihn zu adoptieren?«

»Ich?« Peggy zog eine Augenbraue hoch. »Ich lebe allein. Von meinem Gehalt als Staatsbedienstete kann ich kaum die Miete bezahlen. Und mit fünfunddreißig bin ich wahrscheinlich total ausgebrannt. Was könnte ich Dougie Jones bieten? Er hat eine Familie verdient. Also habe ich ihm eine gesucht.«

»Die ersten Pflegeeltern.«

»Die Donaldsons sind gute Menschen. Sie sind, wie wir vom Sozialdienst sagen würden, der Mercedes-Benz unter den Pflegeeltern. Eine gute Ehe, ein schönes Zuhause, ein komfortabler Lebensstandard. Als ich ihnen Dougies Geschichte erzählte, konnte Mrs Donaldson den Papierkram gar nicht schnell genug erledigen, um ihn zu sich nach Hause zu holen. Er war ein Junge, der einen guten Start gehabt hatte. Er war geliebt worden, er hatte gelernt, Beziehungen aufzubauen, er hatte mehr Potenzial als neunzig Prozent der Kinder, deren Akten auf meinem Schreibtisch landen. Und die Donaldsons wollten dort weitermachen, wo seine Mutter aufgehört hatte. Es hätte wirklich ein Happy End sein sollen, Ms …«

»Kimberly, nennen Sie mich Kimberly.«

»Wie gesagt, ein Happy End. Ich weiß bis heute nicht, warum es schief ging.«

»Er hat ihre Garage niedergebrannt.«

»Erst, nachdem er fast alle ihre Möbel kaputt gemacht hat, sein Bettzeug zerrissen und Löcher von der Größe eines Basketballs in die Wand seines Zimmers geschlagen hat. Die Garage war der Tropfen, der das Fass zum Überlaufen brachte. Sie hatten das Gefühl, seiner nicht mehr Herr werden zu können. Mrs Donaldson sagte mir, dass sie allen Ernstes Angst hatte.«

»Vor Dougie?«

»Vor Dougie.«

»Aber Sie haben ein neues Zuhause für ihn gefunden.«

Peggy Ann lächelte schwach. »Es gibt Geld für Pflegekinder, Kimberly. Solange es Geld gibt, kann ich für ihn immer ein Zuhause finden.«

»Oh.«

»Genau. Die nächste Stelle war nicht so gut, und das Ergebnis war vorhersehbar. Nachdem er auch das Haus seiner zweiten Pflegeeltern in Brand gesteckt hatte, habe ich einige Beziehungen spielen lassen, damit Dougie psychologische Betreuung bekam. Der Staat rückte das Geld heraus, und ich fand einen Kinderpsychologen hier vor Ort. Leider hat seine dritte Pflegemutter Dougie nie zu den Terminen gebracht. Sie hatte fünf Kinder; drei Termine die Woche waren einfach zu viel für sie. Und ja, Dougie machte Unfug, sie warf ihn raus, und der Teufelskreis begann von vorn. Immer und immer wieder. Dougie ist ein wütender kleiner Junge. Ich wünschte, ich könnte Ihnen sagen, warum. Ich wünschte, ich könnte Ihnen sagen, wie man ihm helfen kann. Ich weiß nur, dass Dougie sehr, sehr wütend ist. Auf die ganze Welt, auf das Jugendamt, auf mich. Im Moment, so sagen die Experten, braucht er es nötiger, wütend zu sein, als geliebt zu werden.«

»Ich habe ihn heute Nachmittag kennengelernt«, sagte Kimberly.

Peggy Ann zog eine Augenbraue hoch. »Rein äußerlich scheinen Sie noch ganz zu sein.«

»Er spielte draußen im Regen mit einem Käfer. Ich dachte, ich könnte mich mit ihm über Rainie Conner unterhalten. Aber kaum erwähnte ich ihren Namen, wurde er wütend.«

»Wirklich? Wie ich hörte, war sie eine der wenigen, die er an sich ranließ«, sagte Peggy Ann.

Kimberly legte den Kopf schief. »Sie wissen es noch nicht?«

»Was?«

»Rainie ist entführt worden.«

»O nein.«

»Wir machen uns Sorgen, dass Dougie vielleicht etwas damit zu tun hat.«

»Eine Entführung? Er ist erst sieben Jahre alt. Ich meine, ich würde verstehen, wenn er ihr Haus angezündet hätte. Aber eine Entführung?«

»Laura Carpenter meinte, dass er von Rainies Entführung wusste, noch bevor man es ihm erzählt hatte.«

»Das ergibt keinen Sinn.«

»Deshalb bin ich ja auch zu ihm gefahren.«

»Und hat er Ihnen eine Erklärung gegeben?«

»Nein. Aber ich hatte den Eindruck … Bei manchen Dingen, die er sagte, klang er nicht wie ein siebenjähriger Junge. Eher wie ein Junge, der etwas wiederholt, was ihm ein Erwachsener gesagt hat.«

Peggy Ann runzelte die Stirn. »Sie glauben, dass er die Person, die Rainie entführt hat, womöglich kennt?«

»Ich bin mir noch nicht sicher. Aber ich glaube, dass er irgendetwas weiß. Hat er enge Freunde? Jemand, dem er sich anvertrauen würde? Fällt Ihnen da irgendjemand ein?«

»Mit seinem Alltag habe ich nichts zu tun. Da müssten Sie Laura fragen …«

»Es geht mich nichts an, aber ich glaube nicht, dass Laura Carpenter Dougie sehr nahe steht.«

»Vielleicht Stanley?«

»Den habe ich noch nicht kennengelernt.« Kimberly schwieg einen Augenblick. »Was ist mit Dougies Misshandlungsvorwürfen?«

Peggy Ann seufzte. »Unter uns?«

»Unter uns.«

»Wenn ich der Meinung wäre, dass Dougie ernsthaft in Gefahr wäre, würde ich ihn sofort von dort wegholen. Keine Ahnung, wohin, aber mir würde schon etwas einfallen. Ich habe mich über Stanley und Laura Carpenter erkundigt. Ich habe noch kein schlechtes Wort über sie gehört, und ich habe mit einigen Jungs von der Footballmannschaft der Highschool gesprochen, die alle schwören, dass Mr Carpenter ihr Leben verändert hat. Außerdem habe ich Dougie einige Male besucht, und ich habe nie blaue Flecken gesehen, nichts, was auf Gewaltanwendung hindeuten würde. Angesichts seiner schwierigen Vergangenheit …«

»Sie glauben, dass er lügt.«

»Ich glaube, dass Stanley Carpenters Erziehungsansatz für Dougie wie eine Kriegserklärung ist. Aber es ist vielleicht seine letzte Chance.«

»Wissen Sie, ob Rainie bereits irgendwelche Schlüsse gezogen hat?«

»Ich habe keinen Bericht gesehen.«

»Gerüchte?«

Peggy Ann runzelte die Stirn und schüttelte dann den Kopf. »Auch keine Gerüchte. Soweit ich weiß, hat sie noch immer ermittelt.«

Kimberly nickte und lehnte sich zurück. Ihr Vater hatte angedeutet, dass Rainie langsam anfing, Dougies Anschuldigungen Glauben zu schenken. Aber Laura Carpenter schien darüber genauso wenig zu wissen wie Peggy Ann. Für Kimberly ging es nicht darum, zu welchem Schluss Rainie gekommen war, sondern darum, herauszufinden, was andere Leute glaubten, zu welchem Schluss Rainie gekommen war. Aber allem Anschein nach hatte sich Rainie nicht in die Karten schauen lassen.

Kimberly seufzte und überlegte stirnrunzelnd, was sie als Nächstes ansprechen sollte. »Ging Dougie zur Schule?«

»In die erste Klasse.«

»Können Sie mir den Namen seines Lehrers oder seiner Lehrerin nennen? Vielleicht kann er oder sie mir weiterhelfen.«

Peggy Ann stand auf und ging zum Tisch, der auch als Schreibtisch fungierte. »Die Lehrerin heißt Mrs Karen Gibbons. Sie hat sicherlich nichts dagegen, wenn Sie sie anrufen. Aber nur damit Sie Bescheid wissen, Dougie ist nicht gerade ihr Lieblingsschüler.«

»Das habe ich mir schon gedacht. Was ist mit dem Psychologen? Geht er jetzt, da er bei den Carpenters ist, zu den Terminen?«

»Nicht, dass ich wüsste. Auch da müssten Sie Laura fragen.«

Kimberly hatte nach ihrer Begegnung mit Dougie kurz mit Laura gesprochen. Laura wusste ihrer Einschätzung nach gar nichts. Wirklich, absolut gar nichts – was Kimberly für sehr seltsam hielt. Es war, als wäre alles nur Stanleys Sache: Stanley wollte ein Pflegekind aufnehmen, und Stanley hatte ein Erziehungsprogramm für das Kind entwickelt, und Stanley hatte jetzt einen Pflegesohn. Laura machte einfach nur mit.

Auch wenn Kimberly keine äußeren Anzeichen gesehen hatte – wenn man sie fragte, passte Laura in das Profil einer misshandelten Ehefrau. Ob Rainie das auch gedacht hatte?

Peggy Ann schrieb einen Namen und eine Telefonnummer auf ein Blatt Papier und reichte es Kimberly.

»Regnet es immer noch?«, fragte Peggy Ann.

»Ja, es nieselt.«

»Haben Sie nachgesehen? Vielleicht hat er ja einen Mantel mitgenommen, oder einen Schirm, oder eine Mütze und Handschuhe«, sagte die Frau hoffnungsvoll. Sie machte sich Sorgen um Dougie und – das wusste Kimberly – sie würde heute Nacht kein Auge zutun.

»Er wurde zuletzt in einem Sweatshirt und einer Jeans gesehen«, sagte Kimberly ruhig. »Die Polizei sucht ihn gerade.«

»Verstehe«, sagte Peggy Ann, dann runzelte sie die Stirn. »Moment mal. Wenn die Polizei ihn sucht … Sagten Sie nicht, Sie wären vom FBI?«

»Wir glauben nicht wirklich, dass er sich verlaufen hat«, sagte Kimberly so sanft wie möglich. »Wir glauben, dass er ebenfalls entführt wurde.«

Peggy Ann schlug die Hand vor den Mund. »O nein!«

Kimberly stand auf. »Sollte Ihnen noch irgendjemand einfallen, mit dem ich sprechen kann …«

»Dann sage ich Ihnen sofort Bescheid.«

»Und sollten Sie aus irgendeinem Grund von Dougie hören …«

»Dann sage ich Ihnen ebenfalls sofort Bescheid.«

Kimberly ging zur Tür. Peggy Ann blieb mitten im Zimmer stehen. Sie machte einen verzweifelten, hilflosen Eindruck, die Schultern unter ihrem übergroßen Sweatshirt gebeugt, das bleiche Gesicht von ein paar Haarsträhnen umrahmt.

»Peggy Ann, falls wir mit Dougie Kontakt aufnehmen können«, fragte Kimberly plötzlich, »womit können wir seine Aufmerksamkeit bekommen? Hat er ein Lieblingsspielzeug oder einen unsichtbaren Freund? Vielleicht ein Andenken an seine Mutter?«

Peggy Ann lächelte traurig. »Womit hat er wohl das Feuer in der Garage der Donaldsons gelegt? Er hat all seine Habseligkeiten auf einen Haufen geworfen – seine Kleidung, seine Spielsachen, die Fotos von seiner Mutter – und sie angezündet. Alles. Es existiert nicht einmal mehr ein Bild von seiner Mutter.«

Kimberly wusste nicht, was sie sagen sollte.

Peggy Ann lächelte hilflos. »Ich hoffe um seinetwillen, dass Dougie eine Streichholzschachtel bei sich hat.«

»Warum?«

»Haben Sie auf das Thermometer geschaut? Es hat gerade mal so um die fünf Grad. Und wenn er nass ist und friert …«

Sie brauchte den Satz nicht zu Ende sprechen. »Wir tun alles, was in unserer Macht steht«, betonte Kimberly noch einmal.

Peggy Ann ließ sich nichts vormachen. »Das Problem ist nur, dass im Fall von Dougie Jones alles, was in unserer Macht steht, nie auch nur annähernd genug ist.«

26

DIENSTAG, 21:01 UHR

Kincaid eröffnete das Briefing, indem er Shelly Atkins bat, den Anfang zu machen. Es war ein subtiler, aber effektiver Seitenhieb gegen das Sheriffsbüro von Bakersville, da Shelly bereits zugegeben hatte, nichts Neues berichten zu können.

»Wir gehen im Uhrzeigersinn vor«, verkündete Kincaid um Punkt einundzwanzig Uhr. »Jeder berichtet, was seine jeweiligen Anstrengungen bisher zu Tage gefördert haben. Dann besprechen wir den Ablauf der morgigen Lösegeldübergabe. Shelly?«

Shelly, die Kincaid gegenübersaß, blinzelte überrascht. Sie sah zuerst Detective Spector an, dann die Unterhändlerin, Candi Rodriguez, die rechts beziehungsweise links von Kincaid saßen. Schließlich ergab sie sich seufzend in ihr Schicksal.

Gerade als Shelly aufstand, um ihren Bericht vorzutragen, kam Kimberly in den Konferenzraum. Sie setzte sich hastig auf den Stuhl, den Quincy zwischen sich und Mac freigehalten hatte, und wischte sich den Regen vom Gesicht. Jetzt war nur noch der Platz von Detective Alane Grove unbesetzt. Anscheinend war Kincaid nicht in der Stimmung, auf seine eigenen Leute zu warten. Er forderte Shelly mit einer Handbewegung auf, anzufangen.

So unauffällig wie möglich stupste Kimberly ihren Vater mit dem Ellbogen an und kritzelte etwas auf den gelben Block, der vor ihm lag.

Er las: Luke Hayes = nein. Lucas Bensens Sohn???

Quincy starrte lange auf den Zettel.

»Also, wie beim letzten Meeting besprochen«, sagte Shelly mit rauer Stimme, »hatte das Sheriffsbüro zwei Hauptaufgaben: Zum einen haben wir die Alibis der hiesigen Delinquenten überprüft und ihnen auf den Zahn gefühlt. Zweitens haben wir uns an der Suche nach dem siebenjährigen Douglas Jones beteiligt. Was ersteres angeht, haben wir eine Liste von siebenundzwanzig ›Personen von Interesse‹ erstellt. Bis jetzt haben wir zwölf von ihnen einen persönlichen Besuch abgestattet. Acht davon haben Alibis und lassen sich definitiv ausschließen. Drei davon haben wir in die Kategorie ›unwahrscheinlich‹ verschoben. Bleibt also, abgesehen von den anderen fünfzehn, denen wir hoffentlich in Kürze einen Besuch abstatten werden, noch einer. Besagte Person erklärte sich während unseres Gesprächs bereit, uns einige Leute zu nennen, die seiner Meinung nach eventuell eine Frau wegen des Lösegeldes entführen würden. Einige der Namen hatten wir bereits auf unserer Liste. Aber es sind drei neue hinzugekommen, wodurch unsere Liste jetzt neunzehn Namen umfasst.«

Sie sah zu Kincaid und räusperte sich. »Ich will ehrlich sein. Angesichts der späten Stunde und all der anderen Sachen, die meine Leute noch erledigen müssen, bezweifle ich, dass wir bis morgen Vormittag um zehn Uhr neunzehn Personen überprüfen können. Ab Mitternacht schicke ich meine Leute in Fünfstundenschichten nach Hause, damit sie sich wenigstens ein bisschen aufs Ohr hauen können. Von denjenigen, die wir nicht persönlich überprüfen können – ein gutes Dutzend, würde ich sagen – werde ich für Miss Candi Kurzbiografien erstellen. Als Bulletpoint-Grafik.«

Shelly grinste die Unterhändlerin schief an. Candi konterte ihrerseits mit einem zuckersüßen Lächeln.

»Was Dougie angeht: Drei Deputys koordinieren die Anstrengungen der hiesigen Such- und Rettungsmannschaft, der Feuerwehr und ungefähr zwei Dutzend Freiwilliger. Wir werden die Suche noch einige Stunden fortsetzen, aber die Wälder rund um das Haus der Carpenters sind ziemlich gründlich abgesucht worden. Entweder versteckt sich Dougie und will nicht gefunden werden, oder der Junge ist tatsächlich, so wie wir vermuten, entführt worden.«

»Haben Sie mit den Pflegeeltern gesprochen?«, fragte Kincaid.

»Ich nicht, aber einer von meinen Leuten.«

»Und?«

Shelly zuckte mit den Schultern. »Und was? Stanley Carpenter glaubt, dass Dougie abgehauen ist – seiner Meinung nach ist und bleibt Dougie ein Teufelsbraten, der keine Verantwortung für seine Handlungen übernehmen will. Andererseits ist der letzte Stand der Dinge, dass Dougie Stanley beschuldigt hat, ihn zu schlagen. Die Person, die das aufklären soll, Rainie Conner, ist unser erstes Entführungsopfer und für eine Stellungnahme momentan nicht zu erreichen. Wenn Sie mich fragen: Keine Ahnung, ob Stanley die Wahrheit sagt. Keine Ahnung, ob Dougie entführt wurde oder vorsätzlich weggelaufen ist. Ich habe in den letzten vierzig Stunden nur vier Stunden geschlafen. Ich bin schon froh, wenn ich mich noch halbwegs auf den Beinen halten kann.«

Kincaid blinzelte. »In Ordnung. Sind Sie im Haus der Carpenters gewesen?«

»Nein, Deputy Mitchell stattete den Hausbesuch ab. Die Carpenters sind kooperativ. Stanleys Alibi ist überprüft; er war tagsüber in der Arbeit, abends beim Footballtraining. Laura war den ganzen Tag allein zu Hause, also ist es in ihrem Fall etwas schwieriger. Sie haben Deputy Mitchell gestattet, sich im Haus und in Dougies Zimmer umzusehen. Es ist ziemlich kahl, nur eine Matratze und ein Bettlaken. Das Fenster ist zugenagelt, und die Tür kann nur von außen abgeschlossen werden. Aber nach Stanleys Auskunft ist Dougie bei seinen früheren Pflegestellen öfter ausgebüxt, wenn er sie nicht gerade in Brand gesteckt hat, was mit unseren anderen Informationen übereinstimmt.«

»Ich würde gerne die Spurensicherung hinschicken; vielleicht finden wir etwas.«

Shelly zuckte mit den Schultern. »Wir können es versuchen. Mitchell würde Ihnen wahrscheinlich sagen, dass es in Dougies Zimmer nicht viel zu durchsuchen gibt. Kein Schreibtisch, keine Bücher, keine Kommode, keine Spielzeugkiste. Er konnte nicht einmal einen Abfalleimer entdecken. Keine Ahnung; vielleicht ist das der einzige Weg – das Kinderzimmer zu einer Gefängniszelle zu machen. Aber da bleibe ich doch lieber bei meinen Tieren.«

»Hat Deputy Mitchell auch mit Laura Carpenter gesprochen?«, fragte Kimberly.

Shelly wandte sich ihr zu. »Sie war dabei, als er sich das Haus ansah, aber es hörte sich an, als hätte hauptsächlich Stanley geredet.«

»Fand Deputy Mitchell das irgendwie komisch?«

»Sie wollen wissen, ob Stanley den Haushalt mit eiserner Faust regiert?«

»Ich habe Laura Carpenter heute kennengelernt. Ich … ihr offenkundiges Desinteresse an ihrem Pflegekind gab mir zu denken.«

Shelly überlegte. »Mitchell hat nichts gesagt, aber ich könnte ihn noch einmal fragen.«

»Haben Sie jemanden, den Sie als Experten für häusliche Gewalt bezeichnen würden? Jemanden, der sich unter Umständen leichter tut, mit misshandelten Frauen zu sprechen?« Shelly bejahte.

»Ich würde denjenigen noch mal hinschicken, um allein mit Laura zu sprechen. Stanley wird Ihnen nichts sagen. Aber wenn wir uns um Laura bemühen …«

Shelly nickte.

»Das ergibt Sinn. Wird erledigt.«

Kincaid räusperte sich und raschelte mit seinen Papieren. Schließlich war es sein Meeting. »Also, Kimberly. Klingt, als hätten Sie einen geschäftigen Abend gehabt. Gibt es etwas, was Sie der Sonderkommission mitteilen wollen?«

»Ich habe einfach nur mehr Erkundigungen über Dougie Jones eingezogen«, sagte Kimberly beiläufig. Sie hatte keine Absicht, ihren Besuch bei Luke Hayes zu erwähnen, und ihr Vater – das wusste sie – würde das auch nicht wollen. »Ich habe die Sozialarbeiterin besucht, die früher mal Dougies Nachbarin gewesen ist. Nach Auskunft von Peggy Ann Boyd war Dougie schon immer sehr frühreif, hatte aber zumindest die ersten vier Lebensjahre ein liebevolles Zuhause. Unglücklicherweise kam seine Mutter bei einem Autounfall mit Fahrerflucht ums Leben. Da sich kein anderes Familienmitglied fand, wurde er ein Mündel des Staates, und seine Odyssee durch verschiedene Pflegefamilien begann. Sie besteht darauf, dass er im Grunde seines Herzens ein guter Junge ist. Er sei momentan sehr wütend und, so hat sie es ausgedrückt, brauche es momentan nötiger, wütend zu sein, als geliebt zu werden.«

»Mit anderen Worten, nichts, was wir nicht schon wussten.«

»Ich habe sie gefragt, ob es irgendetwas gibt, womit wir an Dougie rankommen könnten. Ein besonderes Andenken, das ihm etwas bedeutet, ein Stofftier, eine Schmusedecke, egal was. Sie sagt, er hat alle seine persönlichen Sachen in dem

Feuer, das die Garage seiner ersten Pflegeeltern zerstört hat, verbrannt, einschließlich aller Fotos von seiner Mutter.«

»Du liebes bisschen«, murmelte Shelly, während die anderen unbehaglich auf ihren Stühlen hin- und herrutschten.

»Ich glaube, dass Dougie seine Mutter noch immer sehr, sehr liebt«, sagte Kimberly leise. »Wenn jemand diese Informationen auf die richtige Art und Weise benutzt, dann kann man damit sogar so einen taffen, misstrauischen Jungen wie Dougie manipulieren. Ihn zum Beispiel in ein Auto locken.«

»Sie glauben also, dass er entführt wurde«, brachte es Kincaid auf den Punkt.

»Trotz des Erpresserschreibens und des Käfers ... Dougie mag zwar erst sieben Jahre alt sein, aber er ist flink, stark und Fremden gegenüber äußerst misstrauisch, kein Junge, der sich kampflos ergeben würde. Also, wie konnte der Entführer den Jungen schnappen, ohne dass es jemandem aufgefallen ist? Anfangs hat mich dieser Gedanke beunruhigt. Aber jetzt ... Ich glaube, ich verstehe, wie er es geschafft hat.«

»Glauben Sie, dass Dougie eine zweite Geisel ist?«, fragte Kincaid ruhig. »Oder halten Sie es für möglich, dass er ein Komplize ist?«

»Sieben Jahre ist ein bisschen jung für einen Komplizen.«

»Sie wissen, was ich meine.«

Kimberly zögerte. Ja, sie wusste, was er meinte. Es war kein angenehmer Gedanke, aber man musste ihn in Betracht ziehen. »Es ist möglich, dass Dougie demjenigen hilft, der Rainie in seiner Gewalt hat«, sagte sie schließlich. »Er ist wütend und isoliert, und er ist noch ein Kind. Man könnte ihn sicherlich unter Druck setzen.«

»Was Dougie Jones angeht, möchte ich uns alle bitten, keine voreiligen Schlüsse zu ziehen«, sagte Kincaid forsch. »Mir machen zwei Dinge Sorgen. Zum einen schien Dougie Jones vor allen anderen zu wissen, dass Rainie vermisst wurde. Vielleicht war es purer Zufall, vielleicht hat er auch nur gefragt, ob sie vermisst wird, weil er sich wünscht, dass sie verschwindet. Um es mit Sheriff Atkins' eloquenter Formulierung auszudrücken – keine Ahnung, was in Kindern vorgeht. Das bringt mich aber zum zweiten Punkt: Es scheint mir immer wahrscheinlicher, dass es der Täter bewusst auf Rainie abgesehen hatte. Wer auch immer sie entführt hat, weiß sehr viel über sie. Nach Auskunft von Mr Quincy ist Rainie ein eher zurückgezogener Mensch mit einem sehr kleinen, engen Freundeskreis. Wer hätte also so viel über sie in Erfahrung bringen können, ohne sie zu kennen? Ich frage mich langsam, ob diese zwei Teile nicht in Wirklichkeit zusammengehören. Vielleicht weiß jemand so viel über Rainie, weil Dougie Jones es ihm erzählt hat. Und Dougie Jones wusste, dass Rainie verschwunden war, weil …«

»Weil er dabei geholfen hat, sie in die Falle zu locken«, ergänzte Quincy mit ruhiger Stimme.

Kincaid nickte. »Zum jetzigen Zeitpunkt ist es natürlich nur eine Theorie. Deshalb würde ich auch gerne Dougies Zimmer durchsuchen.«

»Nicht sein Zimmer.« Kimberly kniff die Augen zusammen. »Für Dougie ist das Haus eindeutig von Stanley kontrolliertes Feindesland. Am wohlsten fühlt er sich draußen, im Wald. Wenn er seine Schätze – einen besonderen Stein oder seine Käfersammlung oder Notizen von einem neuen ›Freund‹ – irgendwo aufbewahren wollte, dann dort. In einer Büchse in einem Astloch oder unter einem Felsen. Sie wissen schon, in einem Geheimversteck eines Siebenjährigen.«

»Hurra, noch mehr Zeit an der frischen Luft«, sagte Shelly trocken.

»Vielleicht könnten Ihre Leute, da sie schon mal dabei sind und alles absuchen …«, schlug Kincaid vor.

»Und bis auf die Knochen durchnässt werden.« Shelly verdrehte die Augen. »Ich kümmere mich um den Durchsuchungsbeschluss. So etwas liegt wahrscheinlich nicht vor unserer Nase herum.«

Sie seufzte, machte sich eine Notiz auf ihrem Block, und der Nächste war an der Reihe.

Detective Ron Spector von der Staatspolizei hatte das Update vom forensischen Labor.

»Gute und schlechte Neuigkeiten«, berichtete er. »Das Auto wird gerade abgeschleppt und über Nacht im Labor untersucht. Man hat es am Fundort bereits flüchtig mit Hochleistungslampen untersucht. Die gute Nachricht ist, dass man keine Blutspuren entdeckt hat, dafür aber einen Schuhabdruck auf dem Bremspedal sowie diverse Fasern- und Spurenbeweise. Es sind also viele Spuren vorhanden – ob uns irgendetwas davon weiterhilft, bleibt abzuwarten. Die schlechte Nachricht ist der Regen. Bis das Auto trocken ist, haben wir keine schlüssigen Beweise, aber die Forensiker bezweifeln, irgendwelche Spuren von der Außenseite des Fahrzeugs gewinnen zu können. Selbstverständlich halten sie es auch für ziemlich hoffnungslos, irgendwelche Spuren in der unmittelbaren Umgebung des Fahrzeugs zu finden. Die Daktyloskopen wollen sich heute Nacht das Auto auch noch mal genauer ansehen. Um die Sache zu beschleunigen, wurden bereits die Fingerabdrücke vom Rückspiegel, dem Türgriff innen und der Gangschaltung genommen, da man dort am ehesten etwas findet. Am Spiegel fand sich ein Daumenabdruck. Sie vergleichen ihn momentan mit dem des Opfers und ihrer Familienangehörigen.« Der Detective sah zu Quincy und räusperte sich, bevor er fortfuhr. »Das erste Schreiben ist bereits im Labor. Es wird auf Fingerabdrücke und DNA-Spuren überprüft, bevor sich die Handschriften- und Dokumentenabteilung darum kümmert. Die schlechte Nachricht ist, dass die DNA-Analyse einige Zeit dauern wird. Außerdem hat das Labor gerade unheimlich viel zu tun. Bis der Bericht fertig ist, können Wochen, wenn nicht gar Monate vergehen – also auf keinen Fall bis morgen Vormittag zehn Uhr.«

Spector sah Kincaid an. Der leitende Detective zuckte mit den Achseln. Zu argumentieren, dass dieser Fall höchste Priorität hatte, war sinnlos. Alle Fälle hatten höchste Priorität.

»Schließlich hat man auch noch die Waffe auf Fingerabdrücke untersucht und sie ans Labor weitergereicht. Eine Forensikerin, Beth, ist bereits auf dem Weg dorthin. Sie wird sie noch heute Nacht auf weitere Spuren untersuchen und dann an die Ballistikabteilung weiterleiten. Sie« – Spector nickte in Quincys Richtung – »müssen noch ein Formular ausfüllen, was die Waffengewohnheiten Ihrer Frau angeht. Macht sie die Waffe immer sauber, nachdem sie sie benutzt hat, etc. etc.? Es hilft ihnen, zu bestimmen, ob die Waffe vor kurzem abgefeuert wurde.«

»Rainie reinigt sie immer«, antwortete Quincy. »Und sie ist nicht vor kurzem benutzt worden. Das hätte man gerochen.«

Spector zuckte mit den Achseln. Das Labor musste seine Arbeit machen, und es lag nicht an dem Detective, das zu beurteilen. »Mit einem Wort, es gibt genug Arbeit für die Spurensicherung. Leider sind das meiste davon sekundäre Beweise. Der primäre Tatort – die Stelle an der Straße, wo der Entführer die Geisel höchstwahrscheinlich in seine Gewalt gebracht hat – ist durch die Witterungsbedingungen unbrauchbar. Wir könnten die Forensiker natürlich auch in den Wald bei Dougie Jones' Haus schicken, aber sie werden Ihnen wohl das Gleiche sagen. Unter diesen Bedingungen können Spurenbeweise einfach nicht überleben. Das ist nun mal eine Tatsache.«

Kincaid nickte betrübt, da ihnen der Detective nichts Neues verraten hatte. In einem Fall wie diesem – wo man keinen Verdächtigen und bis zur nächsten Kontaktaufnahme nur noch dreizehn Stunden Zeit hatte – ging man davon aus, dass die Resultate der Spurenauswertung nicht rechtzeitig vorhanden sein würden, um ihnen nützlich zu sein. Die Informationen würden vor allem später wichtig sein, wenn die Staatsanwaltschaft den Fall für die Gerichtsverhandlung aufbereitete. Die Aufgabe von Kincaid und der Sonderkommission war es, herauszufinden, welche Art von Verfahren es sein würde: ein Entführungs- oder ein Mordprozess.

Kincaid räusperte sich und wandte sich gerade an Mac, um ihn um ein Update bezüglich der Lösegeldbeschaffung zu bitten, als die Tür aufgerissen wurde. Alane Grove kam in den Raum, schüttelte ihren Schirm aus und machte einen völlig aufgekratzten Eindruck.

»Entschuldigen Sie die Verspätung«, verkündete sie außer Atem. »Aber ich habe Neuigkeiten.«

Kincaid zog eine Augenbraue hoch. »Dann lassen Sie mal hören!«

Sie wartete die Aufforderung kaum ab, warf ihren nassen Schirm zu Boden und nestelte wie wild an ihrem Regenmantel herum. »Ich habe versucht, herauszufinden, was Lorraine Conner in den letzten vierundzwanzig Stunden vor ihrem Verschwinden getan hat. Soweit ich es beurteilen kann, war sie in keiner Bar, was wohl eine gute Neuigkeit ist. Aber ich habe etwas anderes herausgefunden: Sie hatte gestern Nachmittag um drei Uhr einen Arzttermin.«

Alane Grove sah Quincy an. Kimberly auch. Er schüttelte langsam den Kopf. Er hatte offensichtlich keine Ahnung, worauf das hinauslief.

»Es war eine Folgeuntersuchung. Natürlich wollte der Arzt

nicht darüber reden – ärztliche Schweigepflicht, etc. Aber als ich sagte, dass sie vermisst wird, war er sehr beunruhigt. Anscheinend hat er Rainie vor drei Monaten Medikamente verschrieben. Der gestrige Termin war dazu gedacht, die Dosierung anzupassen. Es ist ein angstlösendes Medikament …«

»O nein«, flüsterte Quincy.

»Seroxat«, gab Detective Grove munter zum Besten. »Kennen Sie es?«

»O nein.«

»Genau. Laut Auskunft des Arztes kann man das Medikament nicht einfach von heute auf morgen absetzen – man muss langsam entwöhnt werden. Bis gestern nahm Rainie zweiundsechzig Milligramm pro Tag, die Höchstdosis. Nach Auskunft des Arztes muss sie es weiternehmen, oder sie wird ziemlich schlimme Entzugserscheinungen haben – Schwindel, Kopfschmerzen, Übelkeit, Hypomanie, sensorische Störungen. Manche Leute können nicht aufstehen und haben das Gefühl, als würden ständig Stromschläge in ihrem Kopf abgehen. Es ist wirklich nicht gut.«

Kimberly sah wieder ihren Vater an. Quincy schüttelte noch immer den Kopf. Er war in die Enge getrieben, geschockt. Rainie hatte einen neuen Weg gefunden, ihrem Mann wehzutun. Sie hatte Hilfe gesucht – nur nicht bei ihm.

»Ich habe mir die Liste der Sachen angesehen, die man in der Handtasche im Auto gefunden hat«, sagte Detective Grove. »Darauf ist kein rezeptpflichtiges Medikament vermerkt. Aber dann dachte ich: Was, wenn das Opfer verheimlichen wollte, dass sie Antidepressiva nahm? Manche Leute sind in solchen Sachen ja ziemlich heikel. Also überlegte ich, wo sie die Tabletten verstecken würde, wo sie niemand vermutete, sie aber leicht rankäme. Und ich habe sie gefunden. Sie waren in dem Aspirinfläschchen in ihrer Handtasche.« Die Stimme der Polizistin klang triumphierend. »Ich habe sie gezählt. Die Anzahl deckt sich mit der Anordnung des Arztes. Soweit ich es also beurteilen kann, hat sie gestern Vormittag ihre letzte Dosis eingenommen. Das heißt …«

»Dass wir sie finden müssen«, presste Quincy hervor.

»Ja. Oder sie wird sozusagen verrückt.«

27

DIENSTAG, 21:38 UHR

Sie konnte nicht einschlafen. Wollte nicht einschlafen. Sollte auf gar keinen Fall einschlafen.

Rainie zwang sich, wach zu bleiben. Sie konzentrierte sich auf das Geräusch des Wassers, das an den Kellerwänden heruntertropfte, das Gefühl von Dougies Körper an ihrer Seite, den Geruch von Moder und Schimmel in ihrer Nase. Sie fror so stark, dass hin und wieder ein krampfartiges Zittern ihren schmerzenden Körper durchlief und ihre Zähne zum Klappern brachte. Die Schmerzen hielten sie wenigstens wach. Wenn sie in der Finsternis schon nichts sehen konnte, fühlte sie zumindest etwas.

Sie hatte Dougie von dem feuchten Boden hochheben wollen. Aber mit ihren gefesselten Händen und Füßen konnte sie den bewusstlosen Jungen unmöglich auf die trockene Werkbank hieven. Stattdessen zerrte sie ihn die ersten beiden Stufen hoch. Die harten Holzkanten der Stufen gruben sich tief in ihre schmerzenden Rippen und schnitten ihr die Blutzufuhr zu einigen Körperstellen ab. Sie entwickelte ein System, beugte sich zuerst nach links, dann nach rechts, dann stampfte sie mit ihren gefesselten Beinen auf den Boden. Bewegung erzeugte Wärme, Wärme erzeugte Hoffnung. Also blieb sie in Bewegung.

Rainie hatte einmal an einem Fall gearbeitet, bei dem eine junge Frau in einer unterirdischen Höhle zurückgelassen worden war. Sie wusste, dass man bei dreizehn Grad sterben konnte. Dazu musste man nur nasse Kleidung tragen und ständig durchfroren sein. Sie und Dougie waren bis auf die Knochen durchnässt.

Und sie hatte das Gefühl, dass es in dem Keller viel kälter war als dreizehn Grad.

Komisch, wie viele Nächte sie in den letzten vier Monaten nicht schlafen konnte, weil sich die Gedanken in ihrem Kopf unkontrollierbar überschlugen. Sie hatte schreckliche Albträume gehabt. Und wenn sie aufwachte, fühlte sie sich oft noch schlimmer als in ihren Träumen.

Sie hatte sich wie von außen dabei zugesehen, wie sie langsam abbaute. Von einer relativ glücklich verheirateten Frau mit einem anspruchsvollen Job zu einem fahrigen Nervenbündel, das sich weder konzentrieren noch schlafen konnte und keine Hoffnung mehr hatte. Sie wurde so reizbar, dass ihre Launen sogar ihr selbst Angst machten.

Jedes Mal, wenn sie an Astoria dachte, an Aurora Johnsons letzte fürchterlichen Momente, drehte sie vor lauter Wut schier durch. Sogar nachdem sie ihre Arbeit abgeschlossen hatten, sogar nachdem der leitende Detective den Bericht gelesen hatte und sagte: »Hey, den Kerl kenne ich«, hatte sich daran nichts geändert. Der Wartungshandwerker hatte ein eingebautes Alibi: Natürlich waren seine Fingerabdrücke in der Wohnung – er kümmerte sich schließlich um das Haus. Natürlich hatte er Blut an den Schuhen – er hatte die Leichen ja schließlich gefunden.

Quincy entwarf eine Vernehmungsstrategie. Der einundzwanzigjährige Schulabbrecher mit den strähnigen Haaren zuckte vier Stunden lang mit den Schultern und sagte nur immer und immer wieder: »Davon weiß ich nichts.«

Und das war's. Sie arbeiteten, sie rackerten sich ab, sie suchten verzweifelt nach detaillierteren Anhaltspunkten. Aber Aurora Johnsons Hilferufe blieben erneut ungehört.

Profis sollten mit so einer Situation umgehen können. Sie sollten es abschütteln können, so wie Quincy es allem Anschein nach konnte. Man kann nicht jeden Fall gewinnen. Der Täter wird früher oder später Mist bauen. Was natürlich hieß, dass es noch ein Mordopfer geben würde, noch eine Mutter, noch ein verängstigtes kleines Mädchen.

Rainie konnte diese Art der Akzeptanz nicht in sich finden. Nacht für Nacht träumte sie von dem blutigen Apartment. Manchmal fantasierte sie sogar davon, den Handwerker selbst aufzusuchen. Sie wusste, wie die forensische Wissenschaft arbeitete. Wie jeder Ermittler hatte auch sie genug Zeit damit verbracht, über das perfekte Verbrechen nachzudenken. Sie würde sich höchstpersönlich um die Sache kümmern. Sie würde sicherstellen, dass das, was der kleinen Aurora Johnson passiert war, nie wieder passieren würde.

Außer dass der Wartungshandwerker natürlich nur die Spitze des Eisbergs war. Wie besessen verfolgte sie andere Fälle: Kindesentführungen, Missbrauchsfälle, Geschichten aus dem Irakkrieg. Sie wartete, bis Quincy außer Haus war, um dann wie ein Dieb an den Computer zu schleichen. Google-Suche: Drei Kinder verhungert. Google-Suche: Haus des Schreckens. Google-Suche: Kind vergewaltigt.

Die Fülle der Horrorgeschichten, die auf dem Bildschirm auftauchten, war erstaunlich. Sie saß davor, stundenlang, und las und las und las, während ihr die Tränen über das Gesicht liefen. So viel Schmerz und Leid. So viel Ungerechtigkeit. Die Welt war ein erbärmlicher, grausamer Ort, und eine einzelne Frau konnte nichts dagegen ausrichten. Wie konnten so viele Kinder schreien, und niemand hörte es?

Dann hörte sie das Knirschen von Quincys Reifen in der

Auffahrt. Schnell klickte sie die geöffneten Seiten weg und rieb sich die Wangen.

»Ich habe nur meine E-Mails gecheckt«, sagte sie dann zu ihrem Mann, wenn er, nach Regen und Tannennadeln duftend, in der Diele stand. Er nickte ihr zu und ging ins Schlafzimmer, während sie mit gefalteten Händen und gesenktem Kopf dasaß und sich fragte, wie sie jemanden anlügen konnte, den sie aufrichtig liebte.

Sie fühlte, wie es in ihr immer dunkler wurde, wie sich förmlich ein lebendes, atmendes Ungeheuer in ihr breit machte, das sie vom Rest der Menschheit und von ihrem eigenen Mann isolierte. Sie setzte ihre schrecklichen Recherchen fort, ohne Quincy davon zu erzählen. Er würde es nicht verstehen. Niemand würde es jemals verstehen.

Als sie endlich das erste Glas getrunken hatte, war es eine Erleichterung gewesen.

Sie war dumm, das wusste sie. Es war ihr Schicksal, sowohl in ihrem als auch außerhalb ihres Körpers zu leben. Sie bewegte sich, sie funktionierte, sie fühlte. Aber sie war auch eine objektive Instanz, die immer schnell mit Selbstkritik bei der Hand war.

Aurora Johnson war tot. Daran änderte sich schließlich nichts, wenn Rainie trank, log und sich selbst zerstörte. An den besseren Tagen, wenn sich die Nebelschwaden in ihrem Gehirn lichteten, wenn ihre Hände nicht mehr ganz so stark zitterten und ihre Gedanken klarer wurden, begriff sie, dass sie alles falsch machte. An einem dieser Tage – Quincy hatte sich in sein Arbeitszimmer zurückgezogen, um an seinen Memoiren zu arbeiten – holte sie sich sogar einen Arzttermin.

Zu ihrer eigenen Überraschung hielt sie den Termin zwei Wochen später ein, obwohl es ihr tatsächlich gelungen war, die Nacht zuvor durchzuschlafen und zum Frühstück ein paar

Eier zu essen; also hatte sie vielleicht das Schlimmste hinter sich und wurde langsam wieder normal. Diese Sachen kommen und gehen, richtig? Sie war früher stark gewesen, sie würde wieder stark sein. Hey, sie war Rainie. Sie ließ sich durch nichts unterkriegen.

Sie ging zu dem Arzt, einem freundlichen älteren Herrn, der direkt aus einer Fernsehserie hätte stammen können. Er diagnostizierte eine Angststörung und verordnete ihr ein Medikament. Sie trug das Rezept über zwei Wochen lang in ihrer Handtasche spazieren, bevor sie es eines Tages einlöste. Dann ging sie auf die Damentoilette und füllte – sie wusste selbst nicht einmal, warum – die Tabletten in ein Aspirinfläschchen. Eine Tablette behielt sie in der Hand und starrte sie lange Zeit an.

Sie hätte dem Arzt wahrscheinlich sagen sollen, wie viele Biere sie am Tag konsumierte. Das war vermutlich nicht unwichtig.

Sie schluckte die Tablette. Sie wartete darauf, wie ein Baby zu schlafen. Als sie um drei Uhr morgens aufschrak, Aurora Johnsons Schreie im Kopf, ging sie in die Dusche, damit Quincy nicht sah, wie sie sich zusammenrollte und aus purem Frust weinte.

Sie nahm mehr Tabletten. Sie trank noch mehr Bier. Die Dunkelheit in ihr wurde immer größer, und sie gab sich ihr hin, resignierend und akzeptierend.

Bis ihr bester Freund sie betrunken am Steuer erwischte. Bis ihr Mann sie immer und immer wieder fragte, ob es ihr gut gehe. Bis sogar ihr junger Zögling merkte, dass sie ihn angelogen hatte, und sich vor ihr im Wald versteckte.

Erstaunlich, was man sich selbst alles antun konnte. Wie sehr man sich selbst belügen konnte. Wie sehr man sich selbst wehtun konnte. Man konnte alles haben, was man sich je gewünscht hatte – einen liebevollen Ehemann, einen guten Job, ein schönes Zuhause –, und es war immer noch nicht genug.

Rainie quälte sich. Und sah sich selbst dabei zu, wie sie immer tiefer fiel.

Und jetzt war sie hier, gefesselt und geknebelt in einem Keller, mit abgeschnittenen Haaren und einem bewusstlosen siebenjährigen Kind zu ihren Füßen. Das Teufelchen in ihr sollte Beifall brüllen. Siehst du, die Welt ist wirklich schlecht, und du kannst nichts dagegen tun.

Stattdessen herrschte in ihrem Gehirn zum ersten Mal seit Monaten Ruhe.

Ja, ihr war übel. Ja, sie hatte höllische Kopfschmerzen. Ein seltsames Kribbeln wanderte ihr linkes Bein auf und ab. Aber im Großen und Ganzen war sie konzentriert und entschlossen. Irgendwo über ihr im Dunkeln war ein Mann, der sie entführt und Dougie wehgetan hatte.

Und dafür würde sich Rainie an ihm rächen.

Im Dunkeln verzog Rainie ihren Mund zu einem Lächeln. Die alte Rainie war wieder da, und endlich, voller Wehmut, kapierte sie es. Quincy verkörperte nur jemanden, den sie lieben konnte. Was sie offenbar nötiger hatte, war jemand, den sie hassen konnte.

DIENSTAG, 22:15 UHR

»Du fasst mich an.«

Dougies Stimme weckte Rainie aus ihrer Träumerei. Sie hätte schwören können, dass sie nicht eingedöst war. Na ja, vielleicht nur ganz kurz.

»Du bist pervers. Das erzähl ich weiter.«

Rainie richtete sich im Dunkeln auf. Ein kalter, stechender

Schmerz schoss von ihrer linken Hüfte nach oben, so als hätte sie einen Stromschlag erhalten. Sie zuckte zusammen, ging auf Abstand zu Dougie und versuchte, ihre Beine auszustrecken.

»Wie fühlst du dich? Hast du Kopfweh?«, fragte sie.

»Wo sind wir? Ich kann nichts sehen. Dieses Spiel mag ich nicht!«

»Es ist kein Spiel, Dougie. Jemand hat mich entführt. Und dieselbe Person hat auch dich entführt.«

»Du lügst«, sagte Dougie wütend. »Lüge, Lüge, Lüge. Ich werde es Miss Boyd erzählen! Du bist eine Alkoholikerin und sonst nichts. Ich will nach Hause!«

»Ja, Dougie. Ich auch.«

Mit dem Bewusstsein kam auch das Kältegefühl zurück. Rainie wollte sich instinktiv die Arme reiben, aber ihre gefesselten Hände ließen es nicht zu. Sie hätte gern etwas gesehen und ihre Finger gespürt. Ihr fiel auf, dass Dougies Stimme ganz normal klang, ungedämpft, was hieß, dass er keinen Knebel trug. Sie wagte es, Hoffnung zu schöpfen.

»Dougie, ich habe eine Augenbinde um. Hast du auch eine Augenbinde umgebunden?«

»Ja.« Er klang nach wie vor trotzig.

»Was ist mit deinen Händen und Füßen? Bist du auch gefesselt?«

»J-ja.« Jetzt klang es mehr nach einem Schluckauf. Dougie wurde sich langsam seiner Umgebung bewusst und bekam es mit der Angst zu tun.

Rainie zwang sich, ruhig zu sprechen. »Dougie, hast du den Menschen gesehen, der dich entführt hat? Weißt du, wer das getan hat?«

Der Junge schwieg eine Weile. »Weißes Licht«, sagte er dann.

»Ich auch. Ich glaube, er benutzt eine Art Blitz und dann

irgendein Betäubungsmittel, vielleicht Chloroform. Es kann sein, dass dir schlecht wird. Es ist okay, wenn du erbrechen musst. Sag mir Bescheid, und ich hole dich von der Treppe.«

»Ich mag dich nicht«, sagte Dougie.

Rainie machte keine Anstalten, darauf zu antworten. Das sagte Dougie seit Wochen – seit sie sich mit ihm an einem Mittwoch hätte treffen sollen und stattdessen in einer Bar gelandet war. Es hatte Monate gedauert, das Vertrauen des Jungen zu gewinnen. In nicht einmal vier Stunden hatte sie es verloren. So viel zu deinem Leben als Säuferin, dachte Rainie nicht zum ersten Mal.

»Dougie«, sagte sie vorsichtig. »Ich strecke jetzt meine Hände nach dir aus und versuche, dir die Fesseln abzunehmen. Ich kann nichts sehen, also halt bitte kurz still, bis ich mich zurechtgefunden habe.«

Der Junge schwieg, bewegte sich aber nicht. Das war schon mal ein Fortschritt. Als sie sich über ihn beugte, spürte sie, wie sein steifer Körper zitterte. Sein feuchtes Sweatshirt entzog ihm wertvolle Wärme. Rainie schwor sich, nie wieder bei Regen ins Freie zu gehen, sollte sie lebend hier rauskommen.

Endlich fand sie seine gefesselten Arme. Sie tastete sich zu den Handgelenken vor und fluchte leise. Der Mann hatte harte Plastikfesseln benutzt, die man nur mit einer Schere oder etwas Scharfem durchschneiden konnte. Dieser Scheißkerl!

»Ich schaffe es nicht«, sagte sie schließlich. »Es tut mir leid, Dougie. Wir brauchen ein Werkzeug dafür.«

Dougie schniefte nur.

»Lass mich die Augenbinde überprüfen. Vielleicht kann ich die abnehmen.«

Dougie drehte den Kopf; Rainie fand den Knoten. Bei der Augenbinde standen die Chancen besser; es war nur ein einfaches Baumwollband. Aber der Knoten saß fest, und Rainies

Finger waren steif. Sie musste immer und immer wieder daran ziehen, und Dougie schrie auf, wenn sie aus Versehen seine Haare erwischte.

Sie schaffte es nicht, den Knoten zu lösen. Aber durch das ständige Ziehen dehnte sich der strapazierte Stoff. Zu ihrer beider Überraschung zerrte Dougie sich die Augenbinde vom Kopf.

»Es ist immer noch dunkel!«, sagte er erstaunt.

»Ich glaube, wir sind in einem Keller. Kannst du irgendwelche Fenster sehen?«

Der Junge schwieg einen Augenblick. »Oben«, sagte er schließlich. »Zwei Stück. Aber ich bin zu klein.«

Rainie glaubte zu wissen, was er meinte. Zwei, wahrscheinlich über der Erde gelegene Kellerfenster. Dadurch drang wenigstens etwas natürliches Licht herein. Alles war besser als diese endlose Dunkelheit. »Dougie, kannst du mir jetzt vielleicht die Augenbinde abnehmen?«

Der Junge antwortete nicht sofort. War er verärgert, wütend? Darüber, wie oft Rainie ihn schon im Stich gelassen hatte? Sie konnte das Geschehene nicht ungeschehen machen, das wusste sie.

Schließlich spürte sie, wie sich seine Finger ihren Arm hinauf zu ihrem Nacken bewegten, dann hielt der Junge inne.

»Wo sind deine Haare?«

Rainie wollte dem Jungen keinen Schreck einjagen, aber andererseits brauchte sie ihn als Verbündeten. Das bedeutete, dass sein Hass auf den Entführer größer sein musste als seine Wut auf sie. Also antwortete sie wahrheitsgemäß: »Er hat sie abgeschnitten. Mit einem Messer.«

Der Junge zögerte. Sie fragte sich, ob er jetzt auch die anderen Informationen verarbeitete, die ihm seine Finger bestimmt gegeben hatten. Ihre von den zahlreichen blutenden und eitrigen Schnittwunden klebrige Haut. Ihr heißer, geschwollener Ellbogen, wo irgendetwas ganz schlimm verdreht war.

»Kümmere dich um die Augenbinde, Dougie«, befahl sie ihm leise. »Wir fangen mit den Augen an, dann versuchen wir, unsere Füße freizubekommen.«

Er machte sich an die Arbeit. Seine Finger waren kleiner, geschickter. Selbst mit gefesselten Händen konnte er die Augenbinde im Handumdrehen entfernen. Als Nächstes überprüften sie beide ihre Fußgelenke. Gottlob keine Plastik-, sondern altmodische Baumwollfesseln. Da Dougie sich bereits als geschickter erwiesen hatte, machte er den Anfang.

Kaum waren die Fesseln weg und Rainies Beine frei, durchzuckten Schmerzen ihre Glieder, als würde ein Stromschlag nach dem anderen durch sie hindurchjagen. Ihre Zehen zitterten, ihr linkes Bein zitterte. Dreißig Sekunden lang biss sie vor Schmerzen die Zähne zusammen, während die wieder mit Blut versorgten Nervenenden zum Leben erwachten. Sie wollte schreien und vor lauter Frust mit der flachen Hand irgendwo dagegenschlagen. Vor allem aber wollte sie den Scheißkerl da oben umbringen.

Dann war das Schlimmste vorbei, und sie zitterte, und ihre Glieder waren weich wie Gummi, so als hätte sie soeben den Mount Everest bestiegen.

Sie versuchte, tief und gleichmäßig zu atmen, und wurde sich zum ersten Mal ihrer höllischen Kopfschmerzen und ihres Ohrenrauschens bewusst. Sie hatte ihr Medikament mindestens einmal nicht genommen und wusste nur zu gut, was als Nächstes passieren würde.

Sie ging zur untersten Stufe und machte sich an Dougies Fesseln zu schaffen. Ihre Augen mussten sich noch immer an das düstere Licht gewöhnen; durch die beiden Kellerfenster drang ein schwacher Lichtschein, wahrscheinlich von einer

Lampe auf der Veranda. Genug, um ihre Gefängnislandschaft in verschiedene Grautöne zu tauchen. Die Umrisse von Dougies Schuhen hoben sich langsam gegen einen helleren Hintergrund ab. Mit ihren geschwollenen Fingern fand sie den Knoten und zog und zerrte daran.

»Du machst das nicht gut«, sagte Dougie.

»Ich weiß.«

»Ich habe Hunger.«

»Hast du was zu essen dabei?«, fragte sie.

Sie fühlte förmlich, wie er im Dunkeln ein finsteres Gesicht machte. »Nein.«

»Dann haben wir nichts zu essen.«

»Er hat mir meinen Käfer weggenommen.« Dougie klang zum ersten Mal wütend. »Er hat mir mein Haustier gestohlen!«

»Dougie, du weißt doch, wie die Erwachsenen dir immer sagen, dass du brav sein sollst? Nicht schlagen, nicht beißen, nicht kratzen?«

»Ja.«

»Bei dem Mann darfst du das. Wenn sich die Gelegenheit bietet, dann mach alles, was dir einfällt.« Endlich lockerte sich der Knoten. Die Stofffessel fiel zu Boden, und Dougie strampelte triumphierend mit den Beinen.

Jetzt konnten sie Füße, Augen und Mund benutzen. Nicht schlecht für einen Tag Arbeit.

Rainie hob die Stoffbänder auf. Man wusste nie, wofür man sie noch brauchen würde.

Sie sah im Dunkeln, wie Dougie seine Arme an den Mund hob und anfing, an den Plastikfesseln zu kauen. Theoretisch sollte es schwierig sein, das zähe Plastikband durchzubeißen, aber sie wollte ihm seinen Enthusiasmus nicht nehmen. Sie stand auf und ging umher, um die seltsamen Schmerzen, die noch immer an ihrer Seite auf und ab schossen, zu vertreiben.

Es fühlte sich gut an, einen richtigen Schritt zu machen. Sie fühlte sich stark, fast wie ein Mensch. Abgesehen von den Schmerzen in ihrem Kopf, an ihren Rippen, an ihren Armen. Dann begannen ihre Zähne wieder zu klappern und erinnerten sie an die betäubende Kälte.

Sie blickte die Treppe hinauf und sah einen Lichtschein unter der Tür. Also war er noch wach, noch aktiv, noch immer mit dem beschäftigt, womit Entführer so beschäftigt waren.

»Hey, Kumpel«, sagte sie zu Dougie. »Ich habe einen Plan.«

28

DIENSTAG, 22:03 UHR

Kurz nach zweiundzwanzig Uhr löste sich die Sonderkommission auf. Shelly Atkins besprach sich mit ihren Leuten, um die Einsatzschichten einzuteilen. Die Detectives der Staatspolizei machten sich auf die Suche nach Hotelzimmern. Alle waren müde und nervös, erschöpft und aufgedreht zugleich. Alle würden versuchen, wenigstens ein klein wenig zu schlafen. Gelingen würde es vielleicht der Hälfte.

Quincy war beinahe ausgelassen, in diesem seltsam euphorischen Zustand, der einem Totalzusammenbruch vorausging. Die gute Nachricht: Er hatte weder ein beklemmendes Gefühl in der Brust noch ein Flattern im Magen.

Die schlechte Nachricht: Sein Gehirn arbeitete auf Hochtouren, und seine Gedanken schwirrten hin und her zwischen Dougie Jones' schwieriger Kindheit, Luke Hayes' Vermutungen und der Frage, ob es weise sei, die eigene Tochter in die Lösegeldübergabe zu verwickeln. Er dachte an Astoria und daran, wie die gesamte Sonderkommission so überaus konzentriert und gewissenhaft gearbeitet und doch keine Resultate zu Tage gefördert hatte. Er dachte daran, wie er vor einem Monat nach Hause gekommen war, Rainie mit einem Buch vor dem Kamin sitzen sah und stehen blieb, um ihren schön geschwungenen Hals zu bewundern.

Es gab Momente, da würde Quincy gern die Zeit anhalten. Die Hand ausstrecken wie ein großer Weltendirigent und sagen: Stopp! Keine Bewegung! Augenblick, verweile. Bitte, nur noch ein kleines bisschen.

Am frühen Morgen hätte er gern den Augenblick festgehalten, wenn Rainie noch schlief, ihre Haare über das Kissen ausgebreitet, ihre Wimpern auf ihrer Wange. Wenn sie erst einmal wach war, war alles an Rainie kantig, hastig, ruckartig. Sie bewegte sich beim Reden, beim Essen, sie konnte einfach nicht still halten. Natürlich bewunderte er ihre Energie, ihr Temperament, ihre geschmeidige, katzengleiche Anmut. Aber am meisten mochte er sie am Morgen. Es gefiel ihm, zu wissen, dass er der einzige Mensch war, der diese Rainie sah, diese sanfte, ruhige, verletzliche Rainie.

Er schämte sich. Als hätte er die ganze Zeit mit einer Frau geschlafen, ohne sie wirklich zu kennen. Ohne zu wissen, welche Qualen sie ausstand, wie bedürftig sie war, wie sehr sie unter ihrer Arbeit litt, bis sie den Tag nur noch mit Tabletten – und die Nächte mit Alkohol – durchstehen konnte.

Unter der Scham regte sich allerdings immer mehr Wut. Weil es ihr so schlecht ging und er ihr nicht helfen konnte; er fühlte sich so verdammt hilflos und schwach, woraufhin seine Wut auf Rainie noch größer wurde. Warum konnte sie nicht taffer sein, dachte er, der Profi. Warum zum Teufel konnte sie sich nicht selbst aus dem Schlamassel ziehen?

Auch er war am Tatort gewesen. Auch er hatte sich die Leiche des kleinen Mädchens ansehen müssen. Und er hatte Amanda und Kimberly gesehen und gefühlt, was jeder Vater fühlt, wenn er merkt, dass er sein kleines Mädchen nicht mehr beschützen kann, dass kein Vater und keine Mutter so allmächtig sind, wie ihr Kind es glaubt.

Die Welt war voller Dreck. Und die einzige Art, wie Quincy damit umgehen konnte, war weiterzuschaufeln. Das war alles, was er tun konnte, und vor langer Zeit hatte es auch Rainie getan. Sie waren ein Team gewesen. Sie hätten sich gegenseitig Kraft verleihen sollen.

Aber seine Kraft und seine Liebe waren nicht genug für sie. Er hatte sie Nacht für Nacht im Arm gehalten, und sie war trotzdem zerbrochen.

Ein unerträglicher Druck machte sich in seinem Kopf breit, und für einen kurzen Moment wollte er den Mund aufreißen und schreien.

Stattdessen sah er, wie Kincaid ihn über den Tisch hinweg ansah. Also holte Quincy seine Notizen heraus, rückte sich die Krawatte zurecht und bereitete sich auf das vor, was sie als Nächstes tun mussten.

DIENSTAG, 22:32 UHR

»Lassen Sie mich vorausschicken: Ich weiß, dass es höchst unkorrekt ist«, begann Kincaid. »Aber angesichts der Zeitbeschränkungen haben Mr Quincy und ich beschlossen, dass es am zweckmäßigsten ist, ihn als Profiler an diesem Fall mitarbeiten zu lassen. Natürlich wird jeder gute Verteidiger ein Problem damit haben, wenn die Beweise von dem Ehemann des Opfers erzeugt worden sind, aber das ändert nichts daran, dass wir einen Psychologen brauchen, um für den morgigen Vormittagsplausch eine Strategie zu entwickeln. Angesichts seiner Erfahrung mit Lösegeldfällen ist Mr Quincy dafür bestens qualifiziert und vor allem: Er ist verfügbar.«

Kincaid zeigte auf Quincy, der die untertriebene Einführung durch den Detective der Staatspolizei mit einem leichten Kopfnicken quittierte. »Ich bin gerührt.«

»Das sollten Sie auch. Der Staatsanwalt von Tillamook County wird jeden Augenblick von diesem Meeting Wind bekommen und hereinstürmen, um mir den Kopf abzuhacken. Genießen wir die Flitterwochen, solange wir können.«

Quincy nickte erneut und nahm seinen gelben Notizblock. Ihm gegenüber saßen Kincaid, Candi und Kimberly. Mac war in der Eingangshalle und recherchierte mithilfe von Kimberlys Laptop Lucas Bensens Familiengeschichte – nicht, dass Quincy das zum jetzigen Zeitpunkt an die große Glocke hängen wollte.

Ansonsten waren weder Detectives der Staatspolizei noch Mitglieder des Sheriffsbüros von Bakersville anwesend. Das Treffen war rein für den inneren Kern gedacht: Kincaid, den Leiter der Sonderkommission, Quincy, den psychologischen Experten, Candi Rodriguez, die Unterhändlerin, und Kimberly, die das Lösegeld überbringen würde. Kimberly und Kincaid machten einen angemessen wachen Eindruck. Candi sah aus, als würde sie jeden Augenblick gähnen.

»In Lösegeldsituationen ist es schwieriger, ein Täterprofil zu erstellen«, begann Quincy. »In einem herkömmlichen Mordfall liefert uns der Mord selbst die meisten Informationen – auf welche Art und Weise wurde das Opfer umgebracht, in welchem Zustand befindet sich die Leiche, wie wurde sie platziert, wie hat der Täter das Opfer in seine Gewalt gebracht, um wen handelt es sich bei dem Opfer, etc. etc. Bis man jemanden wie mich zu Rate zieht, hat man im Allgemeinen schon mehrere Tatorte analysiert, sprich: man verfügt über eine große Datenmenge. Der vorliegende Fall hingegen liefert uns nur eine begrenzte Anzahl von Informationen. Wir wissen zwar, wer das Opfer ist, aber nicht, wie sie entführt wurde. Wir wissen, wo sie entführt wurde, haben aber keine Ahnung, wo sie sich momentan befindet und in welchem Zustand sie ist. Angesichts der extremen Witterungsbedingungen haben wir keine forensischen Beweise von dem Ort der Entführung. Alles, was wir haben, sind fünf separate Mitteilungen des Täters, und darauf stütze ich meine Analyse.«

Quincy zog Fotokopien der drei Lösegeldschreiben und der Niederschriften der beiden Telefonate aus seiner Aktenmappe und fächerte die Blätter vor sich auf. Sie waren mit »Kommunikation 1 bis 5« beschriftet und in der Reihenfolge geordnet, in der sie sich ereignet hatten. Quincy war noch immer durch und durch FBI-Agent.

»Bei der Analyse dieser Mitteilungen gilt es, einige wichtige Dinge in Betracht zu ziehen. Erstens, die Art und Weise der Kommunikation. Der Täter hat sowohl schriftlich als auch telefonisch Kontakt aufgenommen. Die Tatsache, dass er überhaupt Kontakt aufnimmt, beweist, dass er unbedingt gehört werden will. Als wir zweimal nicht schnell genug auf sein Schreiben reagiert haben, rief er uns an. Diesem Menschen ist der Dialog extrem wichtig. Er will das Gefühl haben, mit den Ermittlungen verbunden zu sein; was noch wichtiger ist, er will das Gefühl haben, die Ermittlungen zu kontrollieren. Wie wir immer und immer wieder sehen werden, ist die Hauptmotivation des Täters, Kontrolle auszuüben. Der zweite Hauptpunkt bei der Analyse seiner Mitteilungen ist, dass der Täter den Kontakt über die Presse aufgenommen hat. Sein erstes Schreiben richtet sich an die Redaktion einer Tageszeitung, sein drittes, das er direkt einem Reporter zugespielt hat, an die ›Mitglieder der Presse und der versammelten Sonderkommission‹. Dem Täter geht es eindeutig darum, Aufmerksamkeit auf sich zu ziehen. In seinem ersten Telefonat mit mir ging er sogar so weit, als eins seiner Ziele ›Ruhm‹ zu nennen.«

»Ruhm, Reichtum und einen leckeren Apfelkuchen«, murmelte Kincaid.

»Genau. Meiner Meinung nach ist der Apfelkuchen eine Anspielung auf den Amerikanischen Traum, und der Satz als

Ganzes – ›Was alle wollen: Ruhm, Reichtum und einen leckeren Apfelkuchen‹ – ein eher ironischer Kommentar über die amerikanische Obsession mit Berühmtheiten und Stars. Wir wissen über diesen Menschen also zweierlei: Er will alles unter Kontrolle haben, und er braucht Aufmerksamkeit. Diese beiden Merkmale werden zusätzlich durch den Inhalt der Briefe untermauert. An mehreren Stellen verweist er auf Regeln und Vorschriften. Wir, die Polizei, müssen seinen Vorschriften gehorchen. Wenn wir tun, was er sagt, wird dem Opfer nichts geschehen. Wenn nicht, wird das Opfer bestraft werden. Als wir den Anweisungen in seinem zweiten Brief nicht Folge leisteten, revanchierte er sich, indem er ein zweites Opfer in seine Gewalt brachte und ein höheres Lösegeld forderte. Man beachte, dass er die Sonderkommission ›bestraft‹ hat, indem er ein zweites Opfer in seine Gewalt brachte und nicht, indem er sein erstes Opfer umbrachte. Warum? Würde er sein erstes Opfer umbringen, würde ihm die Kontrolle abhanden kommen. Ohne seine Geisel hätte er keine Verhandlungsposition mehr. Das soll nicht heißen, dass er nicht töten wird. Im Gegenteil; wie ich gleich noch genauer ausführen werde, halte ich es für äußerst wahrscheinlich, dass er Gewalt anwenden wird. Kurzfristig ist aber sein Wunsch, die Polizei zu manipulieren, stärker als sein Blutdurst. Aber sobald er das Gefühl hat, die Sache nicht mehr unter Kontrolle zu haben« – Quincy sah zu Candi – »könnte sich das auf einen Schlag ändern.«

Er fuhr fort. »Das Element der Kontrolle zeigt sich des Weiteren in seiner Forderung, das Lösegeld von einer Frau überbringen zu lassen. Die meisten Männer empfinden Frauen als weniger bedrohlich. Und schließlich zeigt es sich auch in der Wahl seiner Geiseln. Er hat nicht den Bürgermeister oder einen wichtigen Geschäftsmann entführt – falls er es primär auf Geld abgesehen hätte, wären sie die logischen Opfer. Er hat eine Frau und ein siebenjähriges Kind entführt. Unser Täter will das Spiel beherrschen, also hat er Opfer gewählt, die er um einiges schwächer einschätzt als sich selbst.«

Quincy holte tief Luft. »Die anderen Schlüsseldaten, die wir aus seinen Schreiben haben, sind die Namen, mit denen er unterschrieben hat. Wie wir bereits wissen, handelt es sich bei allen dreien um Entführer, die aufgrund ihres Verbrechens sofortige Berühmtheit erlangten. Mit einem Wort, diese Männer bekamen die Anerkennung, die er sich wünscht, folglich hat er sie als Vorbilder gewählt.«

»Ein dritter Punkt wird klar, wenn wir uns den Inhalt der Briefe ansehen: Die Schreiben sind verständlich und grammatikalisch richtig formuliert und wie Geschäftsbriefe aufgebaut. Die jeweiligen Anreden deuten außerdem darauf hin, dass der Täter sehr gut über die Polizeiabläufe Bescheid weiß. Während das erste Schreiben an die Zeitungsredaktion adressiert ist, richtet sich das zweite nur an die Polizei; unser Täter hat offenbar geahnt, dass man die Polizei hinzuziehen wird. Interessanterweise wendet er sich in seinem dritten Schreiben sowohl an die Presse als auch an die Mitglieder der Sonderkommission. Ich wiederhole, wir haben es mit jemandem zu tun, der seine Hausaufgaben gemacht hat. Er hat sowohl die Bildung einer Sonderkommission als auch die Kooperationsbereitschaft der Presse antizipiert. Zu guter Letzt – und das ist jetzt eher theoretisch – glaube ich aufgrund einiger deutlicher Anzeichen, dass der Täter zumindest elementare Kenntnisse der Forensik hat. Die einzige Handschrift, die er benutzt hat, war die des ersten Opfers. Alle Briefe sind auf normales weißes Papier gedruckt. Das erste Schreiben, das er mit der Post geschickt hat, befand sich in einem selbstklebenden Umschlag und war mit einer selbstklebenden Briefmarke versehen, was heißt, dass er keinen Speichel und somit keine DNA-Spuren hinterlassen hat. Meines Erachtens ist es auch kein Zufall, dass er die Geisel während eines Gewitters entführt hat. Der Täter macht sich das Wetter zunutze, um seine Spuren zu verwischen – mit Sicherheit berücksichtigt er das Wetter, indem er seine Mitteilungen zum Beispiel in Plastikfolien steckt. Und das letzte Detail: Bei beiden Telefonaten mit mir hat der Täter einen Stimmverzerrer benutzt. Ich wiederhole: Er hat sich eindeutig Gedanken über die ganze Sache gemacht.«

»Hat er nur gut recherchiert?«, fragte Kimberly. »Oder hat er Erfahrung?«

»Recherche«, sagte Quincy. »Wenn es Erfahrung wäre, würden wir in den Briefen und Telefonaten noch mehr Details sehen. Die ganze Sache ist bruchstückhaft genug, sodass wir davon ausgehen können, dass wir es mit jemandem zu tun haben, der erst am Anfang seiner Verbrecherlaufbahn steht. Aber wir dürfen Unerfahrenheit nicht mit Dummheit verwechseln. Der Täter hat sich überaus gut vorbereitet. Und da er glaubt, Herr der Lage zu sein, tut er alles in seiner Macht Stehende, um der Polizei immer einen Schritt voraus zu sein.«

Quincy holte tief Luft. »Aus all diesen Daten ergibt sich für mich folgendes Profil: Wir suchen nach einem Weißen, Mitte Zwanzig bis Mitte Dreißig – das Durchschnittsalter von Serientätern am Beginn ihrer Verbrecherlaufbahn. Er ist von überdurchschnittlicher Intelligenz, er war auf dem College, hat aber keinen Abschluss gemacht. Er kann sich gut ausdrücken und hat möglicherweise sogar eine stabile Beziehung zu einer Frau, die attraktiv, aber unterwürfig ist – er ist kein Mann, der es tolerieren würde, von seiner Lebensgefährtin herausgefordert zu werden. Der Täter stammt aus einer niedrigeren sozioökonomischen Schicht, sieht sich aber als etwas Besseres; beispielsweise wohnt er in einer Wohnwagensiedlung, ohne sich aber selbst zu den sozial Schwachen zu zählen. Der Täter hat außerdem in irgendeiner Form eine Beziehung zu Rainie Conner, auch wenn diese Beziehung möglicherweise nur in seinem Kopf besteht.«

»Ein Stalker«, sagte Kincaid.

»Genau. Der Täter hat ein sehr gepflegtes Äußeres. Äußerlichkeiten sind ihm extrem wichtig. Seine Nachbarn würden ihn als intelligent, gut aussehend und erfolgreich einschätzen. Bei genauerer Betrachtung wird man aber entdecken, dass er nie den ganz großen Erfolg gehabt hat. Nur als Beispiel: Er hat es aufs College geschafft, aber dann ist etwas passiert – sagen wir, ein Elternteil ist gestorben –, und er musste das Studium abbrechen. Oder er hatte einen tollen Job, aber die Firma ging Konkurs und er wurde entlassen. Unserem Täter ging es blendend, bis etwas passierte, das er nicht kontrollieren konnte und das sein Scheitern zur Folge hatte. Nichts, was jemals geschehen ist, ist seine Schuld, und er träumt immer von dem großen Wurf, der sich aber nie einstellt. In jüngster Zeit gab es wieder eine große Änderung in seinem Leben. Angesichts des finanziellen Aspekts eines Lösegeldfalles würde ich die Theorie aufstellen, dass er seinen Job verloren hat. Statistisch gesehen sind aber auch eine Schwangerschaft, die Geburt eines Kindes und das Ende einer langjährigen Beziehung weit verbreitete Auslöser von kriminellem Verhalten.«

»Klingt ein bisschen nach Stanley Carpenter«, sagte Kincaid. »Highschool-Abschluss, ein einfacher Arbeiter, eine unterwürfige Frau. Physisch dominant und vielleicht durch das neue Pflegekind ein bisschen gestresst.«

»Ich würde Stanleys Alibi durchaus etwas genauer unter die Lupe nehmen«, pflichtete Quincy bei. »Allerdings ist er etwas älter, als mir lieb ist, und er hat einen solideren Lebensstil – er hat seit Jahren denselben Job, dieselbe Frau, dasselbe Haus. Der Täter, nach dem wir suchen, ist emotional unreifer.

Er wünscht sich einen viel glamouröseren Lebensstil als Stanley Carpenter, hat aber nicht das Durchhaltevermögen, ihn zu verwirklichen. Er wird gemocht, aber die Leute misstrauen ihm. Wer etwas Menschenkenntnis hat, spürt etwas Verschlagenes an ihm. Wahrscheinlich war er in eine Reihe zwielichtiger Finanzgeschäfte, wenn nicht gar direkte Betrügereien verwickelt. Aber dem Mann geht es nicht wirklich um Geld – er verkauft sich selbst, ein Image von sich selbst. Er gibt sich sehr, sehr große Mühe, dass niemand seine dunkle Seite erkennt.«

»Die Schreiben«, sagte Kincaid. »Er betont immer wieder, dass er kein Monster sei.«

»Genau. Und das ist der wichtigste Anhaltspunkt in seinen Briefen. Von Anfang an hat der Täter immer wieder ausdrücklich betont, dass er kein Perverser, kein Monster sei. Er behauptet, es ginge ihm ums Geld. Aber wo geht es in diesen Schreiben um Geld? Die meisten Entführer übermitteln lange, detaillierte Anweisungen bezüglich der Lösegeldübergabe. Welche Scheine, wie die Scheine verpackt sein müssen. Sie fantasieren von ihrer Entlohnung, und das teilt sich in jeder ihrer Handlungen mit. Nicht bei diesem Täter. Seine Mitteilungen drehen sich um zweierlei: Ich bin kein Monster, aber Sie müssen mir gehorchen, oder ich werde zum Monster. Ich werde schlimme Dinge tun. Aber es wird Ihre Schuld sein.«

»Er sucht einen Sündenbock«, hauchte Kimberly, die immer unruhiger geworden war.

»Er ist ein Psychopath«, sagte Quincy ruhig. »Und er weiß es. Er fühlt sich zu Mördern wie ›Der Fuchs‹ und Nathan Leopold hingezogen. Ich glaube nicht, dass er schon mal jemanden umgebracht hat – falls ja, dann höchstwahrscheinlich aus Versehen. Aber er fantasiert davon. Er will sich mächtig fühlen, und was wäre allmächtiger, als jemandem das Leben zu nehmen?«

»Jemandem das Leben zu schenken«, murmelte Candi.

Quincy lächelte. »Touché. Aber das ist nicht die Triebfeder unseres Täters. Er ist düster und gewalttätig veranlagt. Eine Frau zu entführen, zu fesseln und zu knebeln ist der erste Schritt in seiner Fantasie. Vielleicht redet er sich ein, es ginge ihm wirklich ums Geld. Vielleicht versucht er sich zu überzeugen, dass es wirklich ein Lösegeldfall ist. Aber es gibt viele Arten, um an Geld zu kommen. Aus psychologischer Sicht stellt sich die Frage, warum er dazu jemanden entführen muss. Warum eine Frau? Sein wahres Ziel ist ein anderes, auch wenn er es sich noch nicht eingestehen kann.«

»Sie glauben, dass sie tot ist!«, sagte Kincaid geschockt.

»Nein. Noch nicht.« Quincys Stimme wurde leiser. Er atmete tief durch. Solange es ihm gelang, objektiv zu bleiben, sich ein namenloses Opfer vorzustellen, würde er funktionieren. Sobald er daran dachte, dass es hier um seine Frau ging, würde er zusammenbrechen.

»Der Täter will, dass wir es ihm leicht machen«, sagte er ruhig. »Er will, dass wir ihm eine Ausrede liefern, das zu tun, was er wirklich tun will, damit er jemand anderem die Schuld dafür geben kann. So tickt er. Er hat alles unter Kontrolle, aber nichts ist seine Schuld. Wenn er morgen anruft« – Quincy sah Kimberly an – »wird er dir eine lange Liste von Anweisungen geben. Sie werden logistisch so kompliziert sein, dass es fast unmöglich sein wird, sie zu befolgen. Sie« – sein Blick ging zu Candi – »haben die schwierige Aufgabe, seine Forderungen klarzustellen und gleichzeitig Zeit zu schinden. Er wird sehr schnell wütend werden und uns vorwerfen, dass wir seinen Anordnungen nicht gehorchen. Er wird feindselig werden und drohen, beide Geiseln umzubringen; wir würden ihm keine andere Wahl lassen.«

Candi sah nicht mehr gelangweilt aus. »Scheiße.«

»Egal was passiert, Sie müssen ihn glauben machen, dass Kimberly seine Instruktionen befolgt. Sie dürfen nie durchklingen lassen, dass seine Anordnungen zu schwierig oder zu schnell oder zu unpraktisch seien. Aber gleichzeitig müssen Sie dafür sorgen, dass er alles immer und immer wieder wiederholt, weil Kimberly wahrscheinlich verwirrt und orientierungslos sein wird.«

»Kann ich ihm mehr Geld anbieten? Sie wissen schon, als Belohnung für seine Geduld?«

Quincy überlegte. »Nein, Geld ist nicht das, was er will. Er will Ruhm, Anerkennung. Wir brauchen Schlagzeilen.«

»Adam Danicic?«, fragte Kincaid stirnrunzelnd.

»Nein, der Täter hat sich bereits einmal an Danicic gewandt – an den kommt er auch ohne unsere Hilfe ran. Wir brauchen jemand Wichtigeren, vielleicht einen Enthüllungsjournalisten oder einen beliebten Kolumnisten des *Oregonian*. Jemand Bekannten, den Lieutenant Mosley gut nachahmen kann.«

»Was, Sie wollen nicht den richtigen Journalisten herholen?«, fragte Kincaid, ohne eine Miene zu verziehen.

»Er soll uns als Köder dienen. Wir hätten einen sehr wichtigen Journalisten im Raum, der extra nach Bakersville gekommen ist, um mit dem Täter zu reden. Das sei seine große Chance, sich an die Öffentlichkeit zu wenden und allen seine Geschichte zu erzählen. Und um zu beweisen, dass er kein Monster ist, indem er den Journalisten mit den beiden Geiseln sprechen lässt.«

Kimberly nickte. »Das könnte funktionieren. Das verleiht Rainie und Dougie erneut Wert als Geiseln. Er kann die Polizei manipulieren und noch mehr Aufmerksamkeit auf sich ziehen.«

»Es ist natürlich keine Garantie. Vergessen wir nicht, unser Täter will Aufmerksamkeit. Egal, ob positive oder negative.«

»Sie glauben, er würde ihnen etwas antun, während er einen Journalisten am Telefon hat?«, fragte Kincaid scharf.

Quincy zuckte mit den Achseln. »Es gibt Serienmörder, die Trophäen von ihren Opfern an die Lokalzeitungen schicken. Willkommen im Medienzeitalter. Es dreht sich wirklich alles um Ruhm, Reichtum und Apfelkuchen.«

»In Kürze als Reality-Show auch auf Ihrem Sender!«, murmelte Kincaid.

»Wollen wir mal lieber die TV-Bosse nicht auf dumme Gedanken bringen!« Quincy schob seine Notizen zusammen und steckte sie wieder zwischen die Blätter des Schreibblocks. Sein Blick fiel erneut auf den Namen Lucas Bensen, aber er sagte noch immer nichts.

»Also, was tun wir jetzt?«, fragte Candi.

Kincaid klappte seinen Ordner zu. »Jetzt«, sagte der leitende Ermittler, »gehen wir erst einmal schlafen.«

29

DIENSTAG, 22:43 UHR

Mac und Kimberly fuhren zum nahe gelegenen Wal-Mart, um sich trockene Anziehsachen zu besorgen. Leider hatte der Superstore um diese Uhrzeit bereits geschlossen. Sie drehten noch einmal eine Runde durch die dunklen Straßen von Bakersville, bevor sie schließlich aufgaben und zu der Pension fuhren, in der Quincy ihnen ein Zimmer reserviert hatte. Kimberly hatte gewollt, dass ihr Vater mit ihnen kam. Natürlich hatte er sich geweigert.

Nach dem Meeting mit Kincaid hielten sie bei ihrem Mietauto noch ein eigenes kleines Sonderkommissionstreffen ab. Der Regen hatte etwas nachgelassen und war jetzt ein dichter Sprühregen, den sie nicht einmal mehr bemerkten.

Mac hatte Fortschritte gemacht, was Lucas Bensen anging. Er hatte Zeitungsartikel über Rainies Prozess gefunden, in denen erwähnt wurde, dass das Mordopfer einen Sohn habe, Andrew Bensen, der bei seiner Großmutter, Eleanor Bensen, lebe. Über Andrews Mutter war nicht viel bekannt, aber anscheinend war Sandy Bensen noch vor Lucas' Verschwinden gestorben, was hieß, dass Andrew wohl hauptsächlich bei seiner Großmutter aufgewachsen war. Interessanterweise hatten sich weder Eleanor noch Andrew bei Rainies Gerichtsverhandlung blicken lassen.

Gab man Eleanor Bensen in Google ein, erhielt man diverse Telefonnummern aus verschiedenen Bundesstaaten sowie, dank des Routenplaners, Wegbeschreibungen zu der jeweiligen Adresse. Das Internet war nach wie vor der beste Freund eines Ermittlers. Die Perversen liebten es natürlich auch.

Mac hatte zwei Telefonnummern rausgesucht, eine in Eugene, Oregon, die andere in Seattle, Washington. Gleich die erste entpuppte sich als Volltreffer. Eleanor schien angenehm überrascht zu sein, von einem alten Freund ihres Enkels zu hören, der Andrew ausfindig machen wollte. Nein, sie könne ihm nicht weiterhelfen. Als sie Andrew das letzte Mal gesehen hatte, war er wie ein Wilder aus ihrer Auffahrt gebraust, nachdem er sich vorher ihre Stereoanlage unter den Nagel gerissen hatte.

Sie hatte Gerüchte gehört, dass er zur Armee gegangen war, und könne nur hoffen, dass er jetzt nicht in Bagdad sei. Vielleicht würde der Militärdienst dem Jungen aber auch gut tun. Falls Mac ihn fand, könne er Andrew bitte daran erinnern, dass er seiner Großmutter noch fünfhundert Dollar schuldete? Danke. Und das war's von Eleanor Bensen.

Nach allem, was Mac sagen konnte, wäre Andrew Bensen jetzt an die achtundzwanzig, das richtige Alter für ihr Täterprofil. Der Kleindiebstahl passte auch, aber es klang nicht, als wäre Bensen aufs College gegangen. Die wichtige Frage war allerdings: War der Mann überhaupt im Land?

Mac hatte die Rekrutierungsbüros in Portland angerufen und Nachrichten hinterlassen. Vor morgen Vormittag war mit keinem Rückruf zu rechnen.

Und damit war ihr Familientreffen beendet. Es war spät, und sie konnten genauso gut schlafen gehen. Sie würden alle bei Tagesanbruch wieder auf den Beinen sein, und morgen war ein großer Tag.

Kimberly versuchte noch einmal, ihren Vater zu überreden, mit ihnen zu kommen. Er lehnte erneut ab.

Er sei erschöpft, sagte Quincy, und müsse einfach nur ein

bisschen allein sein. Er würde nach Hause fahren und sofort ins Bett gehen.

Kimberly glaubte ihm nicht eine Sekunde. Schlafen? Ihr Vater? Wahrscheinlich tigerte er gerade durchs Haus und quälte sich mit Vorwürfen.

Was sie wahrscheinlich auch tun würde, wenn sie nicht Mac an ihrer Seite hätte, der während der schweigsamen Fahrt zu der Pension ihre Hand hielt.

Als sie auf ihrem Zimmer waren – wunderschöne Kirschholzmöbel, grässliche Blümchentapete –, hängte Kimberly ihre nassen Kleider über den Handtuchhalter. Sie schlüpfte dankbar in das übergroße Baumwoll-T-Shirt, das Mac aus seiner Tasche hervorzauberte, und bearbeitete ihre Kleider mit einem Föhn. Sie schaltete den Föhn auf höchste Stufe, schloss die Badezimmertür und erhitzte den kleinen Raum auf ungefähr hundert Grad. Es fühlte sich großartig an. Schweißperlen säumten ihre Oberlippe, während ihre Arme immer lockerer wurden und rhythmisch arbeiteten.

Als sie aus dem Bad kam, lag Mac auf dem Bett; außer seinen karierten Boxershorts trug er nur noch den Schlafzimmerblick, den sie nur allzu gut kannte. Trotz der späten Stunde und der Ereignisse des Tages regte sich das vertraute Gefühl im Unterbauch. Das war der Vorteil einer Beziehung, in der man sich nicht oft genug sah; Mac brauchte nur ins Zimmer zu kommen, und sie hätte über ihn herfallen können. Bisher waren von seiner Seite noch keine Beschwerden laut geworden.

Sie ging zum Bett, wohl wissend, dass sein Blick auf ihrem blassen Nacken, ihren breiten Schultern und ihren kleinen festen Brüsten verweilte. »Schönes Zimmer«, sagte sie.

»Wenn man Chintz mag.«

»Wenn ich mich recht erinnere, hat uns Chintz bisher immer sehr gut getan.«

»Stimmt.« Sie kroch aufs Bett, und der Blick in ihren tief hängenden Ausschnitt enthüllte, dass sie unter dem T-Shirt nichts anhatte.

»Es war ein langer Tag«, murmelte Mac.

»Mhm.«

»Ein schlimmer Tag.«

»Mhm.«

»Ich würde verstehen, wenn du reden müsstest.«

»Reden? Hast du vergessen, dass ich die Tochter meines Vaters bin?« Und dann kletterte Kimberly auf ihn.

Seine Brust war warm und breit. Sie liebte es, seine Haut unter ihren Händen, an ihrer Wange zu spüren. Sie vergrub ihren Kopf an seinem Hals und sog genussvoll seinen Duft ein: Seife, Aftershave, Schweiß. Sie sollten duschen. Sie hatten immer Rücksicht aufeinander genommen; wie gesagt, sie führten eine Wochenendbeziehung und konnten es sich leisten, sich nur von der besten Seite zu zeigen. Aber jetzt wollte sie ihn nicht gehen lassen. Sie brauchte seinen muskulösen Körper. Sie wollte sein Herzklopfen spüren. Sie wollte das Salz auf seiner Haut schmecken und sein erregtes Atmen hören.

Sie war müde. Sie war traurig, irgendwo in ihrem tiefsten Inneren, an einer Stelle, die schwer zu beschreiben, schwer zu fassen war. Sie hatte so viele Jahre ihres Lebens mit dem Tod verbracht. Zuerst musste sie ihren Vater mit seinen Fällen teilen, die ihn nötiger zu brauchen schienen, als er es seinen eigenen Kindern zugestand. Bei ihren ersten Besuchen in seinem Büro blätterte sie in seinen Mordlehrbüchern und sah sich all die Bilder an. Als mit dreizehn ihr Körper heranzureifen begann, wusste sie schon, was man einem Menschen mit einer Zange alles antun konnte. Mit fünfzehn kannte sie schon alle Texte über abweichendes – gewalttätiges, sadistisches, grausames – Sexualverhalten.

Sie vergrub sich in Fallstudien, Geschichten von den schlimmsten und abartigsten Sachen, die man Frauen und Kindern antun konnte. Da sie nicht wusste, wie sie ihren Vater für ihre Welt interessieren konnte, beschäftigte sie sich mit seiner. Wenn ihr Vater im Dienste dieser Opfer tätig war, dann würde sie lernen, ebenfalls für sie zu kämpfen.

Dann starb ihre Schwester, ihre Mutter wurde umgebracht, und ihr selbst hielt ein Verrückter in einem Hotelzimmer eine Waffe an die Schläfe. Als Kind hatte die Gewalt ihr den Vater weggenommen. Als Erwachsene hatte die Gewalt ihn ihr zurückgegeben.

Jetzt trat sie in seine Fußstapfen, als FBI-Agentin, und wartete nur darauf, sich auch als Profilerin qualifizieren zu können. Wofür? Damit sie eine schlechte Ehefrau und Mutter und eine eigenbrötlerische Einsiedlerin werden konnte?

Sie küsste Mac fester. Er grub seine Hände in ihre Haare, und sein Geschlecht rieb an ihren Oberschenkeln. Sie presste sich an ihn.

Er packte ihre Hüften. »Schsch«, flüsterte er. »Schsch.«

Sie brauchte eine Weile, bis sie merkte, dass sie weinte, dass die Wärme, die sie fühlte, von ihren eigenen Tränen herrührte, die über ihre Wangen kullerten und auf Macs Brust tropften. Sie leckte die salzigen Tränen von seinen Schulterblättern.

Dann lag sie auf dem Rücken, und er beugte sich über sie und zog ihr mit seinen großen Händen unglaublich sanft das T-Shirt über den Kopf.

»Komm!«, drängte sie. »Jetzt!«

Aber er ließ sich nicht drängen. Egal wie sehr sie versuchte, ihn an den Schultern zu packen und ihre Beine um seine Taille zu schlingen. Er hielt sich geradezu vorbildlich zurück, rieb seine Nase an ihrem Ohrläppchen, flüsterte etwas an ihrem Hals, bis sie am ganzen Körper Gänsehaut hatte und vor Frust geschrien hätte, wenn er sich ihr jetzt entzogen hätte.

Jetzt wanderte sein Kopf über ihre Brüste, und dem leichten Kratzen seiner Bartstoppeln folgte der besänftigende Druck seiner Lippen. Sie hatte einen athletischen Körper: schlanke Figur, schmale Hüften, kleine Brüste. Aber wenn er mit seinen breiten, braun gebrannten Händen ihre blassen Brüste streichelte und seine Brusthaare ihren Bauch kitzelten, gab er ihr das Gefühl, üppig und aufreizend zu sein.

Endlich erbarmte er sich ihrer, drückte sich zwischen ihre Beine und bewegte sich in ihr auf und ab.

Sie öffnete die Augen erst ganz zum Schluss, um ihm dabei zuzusehen, wie er sich mit zurückgeworfenem Kopf und zusammengebissenen Zähnen ganz ihrem Körper hingab. Inmitten ihrer Ekstase und ihrer Traurigkeit überkam sie einen Moment lang eine schier unerträgliche Zärtlichkeit. Sie nahm sein Gesicht in ihre gespreizten Hände. Sie wollte, dass er kam, wollte den Moment in seinen Gesichtszügen widergespiegelt sehen. Sie brauchte es, dass er bei ihr und in ihr Erfüllung fand. Sie musste wissen, dass sie diesen einen Menschen glücklich machte.

Der Damm brach. Der unerträgliche Druck, der sich in ihr aufgestaut hatte, erreichte seinen Höhepunkt und entlud sich. Sie fiel tiefer und immer tiefer, die Arme und Beine um Mac geschlungen, und zumindest für diesen kurzen Augenblick war es genug.

DIENSTAG, 23:28 UHR

»Ich würde dich ja festbinden, wenn ich wüsste, dass es helfen würde«, sagte Mac. »Ich würde mir auf die Brust trommeln, mich in Machopose schmeißen und mich darauf verlassen, dass du als die schwache, unterwürfige Frau, tust, was ich dir sage.«

Sie verpasste ihm einen Schlag auf die Schulter.

»Au.«

»Das war für das ›schwach‹. Was das ›unterwürfig‹ angeht, überlege ich mir noch eine Strafe.«

Er rollte sich auf sie und drückte sie in die Matratze. »Ich bin größer als du«, sagte er ruhig. »Und stärker. Aber ich weiß, wenn ich meinen Meister gefunden habe, Kimberly. Und ich respektiere dein Bedürfnis, deinem Vater zu helfen. Ich verstehe, dass du das tun musst, selbst wenn du dich dadurch in Gefahr bringst.«

Sie wusste nicht, was sie sagen sollte. Die Dunkelheit bot ihr Schutz, aber ihm auch. Sie sah nur das Funkeln seiner Augen. Vor allem aber spürte sie das Gewicht all der Worte und Ängste, die unausgesprochen bleiben würden. All der Sachen, die morgen – oder vielleicht übermorgen oder den Tag darauf – schief gehen konnten.

Um sich selbst hatte keiner von ihnen Angst, aber wie sollten sie sich nicht um den anderen Sorgen machen?

Mac stand auf. Sie sah seine Umrisse, während er in seiner Tasche wühlte.

Kurz darauf war er wieder da.

»Zweite Runde?«, fragte sie, leicht überrascht. Aber er hatte ihr kein Kondom in die Hand gedrückt, sondern ein kleines quadratisches Schächtelchen. Ein Schmuckkästchen.

Zuerst kapierte sie es nicht.

»Ich hatte alles geplant«, sagte er mit heiserer Stimme. »Ich hatte einen Tisch in einem schicken Restaurant in Savannah reserviert. Ich hatte dir sogar ein Kleid gekauft. Wir gehen aus, der Kellner serviert uns Champagner, und ich gehe vor dem Orchester, den Angestellten und den anderen Gästen vor dir auf die Knie, so wie es sich gehört. So hatte ich mir das jedenfalls vorgestellt. Aber natürlich werden wir es nicht nach Savannah schaffen. Ehrlich gesagt, je länger ich dich kenne, desto mehr weiß ich, dass ich von Glück reden kann, mit dir in einer Pension mitten im Milchland zu sein. Welche Glückssterne es auch immer da draußen gibt, deine Familie ist nicht unter ihnen geboren.«

Er fuhr sich durch die Haare; sie hatte ihn noch nie so nervös gesehen. »Also, was ich natürlich sagen will, was ich meine … Ach, zum Teufel.« Er rutschte vom Bett, sank auf ein Knie und nahm ihre Hand. »Kimberly Quincy, willst du mich heiraten?«

»Aber ich bin nackt«, erwiderte sie etwas dümmlich.

»Ich weiß. Das ist Teil meiner Strategie. Nackt kannst du nicht davonlaufen.«

»Irgendwie hatte ich mir immer vorgestellt, angezogen zu sein, wenn dieser Augenblick kommt.«

»Stimmt, aber falls es dich tröstet: Mich stört es kein bisschen.«

»Außerdem bin ich müde und schlecht gelaunt.«

»Auch das stört mich nicht.«

»Das tut es wirklich nicht, stimmt's?«

»Ach, mein Schatz, ich liebe dich schlecht gelaunt, feindselig, bewaffnet, gefährlich, egal wie. Ich habe bereits Wetten abgeschlossen, wann du Candi Rodriguez den Hintern versohlst.«

»Sie ist mir tatsächlich unsympathisch«, sagte Kimberly wie aus der Pistole geschossen.

»Siehst du, so gefällst du mir.«

Mac knipste die Nachttischlampe an. Dann öffnete er mit seinen Händen, die fast so stark zitterten wie ihre, das Schächtelchen in seiner Handfläche.

Der Ring – eine Platinfassung mit kleinen Diamanten – war älteren Datums. Nichts Protziges, nichts Auffälliges. Kimberly fand, dass es der schönste Ring war, den sie je gesehen hatte.

»Er hat meiner Großmutter gehört«, sagte Mac leise. »Wenn er dir nicht gefällt, können wir ihn ändern lassen …«

»Nein!«

»Nein, du willst mich nicht heiraten?« Seine Stimme klang leicht panisch.

»Nein! Ich meine Ja. Ja, ich will dich heiraten! Nein, wag nicht, diesen Ring anzufassen. Ich meine, ja, fass den Ring an, aber steck ihn mir an den Finger, du Dummerjan. Na los, mach schon.«

Er tat es. Dann saßen sie beide da, splitterfasernackt, und bewunderten lange Zeit den Ring.

»Er ist wunderschön«, flüsterte Kimberly.

»Du bist für mich das Schönste auf der Welt, Kimberly. Herrgott noch mal, ich liebe dich so sehr, dass es mir manchmal richtig Angst macht.«

»Ich habe auch Angst.«

»Dann lassen wir es langsam angehen. Ich … ich wollte dir nur heute Nacht den Ring geben.«

»Ich liebe dich, Mac«, sagte sie feierlich und umarmte ihn, bis es wehtat. Dann sahen sie wieder den Ring an ihrem Finger an. Sie wussten es beide.

»Ich kann ihn morgen nicht tragen«, flüsterte sie.

»Ich weiß.«

Sie blickte auf. »Halt mich, Mac.«

Er nahm sie in seine Arme. Dann zog sie den Ring von ihrem Finger und legte ihn wortlos zurück in die Schachtel.

30

DIENSTAG, 23:42 UHR

Quincy konnte nicht schlafen. Er tigerte durchs Haus, durch die verschiedenen Räume, als könnte er seiner Frau dadurch wieder näherkommen, sich vorstellen, wie sie in diesem Stuhl saß, aus jener Tasse trank, dort am Schreibtisch arbeitete. Es funktionierte nicht. Das Haus war zu groß, düster und leer. Egal wohin er ging – es erinnerte ihn nur daran, dass Rainie nicht mehr da war.

Er ging in sein Arbeitszimmer und überflog Macs Notizen über Andrew Bensen. Falls der Mann jetzt ungefähr achtundzwanzig Jahre alt war, dann war er noch ein Kleinkind gewesen, als sein Vater verschwand. Schwer zu sagen, wie der kleine Junge damit fertig geworden war. Einerseits war er gezwungen gewesen, ohne Eltern aufzuwachsen. Andererseits hatte niemand eine Vermisstenanzeige wegen seines Vaters aufgegeben; anscheinend war er nicht einmal von seinen Freunden vermisst worden.

Natürlich hatte Andrew an die zwanzig Jahre später die ganze Geschichte erfahren: Dass Lucas die sechzehnjährige Tochter seiner Freundin vergewaltigt hatte. Dass er seine Freundin umgebracht hatte, als sie ihn damit konfrontiert hatte. Dass er dann noch einmal ins Haus zurückgekommen war – wahrscheinlich, um Rainie noch einmal zu vergewaltigen –, nur dass sie ihn dieses Mal erschoss und die Leiche unter der rückwärtigen Veranda verbuddelte.

Für die Geschworenen war Rainies Geschichte überzeugend genug gewesen. Aber wie hatte Andrew die Nachricht aufgenommen? Er und seine Großmutter waren nie zum Prozess gekommen. Vielleicht bedeutete ihnen Lucas Bensen nicht viel.

Quincy hatte keine Ahnung.

Er hinterließ einer alten Bekannten in Quantico eine Nachricht. Die Armeeoffiziere, die Mac angerufen hatte, würden sich frühestens morgen Vormittag um neun Uhr melden. Glenda Rodman war in der Regel schon um acht Uhr Ostküstenzeit im Büro, was hieß, dass Quincy gegen fünf Uhr mit einem Anruf rechnen konnte. In seiner Situation waren vier Stunden viel Zeit.

Sein letztes Telefonat war ein Ortsgespräch. Es war eigentlich viel zu spät, um noch bei jemandem anzurufen. Aber Quincy war es egal.

Abe Sanders, ehemaliger Detective der Staatspolizei von Oregon, hob nach dem ersten Klingelton ab. Quincy hatte das Gefühl, dass Sanders dieser Tage nicht gut schlief. Was angesichts der Tatsache, dass Sanders die Staatspolizei verlassen hatte, um ein ruhigeres Leben zu führen, eine Ironie des Schicksals war.

»In Astoria ist doch absolut nichts los!«, hatte Sanders vor über zwei Jahren zu Rainie und Quincy gesagt, als er ihnen bei einem gemeinsamen Abendessen verkündete, dass er die Stelle in dem malerischen Küstenort annehmen würde. »Ein paar Einbrüche mit Diebstahl, ein bisschen Drogenhandel und Touristenabzocke. Ich könnte genauso gut nach Bakersville ziehen.«

Sie hatten an jenem Abend mit ihm und seiner hübschen Frau auf sein neues Leben angestoßen. Damals, als sie alle noch ziemlich glücklich gewesen waren.

»Was ist?«, fragte Sanders jetzt mit wacher Stimme.

»Schläfst du mit dem Telefon in der Hand oder gehst du nicht mal mehr ins Bett?«

»Ich sehe mir gerade die Nachrichten an.« Sanders schien sich zu entspannen, als er Quincys Stimme hörte. Quincy hielt es nicht für nötig, zu erwähnen, dass die Abendnachrichten vor einer Viertelstunde geendet hatten.

»Ich wollte mich nach unserem Lieblingshandwerker erkundigen«, sagte Quincy.

»Komisch, du bist heute schon der Zweite, der mich wegen Duncan anruft. Der Erste war ein alter Kumpel von der Staatspolizei – Kincaid. Du kennst ihn nicht zufällig?«

»Wir arbeiten gerade zusammen.«

»Der Entführungsfall, richtig? Er hat dich und Rainie schon zu Rate gezogen? Wow, die Lotterie muss wirklich viel Geld einbringen, wenn es sich der Staat leisten kann, so schnell Consultants anzuheuern. Zu meiner Zeit waren wir geizig bis zum Gehtnichtmehr.«

Sanders spielte darauf an, dass die Staatspolizei zum ersten Mal in ihrer Geschichte Einnahmen aus der staatlichen Lotterie bezog. Während das neue Gesetz der Staatspolizei natürlich entgegenkam, sorgte es in der Öffentlichkeit für viel Spott. Alle witzelten, dass die Polizisten in Zukunft zusammen mit den Strafzetteln Lottoscheine aushändigen würden. Na ja, wenn es funktionierte!

Quincy fand es interessant, dass Kincaid sich bei Sanders gemeldet hatte, ohne ihm Einzelheiten über den Fall anzuvertrauen. Es war typisch für einen Ermittler, woanders Hilfe oder Informationen einzuholen, ohne zu verraten, worum es ging. Für einen kurzen Moment hasste Quincy sie alle.

»Ich habe mir gedacht, ich ruf dich selbst an«, sagte er schließlich.

»Ich kann dir auch nur sagen, was ich ihm gesagt habe. Wir haben noch immer nichts. Soweit wir wissen, sitzt der gute alte Charlie Duncan die meiste Zeit zu Hause herum, kratzt sich am Bauch und kreuzt zum Abendessen bei seiner Mutter auf. Für sie ist er immer noch ihr großes Baby. Die Nachbarn können ihn nicht ausstehen.«

»Steht er unter Beobachtung?«

»Nicht offiziell, aber ich habe genug Leute, um ab und zu jemanden vorbeizuschicken. Wir wissen nicht jede Sekunde, was er treibt, aber im Großen und Ganzen wissen wir Bescheid.«

»Und heute?«

»Ein ganz normaler Tag im Leben von Charlie Duncan.«

»Was ist mit heute Abend?«

»Ich habe niemanden auf ihn angesetzt.« Sanders' Stimme klang vorsichtiger. »Sollte ich?«

»Hier braut sich etwas zusammen«, sagte Quincy knapp. »Die nächste Kontaktaufnahme mit dem Entführer ist für zehn Uhr morgen Vormittag angesetzt. Falls Duncan etwas damit zu tun hat, müsste er sich noch heute Nacht oder morgen in aller Herrgottsfrühe darauf vorbereiten. Es wäre hilfreich, Duncan in den nächsten vierundzwanzig Stunden zu überwachen. Und wenn nur dabei herauskäme, dass man ihn als Verdächtigen ausschließen kann.«

»Das ließe sich arrangieren.«

»Du würdest mir einen großen Gefallen tun.«

»Werd jetzt bloß nicht sentimental! Aber ehrlich gesagt, Quincy, ich kapier's nicht. Du glaubst, dass Duncan eine Frau wegen des Lösegeldes entführt hat? Komm schon, du hast den Tatort gesehen. Wenn Duncan eine Frau zwischen die Finger kriegt, hat er was anderes im Sinn als Geld.«

Quincy sollte es einfach sagen. Er wusste nicht, warum

er es nicht tat. Aber in diesem Moment, in seinem dunklen Arbeitszimmer, die Augen auf das Foto seiner Tochter gerichtet, konnte er den Satz »Rainie wird vermisst« nicht bilden. Er hatte nicht die Kraft, diese Worte noch einmal zu hören.

Stattdessen bedankte er sich einfach, legte auf und blieb allein im Dunkeln sitzen.

Später ging er ins Schlafzimmer, wo das verknitterte Bettlaken und Rainies alte Kleider lagen. Er fing in einer Ecke an und warf systematisch alles aufs Bett. Alte Jeans, schmutzige Unterwäsche, stinkende Socken, alles. Er bedeckte das Bett mit Rainies getragener Wäsche.

Dann stand er in der Tür und zog sich aus. Seine feuchte Jacke, sein zerknittertes Hemd, seine schlaffe Krawatte. Stück für Stück legte er die Uniform des Ermittlers ab, bis nur noch der Mann übrig blieb. Normalerweise warf Quincy seine Sachen in die Wäschetrommel oder hängte sie fein säuberlich auf Kleiderbügel. Heute Nacht ließ er einfach alles auf einem unordentlichen Haufen liegen.

Dann ging er zum Bett und legte sich splitterfasernackt auf Rainies Klamotten.

Er rollte sich hin und her und spürte die weichen Baumwollsweatshirts, die Flanellpyjamas, die Seidenunterwäsche. Er tastete nach der Daunendecke, dann rollte er sich darin ein, verzweifelt auf der Suche nach dem Geruch seiner Frau, dem Gefühl, dass sie sich an ihn drückte.

Sie war weg. Entführt, gefesselt, entwaffnet, ohne Haare, und wer weiß, was ihr sonst noch abgeschnitten worden war. Jetzt, da er allein in dem stillen Zimmer lag, das sie einst geteilt hatten, wurde Quincy sich endlich der ganzen Tragweite der Situation bewusst. In seinem Kopf überschlugen sich die Bilder – Rainie, als sie ihn das erste Mal anlächelte; Rainies zufriedenes Katzenschnurren, wenn sie miteinander geschlafen hatten; Rainies Tränen, als er ihr auf Knien einen Heiratsantrag machte; Rainies weicher, verträumter Blick, als sie das Foto von ihrer Adoptivtochter erhalten hatten. Rainie, wenn sie glücklich war, Rainie, wenn sie traurig war. Rainies wütendes Abstreiten, dass sie wieder zu trinken begonnen hatte. Rainies verzweifelter Gesichtsausdruck, wenn sie nach einem ihrer Albträume am Fenster stand und er sich schlafend stellte, um ihre Privatsphäre zu respektieren.

All das tat ihm jetzt leid. Es tat ihm leid, dass er ihr den Freiraum gegeben hatte. Es tat ihm leid, dass er ihr die Zeit gegeben hatte. Es tat ihm leid, dass er sie nicht hier in dieses verdammte Zimmer eingesperrt und gezwungen hatte, ihm ihr Herz auszuschütten.

Er hatte sie geliebt, er hatte sie auf Händen getragen, und er hatte ihr vertraut.

Jetzt, im Nachhinein, erkannte er, dass es nicht genug gewesen war.

Liebe heilt nicht alles. Liebe heilt nicht alle Wunden. Liebe schützt nicht davor, sich einsam zu fühlen.

Er nahm ihr Sweatshirt – sein altes blaues FBI-Sweatshirt, das sie ihm abgeluchst hatte und das sie gern zu Hause trug –, drückte es an sein Gesicht und atmete tief ein.

Dann nahm er all seine Energie und Konzentration zusammen und wünschte sich mit aller Kraft, zu der ein Mensch fähig war: Rainie, bitte sei in Sicherheit!

Aber als er die Augen aufschlug, war es noch immer kalt und dunkel im Zimmer. Und nichts, was auf dem Bett lag, konnte ihm die verlorene Nähe seiner Ehefrau zurückbringen.

31

MITTWOCH, 0:03 UHR

Siehst du die Lampe dort oben?«, sagte Rainie zu Dougie. »Die machen wir kaputt.«

»Kaputt?«

»Wir schlagen sie kurz und klein.«

»Okay«, sagte Dougie.

Besagte Lampe waren zwei lange Glühbirnen hinter einem Metallgitter. Sie waren direkt über der Kellertür angebracht und in dem schwachen Lichtschein, der unter der Tür durchdrang, kaum zu sehen. Soweit Rainie es beurteilen konnte, war es das einzige Licht im Keller. Wenn sie es kaputt machten, blieb dem Entführer nichts anderes übrig, als im Finstern zu ihnen hinabzusteigen.

Rainie gefiel die Vorstellung. Sie wollte, dass sich der Mann die dunklen Stufen hinabtastete. Sie wollte sehen, wie er auf dem nassen Betonboden ausrutschte und sich in ihrem feuchten, stinkenden Gefängnis an der Werkbank oder sonst wo anstieß. Sie wollte ihn auf ihr Niveau herabziehen, und ihre schier bestialische Wut ließ sie das Pochen in ihren Schläfen, die eigenartigen, schmerzhaften Stromstöße in ihrer linken Seite und die Hungerkrämpfe in ihrem Bauch vergessen.

Es gab da allerdings ein Problem: Sie konnten das hoch oben angebrachte Licht nicht erreichen. Eine Möglichkeit wäre, einen Stein oder irgendeinen anderen Gegenstand durch das Metallgitter zu werfen. Sie und Dougie hatten schon oft genug flache Steine ins Meer geworfen. Es könnte gelingen.

Also fingen sie an, die flachen Pfützen auf dem Boden nach Steinen abzusuchen. Wenn es darum ging, Steine zu suchen, war Dougie immer gern mit von der Partie.

Dougie hatte es aufgegeben, seine Fesseln abstreifen zu wollen. Die Plastikfessel durchzukauen funktionierte nicht, sie an der Ecke der Werkbank zu reiben auch nicht. Stattdessen machte er es wie Rainie: Er beugte sich vornüber und ließ die Hände vor sich hinabbaumeln.

Sie fühlte, wie er vor Kälte zitterte, und ihr eigener Körper antwortete mit einem zähneklappernden Frösteln. Sie spürte ihre Finger und Zehen nicht mehr. Ihre Nase war bereits taub, und Stückchen für Stückchen ging ihr auch die Empfindung im restlichen Gesicht verloren. Ihre Körpertemperatur war am Sinken. Dougies auch. Bald würden sich ihre Beine träge, die Augenlider schwer anfühlen. Dann wäre es am einfachsten, sich auf die Stufen zu setzen oder auf der Werkbank zusammenzurollen.

Ihre überstrapazierten Herzen würden immer langsamer schlagen, ihr Kreislauf würde nach und nach den Geist aufgeben, weniger Blut durch den Körper pumpen, weniger Sauerstoff transportieren, und das wär's. Sie würden die Augen schließen und sich nie wieder über irgendetwas Sorgen machen müssen.

Es wäre friedlich, dachte Rainie und ärgerte sich bei diesem Gedanken über sich selbst. Wenn sie schon starb, wollte sie wenigstens versuchen, Mr Arschloch mit in den Tod zu nehmen. Sie stampfte mit den Füßen, wackelte mit den Fingern, verschränkte dann, aus einem Impuls heraus, die Arme vor dem Körper und trompetete wie ein Elefant.

Dougie kicherte.

Also trompetete Rainie noch einmal.

»Ich bin der Elefantenkönig!«, schrie Dougie. Er stapfte durch den Keller, spritzte mit Wasser um sich und gab ein wildes Elefantenbrüllen von sich. Rainie tat es ihm gleich. Sie schlugen gegen die Wand, trompeteten, drehten sich um und liefen in die andere Richtung. Rainies Brustkorb hob und senkte sich. Ihr Herz hämmerte. So gut hatte sie sich seit Tagen nicht mehr gefühlt.

Sie hielten inne und rangen nach Luft. Ein Elefant zu sein war viel schwieriger als es aussah, und es brachte ihnen auch keine Wurfmunition ein. Also fingen sie wieder an, nach Steinen zu suchen.

»Wie geht es deinem Kopf?«, fragte Rainie. Es schien der richtige Zeitpunkt zu sein, da Dougies Hass auf sie anscheinend etwas nachgelassen hatte.

Dougie zuckte nur mit den Schultern. Das war seine Antwort auf die meisten Fragen. Bei einem ihrer gemeinsamen Ausflüge war er einmal auf einen Baum geklettert und fast zwei Meter tief gefallen. Rainie war sofort zu ihm gelaufen, in der Erwartung, er würde weinen oder wenigstens tapfer einen Schluckauf unterdrücken. Aber Dougie hatte sich nur abgewischt – den Schlamm, die Blätter, das Blut – und war wieder auf den Baum geklettert. Es war nicht das einzige Mal gewesen, dass er sich so verhalten hatte.

Dougie schien körperliche Beeinträchtigungen nicht zu spüren: Schmerzen, Kälte, Hitze, Hunger – nichts störte ihn. Als Rainie es einmal Quincy gegenüber erwähnte, kramte er eine Studie hervor, laut der manche misshandelte Kinder lernen, sich von ihrem Körper abzuspalten. Es war eine Art Schutzmechanismus, sagte er. Die Kinder wurden geschlagen, fühlten aber buchstäblich nichts.

Da hatte Rainie sich zum ersten Mal gefragt, ob Dougie

vielleicht die Wahrheit über Stanley Carpenter sagte. Aber das Fehlen jeglicher physischer Beweise blieb rätselhaft. Sollte Dougie nicht blaue Flecken haben, falls Stanley seinen Pflegesohn verprügelte?

Vor ein paar Wochen war sie dem Rätsel auf die Spur gekommen. Kurz darauf hatte Dougie angefangen, sie ernsthaft zu hassen.

»Ich kann keine Steine finden«, sagte sie jetzt. »Du?«

»Nein.« Dougie fing an, auf dem nassen Boden herumzuhüpfen. Es lenkte ihn ab und wärmte ihn – das hoffte sie zumindest.

»Seltsam«, murmelte Rainie. »Man könnte meinen, dass man in einem Keller alles Mögliche finden würde. Werkzeug, alte Spielsachen, irgendwelchen Schrott. Unser Freund hat offenbar gut aufgeräumt.«

Dougie hörte mit dem Herumspritzen auf und verzog das Gesicht.

»Dougie«, sagte Rainie ruhig. »Du weißt doch, dass ich mal Polizistin war? Ich bin für solche Situationen ausgebildet. Ich hole uns hier raus.«

»Du bist verletzt.«

»Man braucht keine Haare, um aus einem Keller auszubrechen«, sagte Rainie lapidar.

Dougie blickte auf ihre Arme. Er hatte die Schnitte also gespürt und verstanden.

»Ich sag dir, was wir tun werden«, verkündete Rainie forsch. »Zuerst machen wir diese Glühbirnen kaputt. Dann schlagen wir gegen die Tür und verlangen etwas zu essen und zu trinken und warme Sachen zum Anziehen. Wir machen so viel Lärm, dass ihm nichts anderes übrig bleibt, als die Tür aufzumachen. Und dann spielen wir Verstecken.«

»Ich mag nicht Verstecken spielen.«

»Aber es ist ein gutes Spiel, Dougie. Der Mann wird uns suchen, und wir laufen davon. Wir sind Gespenster und flitzen schnell wie der Blitz hin und her. Eh er sich's versieht, rennst du die Treppe hinauf, zack, zack, zack. Wenn du oben bist, rennst du so schnell du kannst aus dem Haus und zum nächsten Haus. Die Nachbarn sollen die Polizei rufen, und dann kümmern die sich um alles Weitere.«

Dougie war nicht auf den Kopf gefallen. »Wenn ich der Mann wäre, würde ich eine Waffe mitbringen«, sagte er. »Ich würde mindestens eine Waffe dabei haben. Und vielleicht auch noch eine Schlange.«

»Der Mann und seine Waffe – und seine Schlange – sind mein Problem, Dougie. Du konzentrierst dich nur darauf, die Stufen hinaufzulaufen.«

»Ich mag Schlangen.«

»In Ordnung, ich mach dir einen Vorschlag: Wenn er eine Schlange dabei hat, kannst du dich um die Schlange kümmern. Aber wenn er eine Waffe dabei hat, dann läufst du die Treppe hinauf. Versprochen?«

Dougie überlegte – und nickte schließlich. Er spuckte in die Hände und rieb die Handflächen aneinander. Rainie tat es ihm gleich. Dann schüttelten sie die Hände, Dougies Version eines feierlichen Schwurs. Das hatten sie schon einmal getan, als Dougie angeboten hatte, ihr seine geheimen Schätze zu zeigen, und sie geschworen hatte, das Versteck niemandem zu verraten.

Sie erinnerte sich noch an jenen Nachmittag. An den grauen Sprühregen, der die moosbedeckten Bäume in Nebel hüllte. Die knorrige alte Eiche mit dem Astloch, das genau die richtige Größe hatte für einen Pausenbrotbehälter aus Metall. Dougies unbewegten Gesichtsausdruck, als er ein verkohltes Foto seiner Mutter und ihren rußbedeckten Rosenkranz hervorholte.

»Meine Mutter ist tot.« Es war das einzige Mal, das Dougie in Rainies Gegenwart von ihr gesprochen hatte. »Also wohne ich bei anderen Familien. Bis ich etwas anzünde. Das mögen die Leute nicht.«

»Warum hast du das Foto deiner Mutter in Brand gesteckt, Dougie? Ich glaube, das würde sie sehr traurig machen.«

»Meine Mutter ist tot«, wiederholte Dougie, so als hätte Rainie es nicht verstanden. »Tote fühlen nichts. Tote sind nicht traurig.«

Dann sah er Rainie in die Augen und riss das Foto seiner Mutter entzwei. Rainie kapierte es: In Dougies Welt waren die Toten die Glücklichen. Aber sie hätte wetten können, dass er das Foto später wieder zusammenklebte und in dem Astloch versteckte. Schließlich war Dougie noch unter den Lebenden und hatte Gefühle, egal wie sehr er das auch hasste.

Jetzt gingen sie und Dougie zur Treppe. Da sie nichts zum Werfen gefunden hatten, hatte sie nur noch eine Idee.

»Dougie, glaubst du, dass du die Lampe erreichen kannst, wenn du dich auf meine Schultern setzt?«

Dougies Augen blitzten im Dunkeln auf. »Ja!«

»Wir wickeln dir die Baumwollbänder um die Hände«, sagte Rainie. »Dann kletterst du auf meine Schultern und versuchst, die Glühbirnen kaputt zu schlagen oder sie rauszuschrauben.«

»Okay!«

Natürlich war es leichter gesagt als getan, Dougie mit gefesselten Händen auf ihre Schultern zu hieven. Dougie stand mit gespreizten Beinen auf der obersten Stufe, sie drei Stufen unter ihm. Sie bückte sich, setzte ihn sich auf die Schulter und richtete sich vorsichtig auf. Mit ihren angewinkelten Armen konnte sie ihn an den Knöcheln festhalten. Aber ihre gefesselten Hände machten es ihr unmöglich, seine Bewegungen auszugleichen. Sie hatte Angst, dass Dougie sich zu weit nach hinten lehnte und sie beide die Treppe hinunterstürzten.

Sie wollte etwas sagen, verkniff es sich aber in letzter Sekunde. Dougie war schon unter normalen Umständen unberechenbar; sie wollte ihn nicht auf dumme Gedanken bringen.

Er rutschte auf ihren Schultern hin und her, um eine bequemere Position zu finden. »Okay«, rief er nach unten.

Sie ging vorsichtig die Stufen hinauf. »Und?«, fragte sie atemlos, mit schmerzendem Nacken und wackeligen Beinen.

»Ich kann sie berühren!«, berichtete Dougie triumphierend.

»Dann los!«

Sie fühlte, wie er sich lang machte. Für einen Augenblick wurde das Gewicht auf ihrer Schulter leichter; er musste förmlich an dem Metallgitter hängen. Sie hörte ein Quietschen, dann rieselte eine Ladung Staub auf sie herab. Rainie biss sich auf die Unterlippe, um nicht zu niesen.

»Es … klemmt«, keuchte Dougie.

»Dann mach die Glühbirnen kaputt. Schlag sie einfach mit den Fingern kaputt. Egal wie, Dougie. Aber … beeil dich.«

Sie hatte wieder diese eigenartigen Schmerzen auf der linken Seite, so als würden Stromschläge durch ihr Bein jagen. Ihr linkes Knie krampfte, und für einen kurzen Augenblick befürchtete sie, das Bein würde unter ihr wegrutschen. Sie biss die Zähne zusammen. Nur dieses eine Mal, dieses eine Mal …

Sie fühlte etwas Feuchtes an ihren Armen. Die Stichwunden waren wieder aufgerissen und bluteten.

Da hörte sie das Klirren von kaputtem Glas.

»Ich hab's!« Dougie schlug eine, dann die zweite Glühbirne kaputt.

»Gott sei Dank!« Sie ging langsam wieder die Stufen hinab, ließ sich nach vorne kippen und setzte den Jungen ab. »Gut gemacht! Jetzt müssen wir nur …«

Da ging die Kellertür auf. Rainie wurde von der plötzlichen Helligkeit geblendet und sah nur eine schwarze, vom Licht umrandete Gestalt. Sie blinzelte und legte die Arme vor die Augen.

»Was …? Verdammte Scheiße!«, sagte der Mann.

Und Rainie hörte sich rufen: »Dougie, lauf!«

Sie rannte die Stufen hinauf und warf sich mit der Schulter gegen die Tür, als der Mann sie gerade geistesgegenwärtig wieder schließen wollte. Einen panischen Augenblick lang balancierte sie auf der obersten Stufe und hätte beinahe das Gleichgewicht verloren. Sie drückte mit geschlossenen Augen gegen die Tür, da ihre Netzhaut nach der langen Dunkelheit von der plötzlichen Helligkeit brannte. Sie fühlte etwas an ihren Beinen: Dougie, der an ihr vorbei wollte.

Da gab die Tür plötzlich nach; sie stolperte und fiel nach vorne.

Das Licht war so schnell weg, wie es gekommen war. Der Mann hatte den Lichtschalter betätigt und rannte die Diele hinab.

»Dougie!«, rief Rainie. Aber sie erhielt keine Antwort.

Sie tastete sich zur Wand, um sich zu orientieren. Als sie die Augen öffnete, sah sie überall weiße Pünktchen.

Kein Licht, dachte sie. Zum jetzigen Zeitpunkt war Licht nicht gut für sie.

Stattdessen hieß sie die erneute Dunkelheit willkommen und machte die rechteckigen Formen eines Fensters und zweier Gegenstände aus: eine Waschmaschine und ein Trockner. Sie befand sich in einer winzigen Waschküche, von der aus eine Tür in den Keller führte. Aber wo war Dougie?

Sie spitzte die Ohren, hörte aber keinen Ton. Sie konnte nur beten, dass er sich an ihre Abmachung erinnerte und aus dem Haus gerannt war. Er war jung, schnell, findig. Falls er das Haus verlassen konnte, würde er in Sicherheit sein.

Sie tastete sich durch den Raum und entdeckte noch eine Tür. Abgeschlossen. Sie suchte das Schloss, konnte aber keins finden. Sie wusste nicht, was das bedeutete.

Es gab also nur einen Ausweg, über den Flur.

Sie ging auf alle viere und kroch vorwärts.

Eine Küchenzeile. Schmal, mit einem langen Fenster über der Spüle. Kein Mondlicht. Stattdessen hörte sie das stetige Trommeln des Regens.

Als sie am Herd vorbeikroch, sah sie die Uhrzeit auf einer digitalen Anzeige und erschrak. 0:30 Uhr. War sie schon einen ganzen Tag weg? Oder zwei?

Sie musste Quincy anrufen. Ihm sagen, dass es ihr gut ging. Sie würde hier rauskommen.

Und dann fiel es ihr ein. Sie brauchte ein Messer.

Sie öffnete das nächstgelegene Schränkchen, kramte zwischen Flaschen und Gläsern und wurde prompt von einem Lichtkegel angestrahlt.

»Ts, ts, ts. Schau dir das an.«

Rainie drehte sich langsam um, während sie ihre Finger um die einzige Waffe schlang, die sie finden konnte. Sie starrte direkt in den Lichtkegel einer Taschenlampe. Dahinter konnte sie die dunkle Gestalt eines Mannes erkennen. Dougie wand sich in seinem Griff.

»Ich hab's dir doch gesagt, Junge«, sagte der Mann mit leiser, gedehnter Stimme. »Die Frau ist eine Säuferin, sonst nichts.«

Rainies Augen folgten dem Lichtstrahl. Sie sah, dass sie die Bar entdeckt hatte und krampfhaft eine Flasche Jim Beam in der Hand hielt.

Sie schluckte. Sie wusste nicht, was sie sagen sollte. Es war purer Zufall gewesen. Außer dass sich irgendwo in ihrem Hinterkopf Panik breit machte, dass es vielleicht doch kein Zufall gewesen war.

Sie packte die Flasche fester und krächzte: »Lassen Sie ihn los!«

»Ich glaube nicht, dass du in der Lage bist, mir Forderungen zu stellen.«

»Und ob.« Rainie schleuderte die Flasche nach ihm; sie zersplitterte an der Taschenlampe. Sie hörte das wütende Brüllen des Mannes. Sie schmeckte den süßen Whiskey auf den Lippen und wollte mehr.

Mit einem Satz sprang sie nach vorne, packte den erschrockenen Dougie und rannte zur Tür. Sie schaffte zwei Schritte, da trat ihr der Mann gegen das linke Knie. Im Sturz fühlte sie, wie sich etwas in ihrem Knie verdrehte und dann riss. Wie wild fuhr sie mit den Händen über den Boden und suchte eine Waffe, einen Griff, irgendetwas. Sie fand nur Glasscherben.

»Dougie, lauf!«

Aber wieder war es vorbei, noch ehe es richtig begonnen hatte. Der Mann packte Dougie an den Armen und riss ihn vom Boden hoch. Dougie wehrte sich mit aller Kraft und schlug auf den Mann ein. Aber mit seinen fünfzig Pfund konnte er es mit einem Erwachsenen nicht aufnehmen.

»Lass mich los!«, schrie Dougie.

Der Mann schlug ihm ins Gesicht. Der Junge wurde bewusstlos. Blieb also nur noch der Mann, der auf Rainie herablächelte.

Sie rappelte sich mühsam auf alle viere. Sie wusste nicht, warum. Ihr Knie war kaputt, ihre Joggingtage waren vorbei. Aber kriechen konnte sie noch. Sie hob den Kopf und schleppte sich vorwärts.

Der Mann trat ihr gegen das Kinn.

Rainie fiel wie ein Stein zu Boden, schmeckte Blut und Alkohol. Steh auf, steh auf, dachte sie verzweifelt. Tu was.

Aber ihr Kopf fühlte sich zu schwer an. Ihr Bein pochte. Sie hatte keine Kraft mehr.

Der Mann ging neben ihr auf ein Knie.

»Rainie«, flüsterte er ihr ins Ohr. »Du bist selbst schuld, aber mir wird das wirklich einen Riesenspaß machen.«

Er zerrte sie vom Boden hoch.

Ein stechender Schmerz durchschoss ihr Bein, und sie spürte, wie die Ohnmacht zurückkehrte.

Sie musste lächeln, als ihr ein letzter Gedanke durch den Kopf ging.

Sie würde doch zuletzt lachen.

Dann wurde sie bewusstlos und ließ den Mann wütend und allein zurück.

32

MITTWOCH, 4:28 UHR

Quincy hatte den Wecker auf fünf Uhr gestellt. Stattdessen stand er um halb fünf auf, zog Nylonshorts, ein Laufshirt und eine leichte Sportjacke an und machte sich auf den Weg. Er lief drei Meilen auf der kurvigen Landstraße, an der er und Rainie wohnten. Der Regen prasselte ihm ins Gesicht, lief seine Wangen hinab und spritzte an seine Beine.

Er hatte Seitenstechen. Sein Magen knurrte. Er lief die leere Straße hinab und folgte ihrem kurvigen Verlauf. Zwei Rehe erschraken beim Anblick seiner leuchtend gelben Jacke und verschwanden im Wald.

Nach drei Meilen drehte er um und lief mit brennenden Beinen bergauf.

Um Viertel nach fünf war er wieder zu Hause und in der Dusche.

Um halb sechs erhielt er einen Anruf von Supervisory Special Agent Glenda Rodman. Die erfahrene Agentin, die ebenso wortkarg und überlastet war wie Quincy, hielt sich nicht mit Smalltalk auf: Andrew Bensen war vor drei Jahren zur Armee gegangen und hatte ein Jahr im Irak gedient. Seine Einheit war vor sechs Monaten zurückberufen worden, allerdings fehlte von ihm jede Spur; man suchte ihn wegen unerlaubter Entfernung von der Truppe. Sie hatte bereits mit einer Kontaktperson im Pentagon gesprochen; sie hatten keinerlei Anhaltspunkte.

Andrew war ein Meter siebenundachtzig groß, hatte braunes Haar und braune Augen. Auf seiner linken Schulter hatte er eine »American-Chopper«-Tätowierung. Er mochte seine Harley und ging gern in Biker-Bars. Während seiner Militärzeit hatte er sich nichts zuschulden kommen lassen, war aber auch nicht weiter aufgefallen. Seine Kameraden mochten ihn, die Offiziere schätzten seine schnelle Auffassungsgabe und Kooperationsbereitschaft. Der Einsatz im Irak hatte ihm nicht gut getan. Mindestens ein Offizier hatte bei Bensen Anzeichen einer posttraumatischen Belastungsstörung festgestellt. Aber Bensen hatte sich nie bei dem für ihn zuständigen Amt für Kriegsveteranen blicken lassen.

Das war alles, was sie ihm über den Gefreiten Andrew Bensen sagen konnte.

Quincy bedankte sich, legte auf und zog sich an: marineblauer Anzug, gestärktes weißes Hemd, eine rot-orange-türkisfarben gemusterte Krawatte. Rainie hatte ihm die Krawatte einmal aus Jux zu Weihnachten geschenkt. Er trug sie immer, wenn er das Gefühl hatte, Glück zu brauchen.

Um Viertel vor sechs machte er sich auf den Weg zur Einsatzzentrale der Sonderkommission.

Kincaid war schon dort.

Kimberly stand um fünf Uhr auf und ging unter die Dusche. Es kam ihr vor, als würde sie eine Stunde duschen, wahrscheinlich waren es aber nur fünf Minuten. Ihre Schultern waren jetzt schon verspannt, durch ihren Körper pumpte das Adrenalin. Am liebsten wäre sie joggen gegangen. Aber sie würde ihre Energie später dringender brauchen.

Um 5:20 Uhr schubste sie Mac aus dem Bett. Er landete mit einem dumpfen »Umpf« auf dem Boden, weigerte sich aber immer noch, die Augen aufzuschlagen. Also wandte sie die alterprobte Taktik an. Wer hätte gedacht, dass ein erwachsener Mann unter dem Kinn so kitzlig sein konnte?

Das führte natürlich zu ernsthaften Annäherungen von Macs Seite. Sie schlug seine Hände weg und schickte ihn unter die Dusche.

Allein im Zimmer, setzte sie sich auf die Bettkante, um noch einmal den Verlobungsring zu studieren. Sie steckte ihn an ihren Finger und bewunderte ihn im Licht. Sie dachte an ihre Mutter, die diesen Tag nicht mehr erlebt hatte. Und an ihre ältere Schwester Mandy.

Dann klappte sie das Ringkästchen zu, verstaute es in ihrer Reisetasche und packte ihre Sachen.

Um zehn vor sechs checkten sie aus und luden ihre Sachen ins Auto. Da Mac kein Morgenmensch war, setzte sie sich ans Steuer. Kaum saßen sie im Auto, fing er an zu reden.

»Ich habe über den Astoria-Fall nachgedacht«, sagte Mac. »Den Doppelmord im August.«

»Der Fall, der Rainie so mitgenommen hat.«

»Genau. Ich frage mich, ob es ein Zufall ist, dass Rainie kurz nach ihrer Arbeit an einem so beunruhigenden Fall entführt wird.«

»Es sei denn, sie war einfach ein leichteres Opfer, weil sie deswegen so aufgewühlt war.«

»Möglich. Ich habe deinem Vater gestern ein paar Fragen gestellt.«

»Und?«

»Sie glauben zu wissen, wer es war. Die beiden Mordopfer wohnten in einer Maisonettewohnung, um die sich ein Handwerker namens Charlie Duncan kümmerte. Duncan ist einundzwanzig Jahre alt, ohne Schulabschluss. Er soll sehr geschickt mit den Händen sein, aber nicht so viel Wert auf körperliche Hygiene legen. Er wohnt allein in einer Einzimmerwohnung in einer anderen Wohnanlage, die demselben Vermieter gehört. Nach Auskunft der Nachbarn ist er ruhig, manchmal ein bisschen unheimlich. Er hat die Angewohnheit, unangemeldet in den Wohnungen der weiblichen Mieter aufzukreuzen, indem er sich mit dem Generalschlüssel aufsperrt. Der Vermieter meinte, er habe sich bemüht, Duncans ›Kommunikationsfähigkeit‹ zu verbessern.«

Kimberly verdrehte die Augen.

»Was den Mord angeht«, sagte Mac. »Duncans Fingerabdrücke waren überall am Tatort. Ebenso seine blutigen Schuhabdrücke. Aber er hatte ein eingebautes Alibi – er ist der Wartungshandwerker. Natürlich sind seine Fingerabdrücke überall in der Anlage, außerdem war er es, der die Polizei gerufen hat – er behauptet, er hätte die Leichen gefunden, als er eine Glühbirne auswechseln wollte.«

»Eine Glühbirne auswechseln? Weil eine junge, alleinstehende Mutter ja so hilflos ist, dass sie einen Handwerker anruft, um eine kaputte Glühbirne zu wechseln?«

»Der Kerl ist kein Genie«, gab Mac zu. »Aber er kommt damit durch. Und deswegen frage ich mich natürlich, ob er nicht mit den Verbrechen weitermacht.«

»Er passt nicht ins Profil«, sagte Kimberly sofort.

»Er stammt aus einer niedrigeren sozioökonomischen Schicht; er hat eine Verbindung zu Rainie.«

»Du gehst davon aus, dass er über ihre Mitarbeit an den Ermittlungen Bescheid weiß.«

»Vergiss nicht, Duncan schaut gern unangemeldet vorbei. So auch an dem Tag, an dem Rainie und Quincy den Tatort unter die Lupe genommen haben. Er stellte alle möglichen Fragen über die Ermittlungen, auch, welche Rolle sie dabei spielten.«

»Als ob sie ihm etwas gesagt hätten!«

»Das mussten sie nicht. Das konnte er sich doch denken. Außerdem ist Rainie eine wunderschöne Frau, da passt doch jeder Mann auf.«

Kimberly warf ihm einen Blick zu.

»Du bist attraktiver«, sagte er sofort. Es kam wie aus der Pistole geschossen.

»Gut pariert.«

»Ich weiß, Duncan passt nicht perfekt in das Profil. Wenn es nach Quincy geht, suchen wir einen pedantischen Kontrollfreak. Duncan ist eindeutig nicht pedantisch und zwischenmenschlich viel zu unbeholfen, um eine Freundin abzukriegen. Aber trotzdem. Der Kerl ist intelligent. Klingt, als würde er bereits mit zwei Morden unbehelligt davonkommen. Wir sollten ihn nicht unterschätzen.«

»Dich beschäftigt der Mord an dem kleinen Mädchen«, sagte Kimberly leise.

»Die Mutter hat gekämpft wie ein Stier. Sie muss gewusst haben, was er als Nächstes vorhatte.«

»Die Welt ist schlecht«, murmelte Kimberly.

»Quincy hat eine Vernehmungsstrategie gebastelt, um Duncan ein Geständnis zu entlocken. Es hat nicht funktioniert. Sie versteckten Überwachungskameras auf dem Friedhof. Nichts. Ihre einzige Hoffnung wäre jetzt, dass der Kerl es jemandem gesteht. Leider ist der einzige Umgang, den er pflegt, seine Mutter, und sie hält ihn offenbar für Gottes großartigstes Geschenk an die ahnungslose Menschheit.«

»Es ist erst ein paar Monate her«, gab Kimberly zu bedenken. »Sie sind immer noch dabei, das Beweismaterial auszuwerten. Wer weiß, was noch kommt. Vielleicht steht uns der Durchbruch noch bevor.«

»Na und?«, knurrte Mac. »Haare, Fasern? Auch das würde

er mit seinem Job erklären. Das Einzige, was momentan helfen würde, wäre, wenn man ihn in flagranti gefilmt hätte. Wenn es in dem Haus eine Überwachungskamera gäbe oder in einem Teddybären eine Nanny Cam versteckt gewesen wäre.«

»Kein Glück?«

»Nein.« Sie bogen in den Parkplatz des Umwelt- und Fischereiministeriums ein, und Kimberly war in Gedanken bereits bei dem bevorstehenden Tag.

»Außer …«, sagte Mac abrupt.

»Außer was?«

Die anderen Polizisten fuhren ebenfalls gerade auf den Parkplatz. Sie sahen sowohl Lieutenant Mosley, den Pressesprecher, als auch Sheriff Atkins forsch in Richtung Konferenzraum eilen. »Showtime«, murmelte Mac. Sie stiegen aus und rüsteten sich für den heutigen Tag.

MITTWOCH, 7:02 UHR

Kincaids Vortrag war kurz und bündig. Sie begutachteten die zwanzigtausend Dollar, die Mac beschafft hatte und die sich jetzt fein säuberlich, in registrierten Scheinen, in einer Reisetasche stapelten. Sie überprüften die elektronische Ausrüstung, einschließlich des GPS-Senders, den Kimberly am Leib tragen würde, und der Überwachungsgerätschaften, mit denen man ihr auf der Spur bleiben würde. Sheriff Atkins und Mac würden ihr in einem weißen Lieferwagen folgen. Ihre Aufgabe war es, Kimberly nicht aus den Augen zu verlieren. Kincaid, Lieutenant Mosley und Quincy würden im Einsatzzentrum bleiben, um mit Candi das Telefonat vorzubereiten. Ihre Aufgabe war es, den Täter bei Laune und am Reden zu halten.

Sheriff Atkins bestätigte, dass Dougie Jones nicht auf wundersame Weise über Nacht wieder aufgetaucht war. Ihre Leute hatten außerdem die ›Personen von Interesse‹ auf ein rundes Dutzend reduziert.

Candi nahm von allen eine Kurzbeschreibung im Bulletpoint-Format in Empfang. Lieutenant Mosley brachte ihr ein Tablett mit Mineralwasserflaschen; mit seinem Militärhaarschnitt, seiner gestärkten Uniform und seinem Kameragesicht machte er den wachsten Eindruck von ihnen allen. Er hatte ein Dutzend Exemplare der Morgenausgabe der *Bakersville Daily Sun* mitgebracht, welche die Entführung auf der Titelseite meldete: »Junge (7) nächstes Entführungsopfer? Polizei sucht noch immer nach vermisster Frau.« Neben der Balkenüberschrift waren zwei Fotos, eine Porträtaufnahme von Rainie und ein Schulfoto von Dougie.

Es ließ Quincy schaudern, das vergrößerte, körnige Foto seiner Frau auf der Titelseite der Zeitung zu sehen. Ihre Augen auf sich gerichtet zu sehen.

Adam Danicic' Artikel ging über drei Seiten. Er verriet Rainies Namen, Aussehen und Einzelheiten, was den Fundort des Autos anging. Er erwähnte die Sonderkommission, ihre Kooperationsbereitschaft mit dem Kidnapper und ihre Befürchtung, dass der Entführer eventuell auch einen kleinen Jungen in seine Gewalt gebracht hatte. Darüber hinaus beinhaltete der Artikel zu Quincys Entsetzen auch einige Informationen über Rainies Vergangenheit, zum Beispiel, dass sie früher als Polizistin in Bakersville tätig gewesen war und »vor kurzem« für nicht schuldig befunden worden war, Lucas Bensen im Alter von sechzehn Jahren ermordet zu haben.

»Und welche Teile dieser Story haben wir kontrolliert?«, fragte Quincy sarkastisch, nachdem er den Artikel überflogen hatte.

»Es gibt keine Hinweise auf die Karten und die Lebenszeichen«, antwortete Mosley mit ernster Stimme und zählte die Punkte an den Fingern ab. »Ach ja, und Danicic hat freundlicherweise nicht erwähnt, dass Dougie Jones höchstwahrscheinlich entführt wurde, weil wir Mist gebaut haben. Das rechne ich ihm an.«

»Dafür hat er von Rainie mehr als genug verraten.«

»Wir konnten ihn nicht daran hindern, ihren Namen zu erwähnen. Und sobald er ihren Namen wusste…«

»Konnte er alles andere über sie im Internet finden«, murmelte Quincy.

»Danicic ist nicht dumm. Die Tatsache, dass die Geisel eine Ex-Polizistin mit einer bewegten Vergangenheit ist, ergibt natürlich eine tolle Story. Andererseits hat er nicht erwähnt, dass sie Dougies Rechtsbeistand ist, und damit wiederum uns einen Gefallen getan.«

»Eine Hand gibt, die andere nimmt.«

»Es ist ein Spiel«, sagte Mosley achselzuckend. »Und die Medien sind die größten Spieler. Apropos…« Sein Pager piepste bereits zum sechsten Mal in der letzten halben Stunde. Mosley blickte auf das Display und verzog das Gesicht. »Wir sollten uns über eine Pressekonferenz unterhalten. Die Nachrichtenagenturen haben von der Geschichte Wind bekommen, und nach meinem Pager zu urteilen, will keiner etwas verpassen.«

»Erst nach der Lösegeldübergabe«, sagte Kincaid sofort.

»Wir könnten die Presse für unsere Zwecke einspannen«, drängte Mosley. »Wir könnten ihnen das Profil geben, das Mr Quincy entwickelt hat, um die Öffentlichkeit an der Suche nach dem Täter zu beteiligen.«

»Damit der Täter vor lauter Angst, jeden Augenblick gefasst zu werden, vielleicht beide Opfer umbringt, um seine Spuren zu verwischen.«

»Je länger wir mit der Pressekonferenz warten, umso mehr wird die Presse auf eigene Faust ermitteln. Und je mehr sie herausfindet, desto weniger bleibt mir als Verhandlungsmasse.«

»Erst nach der Lösegeldübergabe«, wiederholte Kincaid. Und damit war die Diskussion beendet.

Acht Uhr. Sie lasen noch einmal die bisherigen Mitteilungen des Täters und wurden immer nervöser.

Um neun Uhr erhielt Mac einen Anruf auf seinem Handy. Das Rekrutierungsbüro der Armee in Portland bestätigte, Unterlagen über den Gefreiten Andrew Bensen zu haben, der sich unerlaubt von der Truppe entfernt hatte.

Quincy gab die Information an Kincaid weiter. Kincaid tobte zwanzig Minuten lang herum, wie Quincy es wagen konnte, eine Polizeiermittlung zu behindern, indem er wissentlich einen wichtigen Hinweis zurückgehalten hatte, ganz zu schweigen davon, wie wichtig gegenseitiges Vertrauen bei zuständigkeitsübergreifenden Ermittlungen sei. Sheriff Atkins gab eine Fahndung nach Andrew Bensen raus. Lieutenant Mosley murmelte etwas von den vielen Journalisten, die den Polizeifunk abhörten, und dass sie gerade Öl ins Feuer gegossen hätten.

Dann zog sich jeder schmollend in seine Ecke zurück und schäumte vor Wut.

Quincys Handy lag in der Mitte des Konferenztisches. Es war an einen Lautsprecher angeschlossen, und alle Anrufe würden aufgezeichnet und zurückverfolgt werden, obwohl sich niemand große Hoffnung machte, den Anrufer aufspüren zu können. Da Handysignale willkürlich von Sendemasten abprallten, war es praktisch unmöglich, ein Signal zurückzuverfolgen. Aber sie versuchten es trotzdem, denn mehr kann eine Sonderkommission manchmal nicht tun.

9:59 Uhr.
Das Handy klingelte.
Candi stülpte sich das Headset über.
Lieutenant Mosley drückte den Aufnahmeknopf.
Es ging los.

33

MITTWOCH, 10:01 UHR

Hier spricht Officer Candi. Was kann ich für Sie tun?«

Ein schepperndes Lachen füllte den Raum. »Sie hören sich an wie eine Kundenberaterin von *Time-Life*. Was lassen Sie sich als Nächstes einfallen? Bekomme ich zu meinen zwanzig Riesen ein kostenloses Zeitschriftenabo?«

»Sie haben nach einer Frau gefragt, und wie Sie sehen, bemühen wir uns, Ihren Wünschen nachzukommen.« Candi sprach in einem unbeschwerten Tonfall, als würde sie nur mal eben ein bisschen plaudern wollen. Obwohl sie diese Vorgehensweise abgesprochen hatten, wurde Quincy umgehend nervös. Er stand auf und lief im Kreis, während Candi fortfuhr: »Ich für meinen Teil weiß immer ganz gern, mit wem ich spreche. Wie ich schon sagte, ich heiße Candi. Und Sie?«

»Sie können mich Bob nennen.«

»Bob, hm? Für mich klingen Sie mehr wie ein Andy.« Was natürlich eine kaum verhüllte Anspielung auf Andrew Bensen war.

Aber der Täter biss nicht an. »Ich will mein Geld. Ich bekomme das Geld, und Sie dürfen ein kleines Spiel spielen. Ich sage Ihnen, wie …«

»Wir haben das Geld«, unterbrach ihn Candi freundlich, um das Tempo aus dem Gespräch zu nehmen und auf ihre Art Kontrolle auszuüben. »Zwanzigtausend Dollar. In bar. Wie gewünscht.«

»Ich mag es nicht, wenn man mich unterbricht«, sagte der Anrufer. »Wenn Sie mich noch einmal unterbrechen, bringe ich den Jungen um. Wollen Sie das, Miss Candi? Wollen Sie den Tod eines siebenjährigen Jungen auf dem Gewissen haben?«

Candi sah hastig zu Kincaid und sagte ruhig: »Es tut mir leid, Bob. Ich wollte Sie nicht kränken. Wie ich schon sagte, ich bin hier, um mit Ihnen zusammenzuarbeiten.«

»An der Ecke Fifth und Madison befindet sich ein Münzfernsprecher, ebenso beim Wal-Mart am Highway 101 und an der Käsefabrik. Ich gehe davon aus, dass Sie die Örtlichkeiten kennen.«

Kincaid machte sich hastig Notizen. Candi sagte: »Nein, Bob, ich bin nicht von hier, also brauche ich Ihre Hilfe. Sie sagten, drei Münzfernsprecher, der erste an der Ecke Fifth und Madison. Welche Ecke? Norden, Süden, Osten, Westen? Ich will ihn nicht übersehen.«

»Sie werden ihn nicht übersehen.«

»In Ordnung, Bob, wenn Sie das sagen. Das zweite Telefon ist am Wal-Mart. Ich vermute, es ist ein großer Wal-Mart. Können Sie mir sagen, an welchem Eingang?«

Der Anrufer ließ sich zu einer näheren Erklärung herab. »Wenn Sie davor stehen, links.«

»In Ordnung, und das dritte Telefon bei der Käsefabrik?«

»Direkt vor dem Eingang.«

»Danke für die Klarstellung, Bob. Wir reden hier also über drei Telefone: eins an der Kreuzung Fifth und Madison, eins links vom Eingang zum Wal-Mart und eins direkt vor der Käsefabrik. Ist das richtig?«

»Fahren Sie!«

»Wie bitte? Ich habe Sie nicht verstanden.«

»Sie haben fünfzehn Minuten Zeit.«

Candis Blick irrte hin und her. »Sie wollen, dass ich innerhalb von fünfzehn Minuten an drei verschiedenen Orten bin? Es tut mir leid, Bob, ich versuche, Ihnen zu helfen, aber das verstehe ich wirklich nicht. Und, ehrlich gesagt, bevor ich irgendetwas tue, muss ich mit Rainie und Dougie sprechen …«

Bob war es egal. »Sie haben fünfzehn Minuten Zeit«, wiederholte er.

Dann wurde die Verbindung unterbrochen.

MITTWOCH, 10:06 UHR

Candi riss sich das Headset vom Kopf. »Verdammte Scheiße! Er hat uns nicht einmal eine Chance gegeben. Keine Erklärung, kein Lebenszeichen …«

»Uhrzeit«, unterbrach sie Quincy barsch.

»10:06 Uhr.« Kincaid notierte es bereits und sah auf seine Uhr. »Die Telefone liegen auf einer Linie. Bis zur Ecke Fifth und Madison sind es drei Minuten, von dort bis zur Käsefabrik sind es vielleicht insgesamt acht Minuten.«

»Bleiben sieben Minuten, um uns eine Strategie zu überlegen.«

Quincy wandte sich an Shelly Atkins. »Wie Candi schon sagte, wir stecken ziemlich in der Scheiße. Sie müssen sofort Zivilfahrzeuge an diese Orte schicken.«

»Wir brauchen ja schon länger, bis wir uns umgezogen …«

»Sind noch Leute von Ihnen zu Hause?«

»Ja, fünf …«

»Dann holen Sie die drei, die am nächsten wohnen, aus dem Bett. Sie sollen sofort in ihren Privatautos dorthin fahren.«

»Was soll ich ihnen sagen …«

»Jetzt sofort!«

Shelly nahm erschrocken das Walkie-Talkie von ihrem Gürtel und ging nach draußen in die Eingangshalle, um die Leitstelle zu kontaktieren.

»Wir brauchen Abhörgeräte bei diesen Münzfernsprechern,« dachte Kincaid laut vor sich hin. »Wir können sie nie und nimmer innerhalb von fünfzehn Minuten anzapfen. Kimberly kann ein Walkie-Talkie an die Muschel halten, damit wir das Gespräch mithören können, wenn er anruft. Dann können wir ihr über einen zweiten Kanal Instruktionen in ihr Ohrteil übermitteln.« Er schüttelte den Kopf. »Ich kapier's nicht. Soll sie von einem Telefon zum nächsten fahren? Es ergibt keinen Sinn.«

»Er stellt eine unmögliche Aufgabe«, murmelte Kimberly. »Er sucht eine Ausrede, um zu morden.«

»Wir schicken drei Frauen hin«, sagte Quincy tonlos. »Zu jedem Telefon eine. Dann überlegen wir weiter, je nachdem wer den Anruf erhält.«

»Wir haben nur einen GPS-Sender«, warf Lieutenant Mosley ein.

»Dann haben wir eine dreiunddreißigprozentige Chance, ihn zu nutzen. Falls nicht, machen wir es auf die altmodische Art. Wir folgen der kontaktierten Person am Boden und in der Luft.«

»Als ob ihm ein Hubschrauber nicht auffallen würde«, kommentierte Kincaid trocken.

»Dann am Boden. Aber wir müssen zu allen drei Telefonen – sonst ist es zu riskant.«

Kincaid war scheinbar zu demselben Schluss gelangt. »Wir teilen das Geld auf; dann hat jede Beamtin wenigstens die Möglichkeit, über die Lösegeldübergabe zu verhandeln. Natürlich brauchen wir dazu noch zwei Taschen.«

»Die haben wir«, sagte Mac. »Geben Sie mir eine Minute,

um unsere Taschen auszuräumen, und sie gehören Ihnen.« Er rannte hinaus auf den Parkplatz.

»Ich kümmere mich um das Telefon an der Ecke Fifth und Madison.« Kincaid zählte die Örtlichkeiten an den Fingern ab. »Detective Spector übernimmt den Wal-Mart und Kimberly die Tillamook-Käsefabrik. Bleiben Sheriff Atkins, die sich um die Bodenmannschaft kümmert, und Sie« – Kincaid nickte Quincy zu – »um von hier aus die Kommunikation zu koordinieren.«

»Nein.«

»Sie haben mit der Lösegeldübergabe nichts zu tun«, begann Kincaid.

»Genau so wenig wie Sie oder Spector.« Quincy sah Detective Grove und Kimberly an. »Der erste Wunsch des Täters gilt noch – dass das Lösegeld von einer Frau überbracht werden muss. Alles andere wird ihn nur wütend machen.«

»Ich gehe«, sagte Candi und stand auf.

Kincaid sah sie an. »Seien Sie nicht dumm! Sie sind Unterhändlerin!«

»Es geht um einen Anruf…«

»Der eine Lösegeldübergabe nach sich zieht. Das heißt handeln, nicht verhandeln. Sie bleiben hier, hören das Gespräch ab und beraten die anderen.«

»Sie brauchen drei Frauen«, gab Candi zurück. »Ich sehe hier nur noch zwei.«

»Wusst' ich's doch, dass ich diese Brust-OP hätte machen lassen sollen«, sagte Shelly Atkins von der Tür.

»Von unserer Seite ist das nicht nötig«, sagte Kincaid forsch. »Sie fahren zur Ecke Fifth und Madison, Detective Grove zum Wal-Mart und Kimberly zur Käsefabrik.« Er sah auf die Uhr. »Das waren unsere sieben Minuten. Los, auf geht's.«

MITTWOCH, 10:13 UHR

Kimberly hatte die letzten zwei Stunden Däumchen gedreht, und jetzt passierte alles auf einmal. Mac verteilte das Geld auf die Reisetaschen. Ein Deputy drückte ihr ein Walkie-Talkie in die Hand. Dann schrie Sheriff Atkins Deputy Mitchell an, den Überwachungstransporter zu übernehmen, während Candi einmal quer durch den Raum brüllte, um sie alle daran zu erinnern, ruhig zu bleiben.

Mac drängte Kimberly zur Tür hinaus; da sie am weitesten fahren musste, hatte sie am wenigsten Zeit.

Das Letzte, was sie sah, war, wie sich ihr Vater und Candi über die Landkarten von Tillamook County beugten.

Dann saß sie in ihrem Mietwagen, und Mac drückte ihr das Handy in die Hand.

»Wir sind direkt vor dir. Ich ruf dich in dreißig Sekunden an.«

Er wollte die Tür zuschlagen. Hielt inne. Bückte sich. Gab ihr einen festen, ungestümen Kuss.

Dann schrie ihm Mitchell zu, einzusteigen, und sie machten sich auf den Weg.

Kimberly hatte kaum den Parkplatz verlassen, als ihr Handy klingelte.

»Wir haben dich auf dem Bildschirm, also funktioniert das GPS«, verkündete Mac aus dem weißen Transporter.

»Roger.« Kimberly hielt das Lenkrad zu fest umklammert. Sie zwang sich, ihren Griff zu lockern, und sagte sich, dass sie die kurze Strecke dazu nutzen sollte, tief durchzuatmen und sich zu konzentrieren. Quincy hatte sie gewarnt, dass es kompliziert werden würde. Und das war erst der Anfang.

»Du musst alles wiederholen, was der Entführer sagt«, instruierte sie Mac übers Handy. »Walkie-Talkies können verzerrt klingen; es kann sein, dass wir den Anruf schwer verstehen.«

»Ich weiß.«

»Falls du den Anruf erhältst, dann gibst du uns ein Signal. Leg die Hand auf den Rücken und zeig uns zwei Finger. Dann wissen wir, dass es los geht.«

»Zwei Finger.«

»Lass dich nicht von ihm einschüchtern. Wenn er das Geld will, muss er kooperieren.«

»Ich war in denselben Meetings wie du, Mac.«

»Wenn er kein Lebenszeichen von Rainie und Dougie vorweisen kann, dann fährst du nirgendwo hin, Kimberly. Das meine ich ernst. Es gibt keine Garantie, dass wir dir folgen können, keine Garantie, dass der Kerl sich nicht noch eine Geisel schnappt. Wenn du nicht direkt mit Rainie sprechen kannst, um dich zu vergewissern, dass es ihr gut geht …« Mac ließ den Satz unvollendet. »Bring dich nicht unnötig in Gefahr«, fuhr er leiser fort. »Denk dran, du bist alles, was dein Vater noch hat.«

Sie waren jetzt an der Kreuzung. Der Lieferwagen blinkte und bog nach links ab. Kimberly fuhr geradeaus. Sie würde durch die kleinen Straßen von hinten kommen, während Mac und Deputy Mitchell vorne herum fuhren. Folglich würde sie zuerst dort sein, ohne eine Spur einer Polizeieskorte.

Für den Fall, dass der Mann sie beobachtete. Für den Fall, dass der Mann auf sie wartete.

»Sobald wir wissen, welches Telefon er kontaktiert«, sagte Mac, »treffen wir uns dort. Der Wal-Mart ist nur ein paar Minuten von der Käsefabrik entfernt. Also stehen die Chancen gut, dass du nach wie vor die Lösegeldübergabe tätigen kannst, beziehungsweise wir den GPS-Sender übergeben können.«

»Okay.«

»Ich weiß nicht viel über Detective Grove, wie viel Erfahrung sie hat. Ich glaube, es wäre besser, wenn du es machen würdest. Du weißt schon, nicht nur, weil du den GPS hast.«

»Verstanden.«

Der Lieferwagen war schon lange nicht mehr zu sehen. Mac nahm die eine Strecke, sie die andere.

»Ich muss aufhören«, sagte sie.

»Kimberly ...«

»Alles wird gut, Mac. Alles wird gut.«

Sie legte auf, steckte das Handy in ihre Jackentasche und holte noch einmal tief Luft ...

Sie sah die Käsefabrik von Tillamook vor sich.

Noch zwei Minuten. Kimberly parkte, sprang aus dem Auto und rannte zum Telefon.

»Klingele«, keuchte sie atemlos. »Bitte, klingele einfach.«

MITTWOCH, 10:21 UHR

Shelly konnte das verdammte Telefon nicht finden. Sie fuhr immer und immer wieder um den Block und verrenkte sich schier den Hals. Sie wohnte erst seit ein paar Monaten hier und kannte sich noch nicht so gut aus. Außerdem, wer benutzte heutzutage noch Münzfernsprecher? Die ganze Welt hatte doch jetzt ein Handy, selbst neunjährige Schulkinder.

Verdammt! Sie verschwendete zu viel Zeit, indem sie immer wieder über die Kreuzung fuhr. Sie bretterte die Madison Street hinauf und hielt im Parkverbot. Weit und breit war kein Überwachungsfahrzeug in Sicht.

Momentan zumindest sah es so aus, als wäre sie allein.

Shelly lief zur Fifth Street hinunter, fühlte das Gewicht ihres Gürtels an den Hüften und das Gewicht von siebentausend

Dollar in bar über ihrer Schulter. Ihre Hände schwitzten, ihr Atem ging schwer. Sie war noch nie in so einer Situation gewesen, und manchmal spielte es keine Rolle, ob du der Sheriff warst, die Chefin, die große Anführerin des Rudels. Nichts wissen hieß nichts wissen.

Wenn Rainie und Dougie diesen Tag überlebten, dann würde sie es tun: Dann würde sie nach Paris fliegen.

Sie kam zur Kreuzung und sah das verdammte Telefon immer noch nicht. Hatte ihnen der gute alte Bob einen Streich gespielt, um die Sonderkommission auseinanderzureißen? Sie hievte sich die Reisetasche wieder auf die Schulter und überlegte.

Dann, gerade als sie zu hyperventilieren begann, fiel es ihr ein. Der Diner.

Shelly riss die Glastüren auf und entdeckte das Telefon.

»Bitte, lieber Gott«, murmelte sie atemlos. »Lass es nicht mich sein.«

MITTWOCH, 10:23 UHR

Alane Grove blieb ganz cool. Der geschäftige Parkplatz vor dem Wal-Mart war für einen so riesigen Supermarkt miserabel angelegt. Kaum bog sie auf ihn ein, versperrte ihr ein Minivan, der auf einen Parkplatz wartete, den Weg.

Sie zählte ungeduldig bis zwanzig; als der Minivan endlich einparkte, stand Alane vor einer gestressten Mutter mit drei Kindern, von denen jedes in eine andere Richtung lief, während die Mutter mitten auf dem Weg stand und sie anschrie, zu ihr zurückzukommen.

Die Kinder spielten unbeeindruckt weiter und rannten um zwei Autos und einen riesigen Pickup-Truck herum, bevor sie sich endlich in den Familienkombi zerren ließen.

Zwei weitere, schrecklich langsame Minuten vergingen, bis Alane endlich einen Parkplatz fand.

Sie stieg aus und gab sich Mühe, ruhig zu wirken. Sie war sich bewusst, dass sie möglicherweise beobachtet wurde und dass sie als junge Polizistin erst mal die schlechteren Karten hatte.

Aber sie war eine gute Polizistin. Sie war nach vier Jahren in der Reservearmee zur Polizei gegangen. Sie konnte mit dem Druck umgehen. Zumindest sagte sie sich das.

Sie hievte die Tasche auf ihre Schulter, überprüfte, ob ihr Walkie-Talkie griffbereit in der vorderen Jackentasche steckte, und ging dann auf den Eingang zu. Sie fand die Telefone vor dem Haupteingang. Zwei Stück. An einem telefonierte ein Mann in einem zerrissenen Flanellhemd.

Alane war so auf ihre Aufgabe konzentriert, dass sie fast vor dem freien Telefon stehen geblieben wäre. In letzter Sekunde schaltete sich ihr Gehirn ein. Sie registrierte die Größe, die schlanke Statur, den Schlamm an den Stiefeln des Mannes; unter seinem offenen, schweren Flanellhemd hätte man perfekt eine Waffe verstecken können. Sie ging schnurstracks in den Supermarkt und funkte die Beschreibung durch.

Kincaid versprach ihr, dass Verstärkung unterwegs sei. Cool bleiben, sich nichts anmerken lassen.

Alane ging noch einmal an den Glastüren vorbei und tat so, als würde sie nach einem Einkaufswagen Ausschau halten. Aber als sie wieder nach draußen blickte, war der Mann verschwunden.

Sie ging hinaus auf den Parkplatz und sah sich um. Von dem Mann war weit und breit nichts zu sehen. Das ergab keinen Sinn. Der Parkplatz war ein großer, offener Platz. Da konnte man nicht einfach so verschwinden.

Ihre Nackenhaare stellten sich auf. Das war's. Irgendetwas war hier im Busch, irgendetwas ging hier vor sich.

Seit dem Anruf waren siebzehn Minuten vergangen. Detective Alane Grove stand vor dem Wal-Mart und rüstete sich für die Schlacht.

Als sie den Mann wieder sah, war es schon viel zu spät.

MITTWOCH, 10:32 UHR

STILLE. STILLE. STILLE.

Quincy stand in der Mitte des Konferenzraums, wo sich außer ihm nur noch Candi, Lieutenant Mosley und Kincaid aufhielten. Die Unterhändlerin ging im Raum auf und ab. Kincaid füllte irgendwelche Formulare aus. Lieutenant Mosley verschwand in der Eingangshalle, um sich um seinen hyperaktiven Pager zu kümmern.

Fünfzehn Minuten. Zwanzig Minuten. Dreißig Minuten.

Und noch immer keine Nachricht über Funk.

»Was zum Teufel ist da los?«, fragte Quincy schließlich.

Aber keiner wusste darauf eine Antwort.

34

MITTWOCH, 10:12 UHR

Sie schwebte. Es war ein merkwürdiges Gefühl. Wunderbar schwerelos und beängstigend zugleich. Vielleicht schwebte sie doch nicht.

Vielleicht fiel sie, stürzte sie, raste sie kopfüber in einen dunklen Abgrund.

Sie fühlte den Wind in den Haaren, die Kälte auf ihrem Gesicht.

Sie breitete die Arme aus.

Und dann war sie wach.

»Rainie?«

»Dougie?«

Es war stockdunkel. Sie hatte keine Orientierung. Etwas war anders, aber sie wusste nicht, was. Von der anderen Seite des Raums hörte sie das Rascheln von Kleidung. Dougie bewegte sich auf sie zu.

»Du bist nicht tot«, sagte Dougie.

»Nein.« Sie fuhr sich über die Lippen, um etwas Feuchtigkeit für ihre ausgetrocknete Kehle zu finden. Vor lauter Durst fühlte sich ihre Zunge ganz geschwollen, ihr Mund rissig und schmerzhaft an. Sie blinzelte, aber vor ihren Augen erschien nichts, nicht einmal verschiedene Graustufen. Vielleicht war sie blind geworden.

»Wo?«, brachte sie heiser hervor.

»Wir sind in einem Zimmer«, sagte Dougie. »Ich habe dir das Bett gelassen. Ich dachte, du brauchst es mehr als ich.«

»Dunkel.«

»Er hat die Fenster zugenagelt. Ich habe versucht, die Bretter abzumachen, aber dazu brauche ich ein Werkzeug. Hast du ein Werkzeug?«

Dougie klang wehmütig. Natürlich wusste er die Antwort. Aber manchmal musste man einfach fragen.

»Ich habe etwas zu essen«, sagte Dougie etwas munterer. »Cracker. Käse. Ich habe dir ein Stück aufgehoben.«

»Wasser«, krächzte sie.

Dougies Stimme wurde leise. »Das Wasser habe ich getrunken.«

»O Dougie …«

Ihr Mund war zu trocken, als dass sie mehr hätte sagen können. Stattdessen streckte sie ihren Arm aus und zerzauste seine Haare. Im Gegenzug drückte er seine Wange an ihr Bein. Sofort durchfuhr ein heftiger Schmerz ihren Körper, aber sie protestierte nicht. Es war unglaublich schön, ihn in dieser undurchdringlichen Finsternis neben sich zu spüren. Zu wissen, dass keiner von ihnen allein war.

»Ich habe ihm gesagt, dass uns kalt ist«, sagte Dougie mit gedämpfter Stimme. »Ich habe ihm gesagt, dass der Keller zu feucht ist und dass wir dort nicht mehr bleiben würden.«

»Sehr tapfer … von dir.«

»Er hat mich ausgelacht. Er hat gesagt, dass es ihm scheißegal ist, ob wir erfrieren …«

»Dougie …«

»Das hat er gesagt! Ich wiederhole nur, was er gesagt hat. Scheißegal!«

Rainie verdrehte die Augen. Dougie nutzte eindeutig die Gelegenheit, um zu fluchen. Aber sie musste lächeln. Er klang wie ein siebenjähriger Junge. Wenigstens im Augenblick klang er normal.

»Er hat uns aber nicht wieder in den Keller gebracht«, fuhr Dougie verdutzt fort. »Er hat mich einen Gang entlanggebracht und in dieses Zimmer gesteckt. Zuerst hat es mir nicht gefallen. Ich habe ihn angeschrien, mich rauszulassen. Ich hatte … ich hatte Angst.« Er murmelte das letzte Wort so leise, dass sie es fast nicht hören konnte. »Aber dann kam er mit dir zurück. Und er hat uns ein paar Decken gegeben. Und ich hatte Käse und Cracker. Und Wasser.« Wieder ein Murmeln. »Aber nur ein bisschen. Es war nicht viel, ich schwör's. Und ich habe dir einen Cracker aufgehoben. Willst du einen Cracker?«

Rainie spürte, wie ihr der Junge den Cracker in die Hand drückte. Sie nahm ihn, um ihn nicht zu kränken, auch wenn sie nicht glaubte, ihn essen zu können. Dazu hatte sie nicht genug Speichel im Mund.

»Wie lange?«, fragte sie.

»Keine Ahnung. Ich bin … ich glaube, ich bin eingeschlafen.«

Rainie nickte und sah sich um. Es war entsetzlich finster, noch finsterer als im Keller. Wahrscheinlich hatte der Mann nicht nur die Fenster mit Brettern vernagelt, sondern auch die Wände und Möbel schwarz gestrichen. Warum? Sensorischer Entzug? Eine weitere Methode, seine Geiseln unter Kontrolle zu halten?

Warum dieses Zimmer, wenn er den Keller hatte? Womöglich hatte er gemerkt, dass Dougie recht hatte. Der Keller war zu kalt und feucht; dort könnten sie sich unterkühlen.

Vielleicht konnte er es sich noch nicht leisten, dass sie beide tot waren.

Der Gedanke gab ihr Kraft. Wenn er sie lebend brauchte,

dann hatten sie mehr Macht, als sie gedacht hatten. Sie konnten es sich leisten, weiter zu kämpfen. Ja, sie sollten sich wohl noch mehr anstrengen und mit aller Kraft kämpfen, bevor sich diese Gleichung zu ihren Ungunsten veränderte.

Rainie setzte sich auf. Aus heiterem Himmel schoss ein stechender Schmerz ihre linke Seite hinauf zu ihrer Schläfe. Sie schrie unwillkürlich auf, ließ sich wieder aufs Bett fallen und fasste mit ihren gefesselten Händen an ihren Kopf. Der Schmerz verschwand so schnell, wie er gekommen war, aber jetzt registrierte sie zu viele Dinge gleichzeitig: Ein seltsames Kribbeln in ihren Gliedmaßen. Ein dumpfer Schmerz in ihrem geschwollenen linken Knie. Das Gefühl, als würde ihr Kopf in einen Schraubstock gespannt werden.

»Rainie?«, fragte Dougie ängstlich.

»'Tschuldige … falsche … Bewegung.«

»Er hat dir einen Stromschlag verpasst. Ich hab's gesehen. Er hatte dieses Ding in der Hand und dann hat er es dir in den Nacken gepresst und abgedrückt. Dein Körper hat bzzzz gemacht, genau wie im Fernsehen.«

»Gleich … Dougie …«

Aber noch ehe sie weitersprechen konnte, wurde die Tür aufgerissen, und grelles weißes Licht drang ins Zimmer. Rainie riss ihre gefesselten Arme vors Gesicht. Dougie duckte sich neben sie.

»Wie ich gehört habe, seid ihr wach«, sagte der Mann. »Hervorragend. Aufstehen! Wir haben was zu erledigen.«

Rainie versuchte sich zu bewegen, sich von dem Mann wegzudrehen, ihre Füße zu spüren, sich irgendwie zu wehren. Aber ihre Muskeln wollten ihrem Gehirn nicht gehorchen. Ihre Beine bewegten sich nicht, ihre Hüften ebenfalls nicht, und ihre Schultern weigerten sich, die Drehung auszuführen.

Sie lag einfach nur hilflos da, während die dunkle Gestalt ins Zimmer trat und Dougie am Arm fasste.

»Du zuerst. Sie kann nirgendwohin gehen.«

Dougie schrie vor Angst und trat mit den Füßen gegen das Bett. Rainie versuchte seine Hände zu packen und ihn zu sich zu ziehen, obwohl das nichts bringen würde. Der Mann zerrte den Jungen weg und warf ihn sich locker über die Schulter.

Dougie schrie erneut, und der Ton fuhr Rainie durch sämtliche Glieder. Verdammt, tu etwas!, befahl sie sich. Steh von diesem Scheißbett auf!

Sie drückte sich gegen die Matratze und flehte ihren Körper an, sich zu bewegen.

»Nein, nein, nein!«, schrie Dougie, während ihn der Mann den Flur hinuntertrug.

Rainie blieb wie festgenagelt auf dem Bett liegen, während ihr Tränen über das Gesicht strömten. Nein, nein. Bitte beweg dich. Verdammt noch mal! Verdammt noch mal, Rainie, du Scheißversagerin. Wie kannst du nur so schwach sein?

Sie hörte, wie eine Tür geöffnet und geschlossen wurde, und dann war es mucksmäuschenstill.

Die Zeit verging. Sie wusste nicht, wie viel Zeit. Ihr linkes Bein zuckte unkontrollierbar. Der Druck in den Schläfen und hinter den Augen wurde immer stärker.

Dann kam der Mann zurück, mit harten, schnellen Schritten. Er packte sie an ihren gefesselten Handgelenken und zerrte sie aus dem Bett. Sie plumpste wie ein toter Fisch auf den Boden und lag einfach nur da, zu benommen, um sich zu bewegen.

»Steh auf!«, befahl er. »Ich werde dich bestimmt nicht die Treppe hinuntertragen.«

»Wasser.« Sie klang jämmerlich, geschlagen, wie ein verletztes Tier, das um Gnade winselt. Wie konnte jemand wie sie sich überhaupt so anhören?

»Glaub mir, bald wirst du mehr als genug Wasser haben.«

Er versuchte, sie auf die Beine zu zerren. Ihr linkes Knie machte nicht mit. Sobald er sie losließ, klappte sie zusammen. Der Mann war nicht glücklich darüber. Er verpasste ihr einen Fußtritt in die Seite, dann stellte er sich, die Arme in die Hüften gestemmt, vor sie.

»Rainie, ich habe keine Zeit für diesen Scheiß.«

Schlag ihn, dachte sie. Beiß ihn in die Kniescheibe. Sie blieb zusammengerollt liegen. Sie hatte nicht gewusst, dass man so starke Kopfschmerzen haben konnte, ohne dass der Kopf explodierte.

»Herrgott noch mal!« Er trat sie erneut. Sie rührte sich nicht.

Er wurde stinksauer und schlug auf sie ein wie auf einen geprügelten Hund.

Es half ihm nichts. Sie konnte nicht aufstehen, und keine noch so schlimme körperliche Misshandlung würde daran etwas ändern.

Er hielt mit einem tiefen Seufzer inne. »Das wird mir langsam viel zu viel Stress für das bisschen Geld.« Er bückte sich und schlang seinen Arm um ihre gefesselten Handgelenke. »Beim nächsten Mal pfeif ich auf ein Lebenszeichen. Ich bring die Geisel sofort um, dann hat sich die Sache! Dann muss ich niemanden mit mir herumschleppen, füttern, verstecken und mich nicht mit ihren lächerlichen Fluchtversuchen herumärgern. Ehrlich gesagt, hab ich die Schnauze voll von dir, Rainie. Ich kann verstehen, warum dein Mann ausgezogen ist. Du bist verdammt noch mal total unfähig zu allem.«

Er zerrte sie in den Flur. Sie bewegte sich nicht und machte sich so schwer sie konnte. Nach ein paar Metern blieb der

Mann keuchend stehen und fluchte. Ein menschlicher Körper war unhandlich und nicht leicht zu ziehen. Wenn er sie schon umbrachte, dann würde sie es ihm wenigstens nicht zu einfach machen.

Er hakte seine Hände unter ihre Achseln, holte tief Luft und setzte seinen mühsamen Weg fort. Sie kamen in die Küche. Er zerrte sie um die Ecke, an den Schränken entlang. Im letzten Augenblick legte sie ihren Fuß gerade so weit um, dass sie an dem Eckschränkchen hängen blieb. Im Gegenzug verpasste er ihr einen Schlag auf die Schläfe.

Weiter ging's.

Sie kapierte, wohin er sie brachte. Zurück in den Keller. In die Dunkelheit. Die beißende Kälte. Verzweifelt bog sie den Rücken durch und versuchte, sich aus seinem Griff zu winden. Sie wollte nicht wieder dort hinab. Er würde sie die Treppe hinunterwerfen. Er würde die Tür hinter ihnen verriegeln.

Und niemand würde sie oder Dougie jemals wieder lebend zu Gesicht bekommen.

»Nein, nein, nein.« Sie wusste nicht, dass sie zu stöhnen angefangen hatte, bis ihre eigene Stimme an ihre Ohren drang.

»Halt's Maul!«, fauchte der Mann.

Am letzten Schränkchen hielt sie sich verzweifelt am Griff fest.

»Du machst mich stinksauer, Lorraine!«

Aber sie ließ nicht los, konnte nicht loslassen. Sie war schwach und geschlagen und von den Entzugserscheinungen halb im Delirium. Aber sie hatte einen klaren Gedanken: Er hatte sie letzte Nacht nicht umgebracht, und das konnte nur bedeuten, dass er sie noch brauchte. Also musste sie kämpfen, sich noch einmal aufbäumen, bevor sie keinen Nutzen mehr für ihn hatten und er sie endgültig ihrem Schicksal überließ.

»Zwing mich nicht, den Elektroschocker zu holen, Rainie!«, brüllte der Mann.

»Wasser … Wasser …«

Er riss gewaltsam ihre Finger von dem Griff. Einer ihrer Fingernägel riss ab. Sie jaulte vor Schmerzen. Dann stieß er die Kellertür auf und schubste sie auf die oberste Stufe.

»An deiner Stelle würde ich zu gehen anfangen«, sagte er. »Sonst ist es ein langer Sturz.«

Er gab ihr einen festen Stoß. Sie erwischte gerade noch das Holzgeländer, um den Sturz etwas abzumildern, während sie brutal die Treppe hinunterratterte und in einer Pfütze landete.

»Lass mich raus!«, schrie Dougie im Finstern. »Ich will nicht mehr spielen.« Sein Schrei endete in einem hohen Kreischen.

»Hey, Rainie«, höhnte der Mann von oben. »Genieß das kostbare Nass.« Er lachte. Dann knallte er die Tür zu, und Rainie hörte, wie das Schloss vorgeschoben wurde.

Dougie begann wieder zu schreien, laut, verzweifelt, wütend. »Nein, nein, nein, nein, nein!«

Rainie hätte eingestimmt, wenn sie die Kraft dazu gehabt hätte.

»Nein, nein, nein, nein, nein!«

Sekunde um Sekunde verstrich. Dougie verstummte endlich. Sie nahmen die Dunkelheit in sich auf.

Und dann hörte Rainie zum ersten Mal ein neues Geräusch. Ein leises, konstantes, vibrierendes Zischen.

Endlich verstand Rainie die spöttische Bemerkung des Mannes. Und sie begriff, welche Frage sie Dougie nach dem Aufwachen hätte stellen sollen: Warum hatte ihm der Mann Käse und Cracker gegeben? Was hatte Dougie getan, um sich diese Belohnung zu verdienen?

»Dougie«, rief sie leise. »Du musst mir die Wahrheit sagen – hat der Mann ein Foto von dir gemacht?«

»Es tut mir leid«, sagte der Junge sofort, was Antwort genug war.

Rainie schloss die Augen. »Dougie, hast du eine Zeitung in der Hand gehalten?«

»Mein Bild war auf der Titelseite! Deins auch«, fügte er nach kurzem Zögern hinzu.

»Dougie, du musst irgendwo raufklettern. Kannst du die Werkbank finden? Setz dich dort hinauf.«

»Ich kann nicht! Ich bin an einem Rohr festgebunden! Ich kann mich nicht bewegen!«

»O nein.« Rainie versuchte sich aufzurappeln, um Dougie zu finden. Aber ihre Beine bewegten sich nicht, ihr Körper spielte nicht mit. Sie lag auf dem kalten Boden und spürte an ihrer Wange, wie das Wasser immer höher stieg.

Das Zischen wurde stärker und war jetzt von einem Gurgeln begleitet.

Der Mann hatte ein Rohr kaputt gemacht und flutete den Keller. Er hatte sein Lebenszeichen bekommen.

Jetzt hatte er sie zum Sterben wieder nach hier unten gebracht.

35

MITTWOCH, 10:41 UHR

Lieutenant Mosley hatte zwei Jahrzehnte seines Lebens in der Uniform der Staatspolizei von Oregon verbracht. Zwanzig Jahre, in denen er jeden Morgen eine marineblaue Hose und ein kurzärmeliges graues Hemd anzog und sich einen schwarzen Einsatzgürtel aus Lackleder umschnallte.

Er fuhr einen Dienstwagen, auf dem neuerdings eine goldene Sternschnuppe auf marineblauem Hintergrund zu sehen war. Sein Arbeitsplatz, das OSP-Büro in Portland, war in einem ehemaligen Postgebäude in einem Einkaufs- und Gewerbegebiet untergebracht; einmal hatte ein Sexualverbrecher, der sich zur obligatorischen Registrierung bei ihnen einfinden musste, beschlossen, auszubüxen, und sie hatten ihn am McDonald's vorbei in den Ein-Dollar-Laden gejagt. Eigentlich war es zu diesem Zeitpunkt sehr beängstigend gewesen – ein Sexualstraftäter rannte durch eine Gegend, in der sich viele kleine Kinder aufhielten –, aber nachdem alles vorbei war und der Straftäter sicher hinter Gittern saß, ergab es natürlich eine gute Story.

Lieutenant Mosley hatte im Laufe seiner Karriere Hunderte von Verkehrsunfällen erlebt und Tausende von Strafzetteln ausgestellt. Er hatte mit eigenen Augen gesehen, was ein sechzehnjähriger Raser sich und einer fünfköpfigen Familie antun konnte. Dann hatte er drei Jahre lang bei einer Taskforce für Bandenverbrechen gedient, ungefähr zu der Zeit, als die Banden aus L. A. ihre spezielle Sorte Gewalt in die Gegend um Portland exportierten und neunjährigen Jungs beibrachten, sich gegenseitig mit Baseballschlägern totzuprügeln. Schließlich hatte er fünf Jahre im Kampf gegen Drogen zugebracht und dabei zugesehen, wie die wachsende Crack-Epidemie ganze Straßenzüge hinwegraffte.

Als vor zwei Jahren die Position des Pressesprechers frei geworden war, hatte Mosley gefunden, dass es Zeit sei für einen Wechsel. Vielleicht dachten seine Kollegen, er wolle ein paar Gänge zurückschalten und sich langsam auf den Ruhestand vorbereiten, aber er wusste, was er geleistet hatte. Er war auf den Highways unterwegs gewesen, er hatte auf der Straße patrouilliert. Er hatte manche Schlachten gewonnen und andere Kämpfe verloren. Er hatte eine ziemlich gute Vorstellung von dem, was man als Polizist ausrichten konnte und was nicht.

Er dachte, er hätte schon alles gesehen und erlebt. Aber so etwas hatte er noch nicht gesehen.

Mosley wandte sich von dem kleinen Fernseher ab, der am Empfangsschalter des Ministeriums für Umwelt und Fischerei lief, und steckte den Kopf in den Konferenzraum.

»Hey«, sagte er zu Kincaid und Quincy. »Das müssen Sie sich ansehen.«

MITTWOCH, 10:45 UHR

Adam Danicic hielt eine Pressekonferenz ab. Er hätte als jüngere Ausgabe von Regis Philbin durchgehen können, wie er da, tadellos gekleidet, in einem anthrazitfarbenen Anzug, einem rosa Hemd und einer dunkleren violetten Seidenkrawatte, mit ineinander verschränkten Händen und betont mitfühlender Miene im Vorgarten eines kleinen weißen Hauses stand.

Um ihn herum scharten sich Reporter, Kameramänner und ehrfürchtige Nachbarn.

»Nach langer und reiflicher Überlegung«, erklärte Danicic der versammelten Menge, »bin ich zu dem Entschluss gekommen, dass es meine Pflicht ist – als Bürger, nicht als Journalist –, der Öffentlichkeit mitzuteilen, was ich über die tragische Entführung einer Frau und eines Kindes hier in Bakersville weiß. Als Zeitungsreporter war ich natürlich geehrt und erfreut, dass mich die *Bakersville Daily Sun* mit der Berichterstattung über die Entführung und die polizeilichen Ermittlungen betraut hat. Ich habe praktisch die ganze letzte Nacht hindurch an der Titelgeschichte für die heutige Morgenausgabe der *Sun* gearbeitet. Als Journalist habe ich jedoch eine moralische Verpflichtung, objektiv zu sein und mich von den Ereignissen zu distanzieren. Aber je länger ich an der Story arbeitete, desto deutlicher wurde mir, dass ich kein objektiver Außenseiter mehr bin. Im Gegenteil. Gerade erst vor wenigen Minuten erhielt ich neue Informationen, die mich ins Zentrum dieser Ermittlungen stellen. Deshalb habe ich beschlossen, als Reporter von dieser Geschichte zurückzutreten und stattdessen mein ganzes Wissen weiterzugeben, in der Hoffnung, dass es zur Freilassung von Lorraine Conner und dem siebenjährigen Douglas Jones führt.«

»Wovon zum Teufel redet er?«, fragte Kincaid Lieutenant Mosley.

»Keine Ahnung«, sagte der Pressesprecher tonlos. »Aber für uns bedeutet das garantiert nichts Gutes.«

»Es begann alles in den gestrigen Morgenstunden«, fuhr Danicic mit weit ausholenden, theatralischen Armbewegungen fort. »Die Redaktion der *Daily Sun* erhielt ein schreckliches Schreiben. Darin hieß es, dass eine Frau entführt worden sei, dass ihr aber nichts passieren würde, solange wir den Anweisungen des Entführers Folge leisten.«

Danicic beschrieb die gestrigen Ereignisse bis ins kleinste Detail. Die Kooperationsbereitschaft der *Daily Sun* mit der Polizei: »Eine Lokalzeitung ist per definitionem Teil der hiesigen Gesellschaft und muss folglich Zurückhaltung und Mitgefühl an den Tag legen, wenn ein Mitglied dieser Gesellschaft in Gefahr ist.«

Der Versuch, die Lösegeldübergabe neu zu verhandeln: »Der verzweifelte Versuch einer ratlosen Sonderkommission, die sich im unbarmherzigen Wettlauf mit der Zeit befindet.« Die unerwartete Entführung von Dougie Jones und das Schreiben an seiner Windschutzscheibe: »Da wurde mir langsam klar, dass ich bei der ganzen Sache womöglich eine ungewöhnliche und unerwartete Rolle spielen würde.«

Aber erst heute Morgen, so versicherte Danicic seinen Kollegen von der Presse, wurde ihm bewusst, welche Rolle das sein könnte. Nachdem er die Titelstory an Owen Van Wie, den Besitzer der *Daily Sun*, gemailt hatte, holte er endlich den dringend benötigten Schlaf nach. Aber kurz darauf wurde er durch ein Läuten an der Tür geweckt und fand einen an ihn adressierten Umschlag vor seiner Haustür.

»Scheiße, Mann«, stöhnte Kincaid.

»Wir hätten ihn gestern Abend einsperren sollen«, stimmte Lieutenant Mosley zu.

Quincy starrte weiter auf den Bildschirm.

»Der Brief war getippt, aber Tonfall und Inhalt ähneln den anderen Schreiben, die ich privilegierterweise sehen durfte«, berichtete Danicic. »Ich habe keinen Zweifel an der Echtheit des Schreibens. Der Kidnapper wiederholt darin seine Forderung von zwanzigtausend Dollar Lösegeld für Lorraine Conner und Douglas Jones. Er erklärt allerdings, dass er der Sonderkommission der Polizei nicht mehr vertraut und nicht länger mit ihr zusammenarbeiten möchte. Er deutet an, dass ihm nichts anderes übrig bleibt, als seine beiden Geiseln zu töten, sollte dieses Problem nicht in Kürze geklärt sein. Als Beweis hat er das hier beigefügt.«

Danicic hielt ein Foto in die Kameras. Die Kamera zoomte es näher heran. Das Foto war dunkel und verschwommen. In der Mitte war das Gesicht eines kleinen Jungen zu sehen, aber durch den grellen Blitz war es ganz weiß und einzelne Gesichtszüge schwer zu erkennen. Der Junge hielt etwas in der Hand.

»Dieses Foto zeigt eindeutig Dougie Jones. Man beachte, dass der Junge auf das Datum der Titelseite der heutigen Morgenzeitung zeigt, auf der ein Foto von ihm abgedruckt ist. Meiner Meinung nach kann man auch das Gesicht einer Frau erkennen, die hinter Dougie liegt. Wie ich glaube, handelt es sich bei dieser Frau um Rainie Conner, aber das wird die Polizei beurteilen müssen. Gelinde gesagt, war ich zutiefst bestürzt, dieses Foto und das Schreiben zu erhalten. Natürlich war mein erster Impuls, die Polizei anzurufen, so wie ich es bisher bei allen Mitteilungen des Entführers gemacht hatte. Aber der Tonfall des Schreibens ließ mich zögern. Selbstverständlich beunruhigt es mich, dass der Kidnapper das Gefühl hat, nicht mehr mit der Polizei zusammenarbeiten zu können. Nachdem ich aus erster Hand miterlebt habe, welche Folgen dieses Misstrauen nach sich ziehen kann – die Entführung einer zweiten Geisel, eines kleinen Jungen, am gestrigen Nachmittag –, mache ich mir Sorgen, was das für Dougie und Rainie bedeutet. Folglich habe ich mich zu einer schweren Entscheidung durchgerungen. Ich habe beschlossen, mit diesem Schreiben an die Öffentlichkeit zu gehen. Ich stehe jetzt hier vor Ihnen, in der

Hoffnung, dass meine Nachricht die Person erreicht, die Rainie Conner und Dougie Jones in ihrer Gewalt hat. Und ich biete meine Dienste als Unterhändler an.« Danicic blickte direkt in die Kamera. »Mr Fuchs«, sagte er feierlich. »Ich werde Ihnen jetzt meine Handynummer nennen. Ich fordere Sie auf, mich jederzeit anzurufen. Und ich verspreche Ihnen, dass ich alles in meiner Macht Stehende tun werde, um sicherzustellen, dass Sie Ihre zwanzigtausend Dollar erhalten. Ich möchte Sie nur bitten, Dougie Jones und Rainie Conner nichts anzutun. Lassen Sie nicht Unschuldige für die Fehler der Polizei büßen.«

Danicic nannte seine Handynummer. Einige seiner Nachbarn klatschten.

In der Eingangshalle des Ministeriums schüttelte Kincaid den Kopf, als wolle er einen besonders schlechten Traum aus seinem Gedächtnis vertreiben.

Mosley fing sich als Erster. »Wir müssen sofort eine eigene Pressekonferenz abhalten. Wir werden eine Stellungnahme abgeben, dass wir mit dem Entführer in Kontakt stehen und seine Forderungen erfüllen. Wir müssen betonen, wie wichtig es bei diesem heiklen Fall ist, der Sonderkommission Zeit und Spielraum zu geben, auch wenn wir jede Hilfe von Seiten der Öffentlichkeit zu schätzen wissen. Wir sollten auch erwähnen, dass wir eine professionelle Unterhändlerin hinzugezogen haben; das wird das Vertrauen der Öffentlichkeit in unsere Arbeit stärken.«

»Lassen Sie Danicic und dieses Schreiben umgehend aufs Revier bringen«, entgegnete Kincaid. »Rufen Sie das Labor an, und organisieren Sie einen Forensiker von der Dokumentenabteilung sowie einen Fotoexperten. Und ich will, dass Danicic in einen Vernehmungsraum gebracht wird. Falls ihn der Täter beim Wort nimmt und auf seinen hanebüchenen Plan eingeht, will ich die Einzelheiten nicht auf CNN hören.«

Mosley nickte. Beide Männer wandten sich an Quincy, der noch immer auf den Bildschirm starrte.

»Sie sind so ruhig.« Kincaid kniff die Augen zusammen. »Sie sind doch nicht etwa der Meinung, dass wir mit ihm zusammenarbeiten sollen, oder?«

»Was? Nein, nein. Ich versuche nur, in die Zukunft zu sehen.«

»Viel Glück!«

»Er hat um zehn Uhr angerufen«, sagte Quincy abrupt. »Der Täter hat seine Ankündigung aus dem gestrigen Schreiben wahrgemacht und schien die Lösegeldübergabe vorzubereiten, indem er drei Polizistinnen zu drei verschiedenen Telefonapparaten bestellt hat. Gleichzeitig hat er Mr Danicic ein Schreiben vor die Tür gelegt, in dem er behauptet, nicht mehr mit der Sonderkommission zusammenarbeiten zu können. Warum?«

Kincaid zuckte die Schultern.

»Um Verwirrung zu stiften. Uns aus dem Konzept zu bringen. Sich wieder mal einen Spaß auf unsere Kosten zu machen.«

»Alles schön und gut. Aber davon wird man nicht reich. Er hat noch nicht einmal über die Münzfernsprecher Kontakt aufgenommen.«

»Sie haben es doch selbst gesagt: Seine Hauptmotivation ist nicht das Geld.«

»Er spielt ein Spiel.«

»Der Scheißkerl«, stimmte Kincaid zu.

»Aber jedes Spiel hat ein Ende.«

»Theoretisch ja.«

»Worauf läuft dann sein Spiel hinaus, Sergeant? Wofür sind wir blind?«

Kincaid wusste darauf keine Antwort. Er zuckte die Schultern, als Candi in der Tür erschien. Ihre Gesichtsfarbe gefiel ihm nicht.

»Es ist etwas passiert«, berichtete sie.

»Hat der Täter Kontakt aufgenommen?« Kincaid rannte bereits zurück in den Konferenzraum.

»Nein, aber von Trooper Blaney kam gerade ein Funkspruch. Er ist am Wal-Mart. Von Detective Grove fehlt jede Spur.«

»Was?«

Kincaid stutzte.

»Er hat drinnen und draußen alles abgesucht«, berichtete Candi. »Soweit er es beurteilen kann, ist Alane verschwunden.«

36

MITTWOCH, 11:13 UHR

Kimberly ging vor dem Münzfernsprecher auf und ab, als sich ihr Walkie-Talkie knisternd zu Wort meldete. Es war Mac.

»Am Wal-Mart ist etwas passiert. Wir müssen uns so schnell wie möglich dort treffen.«

»Hat der Entführer Kontakt aufgenommen?« Kimberly rannte über den Parkplatz zu ihrem Auto; ihr Adrenalinpegel schnellte bereits in die Höhe.

»Nein, eher etwas in der Art, dass Detective Grove verschwunden zu sein scheint.«

»Wie bitte?«

»Du hast richtig gehört.«

Kimberly sprang ins Auto und machte sich auf den Weg zum Wal-Mart.

MITTWOCH, 11:18 UHR

Vor dem Wal-Mart hatte sich bereits eine Menge Schaulustiger versammelt, die den Eingang blockierte. Erst als Deputy Mitchell die Sirene des Überwachungstransporters dreimal aufheulen ließ, machte die Menge widerwillig Platz.

Kimberly, die dem Transporter folgte, zählte ein Dutzend Streifenwagen und drei Zivilfahrzeuge an der Einfahrt zum Parkplatz. Bis jetzt waren noch keine Reporter zu sehen, aber über ihnen kreiste der erste Hubschrauber. Das Ganze wuchs sich nicht erst zu einem Medienzirkus aus, sie steckten schon mittendrin.

Deputy Mitchell parkte den Transporter mitten auf dem Parkplatz, Kimberly tat es ihm gleich. Als sie aus dem Auto stieg, sah sie, wie der Deputy den Hals verrenkte und zum Hubschrauber hinauf deutete.

»Ist es das, wofür ich es halte?«, fragte er Mac.

»Und ob.«

»Scheiße, das ist nicht fair. Die meisten von uns hatten noch nicht mal Gelegenheit, zu duschen!«

Mac und Kimberly sahen sich an und zerrten den müden Deputy zum Eingang. Dort stand Sheriff Atkins bei Lieutenant Mosley und einer fülligen Dame in einem roten, blümchengemusterten Kleid. Laut Namensschild war Dorothy die Geschäftsführerin der Wal-Mart-Filiale.

»Ja, wir haben im ganzen Laden Kameras. Natürlich können Sie sich die Kassetten ansehen. Ich kann mir allerdings nicht vorstellen, was passiert sein könnte. Ich meine, es ist mitten am helllichten Tag. Mir ist nicht zu Ohren gekommen, dass jemandem etwas Ungewöhnliches aufgefallen wäre.« Dorothy trat von einem Bein aufs andere und bauschte nervös ihr rotes Kleid auf.

»Ich weiß«, tröstete Shelly. »Aber das ist ja das Schöne an Überwachungskameras. Sie passen immer auf, sogar an einem ganz normalen Tag.« Sie winkte Mac, Kimberly und Deputy Mitchell heran. »Deputy Mitchell, das ist Dorothy Watson. Dorothy wird Ihnen im Büro die Kassetten der Überwachungskamera zeigen. Ich möchte, dass sie sich alles ansehen – von heute Vormittag um 9:45 Uhr bis 10:30 Uhr. Vor allem die Aufnahmen von den Münzfernsprechern. Ich will wissen, wann Detective Grove hier auftauchte und ob es sich irgendwie erkennen lässt, wohin sie verschwunden ist. Haben Sie mich verstanden?«

Mitchell nickte. Er beäugte nach wie vor den Pressehubschrauber und zupfte nervös an seinem Hemdkragen. Er war eindeutig nicht darauf vorbereitet, sein Fernsehnachrichtendebüt zu geben. Manchmal war es nicht leicht, Cop zu sein.

Nachdem Mitchell mit Dorothy im Laden verschwunden war, erzählte Shelly Mac und Kimberly, was vorgefallen war. »Wir haben nicht den leisesten Schimmer«, gab sie unumwunden zu. »Detective Grove kam pünktlich hier an. Sie funkte Kincaid eine Beschreibung eines Mannes durch, der an einem der Münztelefone telefonierte. Kincaid sagte ihr, dass Verstärkung unterwegs sei. Und das war das Letzte, was wir von Alane Grove gehört haben.«

»Um wieviel Uhr hat sie Kincaid angefunkt?«, fragte Kimberly.

»Er hat 10:28 Uhr ins Protokoll eingetragen.«

»Und wann traf die Verstärkung ein?«

»Das ist die schlechte Nachricht. Es dauerte zehn Minuten, bis Kincaid jemanden auftrieb, und dann brauchte Trooper Blaney weitere zehn Minuten, um seinen Hintern hierher zu schaffen. Als er hier ankam, war von Alane oder dem besagten Gentleman weit und breit nichts zu sehen, also parkte er und ging nach drinnen. Es ist ein großer Laden. Als er sie nach einer Viertelstunde noch immer nicht gefunden hatte, wurde er langsam nervös und kontaktierte die Sonderkommission. Kincaid ordnete an, alles sofort abzuriegeln. Also piepte Blaney Dorothy an und ließ den Laden dichtmachen. Die Angestellten und Kunden mussten sich draußen in Reih und Glied aufstellen. Dann suchten Blaney und Dorothy alles Gang für Gang ab, einschließlich des Aufenthaltsraums für die Angestellten, der Toiletten, des Lagerraums, alles. Keine Spur von Detective Grove.«

»Ihr Auto? Habt ihr das Auto gefunden, mit dem sie hierher gefahren ist?«

»Steht noch auf dem Parkplatz.«

»Vom PR-Standpunkt aus ist es der totale Albtraum«, sagte Lieutenant Mosley. »Danicic hat gerade in einer Pressekonferenz kundgetan, dass unser Unvermögen an der Entführung von Dougie Jones schuld ist. Wenn sich herumspricht, dass der Täter jetzt auch noch am helllichten Tag Mitglieder der Sonderkommission entführt …«

»Detective Grove ist sicherlich auch nicht begeistert von der Sache«, fauchte Kimberly. »Wir wollen mal nicht aus den Augen verlieren, um was es hier geht!«

»Alles, was ich sagen will, ist, dass die Medien bestimmen, um was es geht. Unser Täter zieht eine Show für die Medien ab. Der *Daily-Sun*-Reporter zieht eine Show für die Medien ab. Und wir – wir tun nichts. Verdammt noch mal, wie viele Leute müssen denn noch entführt werden, bevor ich meinen Job machen kann?«

Kimberly sah ihn aus weit aufgerissenen Augen an, und ihre Gesichtsfarbe verdunkelte sich zusehends.

Aber Mosley ließ sich nicht einschüchtern und tippte eine Nummer auf seinem Handy ein. »Kommen Sie hier zurecht?«, fragte er Shelly.

»Wir kommen schon klar.«

»Gut, dann fahre ich ins OSP-Büro. Ich kann genauso gut versuchen, ein vernünftiges Wort mit Danicic zu reden oder, falls ich großes Glück habe, eine offizielle Presseerklärung herauszugeben. Wir müssen die Sache endlich unter Kontrolle kriegen. Das da« – Mosley zeigte auf den Hubschrauber über ihnen – »ist Schwachsinn.« Dann stolzierte er, das Handy am Ohr, davon.

Kimberly bemühte sich, ihren Blutdruck wieder unter Kontrolle zu bekommen. »Nicht zu fassen …«

Mac legte ihr beruhigend die Hand auf den Arm. »Er macht nur seinen Job. So, wie wir unseren machen müssen. Also, noch mal der Reihe nach: Ist jemand auf den Münzfernsprechern angerufen worden?«

»Nicht, dass wir wüssten«, sagte Shelly.

»Also ist die einzige Person, die etwas Ungewöhnliches meldete, Detective Grove, und sie ist jetzt verschwunden.«

»Ganz genau.«

»Das gefällt mir nicht.«

»Mir stellt es auch die Nackenhaare auf.«

Von Shellys Taille war ein Piepsen zu vernehmen. Sie runzelte die Stirn, blickte auf das Display ihres Pagers und nahm das Polizeifunkgerät von ihrem Einsatzgürtel. »Sheriff Atkins.«

Es meldete sich die knisternde Stimme eines Mitarbeiters der Leitzentrale. »Wir haben hier einen Anrufer, Identität unbekannt, der mit Ihnen sprechen will. Er will uns weder seinen Namen noch den Grund seines Anrufs nennen. Aber er besteht darauf, mit Ihnen zu sprechen.«

Shelly sah Kimberly und Mac an und zog eine Augenbraue hoch. »In Ordnung. Stellen Sie ihn durch.«

Mac und Kimberly rückten näher. Stille, dann eine männliche Stimme: »Ich habe Informationen über die vermisste Frau und das Kind. Ich will wissen, wie hoch die Belohnung ist.«

»Dafür, dass Sie ein guter Bürger sind?«

Der Mann sprach weiter, als hätte er sie nicht gehört. »Ich habe in der Zeitung von einer Frau gelesen, die siebzigtausend Dollar bekommen hat, weil sie geholfen hat, einen Polizistenmörder zu fangen. Ich habe Informationen, die zwei Leuten das Leben retten. Das ist mindestens einhundert Riesen wert.«

»Hal Jenkins, Sie Haufen Scheiße«, sagte Shelly. »Haben Sie wirklich gedacht, ich würde Ihre Stimme nicht erkennen, nur weil Sie über den Polizeifunk anrufen?«

Langes Schweigen.

Dann kniff Shelly die Augen zusammen. »Sie waren nicht zufällig heute Vormittag im Wal-Mart, Hal? Vielleicht mit einem blauen Flanellhemd bekleidet? Überlegen Sie es sich gut, bevor Sie antworten; wir haben die Kassetten von den Überwachungskameras.«

»Scheiße«, sagte Hal.

»Dacht ich's mir! Und was die Belohnung angeht, Hal: Ich schicke jetzt sofort einen Deputy zu Ihnen. Sie steigen ohne Widerrede in das Auto, dann kommen Sie auf schnellstem Weg hierher und sagen mir ins Gesicht, was Sie über die Vermissten wissen. Und zwar alles, Hal, andernfalls werde ich Ihr gesamtes Grundstück Ofen für Ofen, Brett für Brett auseinandernehmen. Ich habe Ihnen gestern gesagt, dass wir nicht spaßen, und ich habe es ernst gemeint.«

»Ich will nur etwas Geld«, schmollte Hal. »Andere bekommen auch eine Belohnung. Ich sehe nicht ein, was daran falsch sein soll.«

»Gehen Sie auf Ihre Veranda, Hal. Einer von meinen Leuten wird sofort bei Ihnen sein.«

Shelly legte auf. Dann ordnete sie die Leitzentrale an, Hal von einem Deputy zum Wal-Mart bringen zu lassen. Als Nächstes ließ sie sich zum Staatsanwalt durchstellen, um ihm von Hal Jenkins' Erpressungsversuch zu erzählen und einen Durchsuchungsbeschluss für sein Grundstück zu beantragen, da er offensichtlich in irgendeiner Weise mit der Entführung einer Polizistin zu tun hatte.

Kimberly war beeindruckt. »Ich dachte, Sie wollten sein Grundstück in Ruhe lassen.«

»Ich habe gelogen. Bis wir den Durchsuchungsbeschluss haben, wird uns Hal bereits alles erzählt haben, was wir wissen müssen. Dann wäre der richtige Zeitpunkt, um Mr Jenkins eine kleine Überraschung zu bereiten. Außerdem will ich seine Farm seit Wochen unter die Lupe nehmen. Einem geschenkten Gaul schaut man nicht ins Maul.«

Es dauerte neunzehn Minuten, bis Hal am Wal-Mart eintraf. In der Zwischenzeit bestätigte Deputy Mitchell, dass Hal Jenkins an einem der Apparate telefoniert hatte, als Alane Grove eingetroffen war. Auf der Überwachungskamera sah man, wie Grove in den Laden ging. Kurz darauf verschwand Hal aus dem Kamerabereich in Richtung Parkplatz. Grove tauchte für einen kurzen Moment wieder bei den Telefonen auf und verschwand dann ebenfalls auf dem Parkplatz. Sie erschien nicht wieder im Bild.

»Keine Kameras auf dem Parkplatz?«, fragte Shelly mürrisch.

»Die Außenkameras überwachen nur den Eingang und die Einfahrt zum Parkplatz«, sagte Mitchell. »Die gute Nachricht: Wir haben deutliche Bilder von allen Fahrzeugen, die heute Vormittag auf den Parkplatz gefahren sind, einschließlich der Kennzeichen. Die schlechte Nachricht: Es wird eine Weile dauern, sie alle zu überprüfen, außerdem umfasst das keine Fußgänger.«

»Wir nehmen, was wir haben. Schicken Sie die Filme an Kincaid, damit er sie ans Labor weiterleiten kann. Jemand wird heute eine Nachtschicht einlegen müssen.«

Shelly telefonierte wieder mit der Leitzentrale. Kimberly nutzte die Gelegenheit, ihren Vater anzurufen.

»Wie geht es dir?«, fragte sie ruhig, während sie sich von dem quäkenden Polizeifunk, dem lauten Geschnatter der aufgeregten Menge und dem Geknatter des Helikopters entfernte.

»Wir stecken in Schwierigkeiten«, antwortete Quincy unverblümt.

»Wir haben vielleicht einen Durchbruch in den Ermittlungen. Wir wissen, wer am zweiten Telefon war. Und derjenige behauptet, etwas über Rainie und Dougie zu wissen.«

»Der Täter sollte uns anrufen und das Geld verlangen«, sagte Quincy. »Er tut nicht einmal mehr so als ob.«

»Mac sagt, sie hätten in den Nachrichten ein Foto gezeigt, das beweist, dass Rainie und Dougie heute Morgen noch am Leben waren.«

»Es beweist, dass Dougie noch am Leben war. Rainie ist im Hintergrund zu sehen. Liegend. Mit geschlossenen Augen. Ich habe das Foto gerade vor mir.«

Kimberly drückte das Handy fester an ihren Kopf und legte eine Hand über das andere Ohr, um die Hintergrundgeräusche auszublenden. Ihr Vater klang entmutigt, ganz anders als sonst. Sie hörte die Angst und Verzweiflung in seiner Stimme.

Ein Streifenwagen drängelte sich hupend durch die Menge. Auf der Rückbank saß ein Mann, mit hochgezogenen Schultern, unrasierten Wangen und einem blauen Flanellhemd.

»Hal Jenkins ist hier«, informierte sie Quincy. »Ich ruf dich in einer Viertelstunde wieder an.«

»Hast du den GPS-Sender noch?«, fragte ihr Vater abrupt.

Kimberly runzelte die Stirn. »Ja, warum?«

»Versprich mir, dass du ihn nicht abnimmst.«

»Du machst mir Angst, Dad.«

»Das ist auch meine Absicht. Wir haben dem Täter noch nicht einen Cent bezahlt. Aber falls er tatsächlich Detective Grove entführt hat …«

»Dann hat er sich gerade siebentausend Dollar unter den Nagel gerissen.«

»Das sollte uns zu denken geben«, sagte ihr Vater.

Hal Jenkins stieg aus dem Streifenwagen, und Shelly winkte Kimberly zu sich. Kimberly klappte ihr Handy zu und hatte ein noch schlechteres Gefühl als zuvor, was diesen Tag anging.

MITTWOCH, 11:35 UHR

Hal Jenkins war kein netter Mensch. Und er hatte eindeutig ein Problem mit Sheriff Atkins.

»Wenn Sie auch nur einen Fuß auf meine Farm setzen, sage ich gar nichts«, war seine Begrüßung.

»Hal, versprochen ist versprochen.«

»Scheiß drauf, ich will es schriftlich haben.«

Shelly gähnte, sah Hal schief an und zuckte dann lapidar mit den Schultern. »Wie Sie meinen, Hal, wenn es Sie glücklich macht…« Sie winkte Deputy Mitchell herbei, der einen Spiralblock und einen Kugelschreiber aus seiner Tasche hervorkramte. Shelly schrieb mit theatralischer Geste: Ich, Sheriff Shelly Atkins, verspreche hiermit feierlich, das Grundstück von Hal Jenkins, Tillamook County, nicht zu durchsuchen – unter der Bedingung, dass er uneingeschränkt mit uns kooperiert und uns erzählt, was er über die Vermissten Lorraine Conner, Douglas Jones und Detective Alane Grove weiß. Dann setzte sie schwungvoll ihre Unterschrift darunter.

Hal sah sie finster an. »Wer ist Alane Grove?«

Shelly war zum ersten Mal verunsichert. »Erzählen Sie mir doch zuerst, was Sie über Rainie Conner und Dougie Jones wissen.«

»Moment mal. War das die Tussi, die hier bei den Telefonen aufkreuzte? Die mit der Reisetasche? Ich hab mir gleich gedacht, dass sie sich wie ein Cop benimmt!« Sein Blick wurde wild: »Scheiße, das wollen Sie doch nicht mir anhängen, oder?

Darüber weiß ich nichts. Ich hab sie gesehen, hab mir gedacht, wie seltsam es ist, dass sie mit einer Reisetasche in den Wal-Mart geht, und dann, zack, war sie weg, und ich habe mich wieder um meinen Kram gekümmert.«

»Was haben Sie an den Münzfernsprechern gemacht, Hal?«

»Ich schätze meine Privatsphäre.«

»Deshalb benützen Sie einen öffentlichen Münzfernsprecher?«

»Hey, wir haben alle unsere kleinen, wie sagt man, Spleens?«

Shelly kaute an ihrer Wange und sah aus, als würde sie dem Informanten am liebsten eine reinhauen. »Sie waren also bei den Telefonen.«

»Ja.«

»Um jemanden anzurufen?«

»Vielleicht.«

»Denken Sie dran, Hal, wir können die Verbindungsdaten anfordern.«

Hal machte erneut einen geknickten Eindruck.

»Ja, ja, diese Vermissten«, sagte Shelly sarkastisch. »Sie machen einem das Leben ganz schön schwer. Verfluchte Scheiße!«

»Fluchen Sie nicht. Sie sind eine Dame. Damen sollten nicht fluchen.«

»Aber, aber, Hal, Sie sind ja ein richtiger Charmeur! Erzählen Sie mir von dem Anruf.«

»Der Anruf ist egal«, sagte Hal abrupt. Er schien für sich eine Entscheidung getroffen zu haben. »Was zählt ist, dass ich meine Münze hab fallen lassen.«

»Sie haben Ihre Münze fallen lassen?«

»Ja, und als ich mich bückte, um sie aufzuheben, sah ich, dass unten etwas ans Telefon geklebt war.«

»Beeilen Sie sich, Hal. Wir haben nicht den ganzen Tag Zeit.«

Aber Hal hatte genug vom Sprechen. Er zog einen zerknitterten weißen Umschlag aus seiner Hosentasche und hielt ihn wie einen Preis zwischen den Fingern. »Ich gebe Ihnen mein Schreiben, wenn Sie mir Ihres geben.«

Shelly reichte ihm ihr Versprechen, seine Farm nicht zu durchsuchen. Hal gab ihr den schmuddeligen Umschlag.

»Das klebte am Telefon?«, fragte Shelly.

»Genau. Glauben Sie mir, ich habe nichts angerührt oder verändert. Wie ich schon sagte, diese ganze Entführungsgeschichte ist nicht mein Fall.«

»Aber Sie haben es gelesen?«

»Natürlich. Ich bin immer noch der Meinung, dass ich eine Belohnung bekommen sollte. Ich tue etwas Gutes.«

»Legen Sie ihm Handschellen an!«, sagte Shelly zu Deputy Mitchell.

»Was?«, fragte Hal.

»Bringen Sie ihn aufs Revier, und nehmen Sie ihm seine Fingerabdrücke ab«, befahl Shelly. »Mal sehen, ob seine Geschichte stimmt.«

»So behandelt man keinen guten Samariter!«, brüllte Hal.

»Es kommt noch besser, Hal. Im Augenblick schauen sich gerade ein paar nette Menschen auf Ihrer Farm um.«

»Aber Sie haben es mir versprochen!«

»Ach, Hal«, sagte Shelly freundlich. »Ich bin ja auch nicht diejenige, die Ihr Grundstück durchsucht. Sondern der Staatsanwalt.«

Hal versuchte davonzulaufen. Deputy Mitchell packte ihn an den mit Handschellen gefesselten Händen und schubste ihn auf die Rückbank des Streifenwagens.

»Sie Miststück!«, schrie Hal.

»Schsch«, sagte Mitchell und zeigte nach oben in den Himmel. »Lächeln, Hal. Sie sind bei der Versteckten Kamera.«

37

MITTWOCH, 11:38 UHR

Das Wasser stieg immer weiter.

Rainie spürte, wie es sich von ihren Zehen zu den Knöcheln vorarbeitete und träge an ihren Schienbeinen leckte. Anfangs war es ihr vorgekommen, als würde das Wasser nur langsam, Millimeter für Millimeter, ansteigen. Anlass zur Sorge, aber kein Grund zur Panik.

Aber das änderte sich. Vielleicht hatte das Rohr noch ein Leck bekommen, oder die Kraft des Wassers hatte das bereits bestehende Loch vergrößert. Das Geräusch war lauter geworden und hatte sich von einem schwachen Zischen zu einem heftigen Getöse gesteigert.

Rainie kannte sich mit Wasser aus. Sie hatte schon genug Ertrinkungsfälle bearbeitet, aufgedunsene Leichen aus Stromschnellen gezogen und das eine oder andere Auto aus dem Wasser geholt, das die Kurve nicht geschafft hatte. Sie hatte die kaputten Nägel und gebrochenen, eingekrallten Finger von Menschen gesehen, die bis zum bitteren Ende um ihr Leben gekämpft hatten. In einem der Fahrzeuge hatte es die Frau geschafft, ihren Arm durch einen fünf Zentimeter breiten Spalt im Seitenfenster zu stecken. Das Bild hatte Rainie wochenlang verfolgt: das bleiche, gegen die Scheibe gedrückte Gesicht, der blutige Arm, der sich verzweifelt nach Hilfe reckte.

Wasser war eine Naturgewalt, die ihren eigenen Gesetzen folgte und ihre eigenen Bedürfnisse zu befriedigen suchte.

Jetzt saugte sich Rainies Kleidung langsam mit dem kalten Wasser voll. Es zog den Saum ihrer Jeans nach unten, umspülte ihre Knöchel, rieb an ihrer Haut, ließ ihr die Kälte in die Knochen kriechen.

Bald würde das Wasser zu ihrem Brustkorb vordringen und ihr die Luft aus den Lungen drücken. Ironischerweise würde sich die Luft kalt und das Wasser warm anfühlen. Also würde es ein Leichtes sein, sich hineinsinken zu lassen. Sich von dem Wasser die Lippen benetzen und es in ihre Kehle dringen zu lassen.

Sobald es in ihre Lungen drang und sie zu husten anfing, war es zu spät. Dann war das eisige Wasser bereits über ihrem Kopf zusammengeschlagen und hatte sie und Dougie unter sich verschlungen.

Wasser zerstörte. Aber das Verlockende am Wasser war, dass es auch belebte. Das kühle Nass fühlte sich an ihrem heißen, schmerzenden Knie gut an. Sie spritzte ein paar erfrischende Tropfen auf ihre schmerzenden Arme und pochenden Schläfen. Sie trank von dem öligen Nass, und die Flüssigkeit linderte die Schmerzen in ihrer ausgetrockneten Kehle. Das Wasser würde sie mit ziemlicher Sicherheit umbringen. Aber immerhin würde es vorher noch dafür sorgen, dass sie sich besser fühlte.

Langsam richtete sie sich auf und kam wackelig auf die Beine. Dann holte sie das Einzige, was ihnen vielleicht noch helfen konnte, aus ihrer Hosentasche.

»Dougie«, rief sie leise.

»J-j-ja.«

»Hast du jemals Marco Polo gespielt?«

»J-j-ja.«

»Marco.«

»Polo.«

»Marco.«

»Polo.«

Sie fand ihn zusammengekauert, an einem Rohr festgebunden.

»Dougie«, sagte sie. »Halt ganz still.«

MITTWOCH, 11:45 UHR

Sie hatte die Glasscherbe während ihres fehlgeschlagenen Fluchtversuchs in der Hand verschwinden lassen. Verzweifelt hatte sie mit den Fingern nach etwas getastet, das sie als Waffe benutzen könnte. Vielleicht eine lange, spitze Glasscherbe, mit dem sie dem Entführer die Kehle durchschneiden oder die Eingeweide aufschlitzen konnte. Es sollte nicht sein. Sie fand nur einen kleinen, etwa ein Zentimeter dicken Glassplitter, der sich zwischen ihren geschwollenen Fingern unglaublich zerbrechlich – und spitz – anfühlte.

Es war gar nicht so einfach, den Glassplitter zwischen ihre tauben, gefrorenen Fingerspitzen zu manövrieren. Sie sägte an Dougies Plastikfesseln und ließ den Splitter prompt fallen. Kaum hatte sie ihn im Wasser endlich wieder mühsam gefunden, ließ sie ihn erneut fallen. Bis sie ihn wieder fest in der Hand hielt, reichte das Wasser schon bis zu Dougies Knien, und er zitterte wie Espenlaub.

»Du bist betrunken«, sagte Dougie vorwurfsvoll.

»Nein.«

»Ich hab dich mit der Flasche gesehen.«

»Ich habe keinen Alkohol gesucht, Dougie. Ich habe eine Waffe gesucht.«

Sie rieb mit der scharfen Kante an dem Plastikband und glaubte zu spüren, dass es nachgab. Natürlich ließ sie genau in dem Moment den Splitter wieder fallen.

»Du lügst«, sagte Dougie.

Rainie bückte sich und tastete im Wasser herum. Sie spürte den Glassplitter an ihrem Handrücken, dann trieb er wieder davon. Verzweifelt fischte sie nach ihm.

»Möchtest du die Wahrheit wissen, Dougie? Ja, ich bin eine Lügnerin. Jedes Mal, wenn mich meine Mutter geschlagen hat, habe ich meine Lehrer angelogen und ihnen erzählt, dass ich vom Fahrrad gefallen bin. Jedes Mal, wenn ich etwas getrunken hatte, habe ich mich selbst belogen und mir eingeredet, es sei das letzte Mal. Ich habe meinen Mann belogen. Ich habe meine Freunde belogen. Und ja, ich habe auch dich angelogen. Es gibt Millionen von Lügen auf der Welt, Dougie. Lügen, um andere zu schützen, Lügen, um uns selbst zu schützen. Ich habe wahrscheinlich schon alle durch. Und du auch; da bin ich mir ziemlich sicher.«

Dougie sagte nichts. Sie hatte den Splitter wieder gefunden und nahm ihn zwischen die Fingerspitzen. Das Wasser reichte Dougie jetzt bis zu den Oberschenkeln. Auch das Gurgeln war stärker geworden, während das Wasser versuchte, sich einen Weg aus den Rohren zu bahnen.

»Vor ein paar Monaten«, fuhr sie ruhig fort, »habe ich angefangen, Medikamente zu nehmen. Ich hatte gehofft, sie würden mir dabei helfen, nicht immer so traurig zu sein. Vielleicht sogar dabei, nicht mehr trinken zu wollen. Das Problem ist, dass man dieses Medikament nicht einfach so absetzen kann. Und unser Entführer war nicht so freundlich, auch meine Tabletten mitzunehmen. Was du jetzt siehst, hat nichts damit zu tun, dass ich betrunken bin. Das sind meine Entzugssymptome. Sie werden noch schlimmer werden.«

»Oh«, sagte Dougie kleinlaut. Dann fragte er neugierig: »Tut es weh?«

»Ich habe mich schon mal besser gefühlt.«

»Willst du einen Drink?«

Rainie sägte wieder an den Fesseln. »Du weißt doch, wie es dir mit den Streichhölzern geht, oder?«

»Ich hätte jetzt gern welche!«, sagte der Junge sofort.

»Siehst du, genauso geht's mir mit Alkohol. Aber ich muss nicht trinken, Dougie. Und genauso wenig musst du mit Streichhölzern spielen.«

Sie rutschte ab, und der Glassplitter grub sich in ihre Handfläche. Sie zuckte zusammen, ausnahmsweise dankbar über ihre tauben, blutleeren Finger, und zog die rutschige Scherbe aus dem Fleisch. Sie zitterte. Wegen der Kälte, wegen des Schocks – keine Ahnung. Sie war hundemüde. Wie schön wäre es, sich eine Weile auf den Stufen auszuruhen. Sie würde sich bald wieder um Dougie kümmern …

»Rainie, glaubst du an den Himmel?«

Rainie hätte sich vor lauter Überraschung fast noch einmal geschnitten. »Ich würde es gerne«, antwortete sie vorsichtig.

»In meiner ersten Zweitfamilie haben sie mir gesagt, dass meine Mama im Himmel ist. Sie sagten, dass sie auf mich warten würde. Glaubst du, dass meine Mama auf mich aufpasst?«

»Ich halte es für einen schönen Gedanken«, sagte sie ruhig.

»Stanley sagt, dass meine Mama von mir enttäuscht ist. Stanley sagt, dass sie jedes Mal, wenn ich ein Feuer mache, weint. Rainie, hasst mich meine Mama?«

»Oh, Dougie.« Sie kam ins Stottern, weil ihr die Worte fehlten. »Eine Mutter hört nie auf, ihr Kind zu lieben.«

»Ich habe ihr Foto verbrannt.«

»Ein Foto ist nur ein Foto. Ich bin mir sicher, dass sie es versteht.«

»Ich habe das Haus meiner ersten Zweiteltern und das Haus meiner zweiten Zweiteltern angezündet. Wenn ich ein Streichholz hätte, würde ich auch dieses Haus anzünden. Aber hier ist alles nass.« Er runzelte die Stirn. »Wenn etwas nass ist, brennt es nicht so gut.«

Rainie zog eine Augenbraue hoch und machte sich wieder an den Fesseln zu schaffen. »Weißt du was, Dougie? Mütter lieben ihre Kinder immer; es gefällt ihnen nur nicht immer, was ihre Kinder tun. Du musst es dir so vorstellen: Deine Mutter liebt dich, aber sie mag es ganz sicher nicht, wenn du etwas anzündest.«

»Ich bin ein böser Junge«, sagte Dougie sachlich. »Ich bin sehr unartig. Niemand mag einen bösen Jungen.«

»Du hast einen Cracker für mich aufgehoben. Ich glaube nicht, dass ein böser Junge einen Cracker für seine Freundin aufgehoben hätte.«

»Ich habe das Wasser ausgetrunken.«

»Du hast nicht gewusst, dass ich Durst habe. Außerdem hast du versucht, Hilfe zu holen. Du bist gerannt, als ich dich darum gebeten habe. Ich glaube nicht, dass ein böser Junge so tapfer wäre, seiner Freundin zu helfen.«

Dougie schwieg.

»Dougie«, sagte Rainie kurz darauf. »Ich glaube, dass du genauso gut oder schlecht bist wie jeder andere. Du bist ein guter Junge, und du bist ein böser Junge. Genauso wie ich ein guter und ein böser Mensch bin. Wir müssen uns täglich entscheiden: Welcher Mensch möchte ich sein – ein guter oder ein schlechter? Aber wir haben die Wahl. Ich habe die Wahl. Du hast die Wahl. Ich für meinen Teil gebe mir zurzeit Mühe, bessere Entscheidungen zu treffen.«

»Stanley hat mich nie geschlagen«, sagte Dougie ruhig.

»Ich weiß, Dougie, ich weiß.«

Sie hörte ein Schnappen. Die Plastikfesseln zerrissen und fielen ins Wasser. Dougie war endlich frei.

MITTWOCH, 11:53 UHR

»Jetzt bin ich dran, Dougie.« Rainie reichte ihm die Scherbe. Dougie hüpfte fröhlich planschend im Wasser herum. Bestürzt stellte sie fest, dass es ihm bereits zur Taille reichte.

Ihr Tonfall wurde schärfer. »Schneide meine Handfesseln durch, Dougie. Und dann verschwinden wir von hier.«

Der Junge hörte auf, herumzuspringen, nahm aber den Glassplitter nicht.

Einen Augenblick lang standen sie beide einfach nur da.

Rainie spürte, wie Dougie sie beobachtete, konnte aber seinen Gesichtsausdruck nicht sehen.

»Dougie«, sagte sie.

Nichts.

»Dougie, das Wasser steigt sehr schnell. Ich werde jetzt die Treppe hochsteigen. Du solltest das auch tun.«

Aber auch als sie schon auf halber Höhe war, weigerte Dougie sich, ihr zu folgen.

»Dougie, was machst du?«

»Ich kann nicht«, sagte er leise.

»Kannst was nicht?«

»Ich kann nicht. Ich habe es versprochen. Dreifaches Ehrenwort und dreimal draufgespuckt. Ich kann nicht.«

»Dougie.«

»Ich habe es nicht gewusst«, sagte er traurig. »Ich habe es nicht gewusst.«

Rainie ging wieder eine Stufe nach unten.

»Hat er dir gedroht, Dougie? Hat der Mann gesagt, dass er dir wehtun würde, wenn wir fliehen? Du brauchst keine Angst mehr vor ihm zu haben. Wenn wir hier rauskommen, sorge ich dafür, dass du in Sicherheit bist.«

»Ich wollte die Sachen von meiner Mama nicht verbrennen«, sagte Dougie. »Aber ich hab's getan. Und wenn das Feuer erst mal brennt, kannst du es nicht mehr aufhalten. Das Feuer ist für immer. Das Feuer ist echt.«

»Hilf mir, Dougie«, drängte Rainie. Sie gab sich Mühe, die wachsende Panik in ihrer Stimme zu unterdrücken und sich bestimmt anzuhören. »Schneide meine Fesseln durch. Ich hol uns hier raus!«

Nichts.

»Dougie?«

Nichts.

»Dougie!«

Und dann, aus dem Dunkeln: »Ich habe sie umgebracht«, flüsterte Dougie. »Ich wollte es nicht. Aber jetzt ist sie weg und kann nicht wiederkommen. Weil ich ein ungezogener Junge war. Niemand liebt einen ungezogenen Jungen. Außer vielleicht meine Mama. Ich vermisse meine Mama. Ich will sie einfach nur wiedersehen.«

Rainie hörte, wie etwas ins Wasser klatschte.

Sie rannte die Treppe hinunter und sprang ins Wasser. »Dougie? Dougie? Dougie?«

Aber die Wasseroberfläche blieb ruhig. Dougie war untergetaucht und kam nicht wieder an die Oberfläche.

38

MITTWOCH, 11:42 UHR

Es ist eine Karte.«

»Wer hätte das gedacht?«

»Sobald das Geld zur Stelle X gebracht wird«, berichtete Kimberly übers Telefon, »wird der Täter den Medien Rainies und Dougies Aufenthaltsort verraten.«

»Den Medien? Oder Adam Danicic?«, fragte Quincy.

»Hier steht Medien. Vielleicht ist damit Danicic gemeint. Er erinnert uns außerdem wieder mal daran, dass er kein Monster ist. P.S.«, las Kimberly vor. »Nach dreizehn Uhr könne er nicht dafür verantwortlich gemacht werden, was mit der Frau und dem Kind passiert. Zitat: ›Ihr Schicksal liegt in Ihrer Hand.‹«

»Der verdammte Scheißkerl«, fluchte Kincaid im Hintergrund. »Wie spät ist es?«

»11:42 Uhr«, antwortete Kimberly unisono mit ihrem Vater, der neben Kincaid in der Einsatzzentrale stand.

»Kannst du die Karte lesen?«, fragte Quincy.

»Shelly hat sie sich schon angesehen. Sie glaubt, dass es sich um einen Leuchtturm an der Küste handelt. Er ist seit einigen Monaten wegen anstehender Sanierungsarbeiten geschlossen, aber sie glaubt, dass die Arbeiten noch nicht begonnen haben. Sie telefoniert gerade, um Näheres herauszufinden.«

»Wie lange braucht man bis dorthin?«

»Fünfunddreißig, vierzig Minuten.«

»Habt ihr euch auch die anderen Telefone angesehen? Seid

ihr sicher, dass er nicht noch andere Mitteilungen hinterlassen hat?«

»Mac war schon bei der Käsefabrik. Dort ist nichts. Trooper Blaney ist in die Stadt zurückgefahren. Wir sollten es in Kürze wissen.«

»Ein Schreiben reicht aus«, murmelte Quincy. »Die drei Münzfernsprecher, die fünfzehn Minuten, alles nur Show und Theater, damit er seinen Spaß hat. Und zur Belohnung gibt es …«

»Noch so eine verfluchte Karte«, ergänzte Kincaid.

Da es draußen zu laut war, ging Kimberly in den noch immer menschenleeren Wal-Mart. Shelly stand, das Handy ans Ohr gepresst, in der Buchabteilung und schnauzte jemanden am Telefon an. Kimberly ging in die Abteilung für Damenhygiene.

»Wenn Shelly zu wissen glaubt, wo das ist, dann sollte sie hinfahren«, sagte Kincaid. »Sie fahren mit ihr, und wir schicken ein paar Leute als Nachhut hinterher. Haben Sie den GPS-Sender noch?«

Kimberly bejahte.

»Dann können wir Ihnen auf den Fersen bleiben. Also, fünfunddreißig Minuten Fahrtzeit, zehn Minuten, um die Stelle zu finden … Sie machen sich besser auf den Weg.«

»Geht nicht.«

»Geht nicht?«

Kimberly seufzte. »Kapiert ihr es denn immer noch nicht? Detective Grove ist verschwunden – wir haben keine zwanzigtausend Dollar mehr.«

»Verdammte Scheiße!«, fluchte Kincaid.

Ihr Vater sagte gar nichts.

MITTWOCH, 11:45 UHR

Zum zweiten Mal innerhalb eines Tages war Lieutenant Mosley sprachlos. Wenn ein Trooper früher eine »Person von Interesse« abgeholt hatte, brachte man denjenigen ins nächstgelegene Revier. Dann kam er in ein Vernehmungszimmer, wo man ihm etwas zu trinken anbot. Dann wurde die Tür geschlossen, und während er auf einem harten Metallstuhl in einem kleinen, kahlen Raum saß und seine Blase immer voller wurde, hatte derjenige genug Zeit zum Nachdenken. Nicht jeder gab klein bei. Aber einige wurden doch weich.

Es fing schon mal damit an, dass Adam Danicic weder im Vernehmungszimmer eingeschlossen war noch auf einem harten Metallstuhl saß. Soweit Mosley es beurteilen konnte, hatte er es ziemlich bequem.

Der Reporter der *Daily Sun* saß nämlich am Schreibtisch des Sergeants in dessen Ledersessel und telefonierte mit dessen Telefon.

Mosley ging unverzüglich zu dem Trooper, der Danicic aufs Revier gebracht hatte.

Der Polizist stand sofort stramm. »Es ist nicht so, wie es aussieht!«, platzte es aus ihm heraus, als Mosley vor ihm stehen blieb.

»Und wie sieht es aus?«

»Ich meine, ich hatte keine andere Wahl!«

»Weil Sie keine Handschellen und keine Waffe bei sich tragen?«

»Er sagte, er würde nur mitkommen, wenn er ein paar Telefonate erledigen könnte. Und als wir hier ankamen, meinte er, er würde sein Handy benutzen, wenn wir ihm kein Telefon zur Verfügung stellen, aber das wollten wir natürlich nicht.«

»Weil der Entführer dann nicht mehr anrufen könnte.«

»Genau, Sir!«

»Officer, glauben Sie wirklich, dass ein Reporter riskieren würde, nicht mit einem Entführer zu sprechen?«

Der Polizist sah unruhig hin und her, was Mosley als ein Nein auffasste.

»Glauben Sie wirklich, er würde irgendetwas tun, um seinen Auftritt in den Abendnachrichten oder seine nächste Titelstory zu gefährden?«

»Mir wurde gesagt, dass wir auf seine Kooperation angewiesen sind. Und soweit ich weiß, liegt gegen ihn nichts vor.«

»Dann finden Sie etwas, Officer. Behinderung der Justiz. Ein abgelaufener Führerschein. Ein kaputtes Scheinwerferlicht. Herrgott noch mal, Sie waren bei dem Mann zu Hause, Sie haben sein Auto gesehen. Irgendetwas findet man immer. Jeder Idiot hat in seinem Leben schon etwas angestellt.«

Der Polizist antwortete nicht, was Antwort genug war.

Lieutenant Mosley ging wieder ins Büro des Sergeants, wo Danicic immer noch telefonierte. Mosley drückte mit dem Zeigefinger auf einen Knopf und unterbrach die Verbindung.

»Hey, das war mein Anwalt!«

»Sie glauben, einen Anwalt zu brauchen?«, fragte Mosley ruhig.

»Und ob. In der Unterhaltungsindustrie auf alle Fälle. Larry King hat schon angerufen, ganz zu schweigen von der *Today*-Show. Dazu kommen noch die möglichen Buchverträge. Ich meine, wenn ich alles sofort erzähle, wer kauft dann noch das Hardcover? Ich brauche eine Strategie.«

»Setzen Sie sich gerade hin«, fauchte Mosley. »Und nehmen Sie die Füße vom Tisch. Etwas mehr Respekt, wenn ich bitten darf.«

Danicic zog eine Augenbraue hoch, tat aber wie geheißen. Er nahm die Füße vom Tisch, richtete sich auf und wischte sich über seine graue Jacke, deren Stoff und Schnitt aus der Nähe betrachtet nicht ganz so schick waren, wie es im Fernsehen ausgesehen hatte. Der Hemdkragen war etwas zu weit. Die Krawatte eine Spur zu violett.

Die Kameras hatten ihm einen gewissen Nimbus verliehen. Jetzt sah er wieder genauso aus wie der, der er war: ein Provinzreporter, der unbedingt in der ersten Liga mitspielen wollte.

»Haben Sie Rainie Conner jemals persönlich kennengelernt?«, fragte Mosley.

»Nein.«

»Dougie Jones?«

»Stehe ich unter Verdacht? Wenn ja, dann rufe ich ganz sicher meinen Anwalt an.«

»Ich versuche, Sie als Mensch zu sehen. Es fällt mir allerdings von Minute zu Minute schwerer.«

Danicic machte ein finsteres Gesicht und wandte den Blick ab.

»Irgendwo da draußen sind zwei Menschen«, sagte Mosley. »Eine Frau und ein Kind – und kämpfen um ihr Leben. Waren Sie schon mal an einem Tatort, Danicic? Ich meine nicht hinter einem gelben Polizeiabsperrband. Ich meine richtig dabei, vorne in der ersten Reihe, wo man sehen kann, dass es sich nicht um irgendwelche Spezialeffekte in einem Hollywoodfilm handelt. Waren Sie schon mal bei einer Autopsie dabei? Haben Sie schon mal einen gerichtsmedizinischen Bericht gelesen? Wissen Sie wirklich, was eine Kugel oder ein Messer mit einem menschlichen Körper anrichten können? Stehen Sie auf«, sagte Mosley abrupt. »Ich will Ihnen etwas zeigen.«

Mosley zerrte Danicic vom Stuhl. Der Reporter war zu verblüfft, um sich zu wehren. Mosley brachte ihn in das Vernehmungszimmer, dem man nach wie vor ansah, dass es früher einmal ein Abstellraum gewesen war.

Dann ging Mosley zurück ins Büro und öffnete den erstbesten Aktenschrank. Er nahm nur Fälle, die als abgeschlossen gekennzeichnet waren. Wenn er in den beiden letzten Jahren etwas gelernt hatte, dann, dass man im Umgang mit der Presse nie vorsichtig genug sein konnte.

Er stürmte in das Vernehmungszimmer und knallte die Fotos auf den Tisch. »Ein Teenager, den man aufgehängt hat. Eine Frau, der man den Bauch aufgeschlitzt und die Eingeweide entnommen hat. Ein Mann, der von einem Frachtzug überrollt wurde. Eine Leiche von nicht mehr definierbarem Geschlecht, die man aus einem Fluss gezogen hat. Hände, mit Marihuanablättern bedeckt. Ein achtzehn Monate alter Junge, der ertränkt wurde. Denken Sie immer noch an Ihre Buchverträge, Mr Danicic? Ich habe nämlich noch viel mehr davon.«

Danicic nahm die Fotos eins nach dem anderen in die Hand, studierte sie und legte sie behutsam wieder auf den Tisch. Dann sah er zu Mosley auf und zuckte die Achseln. »Die Welt ist schlecht, blablabla. Ich bin nicht dumm, Lieutenant. Ich bin nicht einmal so viel anders als Sie. Ihr Job ist es, diesen Leuten Gerechtigkeit widerfahren zu lassen. Mein Job ist es, ihre Geschichten zu erzählen. Heute haben wir eine Geschichte. Sie können mich nicht daran hindern, sie zu erzählen.«

»Und wenn Sie die Opfer dadurch noch mehr in Gefahr bringen?«

»Noch mehr in Gefahr?«, schnaubte Danicic. »Wie soll denn das gehen? Sie sind es doch, die den Entführer an der Nase herumführen. Ich unternehme wenigstens einen Versuch, die äußerst prekäre Beziehung zu retten. Seien wir ehrlich, der Entführer vertraut Ihnen nicht. Und falls er zu nervös wird, sind Rainie und Dougie tot. Ich biete ihm eine machbare Alternative an. Wenn mich der Entführer anruft, haben wir alle etwas davon. Und ja, vielleicht bekomme ich dann einen

Buchvertrag. Solange man sie lebend findet, werden Rainie oder Dougie wohl nichts dagegen haben.«

»In diesem Fall kommt es auf jede Minute an, und Sie behindern die Kommunikation. Wenn er Sie anruft, bekommen wir die Nachricht nicht sofort. Wir haben aber keine Zeit, um zu warten. Manchmal ist Polizeiarbeit wie Krieg. Und im Krieg braucht man eine einzelne Kommunikationslinie.«

»Andererseits muss der Entführer jedes Mal, wenn er mich kontaktiert, aus seinem Versteck auftauchen. Und je öfter er auftaucht, desto größer ist die Chance, ihn zu schnappen.«

»Desto mehr Leute brauchen wir, um für alle Eventualitäten gerüstet zu sein«, konterte Mosley.

»Dann ist es ja gut, dass so viele verschiedene Polizeibehörden involviert sind.« Danicic beugte sich vor. »Lorraine Conner ist die Frau eines ehemaligen FBI-Profilers. Sie wollen einen Tauschhandel? Dann sagen Sie es mir: Ist das FBI involviert? Ist das jetzt offiziell ein FBI-Fall? Außerdem will ich immer noch wissen, wer dieser andere Typ auf dem Festplatz war, der mit dem GBI-Logo auf der Windjacke. Wie mir scheint, gibt es einiges, was Sie der Öffentlichkeit nicht erzählen. Überlegen Sie mal, wie das erst aussehen wird, wenn zwei Leute tot sind.«

»Wenn? Das klingt für mich nicht nach einer positiven Einstellung.«

»Die bisherigen Ermittlungen haben mich nicht vom Gegenteil überzeugt.« Danicic stand auf. »Bin ich verhaftet?«

»Noch nicht.«

Danicic zog eine Augenbraue hoch. »Das klingt nicht nach einer positiven Einstellung«, sagte er sarkastisch. »Ich gehe.«

Der Reporter tat einen Schritt nach vorne. Mosley packte ihn am Arm. Der Blick, den ihm Danicic zuwarf, war härter, als Mosley erwartet hatte. Berechnender. Offenbar lernte sogar ein relativ unerfahrener Reporter schnell, wenn genug auf dem Spiel stand.

»Sollte sich herausstellen, dass Sie uns Informationen vorenthalten, würde Sie das zu einem Mitwisser machen«, sagte Mosley ruhig. »Was bedeutet, dass Sie Teilnehmer an dem Verbrechen sind. Was wiederum bedeutet, dass Sie von nichts profitieren können, was mit dem Verbrechen zu tun hat – keine Buchverträge, keine bezahlten Auftritte, nichts. Schon mal daran gedacht?«

»Wissen Sie«, sagte Danicic ungeduldig, »nicht alle Journalisten sind schlechte Menschen. Oder halt – lassen Sie mich raten – Sie haben für Nixon gestimmt.«

»Er benutzt Sie, Danicic. Warum hat er einen Brief an die Zeitung geschickt, warum hat er einen Brief an Ihre Windschutzscheibe gesteckt? Wenn Sie ein objektiver Reporter sein wollen, dann fangen Sie an, die wirklich unangenehmen Fragen zu stellen. Der Täter wird von dem Wunsch nach Ruhm getrieben. Da können Sie mich zitieren. Aber wir können ihn nicht berühmt machen; das können nur die Medien. Auch da können Sie mich zitieren. Je mehr Sie über ihn berichten, desto mehr belohnen Sie seine Anstrengungen. Und je mehr Gefallen er daran findet…«

Danicic riss sich los, als das Funkgerät auf dem Tisch des Sergeants zu knistern begann. Der Lieutenant nahm es in die Hand, aber in dem kleinen Raum konnte Danicic dennoch alles hören. Mosley beobachtete das Gesicht des Reporters und wartete auf eine Reaktion. Falls der Typ schauspielerte, dann machte er es gut.

»Du liebe Güte«, murmelte Danicic mit hängenden Schultern und fuhr sich über den Kopf.

Die Leitzentrale bat um Verstärkung; die Ermittler hatten eine Leiche gefunden.

39

MITTWOCH, 11:52 UHR

Für Quincy blieb die Zeit um genau 11:52 Uhr am Mittwoch Vormittag stehen. Bis zu dem Zeitpunkt war er der Meinung gewesen, dass er sich relativ gut hielt. Er ging seine Notizen durch, um herauszufinden, ob sie vielleicht etwas übersehen hatten. Zusammen mit Kincaid analysierte er die auf dem Whiteboard aufgelisteten Ermittlungsaufgaben: Noch fehlte Detective Groves offizieller Bericht, was Rainie die letzten vierundzwanzig Stunden vor ihrem Verschwinden gemacht hatte. Sheriff Atkins war noch nicht mit der Überprüfung der hiesigen Straftäter fertig. Außerdem sollte noch mal jemand mit Laura Carpenter reden und Andrew Bensen ausfindig machen. In den letzten sechsunddreißig Stunden hatte man vieles begonnen, aber zu wenig zu Ende geführt. Aber so war das nun mal bei einer Ermittlung, die so schnell in alle möglichen Richtungen ausfranste.

Candi bot ihre Unterstützung an. Alles war besser als am Konferenztisch zu sitzen und Däumchen zu drehen. Kincaid schickte sie zu Laura Carpenter. Einer ausgebildeten Unterhändlerin sollte es nicht schwer fallen, eine misshandelte Ehefrau zu vernehmen, und dann könnten sie wenigstens einen Punkt auf ihrer Liste abhaken.

Quincy erklärte sich bereit, Andrew Bensen zu suchen. Pfeif auf die Anstrengungen der Armee. Sie hatten keine Zeit, um auf offizielle Berichte zu warten. Quincy fuhr seinen Laptop hoch und klemmte sich ans Handy, um Bensens Großmutter anzurufen. Er wollte die Namen der früheren Schulfreunde beziehungsweise Saufkumpane des Mannes wissen. Welche Hobbys und Interessen hatte er? Nahm er rezeptpflichtige Medikamente? War er oft nach Bakersville gekommen? Wie gut kannte er die Gegend? Hatte er sich jemals besonders wütend über den Tod seines Vaters geäußert oder sein Interesse bekundet, mit Lorraine Conner Kontakt aufzunehmen?

»Wenigstens hat sich Lucas all die Jahre nicht mit irgendeiner Schlampe herumgetrieben und ihre Bälger großgezogen«, schnaubte Eleanor Bensen, als Quincy sie fragte, was sie gedacht hatte, nachdem sie von dem Totschlag an ihrem Sohn erfahren hatte.

Und Andrew?

»Ich hab es ihm nie gesagt. Der Junge hat in fünfzehn Jahren kein einziges Mal nach seinem Vater gefragt. Warum sollte ich damit anfangen?«

»Hat er es von jemand anderem erfahren?«

»Woher zum Teufel soll ich das wissen? Aber eins kann ich Ihnen sagen: Der Junge ist ein launischer Bengel. Er glaubt, die Welt schuldet ihm etwas, weil er ohne Eltern aufgewachsen ist. Bin ich denn Luft für ihn?«

Quincy dachte noch immer über diese fröhliche Unterhaltung nach, als Kimberly anrief, um ihm von der Karte am Wal-Mart-Telefon zu erzählen.

Wieder einmal legten Quincy und Kincaid einen Gang zu. Jetzt brauchten sie sich keine Gedanken mehr darüber zu machen, komplizierte Lösegeldübergaben zu koordinieren. Jetzt ging es nur noch darum, Punkt X zu finden. Den Schatz zu deponieren. Sich darüber Gedanken zu machen, was der Täter als Nächstes tun würde, um ihnen das Leben schwer zu machen.

Sie brauchten noch siebentausend Dollar. Kincaid befahl Shelly und Kimberly, sich auf den Weg zu machen. Quincy holte die Gelben Seiten hervor. Eine Filiale seiner Bank befand sich auf der Strecke, in Garibaldi. Er versuchte, das Geld telefonisch anzufordern. Der Filialleiter legte einfach auf. Als Nächstes rief Kincaid an, ratterte genug juristischen Jargon herunter, dass jeder Anwalt stolz auf ihn gewesen wäre, und holte sich die Zusage, dass man einer Polizistin in ungefähr acht Minuten siebentausend Dollar in bar übergeben werde.

Sie waren immer noch zufrieden mit sich selbst und aufgekratzt, so wie es Menschen, bei denen es nie um Leben und Tod ging, nie verstehen würden, als sie den Anruf erhielten.

Und da blieb Quincys Welt stehen. Er hörte Kincaid reden, verstand ihn aber nicht. Er starrte auf das Whiteboard, konnte aber die Schrift nicht lesen.

Ein Bezirkspolizist hatte auf einer Farm, die einem mutmaßlichen Drogendealer gehörte, in einem Misthaufen herumgestochert und eine blasse Frauenhand entdeckt.

Die Gerichtsmedizinerin war schon unterwegs. Der Staatsanwalt hatte einen Forensiker aus dem Labor in Portland angefordert. Man hatte bis auf weiteres alle Aktivitäten auf der Farm eingestellt. Man wollte keinen Fehler machen. Sie hatten eine Leiche. Jetzt war die große Frage: Gab es davon drei?

»Ich rufe Kimberly an«, sagte Kincaid.

»Nein.«

»Sie können genauso gut umdrehen. Shelly war diejenige, die die Durchsuchung angeordnet hat. Sie wird wissen wollen, was man gefunden hat.«

»Nicht, bis wir sicher sind.«

Kincaid schwieg.

»Vielleicht ist es nicht Rainie; wir wollen die Übergabe nicht vermasseln.«

Kincaid schwieg.

Quincy drehte sich endlich um. »Sie verstehen das nicht«, sagte er ruhig. »Ich sollte zuerst sterben.«

Kincaid machte sich auf den Weg. Quincy saß allein im Konferenzraum, starrte auf das Whiteboard und dachte ausnahmsweise an gar nichts.

MITTWOCH, 11:56 UHR

Candis erster Eindruck von dem Haus der Carpenters war, dass sie hier nie und nimmer wohnen wollte. Nicht, dass sie in der Park Avenue aufgewachsen wäre, aber ihre Oma Rosa war immer stolz auf ihr Zuhause gewesen. Jeden Vormittag hatte sie die Eingangsstufen gefegt. Nachmittags hatte sie die Möbel mit einer nach Zitrone duftenden Politur behandelt. Gott bewahre, dass man ihre Küche mit dreckigen Schuhen betrat. Dann bekamen Candi und ihre Cousins einen Lappen in die Hand gedrückt und wurden dazu verdonnert, die nächste Stunde auf allen vieren die Böden zu schrubben.

Rosas Bungalow in Portland mochte sieben Kinder unter zehn Jahren beherbergt haben, aber solange Candi denken konnte, hatte das kleine Haus immer geblitzt und geblinkt. Vor den Fenstern hingen gestärkte Spitzengardinen. Am Fensterbrett und am Kaminsims wuchs grüner Efeu, der sich sogar um das Kreuz rankte. Alle Kinder im Viertel wollten zum Spielen zu Rosa kommen. Sie tranken Brauselimo in der nach Zitrone duftenden Küche und spielten dann in dem winzigen, von Blauregen überwachsenen Garten.

Dagegen das dunkle Haus der Carpenters. Zu viele hohe Bäume überragten das winzige Haus. Die riesigen Tannen ließen keine Sonne durch und entzogen dem Boden die Feuchtigkeit, sodass allein das Moos auf dem baufälligen Dach überlebensfähig war. Hier gab es eindeutig keine Kaskaden von purpurfarbenen Blauregenranken.

Candi parkte in der schlammigen Einfahrt und ging vorsichtig über einen gepflasterten Weg, zwischen dessen unebenen Steinen das Unkraut wucherte. Die Vorderseite des Hauses und die Haustür waren schlammbraun gestrichen. Sie klopfte und wartete, aber niemand öffnete.

Doch Candi glaubte, Stimmen zu hören. Sie spitzte die Ohren und merkte, dass es das Radio war, hinter dem Haus. Sie folgte dem Geräusch.

Laura Carpenter stand auf der betonierten Veranda, die in etwa in dem gleichen Zustand war wie der Weg, und rauchte eine Zigarette. Als sie Candi kommen sah, ließ sie die Zigarette fallen und zertrat sie mit einem Schritt nach vorne, so als hätte sie eine willkürliche Bewegung gemacht.

Candi hatte schon Zwölfjährige gesehen, die ihre Sucht besser überspielten.

Sie streckte die Hand aus. »Candi Rodriguez, Staatspolizei von Oregon.«

Laura Carpenter verzog zwar nicht gerade das Gesicht, aber sie rollte auch keinen roten Teppich aus. Sie ignorierte Candis ausgestreckte Hand, zuckte stattdessen mit den Schultern und verschränkte die Arme vor der Brust. »Was wollen Sie denn jetzt noch durchsuchen?«, fragte sie mit einstudierter Gleichgültigkeit. Ausgeleiertes lilafarbenes Sweatshirt. Strähnige braune Haare. Eingefallene braune Augen.

»Ich wollte eigentlich wissen, ob Stanley zu Hause ist.«

»Ist er nicht.«

»Macht er Besorgungen?«

Laura deutete mit dem Kopf zum Wald. »Er ist irgendwo da draußen und sucht nach dem Jungen. Stanley«, fügte sie spöttisch hinzu, »hält sich für Knute Rockne. Wer aufgibt, gewinnt nie. Gewinner geben nie auf. Nur weil die Polizei sagt, dass der Junge entführt worden ist, heißt das noch lange nicht, dass Stanley zu Hause herumsitzt. Doch nicht Stanley.«

Lauras Hände zitterten. Candi beschloss, es ihnen beiden leicht zu machen und klopfte demonstrativ ihre Jacke ab. »Scheiße, ich muss sie im Auto vergessen haben.«

Laura sah sie an.

»Meine Zigaretten«, erklärte Candi. »Sie haben nicht zufällig eine ...«

Die Frau lächelte das erste Mal – aus Dankbarkeit, nicht weil sie sich etwas vormachen ließ. »Wie's der Zufall so will.« Sie zog die Schachtel aus der Hosentasche, nahm sich eine Zigarette und reichte die Packung dann an Candi weiter. Neben dem Grill lag eine Streichholzschachtel. Sie zündeten ihre Zigaretten an. Laura nahm einen tiefen Zug, Candi gelang es, nicht zu husten. Es war Jahre her, dass sie ihre letzte Zigarette geraucht hatte. Aber, Mann, es schmeckte gut.

»Eigentlich habe ich aufgehört«, sagte Laura schließlich und wedelte den Rauch beiseite. »Wir haben versucht, ein Kind zu bekommen. Während der Schwangerschaft kann man nicht rauchen. Nicht rauchen, nicht trinken, keinen Fisch essen. Irgendwie komisch, was es jetzt alles für Vorschriften gibt. Ich habe ein Bild von meiner Mutter, als sie im siebten Monat mit mir schwanger war, mit einem Bier in der einen und einer Zigarette in der anderen Hand. Andererseits schaue ich an manchen Tagen in den Spiegel und denke, dass ich eine wandelnde Werbung für den Gesundheitsminister bin.«

»Es hat also nicht geklappt«, kommentierte Candi neutral.

»Fünf Jahre In-Vitro-Fertilisation«, sagte Laura. »Das muss man den Gewerkschaften lassen. Wenn sie den Arbeitern schon so tolle Versicherungen geben, wäre man blöd, das Geld nicht zu verbraten.«

»Fünf Jahre? Das ist hart.«

Laura schürzte die Lippen. Candi musste daran denken, was Laura über ihren Mann gesagt hatte: Wer aufgibt, gewinnt nie. Gewinner geben nie auf. Vielleicht funktionierte das auf dem Footballfeld, aber im Schlafzimmer …

Sie konnte verstehen, warum Laura Carpenter so müde aussah. So als wäre alles Leben aus ihr gewichen, sodass sie jetzt nur noch als eine Hülle ihrer Selbst existierte, bis alles ein Ende nahm.

»Haben Sie damals beschlossen, ein Kind zu adoptieren?«

Laura sah Candi scharf an. »Das sollten Sie besser Stanley fragen.«

»War es seine Idee?«

»Ein Mann will einen Sohn haben. Das hat er mir gesagt.«

»Und was will eine Frau?«

Laura lachte; der Klang schmerzte in Candis Ohren. »Ich kann schwanger werden. Das war nie das Problem; ich kann das Kind nur nicht austragen. Das erste Mal gibst du der Natur die Schuld. Das zweite Mal dir selbst. Das dritte Mal Gott. Nach dem vierten, fünften, sechsten Mal hört man auf, anderen die Schuld zu geben und versteht den Wink, wenn man nicht auf den Kopf gefallen ist.«

»Es tut mir leid.«

»Wollen Sie Kinder? Vielleicht verträgt es sich ja nicht gut mit Ihrer Karriere. Aber Sie sind noch jung; Sie haben noch Zeit.«

»Ich weiß nicht«, sagte Candi ehrlich. »Ich bin mit sieben Cousins und Cousinen aufgewachsen. Ich war die Älteste. Manchmal denke ich, dass ich in meinem Leben schon genug Windeln gewechselt habe. Dann bin ich mir wieder nicht so sicher.«

»Sind Sie verheiratet?«

»Ich habe noch niemanden getroffen, der mit mir mithalten könnte.«

Laura lächelte und rauchte ihre Zigarette zu Ende. »Kommen Sie rein, Miss Rodriguez. Fragen Sie mich, was Sie wirklich wissen wollen.«

Sie steckte die Kippe in eine Plastiktüte, die sie aus ihrer Gesäßtasche holte. Die Zigarettenschachtel verstaute sie hoch oben hinter dem Abflussrohr der Regenrinne. Die Zündhölzer legte sie wieder neben den Grill.

Laura hatte ihre Täuschung wirklich perfektioniert. Drinnen holte sie ein Raumspray heraus. Dann entschuldigte sie sich. »Das sind meine Raucherklamotten«, erklärte sie und ging ins Schlafzimmer.

Candi sah sich in der Zwischenzeit um. Die Küche mit den dunklen, fleckigen Schränken und den goldbraunen Resopalarbeitsflächen stammte aus den siebziger Jahren. Eine Essküche mit einem runden Tisch und vier Holzstühlen. Auf einem wackeligen Mikrowellenschrank stand ein riesiger Fernsehapparat, der mit Abstand teuerste Gegenstand im Raum. In jeder Ecke Surround-Sound-Lautsprecher. Candi fragte sich, warum man in so einem kleinen Zimmer Surround-Sound brauchte, aber Männer brauchten wohl ihr Spielzeug.

An den dunklen, holzgetäfelten Wänden hingen Bilder des Footballteams der Highschool aus den letzten zehn Jahren. Auf zwei Regalen stand die Ausbeute aus dieser Zeit – diverse Trophäen in metallischen Rot-, Grün- und Goldtönen.

Durch eine niedrige Tür betrat sie einen kleinen Raum, der sich als Badezimmer entpuppte. Hinter der nächsten Tür verbarg sich ein winziges Arbeitszimmer. Hinter der dritten wurde sie fündig: eine nackte Matratze mit einem einzigen weißen Laken. Das war also Dougies Zimmer.

Keine Bilder, aber drei stattliche Löcher in der Wand. Keine Klamotten, aber ein Zweilitereimer im Schrank. Keine Spielsachen. Das Zimmer erinnerte Candi an eine Gefängniszelle.

»Konnten Sie sich gut umsehen?«, fragte Laura hinter ihr. Sie trug eine frische Jeans und ein frisches, ebenfalls ausgeleiertes, dunkelgrünes Sweatshirt. Sie hatte irgendetwas mit ihren Haaren gemacht – wahrscheinlich hatte sie sie mit Wasser bespritzt –und ein Handtuch als Turban darumgewickelt, um den Rauchgeruch zu verbergen. Sie war wirklich ziemlich gut, wenn man von den Nikotinflecken an ihren Fingern und dem Zustand ihrer Zähne absah.

»Wo sind seine Sachen?«

»Dougie hat keine Sachen. Das ist Teil des Erziehungsprogramms. Er fängt bei Null an und verdient sich dann Stück für Stück wieder etwas dazu.«

»Er bekommt nicht einmal etwas zum Anziehen?«

»Seine Sachen sind in unserem Zimmer. Ich suche ihm jeden Tag etwas zum Anziehen heraus. Wenn er seine eigenen Sachen will, muss er sich anständig benehmen.«

Candi zog eine Augenbraue hoch.

Laura zuckte mit den Achseln. »Was soll man mit einem Jungen wie Dougie sonst tun?«

»Mögen Sie Dougie, Mrs Carpenter?«

»Nicht wirklich.«

»Haben Sie ihn jemals geschlagen?«

Lauras Augen blieben ruhig. »Meine Mutter hat mich fast täglich verprügelt. Ich verspüre kein Bedürfnis, diesen Gefallen zurückzuzahlen.«

»Und Stanley?«

»Ich habe ihn nie die Hand gegen den Jungen erheben sehen.«

»Und gegen Sie?«

»Stanley hat seine Fehler, aber der gehört nicht dazu.«

»Welche Fehler hat er dann?«

»Er ist ein Mann. Welche Fehler haben Männer? Sturheit, Egoismus. Er setzt sich etwas in den Kopf, und das will er haben, egal was andere sagen.«

»So wie er Dougie haben wollte.«

»So wie er Dougie haben wollte.«

»Und Sie haben einfach zugestimmt?«

Laura legte den Kopf schief und musterte Candi eine lange Zeit. »Ich weiß, was Sie denken, Miss Rodriguez. Was Sie alle denken, wenn Sie hier durchs Haus laufen. Schaut euch die arme Frau an, mit ihrem Gesicht wie hundert Tage Regenwetter. Schaut euch das hässliche kleine Haus mit dem hässlichen braunen Teppich und den billigen Möbeln an. Wie kann sie nur so leben? Wie kann sie ihren Mann glücklich machen? Wollen Sie die Wahrheit wissen? Ich kann meinen Mann vielleicht nicht immer bei Laune halten, aber ich kann ihn halten. Wir sind nicht Catherine Zeta-Jones und Michael Douglas, aber wir verstehen uns. Wir kennen uns seit unserem fünften Lebensjahr. Und verglichen mit der Wohnwagensiedlung, in der wir aufgewachsen sind, ist das hier eine regelrechte Villa, ein kleines Fleckchen Paradies. Vielleicht möchte niemand sonst so leben, aber für uns ist es gut so.«

»Sie kümmern sich um einen Jungen, den Sie nicht einmal mögen«, sagte Candi direkt.

»Ich stehe zu meiner Verantwortung.«

»Er ist verschwunden.«

»Er ist abgehauen.«

»Oder entführt worden.«

Laura schnaubte. »Ach was, nicht einmal der Teufel höchstpersönlich könnte den Jungen dazu bringen, etwas gegen seinen Willen zu tun.«

»Warum ziehen Sie ihn dann groß?«

»Weil mich mein Mann darum gebeten hat.«

»Tun Sie immer, was Ihr Mann von Ihnen verlangt?«

Laura schnaubte erneut und machte zum ersten Mal einen wütenden Eindruck. »Ihr alle«, sagte sie plötzlich. »Ihr alle kommt hierher und sucht, sucht, sucht. Ich habe noch nie gesehen, wie so viele Leute nach etwas suchen, das direkt vor ihrer Nase liegt. Kommen Sie!«

Laura ging ins Wohnzimmer. Candi folgte ihr. Die Frau nahm ein Fotoalbum aus dem Regal, schlug es auf und zeigte auf ein Bild. »Hilft Ihnen das weiter?«

Candi traute ihren Augen kaum. »Das gibt's nicht.«

»Gibt's doch.«

»Aber …«

»Auch kräftige Männer haben mal klein angefangen.« Laura blickte auf das Foto. Sie fühlte sich, als könnte sie die nächste Zigarette gebrauchen. »Er liebt den Jungen wirklich«, murmelte sie. »Der dumme Scheißkerl.«

40

MITTWOCH, 12:02 UHR

Achtundfünfzig Minuten vor der vereinbarten Lösegeldübergabe bogen Kimberly und Shelly mit quietschenden Reifen auf den Parkplatz der Bank ein. Shelly rannte nach drinnen, zückte ihre Dienstmarke, unterschrieb zwei Formulare in dreifacher Ausfertigung und warf dann die siebentausend Dollar in bar in eine brandneue Reisetasche vom Wal-Mart.

Der Filialleiter starrte sie verblüfft an.

Shelly rief ein »Danke« über die Schulter und lief zur Tür. Dort drehte sie sich abrupt um und nahm zwei Lutscher aus der Schale neben dem Kassierer. Dann rannte sie nach draußen, sprang in den Geländewagen, legte den Gang ein und fuhr vom Parkplatz.

Kimberly sah in den Rückspiegel. Hinter ihnen war ein Auto, dann noch eins, und dann kam der weiße Überwachungstransporter. Das Gefolge war vollzählig.

Shelly reichte Kimberly einen Traubenlutscher. Kimberly war dankbar für die Zuckerzufuhr, während sie die Karte von Tillamook County aufschlug.

»Sieht so aus, als käme in ungefähr fünf Meilen auf der linken Seite eine Straße, die zu den Klippen und zum Leuchtturm führt.«

Kimberly faltete die Karte wieder zusammen und kümmerte sich um das Geld. Mac hatte von den ursprünglichen zwanzigtausend Dollar pflichtbewusst die Seriennummern notiert. Bei der neuen Summe war dafür natürlich keine Zeit gewesen, weder von Seiten der Bank noch der Polizei. Stattdessen mischte Kimberly jetzt die neuen Zwanzigdollarscheine unter die alten Banknoten. So bestand wenigstens die Chance, dass einige der registrierten Scheine irgendwo auftauchten und sie auf die Spur des Entführers brachten.

Zwanzigtausend Dollar in kleinen Scheinen waren ein ziemlich beeindruckender Anblick. Und eine stattliche Menge, die viel Platz einnahm. Die Kabine des Geländewagens füllte sich mit dem Geruch von Druckerschwärze. Kimberly fuhr mit dem Daumen über die Geldbündel. Sie fühlten sich kühl und seidig an.

»Zeit?«, fragte Shelly nervös.

»Noch achtundvierzig Minuten.«

Shelly grunzte. »Das schaffen wir. Zehn Minuten Fahrtzeit, fünf Minuten zu Fuß, dann sind wir dort.«

»Noch mal zehn Minuten, um den Ort zu finden, wo wir das Geld deponieren sollen ...«

»Bleiben immer noch dreiundzwanzig Minuten.«

»Ich will zusehen«, sagte Kimberly abrupt. »Sie müssen nicht, wenn Sie nicht wollen. Es ist vielleicht sogar besser, wenn nur einer von uns dort bleibt. Aber ich will ein Versteck finden. Es muss eine Stelle geben, wo ich mich postieren kann.«

»Sie vertrauen ihm nicht?«

»Kein bisschen.«

»Was, wenn er zusieht?«, sagte Shelly. »Er hatte mehr Zeit, das Ganze zur arrangieren. Möglicherweise ist er auch schon dort, und wenn er sieht, dass Sie zurückbleiben ...«

Kimberly machte ein finsteres Gesicht und kaute nachdenklich an ihrer Wange. »Ich lasse mir etwas einfallen. Es gibt immer eine Möglichkeit.«

Das Funkgerät knisterte. Die Leitzentrale wollte Sheriff Atkins sprechen. Stirnrunzelnd nahm Shelly den Anruf entgegen.

Keiner von ihnen war auf die Nachricht vorbereitet. Auf Hal Jenkins' Farm hatte man eine noch unidentifizierte weibliche Leiche gefunden. Und Blutspuren in seinem Fahrzeug. Man hatte umgehend die Gerichtsmedizinerin angefordert.

Kimberly hielt sich am Armaturenbrett fest. Sie wusste nicht, warum. Um sich abzustützen, als die Sache eine so unerwartete Wendung nahm? Um sich für die Nachricht zu wappnen, die sie die ganze Zeit befürchtet hatte? Um sich irgendwo festzuhalten, weil sie es einfach nicht glauben konnte? Nicht nach allem, was sie versucht und unternommen hatten. Lieber Gott, hatte ihr Vater in seinem Leben nicht schon genug Pech gehabt? Konnte er nicht einmal Glück haben?

»Wir müssen zurückfahren«, flüsterte sie.

»Nein.«

»Aber mein Vater …«

»Ihr Vater würde nicht wollen, dass wir voreilige Schlüsse ziehen.«

»Herrgott noch mal, Sie sind diejenige, die die Durchsuchung von Hal Jenkins' Grundstück angeordnet hat. Sie sind diejenige, die ihn verdächtigt hat!«

»Ich bin auch diejenige, die Hal gestern um siebzehn Uhr vernommen hat. Ungefähr zu der Zeit, als Dougie Jones verschwand.«

»Vielleicht hat er einen Komplizen.«

»Hal?«, schnaubte Shelly. »Der ist zu gierig, um mit jemandem zu teilen.«

»Aber wenn er nicht der Entführer ist … Sie wollen also sagen, dass er zufällig eine Frau getötet hat, ungefähr zur selben Zeit, als bereits zwei Leute vermisst wurden?«

Shellys Gesicht wurde traurig. »Ich glaube nicht, dass es ein Zufall war.«

Da kapierte es auch Kimberly. »Detective Grove«, flüsterte sie.

»Er wusste von dem Lösegeld. Er sieht vor dem Wal-Mart eine Polizistin mit einer Reisetasche über der Schulter. So eine Gelegenheit ...«

»Du großer Gott!« Kimberly starrte durch das Seitenfenster auf das graue Asphaltband, das draußen vorüberzog, den dichten Sprühregen. »Wissen Sie, was noch schlimmer ist als der Gedanke, dass Rainie tot ist?«, fragte sie heiser.

»Was?«

»Der Gedanke, dass es vielleicht eine Kollegin erwischt hat, und dass man dankbar dafür ist.«

»Nun ja, es ist leider nicht die einzige schlechte Nachricht.«

»Was meinen Sie damit?«

»Wir sind gerade an der Zufahrtsstraße vorbeigefahren. Sie ist gesperrt.«

Shelly wendete mit quietschenden Reifen auf dem nassen Asphalt. Der Fahrer eines entgegenkommenden Autos riss vor Panik die Augen weit auf und drückte auf die Hupe. Dann sauste das Fahrzeug an ihnen vorbei, während Shelly aus dem Schotter am Straßenrand heraus beschleunigte. Kurz darauf hielten sie vor einer schmalen Teerstraße, die durch ein schweres Eisentor verschlossen war. Auf der orangefarbenen Bautafel stand: Wegen Reparaturarbeiten gesperrt, 1. September – 15. Dezember.

»Das hätte das Parks Department ruhig am Telefon erwähnen können«, presste Shelly verärgert zwischen den Zähnen hervor.

Sie stieg aus und rüttelte an dem Tor. Das Vorhängeschloss ließ sich nicht öffnen, und es war nicht genügend Platz vorhanden, um das Tor zu umfahren. Hundert Meter hinter ihnen fuhren Mac und Deputy Mitchell an den Straßenrand, um abzuwarten, was sie tun würden.

Kimberly sah auf die Karte. »Sieht aus, als wären es noch ungefähr drei Meilen.«

»Fahren können wir nicht«, erklärte Shelly.

»Und zu Fuß dauert es zu lange.«

Blieb nur eine Alternative. Kimberly stieg aus und setzte sich die Reisetasche wie einen Rucksack auf den Rücken. Sie taumelte kurz unter ihrer Last, fand dann aber ihr Gleichgewicht.

»Ich übernehme die erste Meile«, sagte sie.

Dann gingen sie um das Tor herum und rannten los.

MITTWOCH, 12:15 UHR

Candi rief in der Einsatzzentrale an. Da außer ihm niemand mehr da war, nahm Quincy den Anruf entgegen.

»Sie werden es nicht glauben«, sagte Candi.

»Warum, was gibt's?«

»Stanley Carpenter ist Dougies leiblicher Vater.«

Quincy schwieg einen Augenblick. »Sie haben gewonnen.«

»Ich habe mit seiner Frau gesprochen. Laura sagt, sie und Stanley kennen sich von klein auf und haben aus Liebe geheiratet. Keine Misshandlungen, nur die ganz normalen Streitigkeiten wie in jeder Ehe. Er mag es nicht, wenn sie raucht. Sie ist sauer, dass er sie mit einer Schülerin betrogen hat.«

»Dougies Mutter.« Quincy riss die Augen auf – und konnte plötzlich die Möglichkeiten sehen. »Wer wusste darüber Bescheid?«

»Na ja, offensichtlich Laura, aber sie hat es offenbar erst

nach dem Tod von Dougies Mutter herausgefunden. Stanley brachte Dougies Bild mit nach Hause und meinte, er wolle den Jungen adoptieren. Laura wusste sofort Bescheid. Sie zeigte mir ein Foto von Stanley aus der zweiten Klasse – Dougie könnte sein Zwillingsbruder sein.«

»Dann ist Stanley anscheinend erst später so ein Muskelprotz geworden«, sagte Quincy.

»Anscheinend. Natürlich war Laura nicht begeistert, dass ihr Mann eine andere geschwängert hat. Aber was sie am meisten aufregte, war, dass Stanley sich seiner Verantwortung nicht gestellt hatte. Falls er der Vater des Kindes war, dann würden sie sich natürlich um ihn kümmern. Ich hatte den Eindruck, dass sie einfach nur wütend war, dass er es ihr nicht früher gesagt hat.«

»Wie progressiv von ihr.«

»Nicht, dass sie ein großer Fan von Dougie wäre. Ihrer Meinung nach hat man mit dem Jungen nur einen Haufen Ärger. Aber sie schwört, dass weder sie noch Stanley jemals die Hand gegen ihn erhoben haben. Im Gegenteil. Stanley hat ein furchtbar schlechtes Gewissen wegen allem, was Dougie durchgemacht hat, und will es unbedingt wieder gutmachen.«

»Was für ein nobler Kerl!«

»Laura glaubt, dass er Dougie möglicherweise finanziell unterstützt hat.«

»Freiwillig oder unfreiwillig?«, murmelte Quincy.

»Wer weiß? Aber nachdem Laura von Dougies Existenz erfahren hat, ging sie die Kontoauszüge durch. In dem Jahr, als Dougie auf die Welt kam, hat ihr Mann viel Geld abgehoben. Da es immer nur kleine Summen waren, hat sie sich damals nicht viel dabei gedacht. Aber es summierte sich. Sie vermutet, dass Stanley pro Jahr zweitausend Dollar abhebt, ohne ihr dafür eine Erklärung zu geben.«

»Abhebt? Tut er das immer noch? Dougies Mutter ist seit drei Jahren tot.«

»Das habe ich auch gefragt. Laura wusste darauf keine Antwort. Vielleicht hat er das Geld den jeweiligen Pflegeeltern gegeben oder Dougie immer mal wieder etwas geschenkt. Man würde meinen, dass Laura ihn fragen könnte, aber mit seiner großen Liebe kann man natürlich nicht über alles sprechen.«

»Dougie wird seit drei Jahren vom Jugendamt betreut«, überlegte Quincy. »Falls Stanley noch immer Geld abdrückt, dann muss er jemanden haben, der ihn informiert. Was bedeutet …«

»Dass noch jemand über sein Interesse an Dougie Bescheid weiß.«

»Und diese Person weiß vermutlich auch, dass Stanley Dougies Vater ist.« Quincy seufzte. Er hatte nur eine Erklärung. »Ich glaube, Peggy Ann Boyd hat uns etwas vorenthalten.«

»Peggy Ann Boyd?«

»Die für Dougie zuständige Sozialarbeiterin. Die seine Mutter Gaby kannte und sich für den Fall so engagiert hat.«

Schweigen. »Vielleicht bin ich zynisch …«, sagte Candi langsam.

»Was, wenn das Geld nicht für Dougie war, sondern für Peggy Ann?«, sagte Quincy. »Ich glaube, ich bin genauso zynisch wie Sie.«

»Für zweitausend Dollar könnte man sich bestimmt ein persönliches Engagement kaufen. Es ist ein ziemlich guter Preis, damit nicht die ganze Stadt erfährt, dass der allseits geschätzte Footballcoach eine Minderjährige geschwängert hat.«

Quincy spann den Faden fort. »Die Sache ging sieben Jahre lang gut. Aber jetzt hat sich etwas geändert. Zum einen versucht Stanley, sich persönlich um seinen Sohn zu kümmern, was seine Ehe und zweifelsohne auch seine Nerven auf die

Probe stellt. Zweitens hat Dougie Misshandlungsvorwürfe gegen Stanley erhoben und dadurch noch jemanden von außen in die Sache verwickelt.«

»Sie hat es herausgefunden«, sagte Candi leise. »O mein Gott, Rainie hat herausgefunden, dass Stanley Dougies leiblicher Vater ist. Hat sie Ihnen gegenüber etwas erwähnt?«

»Nein, aber das würde sie auch nicht. Damit würde sie die Schweigepflicht verletzen.« Quincy war in Gedanken bereits weiter. »Aber vielleicht hat sie mit Stanley gesprochen. Oder mit Peggy Ann.«

»Jetzt haben die beiden ein Problem: Jemand weiß Bescheid. Und es steht nicht nur eine, sondern zwei Karrieren auf dem Spiel. Stanleys Ruf würde durch den Schmutz gezogen; Peggy Ann ist der Bestechung schuldig. Sie stecken beide in der Klemme.«

»Andererseits«, sagte Quincy ruhig. »Wenn mit Rainie etwas passiert…«

»Würde ihr Mann, der Ex-FBI-Profiler, zweifelsohne die ganze Stadt auseinandernehmen, um Antworten zu bekommen«, sagte Candi direkt. »Also tun sie so, als wäre der Entführer ein Fremder, der nur auf das Geld aus ist. Und sie haben die Sache umgedreht: Rainie ist nicht wegen Dougie entführt worden – sondern Dougie wegen Rainie.«

»Womit sie zwei Fliegen mit einer Klappe schlagen. Der unverbesserliche Junge, der der lebende Beweis für die Affäre ist, und die vom Gericht bestellte Vertreterin, die der ganzen Sache auf die Spur gekommen ist.« Quincy schloss die Augen. Ihm gefiel nicht, was er dachte. »Es würde vieles erklären. Warum Rainie entführt wurde. Warum der Täter so viel über sie weiß. Die ständigen Versuche, uns irrezuführen, indem der Entführer immer wieder betont, nicht von hier zu sein, Rainie nicht zu kennen, nur auf das Geld aus zu sein. Es ist alles Teil eines sorgfältig geplanten Szenarios, damit ich – und alle anderen – im Dunkeln tappen.«

Quincy sah auf seine Uhr. 12:20 Uhr. Noch vierzig Minuten. »Wir müssen mit Stanley Carpenter sprechen.«

»Er ist nicht zu Hause. Laura behauptet, dass er noch immer im Wald nach Dougie sucht. Aber ich habe beim Wegfahren nachgeschaut; sein Pickup steht nicht vor dem Haus.«

»Wir erkundigen uns beim Straßenverkehrsamt und geben eine Fahndung nach seinem Kennzeichen raus. Damit sollten wir ihn finden.«

»Halleluja!« Quincy hörte, wie Candi mit der Hand auf das Lenkrad schlug. »Endlich kommen wir der Sache näher. Okay, ich komme zurück in die Einsatzzentrale.«

»Nein, das werden Sie nicht.«

»Nicht?«

»In vierzig Minuten finden wir Stanleys Auto nie und nimmer. Wenn wir nicht mit Stanley sprechen können, dann gehen wir eben direkt zu Peggy Ann. Außer Sie wollen hier neben dem Telefon sitzen und Däumchen drehen.«

»Auf keinen Fall.«

Quincy stöberte in seinen Notizen und ratterte dann eine Adresse herunter. »Wir treffen uns in zehn Minuten dort.«

41

MITTWOCH, 12:03 UHR

Rainie konnte Dougie nicht finden. Verzweifelt watete sie in dem kalten, dunklen Wasser umher und durchpflügte es mit den Armen, während sie immer wieder seinen Namen rief. Sie zitterte wie Espenlaub, ihre geschorenen Haarreste pappten ihr am Kopf, das T-Shirt klebte ihr am Leib.

»Dougie! Dougie, Dougie, Dougie!«

Sie stieß mit dem Bein gegen etwas Hartes. Sie bückte sich und ertastete ein Tischbein der Werkbank. Sie ging in die falsche Richtung. Er war links vom Treppenabsatz gewesen. Zumindest glaubte sie das. In dieser pechschwarzen Finsternis fiel die Orientierung schwer.

Sie hörte ein Keuchen und ein Gurgeln. Dougie kam nach Luft schnappend aus dem Wasser geschossen.

»Nein, nein, nein!«, schrie er und tauchte dann wieder unter.

»Verdammt!« Sie drückte sich von der Werkbank ab; das Wasser war jetzt so tief, dass es leichter war, zu schwimmen, als zu gehen. Sie fühlte eine Hand gegen ihre Hüfte schlagen. Sie tauchte unter, schlang dem Jungen einen Arm um die Taille und zog ihn an die Oberfläche.

»Lass mich los! Ich will nicht leben! Ich will nicht leben!« Dougie stemmte seine Hände gegen ihre Schultern, schlug ihr auf den Kopf, zerkratzte ihr das Gesicht.

Rainie ließ ihn los. Dann verschränkte sie ihre gefesselten Hände zu einer Faust und schlug Dougie ins Gesicht. Der Junge sackte zusammen. Sie zerrte ihn zu den Stufen.

Sie musste bis zur siebten Stufe hinaufklettern, um den immer höher ansteigenden Wassermassen zu entkommen. Dann klappte sie neben Dougie zusammen und wurde von einem heftigen Hustenanfall geschüttelt, während ihr kalte Schauer über den Körper liefen.

Ihre Schläfen schmerzten höllisch. Am liebsten hätte sie ihren Kopf gepackt und ihn gegen die Holzstufen geschlagen. Stattdessen beugte sie sich zur Seite und erbrach sich heftig.

Ihr linkes Bein wollte nicht zu zittern aufhören. Immer wieder wurde es von einem brutalen Schmerz durchzuckt und schlug gegen die Stufen. Ohne es zu wollen, versetzte sie Dougie zwei Fußtritte, woraufhin dieser die Augen aufschlug.

Er sah sie an, begriff, dass sie ihn aus dem Wasser gezerrt hatte, und machte ein finsteres Gesicht.

Rainie holte tief Luft. »Dougie Jones«, sagte sie mit aller Kraft, die sie aufbringen konnte. »Du hast mich schon ein paar Mal wütend gemacht und frustriert, aber du hast mich noch nie enttäuscht! Du kleiner Feigling, mach das nie wieder! Hörst du mich? Nie wieder!«

Dougie starrte sie weiter bockig an. »Ich bin aufgestanden«, sagte er plötzlich. »Meine Mama hat gesagt, ich darf das nicht. Aber ich habe es trotzdem getan. Ich habe alle Schlösser aufgemacht und die Tür geöffnet, und das ist sehr, sehr böse. ›Dougie‹, hat meine Mama gesagt, ›du kannst nicht immer auf die Straße laufen. Jemand wird verletzt werden.‹ Aber ich habe es trotzdem getan. Und sie ist gestorben. Jetzt versuchst du wie meine Mama zu sein, und du wirst auch sterben.«

»Aber, Dougie. Du hast deine Mutter nicht umgebracht.«

»Doch, das habe ich. Ich habe die Haustür aufgemacht. Ich habe etwas sehr Böses getan. Ich habe sie umgebracht.« Dougies Unterlippe zitterte. Er ließ die Schultern und das Kinn hängen, so als könne er durch reine Willenskraft aufhören zu existieren.

Rainie streckte unwillkürlich ihre Hände nach Dougie aus. Aber als sie ihn berührte, zuckte er zusammen.

»Du hast deine Mutter nicht umgebracht, Dougie«, sagte sie bestimmt. »Sie ist Milch holen gegangen. Das tun alle Mütter. Und du bist aufgewacht und hast nach ihr gesucht. Das tun Vierjährige manchmal. Deine Mutter ist an jenem Abend von einem betrunkenen Autofahrer umgebracht worden. Er hat sie überfahren, kurz nachdem sie das Haus verlassen hat; da wusste sie noch gar nicht, dass du aufgestanden bist. Es war nicht deine Schuld. Und es war auch nicht ihre Schuld. Es war ganz einfach eine Tragödie. Ich weiß es, Liebes, ich habe den Polizeibericht gelesen.«

»Ich bin aus dem Zimmer gegangen.«

»Aber das wusste sie nicht, Liebes. Sie war auf dem Weg zum Einkaufen.«

»Ich habe etwas sehr Böses getan.«

»Aber das hat deine Mama nicht umgebracht. Ein betrunkener Autofahrer hat sie getötet. Nicht du, Dougie. Jemand anders.«

Langes Schweigen. »Jemand anders?«

»Ja, Dougie. Jemand anders.«

»Rainie«, sagte Dougie leise. »Ich will meine Mama wieder haben.« Und dann begann er zu weinen.

Dieses Mal schlang Rainie ihre Arme um ihn. Sie zog ihn, nass und zitternd wie er war, auf ihren Schoß. Dougie schluchzte stärker und vergrub sein Gesicht an ihrer Schulter. Er weinte wütend und laut. Er weinte, bis er Schluckauf bekam. Echte Tränen.

»Schsch, Dougie. Schsch, alles wird gut. Alles wird gut.«

Aber sie wusste, dass sie log. Das Wasser reichte schon bis zu ihren Füßen, und es waren nur noch sieben Stufen über ihnen.

MITTWOCH, 12:18 UHR

Als Dougie sich etwas beruhigt hatte, ließ Rainie behutsam von ihm ab. Ihre Hände waren noch immer gefesselt, und mit der Scherbe, die irgendwo in den dunklen Wasserstrudeln verschwunden war, hatte sich auch jede Chance verflüchtigt, die Plastikfesseln durchzuschneiden. Es hatte keinen Zweck, weiter darüber nachzudenken.

»Dougie«, sagte sie mit fester Stimme. »Wir kommen hier raus.«

Der Junge schniefte, wischte sich mit dem Handrücken über die Nase und starrte sie unsicher an.

»Erinnerst du dich an das Licht über der Tür? Wo du die Glühbirnen kaputt gemacht hast?«

»Ja.«

»Wir setzen dich wieder auf meine Schultern, aber dieses Mal reißt du das Gitter herunter.«

»Es ist aus Eisen.«

»Ja, aber du bist kräftig, und du schaffst das. Dann schlagen wir mit dem Gitter die Kellerfenster kaputt.«

»Sie sind zu hoch oben.«

»Nicht mehr, Dougie. Wir können direkt hinschwimmen.«

Der Junge drehte sich um und schien zum ersten Mal zu bemerken, dass das Wasser immer weiter anstieg und schon bis zu seinen Zehen reichte. »Es muss lange dauern, zu ertrinken«, sagte er stirnrunzelnd. »Wasser ist komplizierter als Feuer.«

»Vertrau mir, Liebes. Wenn wir es so machen, wie ich es sage, werden wir es nicht herausfinden müssen.«

Rainie ließ ihn wieder auf ihre Schultern klettern. Es war genauso umständlich wie beim ersten Mal, aber wenigstens würde er dieses Mal einfach ins Wasser plumpsen, sollte er herunterfallen. Und da er jetzt beide Hände frei hatte, konnte der Junge das Gitter fest packen.

Leider gab das Eisen keinen Millimeter nach.

Dougie zerrte drei-, viermal heftig an dem Gitter. Dann krampfte Rainies Bein und sie fielen beide ins Wasser. Dougie tauchte nach Luft ringend wieder auf und schüttelte den Kopf. Rainie hielt sich am Geländer fest, während ihre Hüften spastisch zuckten. Sie fühlte sich wie eine Holzmarionette, die von einem miserablen Puppenspieler gesteuert wurde.

Und dann, aus heiterem Himmel, dachte sie an Quincy. Sie fragte sich, was er gerade tat. Wie es ihm ging. Ob sie ihn jemals wiedersehen würde.

Sterben war nicht das Grausamste; das wusste sie jetzt. Das Grausamste war, dass die Person, die starb, so viel Unerledigtes zurückließ. Eine Mutter starb, und ihr Sohn dachte den Rest seines Lebens, dass es seine Schuld war. Eine Frau starb, und ihr Ehemann würde nie wissen, wie sehr sie ihn liebte, wie leid es ihr tat, mit ihrer Schwäche nicht nur sich selbst zu verletzen, sondern mehr noch, auch ihn zu verletzen.

Im Sterben wurde einem Menschen bewusst, wie viel man von seinem Leben vergeudet hatte. Leider kam diese Erkenntnis eine Spur zu spät.

Rainie kroch wieder die Stufen hinauf. Das Wasser war um weitere zehn Zentimeter gestiegen. Jetzt blieben ihnen nur noch sechs Stufen.

Dougie saß ganz oben und sah sie ernst an. »Rainie, ich habe Angst.«

Da drehte sie einen Augenblick lang durch. Sie rannte die Stufen hinauf und warf sich mit aller Kraft gegen die Tür.

Durch den Aufprall taumelte sie zurück ins Wasser, das sich angesichts ihres durchnässten Zustands warm und tröstlich anfühlte. Sie warf sich noch einmal mit aller Wucht gegen die Tür und glaubte, etwas krachen zu hören. Nicht an der Tür, sondern an ihren Rippen.

Sie fiel zurück ins Wasser und biss die Zähne zusammen, um Dougie durch einen wütenden Aufschrei keine Angst zu machen. So wollte sie nicht sterben. Wie ein gefangenes Tier in einem stockdunklen Keller, darauf wartend, dass sich das Wasser über ihren Köpfen schloss. Sie wollte laufen, sie wollte kämpfen. Sie wollte es mit der ganzen Welt aufnehmen, weil es das war, was sie am besten konnte.

Es war nicht fair, es war nicht fair, es war nicht fair. Verdammt noch mal, es war einfach nicht fair!

Sie tauchte. Schwamm nach rechts, schwamm nach links. Mit nach vorne gestreckten gefesselten Händen suchte und suchte sie, so als würde plötzlich wie durch ein Wunder eine Waffe aus dem Nichts auftauchen.

Aber der Keller war leer. Der Mann hatte die Sache gut geplant.

Sie tauchte unter den Fenstern wieder auf. Das Wasser war jetzt so hoch, dass man sie ohne Probleme erreichen konnte. Sie untersuchte das dicke Glas, die Fensterrahmen um die schmalen Fenster. Die Dichtungsmasse war alt und blätterte ab. Wenn das Wasser erst einmal hoch genug war, würden die Fenster undicht sein. Aber das würde ihnen auch nicht mehr helfen.

Sie fing an, die Fensterrahmen zu bearbeiten, einfach um irgendetwas zu tun. Sie hörte ein Platschen. Dougie kam herbeigeschwommen.

»Hast du irgendetwas in deinen Taschen, Dougie?«

»N-n-nein«, sagte der Junge zähneklappernd.

Sie tastete ihre eigenen Taschen ab, obwohl sie wusste, dass sie dort nichts finden würde. Ihre Beine wurden vom Wassertreten langsam müde. Außerdem setzte ihr die Kälte immer mehr zu. Ihre Bewegungen wurden schwerfälliger; es dauerte länger, bis ihre Muskeln auf ihr Gehirn reagierten.

Sie schwamm wieder zur Treppe zurück. Schleppte sich zur obersten Stufe hinauf. Brach, den Kopf an die Tür gelehnt, zusammen und hustete. Dougie kam neben sie gekrochen. Er rollte sich an ihrem Rücken zusammen, und sein Vertrauen trieb sie wieder an, etwas zu tun.

Der Plan, mit dem Gitter die Fenster kaputtzuschlagen, würde also nicht funktionieren. Die Tür aufzubrechen auch nicht. Welche Möglichkeiten hatten sie also noch?

Dougie trug Jeans, Turnschuhe und ein Sweatshirt. Sie trug praktisch das Gleiche – Jeans, T-Shirt, Turnschuhe, einen BH und ein Höschen. Konnte man mit den Schuhbändern etwas anstellen? Was war mit dem Bügel ihres BHs? Endlich kam ihr ein Gedanke. »Dougie, trägst du einen Gürtel?«

Der Junge hob sein Sweatshirt und sah nach unten. »Ja.«

»In Ordnung, Kumpel. Wir haben noch eine Chance.«

MITTWOCH, 12:23 UHR

Kincaid musste ein paar hundert Meter vor Hal Jenkins' Farm parken. Angesichts der langen Autoschlange – Bezirksermittler, Spurensicherung, Gerichtsmedizin, Sheriffsbüro – wunderte er sich, überhaupt so nah herangekommen zu sein.

Es hatte sich bereits herumgesprochen. Ein junger Polizist, wahrscheinlich von der Bezirkspolizei, dirigierte den Verkehr, während die Pressefahrzeuge wie die Heuschrecken einfielen, sich um die besten Plätze stritten und den Polizeiautos den

Weg versperrten. Kincaid betätigte seine Sirene mehrmals, bevor er schließlich zur altmodischen Taktik überging und sich auf die Hupe lehnte. Am liebsten hätte er den Mittelfinger gezeigt, aber er war nicht scharf darauf, diesen Bildausschnitt in den Abendnachrichten zu sehen.

Nachdem er endlich geparkt hatte, stapfte er die schmale Straße hinauf, vorbei an einem Wohnmobil, das schon bessere Tage gesehen hatte. Davor stand ein großer, schlaksiger Junge und beobachtete kettenrauchend das Treiben. Er sah Kincaid nervös an, als dieser vorüberging. Keiner von ihnen sagte ein Wort.

Noch immer überzog ein leichter Nieselregen die gesamte Region. Die nasse Straße rollte sich wie ein glänzendes schwarzes Band vor Kincaid aus, um in einiger Entfernung zwischen den riesigen Tannen zu verschwinden. Die Berge am Horizont waren nicht zu sehen. Stattdessen war die Welt zu einer kleinen grauen Höhle geschrumpft, in der plötzlich wie aus dem Nichts Scheinwerfer auftauchten, um genauso schnell wieder im Nebel zu verschwinden.

Kincaid sehnte sich nach seiner Frau. Er sehnte sich nach seinem Jungen. Herrgott noch mal, er sehnte sich sogar nach seinem Hund.

Und er bedauerte zutiefst, was er wahrscheinlich als Nächstes tun musste.

Als er bei Jenkins' Farm ankam, ging er als Erstes zu dem Polizisten vor dem Absperrband, um sich offiziell ins Tatortprotokoll eintragen zu lassen. Ein Blick über die Schulter des Polizisten verriet ihm, dass die Liste der Ermittler bereits äußerst umfangreich war; sie würde noch länger werden.

»Irgendwelche Neuigkeiten?«, fragte er.

Der Deputy zuckte mit den Achseln. »Ich bin seit zwanzig Minuten hier. Nicht, dass ich wüsste.«

Kincaid bedankte sich und schlüpfte unter dem Band hindurch.

Auf dem Grundstück herrschte eine erstaunliche Betriebsamkeit. Drei Leute von der Spurensicherung nahmen gerade Stück für Stück einen Schrotthaufen auseinander, wobei sie jeden kaputten Kühlschrank und verrosteten Ofen akribisch genau untersuchten. Vier weitere Ermittler waren mit allen möglichen Autoteilen, alten Motoren und Karosserien beschäftigt. Im Haus und in den umliegenden Gebäuden wimmelte es nur so von Polizisten. Es würde Tage dauern, einen Ort wie diesen zu untersuchen. Monate, bis man endgültige Resultate hatte.

Der Staatsanwalt trat hinter dem Haus hervor. Als er Kincaid sah, kam er direkt auf ihn zu.

»Ich hatte auf ein besseres Ende gehofft«, sagte Tom Perkins statt einer Begrüßung. Sie schüttelten einander die Hand.

»Konnten Sie die Leiche schon identifizieren?«

»Wir sind noch dabei. Die Gerichtsmedizinerin ist gerade erst eingetroffen. Kommen Sie. Ich zeige es Ihnen.«

Kincaid folgte Perkins um das Haus herum, vorbei an einem eingezäunten Korral, der ein einziges Schlammloch war, in eine geräumige Scheune, deren verrostetes Eisendach leicht nach rechts verrutscht zu sein schien. In ihrer Blütezeit hatte sie wahrscheinlich als Melkscheune für zwanzig, dreißig Stück Vieh gedient. Jenkins hatte sich sichtlich nicht um ihre Instandhaltung gekümmert. Die Getreidezuber waren verschimmelt; und die nutzlos herumhängende Melkausrüstung verbreitete einen säuerlich gärenden Geruch. Kincaid hielt sich jetzt schon ein Taschentuch vor die Nase, dabei waren sie noch gar nicht am Leichenfundort angekommen.

Im hinteren Teil der Scheune knieten sechs Personen, drei davon in Schutzanzügen, um einen drei Meter hohen Heu-

und Misthaufen. Der Geruch ließ Kincaid beinahe zurücktaumeln. Nicht der Leichengeruch, sondern der Mistgestank.

»Die Leiche lag in einem Misthaufen«, sagte der Staatsanwalt. »Keine schlechte Taktik. Das hätte die Hitzesensoren und wahrscheinlich auch die Suchhunde irregeführt. Er hat sie aber nicht gut genug zugedeckt. Einer der ersten Polizisten vor Ort entdeckte etwas Weißes, das sich bei genauerem Hinsehen als Hand entpuppte.«

»Haben Sie irgendeine Ahnung, wie lange die Leiche schon hier liegt?«

»Wir wissen noch gar nichts, außer dass es mit ziemlicher Sicherheit eine Frauenhand zu sein scheint.«

»Irgendwelche Ringe?«, fragte Kincaid knapp.

»Nicht, dass wir welche gesehen hätten.«

Sie gingen näher heran. Behutsam trug einer der Spurensicherungsleute den Misthaufen Stückchen für Stückchen ab, indem er den Mist auf eine blaue Plane schaufelte. Ein Zweiter bestäubte jeden Körperteil, der zum Vorschein kam, mit Rußpulver.

Nur mit dieser akribischen Vorgehensweise konnten sie so viel Beweismaterial wie möglich erfassen.

Es dauerte eine Viertelstunde, sich zu dem Gesicht vorzuarbeiten.

Obwohl er gewusst hatte, was auf ihn zukam, traf es Kincaid härter als erwartet.

»Alane Grove«, flüsterte er. »Staatspolizei.«

Der Staatsanwalt sah ihn scharf an. »Sind Sie sich sicher?«

»Sie gehört zu meinem Team! Natürlich bin ich mir sicher.«

Perkins kommentierte Kincaids Tonfall nicht. Stattdessen seufzte er und rieb sich das Gesicht. »In Ordnung«, sagte er schließlich.

»Gibt es noch mehr Leichen?«, fragte Kincaid.

»Momentan nicht, aber geben Sie uns Zeit. Das Grundstück umfasst acht Hektar.«

»Scheiße, Mann.« Jetzt war es an Kincaid, zu seufzen und sich die Stirn zu reiben. »Ich muss ein paar Telefonate erledigen. Sie sagen mir sofort Bescheid, wenn Sie mehr wissen, ja?«

»Es würde uns nicht im Traum einfallen, das nicht zu tun.«

Kincaid verließ die Scheune auf der Suche nach einem ruhigeren Ort und klappte sein Handy auf. Als Erstes informierte er seinen Vorgesetzten im Präsidium. Dann funkte er Lieutenant Mosley an, damit dieser eine Pressemitteilung vorbereitete. Dann rief er in der Einsatzzentrale an; wenigstens dort würde die Nachricht nicht die schlimmste sein.

Aber Quincy war schon nicht mehr dort.

42

MITTWOCH, 12:46 UHR

Kimberly fühlte sich wie ein plumpes Nashorn. Sie trat in ein Schlagloch, stolperte und geriet durch das Gewicht des Geldes auf ihrem Rücken gefährlich aus dem Gleichgewicht. Sie fing sich, rannte weiter, dann rutschte sie auf der nassen Straße aus und musste eine akrobatische Tanzeinlage hinlegen, um nicht der Länge nach hinzufallen. Endlich sah sie den dunklen Leuchtturm vor sich aus dem Nebel aufragen. Sie lief in den Wald und ließ sich neben Shelly, die vorausgelaufen war, um die Lage zu sondieren, hinter einen Felsen plumpsen.

»Ich … muss … mehr … trainieren«, schnaufte Kimberly.

Shelly blickte in das rote, schweißüberströmte Gesicht der FBI-Agentin, dann auf die Reisetasche. »Oder sich eine Kreditkarte zulegen.«

»Sehr … komisch.«

Shelly zeigte nach vorne, und Kimberly spähte durch den dichten Nebel zu ihrem Ziel.

Der Leuchtturm stand gefährlich nahe am Rand einer Felsenklippe, die aus dem Nebelmeer emporzuragen schien. Er war ein relativ einfaches Bauwerk: ein weißer, fensterloser, achteckiger, circa sieben Meter hoher Sockel mit einer Glas- und Metallkuppel obenauf. Wie das Parks Department schon mitgeteilt hatte, hatte der Leuchtturm schon bessere Tage gesehen. Am Sockel blätterte die Farbe ab, und die Fensterscheiben in der Kuppel schienen kaputt zu sein. Bei genauerer

Betrachtung fiel Kimberly auf, dass sich der Leuchtturm verdächtig nach links neigte.

»Holzfäule«, murmelte Shelly. »Der ganze Turm ist davon betroffen. Deshalb hat man ihn auch geschlossen.«

»Wie nett. Eine kleine Todesfalle mit Meeresblick. Da sage noch jemand, Entführer hätten keinen Humor.« Kimberly holte ihr Handy aus der Tasche und drückte auf Senden. »Kannst du uns hören?«, flüsterte sie.

»Laut und deutlich«, antwortete Mac.

»Wir sind am Leuchtturm. Hier ist alles ruhig. Und bei euch?«

»Wir haben das GPS-Signal auf dem Bildschirm und starren geduldig – beziehungsweise, je nachdem, nicht so geduldig – darauf.«

»Na ja, die gute Nachricht ist, es sind nur noch zehn Minuten, also muss bald etwas geschehen.« Kimberly steckte das Handy wieder ein, ließ es aber angeschaltet, damit Mac mithören konnte. Sie blickte zu Shelly, die gerade die Karte des Entführers studierte.

»Sieht so aus, als sollten wir das Geld im Innern des Leuchtturms, am Treppenabsatz, deponieren. Glaube ich zumindest. Einen Kunstpreis wird der Typ jedenfalls nicht gewinnen.« Shelly drehte die Karte in die eine, dann in die andere Richtung, ließ sie schließlich mit einem Seufzer sinken und musterte nachdenklich den schiefen Turm. »Wenn Sie mich fragen, sieht er zu. Wenn Ihnen jemand zwanzigtausend Dollar bringt, würden Sie da nicht zusehen?«

»Und ob. Glauben Sie, dass Rainie und Dougie irgendwo hier in der Nähe sind?«

Shelly überlegte und schüttelte dann den Kopf. »Das wäre zu riskant. Sie könnten rufen, möglicherweise sogar entkommen. Zwei Leute sind schwer zu kontrollieren.«

»Also, wir bezahlen, er holt sich das Geld, und was dann? Bekommen wir wieder einen Anruf?«

»Wohl eher der Zeitungsreporter«, sagte Shelly spitz. »Oder vielleicht schickt er wieder einen Brief an die Zeitung. Mitsamt einer Karte.«

»Die uns wahrscheinlich direkt zu ihren Leichen führen wird«, murmelte Kimberly verbittert. »Mir gefällt das nicht. Wir befolgen alle seine Anweisungen, ohne einen eigenen Schlachtplan zu haben. Das ist schlechte Polizeiarbeit.«

»Haben Sie eine bessere Idee?«

»Nein.«

»Na dann ...« Shelly zeigte auf den Leuchtturm.

Kimberly blickte auf ihre Uhr und hievte sich die Reisetasche wieder auf die Schulter. Da hatte sie plötzlich eine Idee. Sie setzte die Tasche ab, öffnete den Reißverschluss und steckte ihren GPS-Sender zwischen die Geldbündel.

»Sind Sie sicher?«, fragte Shelly mit scharfer Stimme. Sie brauchte nicht auszusprechen, wie riskant das war. Beispielsweise könnte Kimberly selbst entführt werden, sobald sie den Leuchtturm betrat. Ohne GPS würden sie sie nicht finden. Sie wussten nicht, was der Kidnapper als Nächstes vorhatte. Vielleicht wartete er nur darauf, sich noch eine Polizistin unter den Nagel zu reißen.

»Ich will ihn schnappen«, sagte Kimberly bestimmt.

»Dann gebe ich Ihnen Deckung«, sagte Shelly ernst und zog ihre Waffe aus dem Halfter.

Um fünf vor eins trat Kimberly hinter dem Felsen hervor und sah nach links und rechts.

»Na dann, Prost Mahlzeit!«, murmelte sie und betrat den Leuchtturm.

MITTWOCH, 12:52 UHR

»Wir wissen von dem Geld«, sagte Quincy.

Peggy Ann Boyd saß auf der Bettkante in ihrem winzigen Einzimmerapartment und sah ihn stirnrunzelnd an. Candi stand neben der Tür und hatte die Arme vor der Brust verschränkt, was ihre ein Meter achtzig große Gestalt noch imposanter erscheinen ließ.

»Ich weiß von keinem Geld«, sagte Peggy Ann. »Haben Sie von Dougie gehört?«

»Wann haben Sie herausgefunden, dass Stanley Dougies Vater ist?«, fuhr Quincy fort. »Hat Dougies Mutter es Ihnen erzählt? Von Frau zu Frau? Oder hat Stanley selbst es Ihnen erzählt, nachdem er von Gaby Jones' Tod erfuhr?«

Peggy Ann riss die Augen auf. »Ich weiß nicht, wovon Sie reden«, sagte sie steif. Aber die junge Sozialarbeiterin war eine schlechte Lügnerin. Sie hatte die Augen starr auf den Teppich gerichtet und knetete nervös ihre Finger in ihrem Schoß.

Quincy kniete sich vor sie und starrte sie so lange an, dass ihr nichts anderes übrig blieb, als ihm in die Augen zu sehen.

»Es gab mal eine Zeit, da muss Ihnen Dougie etwas bedeutet haben. Er war erst vier Jahre alt, als seine Mutter starb. So ein kleiner, schutzloser Junge. Er brauchte jemanden, der sich um ihn kümmerte, der ihm ein neues Zuhause besorgte. Er brauchte Sie, Peggy Ann. Und Gaby brauchte Sie auch – jemanden, der ihren Sohn rettete.«

Peggy Ann begann fast lautlos zu weinen.

»Wann haben Sie herausgefunden, dass Stanley Dougies Vater ist?«, fragte Quincy noch einmal mit fester Stimme.

»Das habe ich nicht. Nicht gleich. Gaby hatte angedeutet, dass es jemand von der Highschool war. Ich hatte immer gedacht, ein Mitschüler. Sie wissen schon, der Quarterback, der die Cheerleaderin schwängert, aber dann nichts mehr von ihr wissen will. Erst als Stanley zur Beerdigung kam und wie er Dougie ansah … als wäre Dougie seine letzte Hoffnung, das Einzige, wofür es sich zu leben lohnte. Da fing ich an, mir Gedanken zu machen. Aber Stanley sagte nie etwas, und ich hatte keine Beweise. Dann kamen die Donaldsons. Und sie waren so tolle Bewerber als Pflegeeltern, dass es mir das Beste schien, den Jungen ihnen zu überlassen. Ich war überzeugt, dass Dougie ein gutes Zuhause haben würde.«

»Bis er es abbrannte.«

»Bis er es abbrannte. Danach bin ich zu Stanley gegangen. Ich fragte ihn geradeheraus, ob er irgendetwas über Dougies Vater wisse. Ich bluffte sogar und behauptete zu wissen, dass es jemand vom Footballteam sei. Er meinte, er wisse es nicht, aber Gaby habe oft beim Training zugeschaut, also könne es stimmen. Mehr könne er mir aber auch nicht sagen. Dann knallte er mir die Tür vor der Nase zu. Also suchte ich für Dougie ein neues Zuhause. Und dann noch eins. Was hätte ich denn sonst tun sollen? Aber ich fing an, selbst hin und wieder beim Training zuzuschauen. Ich wollte etwas über die früheren Spieler erfahren, mir Bilder von den Spielern ansehen, um herauszufinden, ob irgendeiner von ihnen Dougie ähnlich sah. Mir wurde einfach immer klarer, dass ich den Vater des Jungen finden musste.«

Quincy runzelte die Stirn. Er hatte sich die Geschichte etwas anders vorgestellt. »Was ist dann passiert?«

»Eines Abends ging ich zu Coach Carpenter – Stanley – in sein Büro. Ich erzählte ihm, dass Dougie wieder in Schwierigkeiten sei und dass man ihn jetzt höchstwahrscheinlich in eine Erziehungsanstalt stecken würde. Ich sagte ihm, dass es für Dougie keine Hoffnung mehr gäbe. Ich flehte ihn an, mir zu verraten, wer Dougies Vater sei, und sagte ihm, wie sehr Gaby den Jungen geliebt hatte und was für ein glücklicher Junge er früher gewesen war … Dann heulte ich wie ein Schlosshund. Es war kein Bluff, Mr Quincy.« Peggy Ann sah ihn ernst an. »Mit Dougies Vorgeschichte als Brandstifter hätte das Jugendamt nichts mehr für ihn tun können. Er war erst sechs Jahre alt, aber nicht mehr vermittelbar. Eine Woche später wäre er in ein Knabengefängnis gekommen, wo ihm ältere, erfahrenere Straftäter neue Tricks beigebracht hätten. Wenn sie ihn nicht gerade verprügelt oder vergewaltigt hätten. Ich bin in solchen Gefängnissen gewesen. Ich weiß, wie es dort zugeht.«

»Und Stanley hat klein beigegeben?«

»Stanley gab zu, der Vater des Jungen zu sein. Einfach so. Und dann sagte er mit sehr ernster Stimme, dass er lange genug ein Feigling gewesen sei. Dougie gehöre zu ihm.«

»Wie bitte?«, fragte Candi von der Tür. Sie hatte die Arme an die Seite gelegt und sah ungeduldig zwischen Peggy Ann und Quincy hin und her, so als würde sie darauf warten, dass einer der beiden endlich etwas sagte, was Sinn ergab. Quincy konnte es ihr nicht verdenken. Auch er wartete noch darauf, dass alles einen Sinn ergab.

»Anfangs war ich skeptisch«, sagte Peggy Ann. »Ich dachte, er wolle nur etwas Gutes tun. Oder mich hysterische Ziege loswerden. Ich rang ihm das halbherzige Versprechen ab, Dougie zu sich zu nehmen, dachte aber insgeheim, dass er es am nächsten Vormittag schon wieder vergessen hätte. Stattdessen kam er mit einem Fotoalbum in mein Büro und zeigte mir ein altes Schulfoto von sich. Dougie war ihm weiß Gott wie aus dem Gesicht geschnitten. Ich … ich wäre nie darauf gekommen.«

»Daraufhin hat er Ihnen also Geld angeboten, damit Sie Stillschweigen bewahren«, sagte Quincy.

Peggy Ann runzelte die Stirn. »Welches Geld? Er hat angeboten, Dougie zu sich zu nehmen. Das war alles, worauf es mir ankam. Er und Laura gaben dem Jungen ein Zuhause.«

Candi und Quincy sahen sich an. »Stanley Carpenter hat eine Minderjährige geschwängert, und Sie beließen es dabei?«, fragte Quincy.

Peggy Ann zuckte kläglich mit den Achseln. »Gaby war tot, also konnte sie keine Anzeige mehr gegen ihn erstatten. Und Stanley wollte es bei seinem Sohn wieder gutmachen. Was hätte ich mir mehr wünschen können?«

»Ach, kommen Sie«, sagte Candi. »Müssen Sie sich denn nicht an bestimmte Vorschriften halten? Erzählen Sie mir nicht, dass Sie Verführer von Minderjährigen einfach so mit einem Schulterzucken und einem Handschlag davonkommen lassen.«

»Natürlich gibt es Vorschriften. Und normalerweise würde ich auch die Polizei benachrichtigen. Aber wie gesagt, Gaby ist tot. Und mir geht es, ehrlich gesagt, nicht darum, Gaby zu retten, sondern Dougie. Wenn ich die Polizei kontaktiere, wird dem Vater, den ich drei Jahre lang gesucht habe, sofort jeglicher Kontakt zu seinem Jungen untersagt. Ich könnte auch sagen, dass Stanley Dougies leiblicher Vater ist, und Gabys Alter verschweigen. In dem Fall muss Stanley einen Vaterschaftstest machen, ungefähr zehn Millionen Formulare ausfüllen und drei Jahre warten, bis alles seinen ordnungsgemäßen Gang genommen hat. Und dann ist da noch Option C. Ich bewahre absolutes Stillschweigen, Stanley bewirbt sich als Pflegevater, und Dougie wird sofort vermittelt. Was sowohl für Dougie als auch Stanley viel besser ist.«

»Worin Stanley Sie sicherlich unterstützt hat«, murmelte Quincy, »weil er dadurch völlig ungeschoren davonkam.«

»Ich würde nicht sagen, dass ihn seine Frau ungeschoren davonkommen ließ«, entgegnete Peggy Ann. »Laura ist viel taffer, als sie aussieht. Aber natürlich, Stanley wollte sicher nicht vor der ganzen Stadt seine schmutzige Wäsche waschen. Mir war es, ehrlich gesagt, egal. Die Kinder- und Jugendfürsorge ist ein System, Mr Quincy. Von und für Menschen gemacht, und ich versuche, innerhalb dieses Systems das Bestmögliche zu erreichen.«

»Miss Boyd«, sagte Quincy, »seit Dougies Geburt hebt Stanley pro Jahr zweitausend Dollar ab. Wenn er das Geld nicht Ihnen gegeben hat, wem dann?«

»Ich habe keine Ahnung.«

»Er hat Ihnen nie Geld angeboten, damit Sie nichts sagen?«

»Ich wollte kein Geld! Ich wollte ein Zuhause für Dougie, und Stanley stellte sich seiner Verantwortung.«

»Was ist mit Dougies Misshandlungsanschuldigungen?«, fragte Candi stirnrunzelnd.

»Ich habe sofort einen Rechtsbeistand angefordert. Aber ehrlich gesagt, glaube ich nicht, dass Stanley Dougie wehtun würde. Sie hätten sein Gesicht sehen sollen, als er Dougie sagte, dass er ihn zu sich nach Hause holen würde. Stanley weinte. Seine Hände zitterten. Er war so schrecklich gerührt, endlich einen Sohn zu haben. Dougie hingegen …«

»War nicht so begeistert?«

»Ich schwör's bei Gott, er überlegte bereits, wo er Streichhölzer auftreiben könnte. Stanley hat Dougie übrigens nicht erzählt, dass er sein Vater ist – er dachte, das würde den Jungen überfordern. Er wollte, dass sie sich zuerst besser kennenlernen. Ich weiß, dass sein Erziehungsansatz etwas harsch aussieht, aber er hat sich von Fachleuten beraten lassen, wie man am besten mit einem so wütenden und schwierigen Jungen wie Dougie umgeht. Nach allem, was ich gesehen habe, gibt sich Stanley wirklich große Mühe. Er hat seine Aufgabe zugegebenermaßen spät entdeckt, aber er ist wirklich für den

Jungen da. Er will alles tun, damit es funktioniert. Seine Frau kann keine Kinder bekommen. Dougie ist der einzige Sohn, den er je haben wird.«

»Mir brummt der Schädel«, sagte Quincy.

Peggy Ann sah ihn fragend an. »Wollen Sie ein Aspirin?«

»Nein, ich will wissen, wer noch darüber Bescheid weiß, dass Stanley Dougies Vater ist.«

»Ich weiß es. Rainie weiß es …«

Quincy fiel ihr ins Wort. »Sie hat es herausgefunden?«

»Sie hat es mir vor ungefähr einem Monat erzählt. Ich glaube, sie hat es schon eine ganze Zeit lang vermutet und sich gefragt, ob ich Bescheid wisse. Ich sagte Ja. Sie ließ es dabei bewenden.«

»Wusste Stanley, dass Rainie es wusste?«

»Ich habe keine Ahnung. Da müssten Sie ihn selbst fragen.«

Quincy zog eine Augenbraue hoch. Er würde Stanley liebend gern selbst fragen. Leider war der Mann nicht aufzufinden, und mittlerweile war es zwei Minuten vor eins.

Er beugte sich vor und fragte mit dringlicher Stimme: »Hat Rainie sonst noch etwas gesagt? Über die Misshandlungen, über Dougie, über Laura, irgendetwas?«

Peggy Ann schien verwirrt. »Nein. Sie ließ sich nicht in die Karten schauen. Aber … natürlich wusste noch jemand Bescheid.«

»Wer?«

»Dougie. Vielleicht hat Stanley ihm etwas gesagt, oder er ist selbst dahintergekommen. Irgendwie begriff er, dass Stanley sein Vater ist, und folgerte daraus, dass er seine Mutter im Stich gelassen hatte. Wenn Sie mich fragen«, sagte Peggy Ann vorsichtig, »hat Dougie deshalb die Misshandlungsanschuldigungen erhoben. Dougie hasst Stanley. Er würde alles tun, um ihm zu schaden, er würde ihn sogar ins Gefängnis bringen.«

»Oder sich mit dem Falschen anfreunden«, ergänzte Quincy stirnrunzelnd. Er trat ein paar Schritte zurück und massierte seinen Nasenrücken. In seinem Kopf drehte sich alles. Stanley Carpenter hatte einen unehelichen Sohn. Sieben Jahre lang hatte er das Geheimnis für sich behalten, aber kaum kamen andere diesem Geheimnis auf die Spur – seine Frau, Peggy Ann Boyd, Rainie, Dougie selbst –, verschwanden zwei dieser Leute. Dougie – weil er zu viel Arbeit und Ärger machte? Rainie – weil sie als eine vom Gericht bestellte Fürsprecherin von Rechts wegen verpflichtet war, die Wahrheit zu sagen?

Aber was war mit Laura und mit Peggy Ann? Irgendetwas stimmte nicht. Rainies und Dougies Entführung musste etwas mit Stanley Carpenter zu tun haben, und doch wollte sich kein scharfes Bild ergeben. Irgendetwas übersah er.

Die zweitausend Dollar. Wenn Peggy Ann Stanley nicht erpresste, wer dann?

»Hat Stanley einen Lieblingsplatz?«, fragte Quincy schließlich. »Eine Jagdhütte, oder einen Platz im Wald, wo er gern hingeht, wenn er über etwas nachdenken muss?«

»Woher sollte ich das wissen?«, fragte Peggy Ann steif.

»Miss Boyd, bis jetzt scheinen Sie mehr über Stanley zu wissen als jeder andere.«

Die Sozialarbeiterin wurde rot. Sie senkte erneut den Blick und spielte wieder mit ihren Händen.

»Ich muss nicht wissen, ob Sie mit ihm schlafen, Miss Boyd …«

»Das würde ich nie tun!«

»Ich muss nur wissen, wo er ist.«

»Er hat eine Anglerhütte«, sagte sie schließlich. »In Garibaldi. Es ist schwer zu beschreiben. Ich könnte Ihnen vielleicht eine Karte zeichnen.«

»Ja«, sagte Quincy langsam. »Selbstverständlich. Eine Karte.«

MITTWOCH, 12:59 UHR

Quincy und Candi stiegen gerade in Quincys Auto, als Quincys Handy klingelte.

»Wo zum Teufel sind Sie?«, fragte Kincaid.

»Stanley Carpenter auf der Spur. Und Sie?«

»Auf der Farm von Hal Jenkins, um Alane Grove zu identifizieren.«

Quincy schwieg einen Augenblick und steckte dann den Schlüssel in das Zündschloss. »Es tut mir leid«, sagte er leise.

»Nicht halb so leid, wie es ihren Eltern tun wird. Warum zum Teufel sind Sie nicht in der Einsatzzentrale?«

»Candi hat einen neuen Anhaltspunkt gefunden. Stanley Carpenter ist Dougies leiblicher Vater. Wir haben uns gerade mit Peggy Ann Boyd unterhalten.« Quincy ratterte eine schnelle Zusammenfassung des Gesprächs herunter und bat Kincaid, eine Fahndung nach Stanley Carpenter einzuleiten. Dann sah er auf seine Uhr. 13:02 Uhr. Verdammt. »Ich muss auflegen. Ich möchte Kimberlys Anruf nicht verpassen.«

»Quincy …«

Aber Quincy hatte sein Handy schon zugeklappt und legte den Gang ein.

»Nur aus Neugier«, fragte Candi. »Warum sind wir noch immer hinter Stanley Carpenter her, wenn er Peggy Ann Boyd nicht bestochen hat? Wenn Sie mich fragen, hat er kein Motiv.«

»Erstens, weil er irgendjemandem zwei Riesen bezahlt hat. Jedes Jahr. Zweitens, weil er seine Vaterschaft allem Anschein nach geheim halten wollte. Und drittens, weil er der einzige Anhaltspunkt ist, den wir haben.«

»Überredet«, erklärte Candi. »Gehen wir fischen.«

Sie machten sich auf den Weg.

MITTWOCH, 13:00 UHR

Rainies Hände zitterten. Sie hielt den Dorn von Dougies Gürtelschnalle zwischen zwei Finger geklemmt und versuchte, damit das Türschloss zu öffnen.

Sie rutschte ab, blieb mit dem Dorn an der Holztür hängen und verdrehte sich den Ellbogen. Sie ließ den Gürtel unter heftigem Fluchen fallen und fischte im Wasser nach ihm.

Das Wasser reichte jetzt fast bis zu ihrer Taille.

Rainie schüttelte Dougie ein letztes Mal den Arm.

»Dougie«, sagte sie ruhig. »Gleich ist es so weit: Hol tief Luft.«

43

MITTWOCH, 13:03 UHR

Kimberly hatte zu viele Horrorfilme gesehen. Sie war sich äußerst bewusst, wie unnatürlich still es in dem Leuchtturm war. Wie weich, fast breiig sich der Boden anfühlte. Und die langen Schatten, die in jede Ecke reichten, jagten ihr Schauer über den Rücken.

Die hölzerne Eingangstür hatte sich im Laufe der Jahre von der Feuchtigkeit verzogen. Sie hatte mit der Schulter dagegendrücken müssen, bis sie schließlich mit einem schauerlichen Knarzen nachgab. Drinnen in der Düsternis fühlte sie sich nicht besser. Die niedrige Decke schien sie schier zu erdrücken. In das fensterlose untere Stockwerk drang nur schwaches Licht über die Treppe von der Glaskuppel herab. Kimberly ertappte sich dabei, wie sie mit angehaltenem Atem auf Schritte lauschte und darauf wartete, eine finstere Gestalt aus einer dunklen Ecke kommen zu sehen.

Shelly war draußen auf Beobachtungsposten. Mac hörte über das Handy zu. Sie war nicht allein.

Sie drückte ihre Waffe an den rechten Oberschenkel. Das Geld trug sie über der linken Schulter.

Ein Windstoß fegte durch das Gebäude. Ein Ächzen ging durch den Leuchtturm. Oben fiel irgendwo Glas zu Boden und ging zu Bruch. Sie blieb stehen und spitzte die Ohren.

Noch ein Windstoß. Die Tür fiel hinter ihr ins Schloss und sie zuckte erschrocken zusammen.

Kimberly setzte die Reisetasche ab und studierte die grobe Skizze, wobei sie ihre Hand ruhig zu halten versuchte. Shelly hatte recht gehabt. Das X schien links vom Treppenabsatz zu sein.

Dann sah sie die Kiste.

Eine kleine Holzkiste. Damit man sie auch garantiert nicht übersah, hatte der Entführer ein riesiges rotes X auf den Deckel gemalt.

Sie spähte vorsichtig hinein, aber es war zu dunkel, um auf den Boden zu sehen.

Sie hielt wieder inne und blickte sich um. Vielleicht waren in der Ecke Kameras montiert? Oder er war oben und wartete auf sie?

Etwas streifte ihre Schulter. Sie zuckte zusammen und hätte fast laut geschrien. Sie fühlte sich wie ein Kind in der Geisterbahn. Schluss jetzt!

Sie öffnete den Deckel der Kiste und bekreuzigte sich; in einer gefährlichen Situation entdeckte jeder plötzlich seine Frömmigkeit. Dann warf sie die Tasche schnell in die Kiste.

Ein Schlag. Ein Knall. Ein greller Blitz.

Kimberly riss die Arme vors Gesicht und taumelte zurück.

»Was zum Teufel…«

Sie fühlte es, bevor sie es sah. Der Leuchtturm hatte zu brennen angefangen.

MITTWOCH, 13:05 UHR

Mac hörte es übers Handy. Zuerst eine kleine Explosion, dann das verräterische Knistern von Holz.

»Kimberly? Was ist los? Alles in Ordnung?«

Aber noch bevor er eine Antwort erhielt, zeigte Deputy Mitchell aufgeregt auf den Bildschirm. »Wir haben eine Bewegung. In westlicher Richtung.«

»Das kann nicht sein«, sagte Mac stirnrunzelnd. »Wir sind am Rand einer Klippe. Im Westen …«

»Ist das Meer. Sie ist in einem Boot!«, sagte Mitchell.

Mac sprach wieder ins Handy. »Kimberly …«

»Ich bin hier, ich bin hier«, hörte er, bevor sie zu husten anfing. »Ich bin im Leuchtturm.«

»Aber der Sender …«

»Zeigt euch das Geld.«

»Kimberly, was hast du getan?«

»Ich weiß es nicht«, antwortete sie kleinlaut. »Aber, Mac, ich habe ein Problem. Er muss die Kiste präpariert haben. Als ich das Geld reinwarf, gab es eine kleine Explosion. Jetzt steht der Leuchtturm in Flammen. Mac … ich komme nicht mehr raus.«

»Ich komme zu dir«, sagte Mac.

»Das kannst du nicht. Die Straße ist abgesperrt.«

»Dann laufe ich.«

Sie wussten beide, dass er drei Meilen entfernt war.

Kimberly hustete wieder. »Mac«, sagte sie leise. »Ich liebe dich.«

MITTWOCH, 13:05 UHR

Shelly hörte einen seltsamen Knall, gefolgt von einer kleinen Explosion. Einen Augenblick lang war sie verwirrt, dann erwartete sie, einen Mann vom Leuchtturm wegrennen zu sehen. Aber sie sah niemanden. Stattdessen schossen Flammen aus dem Leuchtturm.

»Heiliger Strohsack!« Shelly stand auf und rannte auf das

baufällige Gebäude zu. Das Funkgerät an ihrem Gürtel knisterte. Sie hörte, wie Mac Kimberlys Namen rief und wie Kimberly sagte, dass sie eingeschlossen war.

Shelly warf sich gegen die Tür. Fünfzig Jahre lang hatte sie mit den Schultern eines Ackergauls gelebt. Höchste Zeit, dass sie mal zu etwas nützlich waren. Aber nichts passierte. Sie warf sich immer und immer wieder gegen das immer heißer werdende Holz. Sie hörte ein unheilvolles Knarren, als das Feuer neuen Sauerstoff oben im Turm fand und gierig die Wände hinaufraste. Und dann hörte sie, wie Kimberly hustend durch die Flammen taumelte.

Da der Sockel keine Fenster hatte und das Feuer bereits die Kuppel erreicht hatte …

Shelly zog ihre Bluse aus und wickelte sie um ihr Gesicht. Dann ging sie einen Schritt zurück und trat, so fest sie konnte, gegen die Tür. Dieses Mal gab die Tür nach. Noch ein Tritt, und sie öffnete sich mit einem Knarzen.

Das Feuer reagierte sofort mit einem ungeheuerlichen Zischen!

Shelly taumelte zurück. Sie spürte, wie die Härchen auf ihren Armen versengt wurden. Wie ihre Augenbrauen verbrannten. Dann zogen sich die ersten Flammen wieder nach innen, als würden sie von einem wilden Biest eingeatmet werden.

Der alte Leuchtturm bog und krümmte sich unter dem Druck.

Shelly tat das Einzige, was sie konnte.

Sie rannte in die Flammen.

MITTWOCH, 13:07 UHR

Kincaids Handy spielte verrückt. Er erhielt einen aufgeregten Anruf von Deputy Mitchell. Die Lösegeldübergabe war schief gelaufen. Der Leuchtturm stand in Flammen. FBI-Agentin Quincy steckte im Leuchtturm fest. Als Nächstes kam ein triumphierender Anruf von Trooper Blaney. Man hatte soeben Stanley Carpenters Auto vor der Kegelbahn in Bakersville entdeckt. Was solle er, Blaney, tun?

Und er hatte endlich Lieutenant Mosley am Telefon, der sich für seine Abwesenheit entschuldigte – er hätte »noch ein paar Dinge erledigen müssen.«

Kincaid hatte keine Ahnung, was das war, aber momentan war es ihm egal. Er war zu sehr damit beschäftigt, wütend zu sein.

Er musste die Feuerwehr rufen. Er brauchte Verstärkung. Lieutenant Mosley musste umgehend die Presse informieren, und er musste wieder mal Quincy auftreiben, um ihm zu sagen, dass seine Tochter in Lebensgefahr war. Ach ja, und er musste noch immer den Entführer schnappen.

Um 13:07 Uhr hatte Kincaid das Gefühl, als würde sich der Fall vor seinen Augen in nichts auflösen. Und er war zu weit weg, um irgendetwas dagegen zu unternehmen.

Zu guter Letzt ging er zurück zu seinem Wagen, schaltete den Polizeifunk ein und lauschte den verschiedenen Berichten, während Kimberly Quincy um ihr Leben kämpfte.

MITTWOCH, 13:08 UHR

Lieutenant Mosley war in Eile. Er musste tausend Dinge erledigen und hatte dafür ungefähr zehn Minuten Zeit. Er hielt sich nicht damit auf, die Journalisten zusammenzutrommeln. Stattdessen ging er direkt zu ihnen.

Die meisten Sender hatten sich vor Hal Jenkins' Grundstück versammelt; ein Leichenfundort war allemal interessanter als Danicic' Haus.

Er postierte sich vor dem gelben Absperrband – diese Kameraeinstellung liebte die Presse –, hoffte, dass niemand sein verschwitztes Gesicht und sein schweres Atmen bemerken würde, und verlas die hastig verfasste Pressemitteilung:

»Mit großer Trauer gibt die Staatspolizei von Oregon den Tod einer Kollegin bekannt. Heute Vormittag wurde auf einer Farm in Tillamook County die Leiche von Detective Alane Grove entdeckt. Wir glauben, dass sie bei der überaus gewissenhaften Erfüllung ihrer Pflichten getötet wurde. Der Besitzer der Farm wurde in Gewahrsam genommen und wird vermutlich bald unter Anklage gestellt werden.«

Einige Reporter hielten ihre Mikros in die Luft.

»Können Sie uns sagen, was passiert ist?«

»Die Ermittlungen laufen noch.«

»War sie Teil der Sonderkommission, die den Entführungsfall bearbeitet?«

»Detective Grove war für die Sonderkommission tätig.«

»Also besteht da eine Verbindung?«

»Natürlich verfolgen wir diese Möglichkeit.«

»Was ist mit Rainie Conner und Dougie Jones? Irgendwelche Neuigkeiten?«

»Im Augenblick nicht.«

»Aber wenn Sie den Verdächtigen …«

»Die Ermittlungen laufen noch«, wiederholte Mosley.

Die Reporter stöhnten. »Kommen Sie«, sagte einer der Reporter in der ersten Reihe. »Es ist nach dreizehn Uhr. Jemand wurde verhaftet. Sie wissen doch bestimmt etwas über die Frau und den Jungen.«

Mosley sah dem Mann in die Augen. »Zum jetzigen Zeitpunkt kann ich dazu nichts sagen.«

Wieder ein kollektives Stöhnen. Er zuckte die Achseln. »Was wollen Sie denn von mir hören? Eine Polizistin ist bereits ums Leben gekommen. Und was das Schicksal von Lorraine Conner und Douglas Jones angeht … Beten Sie. Das ist alles, was ich sagen kann.«

44

MITTWOCH, 13:12 UHR

Das Wasser stieg bereits über ihre Hände, als Rainie plötzlich spürte, wie das Schloss nachgab. Sie drehte den Türknauf. Die Tür sprang auf, das Wasser ergoss sich in die Waschküche und riss sie mit sich.

Einen Augenblick lang war sie an der gegenüberliegenden Wand gestrandet, zu überrascht, um zu reagieren. Dann rappelte sie sich auf und kämpfte sich zur Kellertreppe zurück. Dougie hing am Geländer. Sie packte ihn unbeholfen mit ihren gefesselten Händen. Der Junge war bewusstlos. Sein Kopf baumelte gegen ihre Schulter, seine Lippen waren blau angelaufen, und seine Augenlider flatterten auf beunruhigende Weise gegen seine eiskalten Wangen. Sie hob ihn hoch und trug ihn, torkelnd vor Kälte und Müdigkeit, wie ein Riesenbaby über die Schwelle.

In der Waschküche war es dunkel, die Jalousien waren zugezogen, das Licht ausgeschaltet. Die Tür zur Küche war zu. Sie hatte keine Ahnung, ob der Mann dahinter stand oder, aufgeschreckt durch den Lärm, den Gang hinunterrannte.

Sie setzte Dougie auf die Waschmaschine und versuchte es an der dritten Tür. Obwohl sie wie wild daran rüttelte, gab die Tür auch dieses Mal nicht nach. Heulend vor Frust, trommelte sie mit den Fäusten dagegen. So nah vor dem Ziel! Ich will hier raus!

Sie drückte sich in eine Ecke und wartete auf das Unvermeidliche. Dass der Mann hereingestürmt kam. Dass er mit Händen und Füßen, vielleicht mit der Elektroschockpistole, auf sie losging. Sie fror, sie war erschöpft und verängstigt. Ihr linkes Bein knickte immer wieder unter ihr ein. Sie hatte Angst, dass Dougie es vielleicht nicht schaffen würde.

Sie weinte noch mehr, und die warmen Tränen an ihren Wangen machten sie plötzlich stinkwütend. Sie waren nicht mehr im Keller, verdammt noch mal! Also würde sie sich jetzt nicht wie ein gefangenes Tier aufführen! Genug jetzt!

Rainie packte sich Dougie wieder auf die Arme, stürmte auf die Verbindungstür zur Küche zu und schaffte es dank eines Adrenalinschubs, sie mit dem rechten Fuß aufzustoßen. Die Küche war leer, das Haus dunkel. Sie hielt eine Sekunde inne, und als sie nichts hörte, kramte sie in den Schubladen nach einer Waffe. Sie fand ein Obstmesser. Das würde gehen.

Das Wasser drang weiter in den Raum, wirbelte um ihre Füße, machte den Linoleumboden rutschig. Die Situation in ihrem Rücken im Auge behaltend, rannte sie den mit Teppichboden ausgelegten Flur hinunter.

Sie verschwand hinter der ersten Tür, zu der sie kam. Ein Schlafzimmer. Sie warf Dougie aufs Bett. Blieb stehen. Lauschte. Sie hörte keine Schritte. Hastig nahm sie das Messer zwischen ihre dicken, gefrorenen Finger und bearbeitete die Fesseln an ihren Handgelenken. Die schlechte Nachricht war, dass ihre Haut um die Fesseln herum angeschwollen war. Die gute Nachricht war, dass sie ohnehin kaum etwas fühlte. Sie zerhackte das Band und erwischte dabei auch ihre Haut. Aber es war ihr egal. Sie konnte ihre Finger wieder bewegen. Sie konnte ihre tauben Hände an ihren Oberschenkeln reiben. Tausende von Nervenenden erwachten schmerzhaft wieder zum Leben. Sie hieß jedes einzelne davon willkommen. Schmerz bedeutet Leben. Leben ist gut!

So – jetzt hatte sie zu tun. Als Erstes war Dougie dran.

Sie brachte den Jungen in eine sitzende Haltung, zerrte ihm die durchnässten Sachen vom Leib und rollte ihn wie einen Riesenburrito in die dicke Steppbettdecke ein.

»Komm schon, Dougie«, flüsterte sie zähneklappernd, während sie seine Glieder und die feuchten Haare rubbelte. »Bleib bei mir.«

Da ihr eigener Körper nach wie vor wertvolle Wärme verlor, ließ sie Dougie kurz allein, um eine Kommode, dann den Wandschrank zu durchwühlen. Sie fand ein altes Flanellhemd; es roch nach Schweiß, aber das war ihr in ihrem Zustand egal. Sie zog ihr nasses T-Shirt aus und schlüpfte in das Hemd. Es war so wohlig wie eine Tasse heiße Schokolade, ein Nickerchen vor dem Kamin. Es war das beste Hemd, das sie je getragen hatte, und vor lauter Erschöpfung, Müdigkeit und Angst begann sie wieder zu weinen.

Sie ging zurück zum Bett, um Dougie weiter warmzurubbeln. Gerade als sich seine Augenlider flatternd öffneten, begann das Wasser, auch ins Schlafzimmer zu dringen.

Sie blickte auf die steigenden Fluten, dann in Dougies blasses, benommenes Gesicht. Sie würde ihn tragen müssen. Sie würde ihn über ihre Schulter legen und dann nichts wie weg.

Aber als sie ihn hochheben wollte, knickte ihr linkes Knie ein. Mit der Wärme kehrten auch die Schmerzen in ihren Körper zurück: ihr kaputtes Knie, ihre lädierten Rippen, ihre zahlreichen Schnittwunden und Prellungen. Sie ließ Dougie wieder auf die Matratze fallen und plumpste neben ihn.

Plötzlich war sie unglaublich erschöpft. Sie konnte weder die Arme noch die Beine bewegen. Sie wollte einfach nur schlafen. Sich zusammenrollen, die Augen schließen und einschlafen.

Nur eine Minute. Sie zwang sich, die Augen wieder aufzuschlagen. Sie begann erneut zu weinen, aber in ihrem Delirium zwang sie sich, noch eins zu tun:

Denk nach, Rainie, denk nach!

Und da sah sie das Telefon.

MITTWOCH, 13:13 UHR

Shelly stand in Flammen. Auf eine abstrakte Art und Weise begriff sie, dass der Geruch von verbranntem Fleisch und versengten Haaren ihr eigener war. Dass diese fürchterlichen Schmerzen, von denen sie immer gelesen hatte, wirklich echt waren. Dass die Luft so heiß sein konnte, dass das Wasser in ihrem Mund buchstäblich kochte und die Feuchtigkeit in ihren Lungen verdampfte.

Ein Atemzug, und das Feuer würde in ihren Körper dringen und sie umbringen.

Also hielt sie den Atem an, während sie gebückt durch die Flammen rannte, um Kimberly vom Boden aufzuheben.

Während sie sich den Körper der zierlichen Frau um die breiten Schultern schlang. Während sie zur Tür zurückrannte.

Shelly dachte an ihren Traum von einem Abenteuer in Paris. Ach, wenn sie dieser Künstler auf der Rive Gauche jetzt bloß sehen könnte, wie sie durch das Feuer schritt, mit gelocktem Haar, Blasen auf der Haut, eine Kameradin über der Schulter.

Was für eine Frau!

Schade, dachte sie, während sie durch die Tür nach draußen stolperte und auf dem nassen Boden bewusstlos zusammenbrach.

Jetzt würde sie in Paris niemand mehr malen.

MITTWOCH, 13:17 UHR

Quincy und Candi bogen gerade auf den Weg ein, der zu Stanley Carpenters Anglerhütte führte, als Quincys Handy klingelte. Es war Abe Sanders aus Astoria. Wie versprochen, hatte er ihren Doppelmordverdächtigen, Charlie Duncan, von zwei Männern überwachen lassen. Quincy sollte als Erster erfahren, dass sie ihn aus den Augen verloren hatten.

»Aus den Augen verloren?«, wiederholte Quincy. »Wie zum Teufel kann man so eine Schnecke wie Charlie Duncan aus den Augen verlieren?«

»Aber, aber, Quincy …«

»Abe, ich warte seit einer Viertelstunde auf eine Nachricht, ob meine Frau noch am Leben ist. Beeil dich.«

Sanders kam zum Punkt: Duncan war zum Frühstücken in einen Diner gegangen. Das war nicht weiter auffällig; da er nicht kochen konnte, ging er so gut wie jeden Tag frühstücken. Er ging also in den Diner. Und kam nicht wieder heraus. Als die Detectives zwei Stunden später endlich das Restaurant betraten, erfuhren sie, dass er es durch die Küche verlassen hatte. Der Besitzer hatte es zwar seltsam gefunden, aber Duncan war schließlich insgesamt ein seltsamer Kerl.

»Glaub's mir«, sagte Sanders, »meine Leute schwören hoch und heilig, dass er von der Überwachung nichts mitgekriegt hat.«

»Ihm war nur mal eben danach, durch die Hintertür zu verschwinden?«

»Vielleicht.« Sanders wusste selbst, wie kläglich sich das anhörte. »Hör zu, wir nehmen gerade die ganze Stadt auseinander. Sein Auto steht noch immer vor dem Diner, also ist er wahrscheinlich zu Fuß unterwegs.«

»Vielleicht hat ihn aber auch jemand abgeholt, oder er hat

sich ein anderes Auto unter den Nagel gerissen«, sagte Quincy aufgebracht.

»Wir ziehen alle Möglichkeiten in Betracht. Gib mir etwas Zeit.«

»Zeit? Welche Zeit? Es ist Viertel nach eins, Sanders. Wir haben noch immer nichts von dem Entführer gehört. Weißt du, was das heißt? Das heißt, dass Rainie höchstwahrscheinlich tot ist.«

Quincy warf sein Handy beiseite und verfluchte sich dafür, dass er Duncan nicht mehr Aufmerksamkeit geschenkt und Andrew Bensen noch nicht gefunden und zehntausend andere Dinge nicht getan hatte, für die in den letzten Stunden keine Zeit gewesen war. Sie hatten von Anfang an nie genug Zeit gehabt.

Sein Handy klingelte erneut. Es war Kincaids Nummer. Quincy sah auf die Uhr.

War es das? Würde Kincaid mit offiziellen Neuigkeiten von Danicic oder einem anderen Reporter anrufen? Da sie das Lösegeld nicht rechtzeitig überbracht hätten, würde zur Strafe …

Er richtete seinen Oberkörper auf und spannte seine Bauchmuskeln an, bevor er den Anruf entgegennahm. Vergeblich.

Es war Kincaid, aber er rief nicht wegen Rainie an.

Sondern wegen Kimberly.

MITTWOCH, 13:18 UHR

»Es ist vielleicht nicht so schlimm, wie es sich anhört«, sagte Kincaid eindringlich. »Ihr Freund Mac hat es geschafft, mit dem Überwachungstransporter ein Tor zu durchbrechen, also kommt jetzt auch die Feuerwehr durch. Sie sind bereits vor Ort.«

»Ich muss mit ihr sprechen.«

»Sie wird gerade behandelt. Sobald sie stabiler ist, können Sie sie bestimmt anrufen.«

»Sie ist meine Tochter!«

»Quincy …« Kincaid schwieg, während er nach Worten rang, die nicht existierten. »Sie hat ihre Sache wirklich gut gemacht.«

Quincy senkte den Kopf und knetete seinen Nasenrücken. »Das tut sie immer«, flüsterte er.

»Der Typ hat scheinbar die Lösegeldkiste präpariert. Wahrscheinlich hat er das gesamte Obergeschoss des Leuchtturms mit Sprengstoff ausgelegt – wir wissen es noch nicht genau. Als die Tasche den Kistenboden berührte … Sie hatte keine Chance. Wenn Shelly nicht in das Flammenmeer gerannt wäre …«

»Shelly? Sheriff Atkins?«

»Ja, Shelly hat sie rausgezogen …«

»Es tut mir leid«, sagte Quincy leicht verwirrt. »Irgendwie bin ich davon ausgegangen, dass es Mac gewesen war.«

»Nein, er war im Überwachungsfahrzeug. Shelly war bei ihr. Wie man mir sagte, rannte sie in den Leuchtturm und zerrte Kimberly durch die Flammen nach draußen. Klingt nach einer ziemlichen Heldentat.«

»Geht es ihr gut?«, fragte Quincy scharf.

Schweigen.

»Kincaid?«

»Sie wird gerade ins St.-Vincents-Krankenhaus nach Portland geflogen«, antwortete Kincaid leise. »Es … es sieht nicht gut aus.«

Jetzt war es an Quincy, zu schweigen. Zuerst Detective Grove, jetzt Sheriff Atkins und seine eigene Tochter. Und was hatten sie davon?

»Irgendwelche Neuigkeiten von Danicic?«, fragte er, obwohl er die Antwort bereits kannte.

»Keinen Muckser«, sagte Kincaid.

MITTWOCH, 13:20 UHR

Mac fühlte sich, als wäre er in der letzten Viertelstunde um fünfzig Jahre gealtert. Kimberlys Hals war so stark zugeschwollen, dass ihre Luftröhre blockiert war. Die Rettungssanitäter mussten sie noch vor Ort intubieren, was Mac kein zweites Mal in seinem Leben mitansehen wollte.

Zumindest schienen die Sanitäter nach der Intubation mit Kimberlys Fortschritten zufrieden zu sein. Ihre Gesichtsfarbe besserte sich, ihr Brustkorb hob und senkte sich rhythmisch. Wären da nicht die versengten Haare, die schwarzen, rußigen Kleider und der Geruch verbrannten Fleisches gewesen, hätte sie genauso gut schlafen können.

Sie sah jedenfalls deutlich besser aus als Sheriff Atkins.

Als der Rettungswagen eintraf, hatte die gerötete Haut von Sheriff Atkins bereits Blasen gebildet, und ihre Arme und Beine waren auf groteske Art und Weise angeschwollen. Shelly hatte in weiser Voraussicht ihre Bluse um ihr Gesicht gewickelt. Aber ihre Schultern und Arme …

Mac hatte bisher nur über Brandverletzungen gelesen. Er hatte sie noch nie mit eigenen Augen gesehen. Allein von dem Geruch wurde einem speiübel. Mitchell war sofort grün im Gesicht geworden, hielt sich aber tapfer.

Während sie mit dem Erste-Hilfe-Koffer zu Hilfe eilten. Während sie die schlimmsten Verbrennungen mit lächerlich wenig sterilem Verbandsmaterial zu verarzten suchten. Während Shelly vor lauter Schmerzen und Stress bewusstlos wurde und Mac ungefähr zur gleichen Zeit bemerkte, dass Kimberly nicht mehr atmete.

Er war in seinem ganzen Leben noch nie so glücklich gewesen, einen Krankenwagen zu sehen. Schier demütig dankbar. Vor lauter Verzweiflung standen ihm Tränen in den Augen, als er zu berichten versuchte, was passiert war, was Kimberly brauchte, was Shelly brauchte, bis die Sanitäter ihn und Mitchell einfach zur Seite schoben und sich, mit dem Zehnfachen an Kompetenz und Ausrüstung, an die Arbeit machten, während Mac und Mitchell einfach nur benommen daneben standen und sich sagten, dass alles gut werden würde.

Kimberly wurde gerade in den Krankenwagen geschoben, als der Hubschrauber kam, der Shelly wegbringen würde. Mac und Mitchell halfen dabei, Sheriff Atkins in den Helikopter zu verladen. Dann war der Hubschrauber weg, und Kimberly war weg, und sie meldeten beide, so gut sie konnten, was passiert war.

Alles in allem hatte das Ganze wahrscheinlich zwanzig Minuten gedauert. Die längsten zwanzig Minuten in Macs Leben. Es war ihm nicht einmal gestattet worden, mit Kimberly mitzukommen. Er war ja kein Familienangehöriger. Nur der Mann, der sie liebte.

Also stand er vor dem zerbeulten Überwachungsfahrzeug und dachte an den Ring. Er wünschte sich, sie würde ihn tragen, vielleicht an einer Halskette. Wenn nicht ihretwegen, dann seinetwegen, damit er beim Anblick des Rings wusste, dass sie ihn liebte und dass sie Ja gesagt hatte. Dass sie eben noch glücklich gewesen waren.

Zu guter Letzt kletterte er in den Transporter. Mitchell folgte ihm. Da sie nichts mehr zu tun hatten, hievte sich Mac auf den Fahrersitz und wollte gerade den Gang einlegen.

Da sagte Mitchell: »Heiliger Strohsack! Sehen Sie sich das an!«

45

MITTWOCH, 13:22 UHR

Rainie wählte Quincys Handynummer und drückte den Hörer an ihre Wange. Mit angehaltenem Atem lauschte sie dem Klingeln und verspürte ein seltsames Flattern in der Magengegend, wie ein Schulmädchen, das ihren Schwarm anruft und nicht weiß, ob er rangehen oder was sie sagen wird.

»Quincy«, meldete er sich, und einen Augenblick lang war sie so überwältigt, dass sie keinen Ton herausbrachte.

»Wer ist da?«, fragte er scharf.

Rainie begann zu weinen.

»Rainie? O mein Gott, Rainie!« Ein Quietschen. Dann ein Fluchen. Sie hatte ihn beim Autofahren erwischt. Anscheinend lenkte er das Auto an den Straßenrand.

»Leg nicht auf!«, schrie er. »Leg nicht auf, sag mir nur, wo du bist. Ich komme, ich komme, ich komme«, und in seiner Stimme hörte sie die ganze Verzweiflung, die sie selbst die letzten Tage verspürt hatte.

Sie weinte stärker, und die lauten, heiseren Schluchzer drückten gegen ihre Rippen und machten ihre Kopfschmerzen noch schlimmer. Sie hatte das Gefühl, vor lauter Emotionen zu zerspringen, so als wäre das der letzte Schlag für ihren geschundenen Körper. Aber sie konnte nicht aufhören zu weinen. Sie schaukelte vor und zurück und drückte das Telefon an den Mund und stieß verzweifelt die einzigen Worte hervor, die eine Rolle spielten: »Ich … liebe … dich.«

»Ich liebe dich auch. Und es tut mir leid, Rainie. Es tut mir leid – wegen allem.« Dann fragte er mit drängender Stimme: »Rainie, wo bist du?«

»Ich weiß es nicht.«

»Rainie ...«

»Ich weiß es nicht! Es ist ein Haus. Mit einem Keller. Er ist geflutet, und uns ist kalt, und Dougie geht es nicht gut, und mir auch nicht. Ich brauche meine Medikamente. Ich habe Kopfschmerzen, und ich weiß, ich hätte es dir sagen sollen ...«

»Das Seroxat. Ich weiß. Wir bringen es dir. Hilf mir, Rainie. Hilf mir, dich zu finden.«

»Es ist dunkel«, flüsterte sie. »Stockdunkel. Die Fenster, die Wände. Ich glaube, er hat alles schwarz gestrichen.«

»Wie lange hat es gedauert, bis ihr dort wart? Erinnerst du dich an die Fahrt?«

»Ich weiß nicht. Er hat mich, glaube ich, betäubt. Eine ungeteerte Straße. Ich konnte das Meer riechen. Vielleicht irgendwo am Wasser?«

»Weißt du, wer dich entführt hat, Rainie?«

»Weißes Licht.«

»Er hat dich geblendet?«

»Ja. Und jetzt ist alles stockfinster.«

»Weißt du, wo der Mann jetzt ist?«, fragte Quincy.

»Keine Ahnung.«

»In Ordnung. Bleib in der Leitung, Rainie. Leg ja nicht auf! Ich werde eine Möglichkeit finden, diesen Anruf zurückzuverfolgen.«

Aber genau in dem Moment hörte Rainie ein Geräusch. Das Geräusch eines Schlüssels im Schloss. Dann wurde eine Tür aufgestoßen.

»Meine Lieben«, rief der Mann fröhlich. »Ich bin wieder zu

Hause! Und Junge, der heutige Tag hat sich wirklich bezahlt gemacht!«

»O je«, flüsterte Rainie.

Und Quincy sagte: »Danicic?«

MITTWOCH, 13:25 UHR

»Ich muss aufhören«, flüsterte Rainie in den Hörer. Ohne eine Antwort abzuwarten, versteckte sie das Telefon unter der Bettdecke und legte den Hörer daneben. Sie würde sich auf Quincy verlassen müssen, dass er den Anruf zurückverfolgte. Und sie würde sich auf sich selbst verlassen müssen, sich und Dougie bis dahin am Leben zu halten.

Sie hörte, wie der Entführer fröhlich pfeifend durch das Wohnzimmer zur Küche watete. Er wusste noch immer nicht, dass sie entkommen waren.

Die gute Nachricht war, dass Rainie ein Messer und den Überraschungseffekt auf ihrer Seite hatte. Die schlechte Nachricht war, dass er eine Elektroschockpistole hatte und körperlich fitter war. Sie hatte sich bereits zweimal mit ihm angelegt und den Kürzeren gezogen. Angesichts ihres Zustands bestand kein Grund zu der Annahme, dass sich daran etwas ändern würde.

Es wäre also eine Sache von Köpfchen, nicht von roher Kraft.

Sie schlich so leise wie möglich zu Dougie. Der Junge war noch immer bewusstlos, zitterte aber nicht mehr so stark. Sie wusste nicht, ob das ein gutes oder ein schlechtes Zeichen war.

Unbeholfen nahm sie seinen eingerollten Körper und trug ihn mit wackeligen Schritten zum Wandschrank, um ihn dort zu verstecken.

Gerade rechtzeitig, um den Wutschrei aus der Waschküche zu hören.

Sie hatte nicht mehr viel Zeit.

Rainie schloss die Wandschranktür und ging zum Fenster. Bitte lass mich Glück haben! Bitte, lieber Gott, nur dieses eine Mal!

Sie fand die alte Metallklinke, drehte sie und versuchte mit aller Kraft, das Fenster aufzustoßen.

Nichts.

Sie versuchte es noch einmal.

Planschende, wütende Schritte in der Küche.

»Komm schon«, flehte sie. »Komm schon!«

Aber das alte Fenster ließ sich keinen Zentimeter öffnen. Im Laufe der Jahre hatte sich entweder das Holz verzogen, oder die verschiedenen Anstriche hatten das Fenster verklebt.

Schritte im Flur. Rainie duckte sich hinter die Tür und umklammerte das Messer fester.

Die Zeit war um.

MITTWOCH, 13:27 UHR

Mac legte den Gang ein, und sie rasten die Zufahrtsstraße hinab, ohne ihre Sicherheitsgurte anzulegen. Mitchell versuchte verzweifelt, Kincaid über das Funkgerät zu erreichen.

»Wir haben eine Ortung. Das GPS hat sich auf ein Koordinatenpaar stabilisiert. Wir lassen sie gerade durch das Programm laufen und sollten die Adresse in ein paar Minuten haben.«

Am anderen Ende der Leitung gab Kincaid einen freudig überraschten Laut von sich. Er wolle die Adresse umgehend wissen. Er würde das Sondereinsatzkommando anfordern, Verstärkung holen, bei Gott …

Dann eine kurze Unterbrechung, während er einen Anruf auf seinem Handy entgegennahm. Quincy. Er hatte Rainie in der Leitung. Sie war in einem Haus eingesperrt, und der Kidnapper war gerade nach Hause gekommen. Quincy hätte schwören können, dass der Mann wie Danicic geklungen hatte.

»Wir haben eine Adresse«, schrie Mitchell.

»Danicic' Haus?«, fragte Kincaid.

»Nein, Stanleys Anglerhütte in Garibaldi.«

»Wir sind in zehn Minuten dort«, sagte Mac und trat aufs Gas.

»Ich bin schon da«, sagte Quincy und raste so schnell über die unbefestigte Straße, dass Candi sich am Armaturenbrett festhalten musste.

MITTWOCH, 13:29 UHR

»Komm raus, komm raus, wo immer du bist«, rief der Mann im Flur leise. »Juhu. Komm schon, Dougie. Sag hallo zu deinem alten Freund.«

Rainie presste sich mit angehaltenem Atem an die Wand und rührte sich nicht von der Stelle. Durch den Türspalt sah sie einen kleinen Ausschnitt vom Flur. Ein Fuß kam darin zum Vorschein.

»Ich weiß, dass du noch hier bist. Die Türen sind von außen verriegelt, die Fenster zugeschraubt. Man sollte schließlich gut vorbereitet sein, wenn man eine Polizistin und ihren kleinen straffälligen Freund entführt.«

Noch ein Schritt. Sie sah eine schwarze Jogginghose.

»Du wirst nicht entkommen, Rainie. Dougie und ich haben eine Abmachung. Wenn du entkommst, habe ich keine andere Wahl, als Peggy Ann bei lebendigem Leib zu verbrennen. Du willst doch nicht, dass Peggy Ann leidet, oder, Dougie? Du willst doch nicht für ihren Tod verantwortlich sein, so wie du für den Tod deiner Mutter verantwortlich bist?«

Jetzt sah sie das Profil des Mannes. Rainie lehnte sich ein paar Zentimeter zurück und fühlte seinen Blick zu dem Türspalt wandern.

»Komm schon, Dougie«, sagte er ungeduldig. »Genug herumgealbert. Komm raus, gib zu, was du getan hast, und ich verzeihe dir. Rainie hat dir wehgetan, denk dran. Sie hat dich angelogen. Sie hat nur so getan, als wäre sie deine Freundin.« Dann kam ihm ein neuer Gedanke: »Hey, Rainie, machen wir es uns doch einfach: Du kommst raus, und ich schenk dir einen Drink ein.«

Der Mann trat auf die Türschwelle, und Rainie stieß ihm die Tür ins Gesicht. Sie hörte etwas krachen, dann einen Aufschrei. »Meine Nase! Meine Nase, meine Nase! Du Miststück, du hast mir die Nase gebrochen! Weißt du, wie das im Fernsehen aussieht?«

Rainie fummelte an dem Türgriff herum, um ein Schloss zu finden. Nichts. Sie stemmte sich mit ihrem ganzen Gewicht gegen die Tür und sah sich um. Sie brauchte einen Stuhl, um ihn unter den Türknauf zu klemmen. Oder etwas anderes Schweres.

Der Schreibtisch war zu sperrig und zu weit weg. Dann erzitterte ihr ganzer Körper, als sich der Mann mit einem Wutschrei gegen die Tür warf.

»Du kommst hier nicht raus. Hörst du mich? Du bist tot.«

Er warf sich erneut gegen die Tür und brachte Rainie aus dem Gleichgewicht. Sie schaffte es gerade noch, sich rechtzeitig wieder gegen die Tür zu lehnen, als er zum dritten Mal Anlauf nahm. Dann machte er sich daran, den Türknauf hin- und herzudrehen.

Sie versuchte, den rutschigen Knauf besser festzuhalten. Das Messer so zu nehmen, dass sie beide Hände frei hatte.

Er war zu stark. Er hatte gegessen und geschlafen und nicht zwei Tage lang in einem eiskalten Keller gesteckt. Er hatte mehr Kraft. Er war nicht so müde. Er würde gewinnen.

Sie begann in Gedanken zu zählen. Bei zehn sprang sie von der Tür weg.

Der Mann stolperte ins Zimmer und fiel prompt aufs Bett.

Und Rainie rannte zur Tür hinaus.

Sie nahm viele Dinge gleichzeitig wahr: Das Wasser, das jetzt bis zu ihren Knöcheln reichte, als sie den Flur hinunterlief. Die Eingangstür, die noch fast zehn Meter entfernt war, als sie durch die Küche und das Wohnzimmer darauf zurannte.

Das Geräusch – vielleicht war es auch nur eine Einbildung in ihrem Gehirn – von Autotüren, die zugeschlagen wurden. Quincys Stimme – vielleicht nur eine Einbildung in ihrem Kopf –, die sagte: Ich liebe dich.

Dann der laute Wutschrei des Mannes, der hinter ihr hergerannt kam.

Sie drehte sich erst im letzten Moment um und sah eine große dunkle Gestalt auf sich zustürmen. Lucas Bensen auf der Veranda, als sie sechzehn Jahre alt gewesen war. Richard Mann, der zehn Jahre später mit einer Schrotflinte auf sie gewartet hatte. Alle Albträume, die sie je gehabt hatte, kamen jetzt durch den Flur auf sie zugerast.

Rainie blieb stehen und hob das Messer. Sie wappnete sich für ihren letzten Kampf.

Da wurde die Eingangstür aufgerissen. »Halt, Polizei! Waffe runter!«

Rainie ließ sich zu Boden fallen.

Danicic sprang auf sie zu.

Quincy und Candi Rodriguez eröffneten das Feuer.

46

DANACH

In den darauffolgenden Stunden kehrte etwas Ruhe ein, während alle Beteiligten kräftig durchatmeten und das Geschehene zu verstehen versuchten.

Die Sanitäter kamen und erklärten Danicic für tot. Dougie war noch am Leben und erlangte in seinem wärmenden Baumwollkokon langsam das Bewusstsein wieder. Sie brachten den Jungen ins Krankenhaus und wollten auch Rainie mitnehmen. Sie weigerte sich und setzte sich stattdessen auf die Rückbank von Quincys Auto, seinen Mantel um die Schultern geschlungen, vier Decken im Schoss und einen dampfenden Kaffeebecher in den Händen.

Sie wollte spüren, wie die Wärme langsam wieder in ihre Knochen zurückkroch. Sie wollte den Duft von Quincys Eau de Cologne an seinem Mantelkragen einatmen. Sie wollte sich selbst, Zentimeter für Zentimeter, wieder entdecken, während sie langsam unter die Lebenden zurückkehrte.

Quincy saß bei ihr im Auto, während immer mehr Ermittler am Tatort eintrafen. Das Haus, erfuhr Rainie, gehörte Stanley Carpenter; es war das frühere Zuhause seines Großvaters, das er jetzt hin und wieder vermietete. Er war freudig überrascht gewesen, als ihn im August eine Anfrage erreichte, ob das Haus den gesamten Winter über zu mieten sei. Der Interessent gab sich als Schriftsteller aus, der einen ruhigen Ort suchte, um an seinem nächsten Roman zu arbeiten. Stanley hatte vorab einen Scheck über die gesamte Miete erhalten und seitdem nicht mehr viel an das Haus gedacht.

Das Haus stand auf einem waldreichen Grundstück, nur eine Meile vom Meer entfernt. Bis zum nächsten Nachbarn waren es fünf Meilen in westlicher Richtung. Selbst wenn Rainie und Dougie die ganze Nacht hindurch gelaufen wären, hätten sie niemanden gefunden, der ihnen hätte helfen können.

Ein gewisser Sergeant Detective Kincaid tauchte auf. Er starrte Rainie so lange und ernst an, dass Rainie nicht wusste, was sie sagen sollte. Dann nickte er Quincy zu und ging davon.

Als Nächstes erschien eine äußerst attraktive Polizistin hispanischer Abstammung namens Candi. Sie war zusammen mit Quincy gekommen. Jetzt setzte sie sich auf den Kiesweg neben die offene Autotür und begann, Rainie überraschend sanft über die Ereignisse der letzten Tage zu befragen. Wie Rainie mitten in der Nacht ihr Auto an den Straßenrand gefahren hatte. Wie sie von einem weißen Licht geblendet wurde. Wie sie später betäubt und gefesselt auf der Rückbank eines Fahrzeugs wieder aufwachte. Sie hatte ihr Bestmögliches getan, um sich und Dougie zu schützen.

Sie hatte keine Ahnung, wer sie entführt hatte. Als Candi den Namen Danicic nannte, war Rainie ehrlich erstaunt. »Ist das nicht ein Reporter der *Sun*?«

Niemand beantwortete ihre Frage. Candi verschwand, stattdessen erschien Lieutenant Mosley. Er wolle sich persönlich vergewissern, dass es ihr gut gehe. Dann ging er, um endlich eine Stellungnahme vor der Presse abzugeben. »Höchste Zeit für eine gute Nachricht heute«, sagte er.

Rainie sah Quincy fragend an.

Als sie endlich allein waren, fing er zu sprechen an. Er erzählte ihr von den Erpresserbriefen und der Sonderkommission. Er erzählte ihr, dass Mac und Kimberly sofort aus Atlanta eingeflogen waren, um zu helfen.

Und er erzählte ihr ausdruckslos – in dem Ton, in dem er immer die wichtigsten Dinge erzählte –, dass eine Polizistin, Detective Alane Grove, während der Ermittlungen ermordet worden war. Soweit sie wussten, hatte ein Einheimischer sie mit dem Lösegeld gesehen und der Versuchung nicht widerstehen können. Er hatte sie in seinen Truck gezerrt und wegen des Geldes erdrosselt.

Als Nächstes kam die katastrophale Lösegeldübergabe. Danicic hatte den Leuchtturm mit Sprengstoff präpariert, weswegen sowohl der Sheriff von Bakersville, Shelly Atkins, als auch Kimberly schwere Verletzungen davongetragen hatten. Kimberlys Zustand war mittlerweile stabil, aber sie würde noch ein paar Tage zur weiteren Behandlung und Beobachtung im Krankenhaus bleiben müssen. Sheriff Atkins' Prognose war nicht so rosig.

»Wir sollten ins Krankenhaus fahren«, sagte Rainie sofort.

Quincy verneinte.

Rainie runzelte die Stirn. »Aber Kimberly …«

»Hat endlich Zeit allein mit ihrem Verlobten. Wenn wir sie jetzt stören, bringen sie uns um.«

»Sie sind verlobt?«

»So hat man es mir gesagt.«

»Warum hast du das nicht gleich erzählt? Männer!«

Quincy nahm ihre Hand. »Ja, Männer. Wir sind gerne mit unseren Frauen allein. Mac hat seine. Und ich habe meine. Und du gehst oder fährst jetzt nirgendwo hin.«

Woraufhin sie gleichzeitig lächeln und weinen musste, aber dennoch Quincy Lügen strafte. Denn als sie aus dem Auto stieg, kippte sie um, und Quincy musste erneut die Sanitäter rufen.

Stunden später wachte sie im Dunkeln auf und stieß einen heiseren Schrei aus. Es war stockfinster, und ihr Kopf versank langsam unter Wasser. Sie schlug mit der Hand gegen das Metallgitter des Krankenhausbettes und versuchte, sich irgendwo festzuhalten. Die Monitore piepten. Die Infusionsschläuche verhedderten sich. Dann war Quincy da, nahm ihre Hand und versicherte ihr, dass alles in Ordnung sei.

Sie schlief wieder ein und wachte erneut schreiend auf.

»Ich glaube, ich bin nicht ganz richtig im Kopf«, sagte sie.

»Das ist keiner von uns«, sagte er und kletterte zu ihr ins Bett.

Am nächsten Morgen wurde Rainie aus dem Krankenhaus entlassen, mit der Auflage, sich auszuruhen und ausreichend Nahrung und Flüssigkeit zu sich zu nehmen. Ihre angebrochenen Rippen waren fest bandagiert. Ihr linkes Knie, in dem das vordere Kreuzband gerissen war, steckte in einer Metallschiene. Sie würde operiert werden müssen, aber erst musste sie wieder zu Kräften kommen. Mit Quincy an ihrer Seite humpelte sie in Kimberlys Zimmer.

Die junge Agentin war von der Intensiv- auf die Allgemeinstation verlegt worden. Sie hing am Sauerstoffgerät und bekam verschiedene Flüssigkeiten und Antibiotika intravenös verabreicht, damit sich ihr verletzter Hals nicht entzündete; die Ärzte erwarteten, dass sie noch eine Weile im Krankenhaus bleiben müsse.

Aber sie schien guter Dinge zu sein, drückte Rainie fest an sich und zeigte ihr ihren Verlobungsring. Sie konnte kein Wort sprechen. Mac meinte bereits, dass sie ihm so fast lieber wäre.

Er fantasierte laut von einer riesigen Hochzeit mit vierhundert Gästen im Obstgarten seiner Eltern. Sie würden ein Spanferkel grillen, eine Countryband engagieren und eine große

Westernparty feiern. Kimberly tat so, als würde sie ihn mit bloßen Händen erwürgen. Er schmückte seine Vision noch weiter aus und ergänzte sie um eine barfüßige Braut in einem Petticoat und mit einem Pfirsichblütenstrauß in der Hand.

Anstatt ihn weiter umbringen zu wollen, begann Kimberly zu nicken. Das jagte ihm so viel Angst ein, dass er verstummte, und Quincy und Rainie ließen die beiden Turteltäubchen Händchen haltend allein.

Als nächstes war Dougies Zimmer an der Reihe. Der Junge schlief noch, und Stanley und Laura Carpenter standen neben seinem Bett. Stanley sah aus, als hätte er seit Wochen nicht mehr geschlafen. Laura Carpenter sah genauso aus, wie Rainie sie in Erinnerung hatte – als ob man ihr ganzes Leben auf ihr herumgetrampelt wäre und sie sich in naher Zukunft keine Besserung erhoffte.

»Er wird durchkommen«, sagte Stanley heiser, kaum dass Rainie das Zimmer betreten hatte. »Die Ärzte sagen, dass es ihm überraschend gut geht. Er braucht nur etwas Ruhe.«

»Ist er schon aufgewacht?«

»Ein paar Mal. Er hat nach Ihnen gefragt. Wir haben ihm gesagt, dass es Ihnen gut geht und er Sie bald sehen kann. Ich meine, natürlich nur, wenn Sie damit einverstanden sind. Ich würde es verstehen …«

»Ich fände es schön.«

»Eine Polizistin war hier«, sagte Laura. »Diese Rodriguez. Sie stellte Dougie einige Fragen. Er hielt sich tapfer und regte sich nicht zu sehr auf.«

»Er kannte Danicic, oder?«, fragte Quincy sanft. »Er hielt ihn für einen Freund.«

»Das ist unsere Schuld«, sagte Stanley sofort. »Danicic kontaktierte uns, kurz nachdem wir Dougie aufgenommen hatten. Er sagte, er würde einen Artikel über Pflegekinder schreiben und dass er Dougies Geschichte als eine Erfolgsstory darstellen wolle. So nach dem Motto, der Junge, der einiges hinter sich hat, aber endlich ein gutes Zuhause gefunden hat. Eine Zeit lang kam er regelmäßig zu Besuch. Wir dachten uns weiter nichts dabei. Den Artikel haben wir natürlich nie gesehen. Aber jedes Mal, wenn wir ihn danach fragten, meinte Mr Danicic, der Redakteur würde die Story noch zurückhalten – sie sei nicht tagesaktuell, sondern eher was fürs allgemeine Interesse, so in der Art. Er selbst sei auch als Pflegekind aufgewachsen.«

»Danicic?«

»Das hat er uns zumindest erzählt. Seine Eltern seien jung gestorben, oder so ähnlich.« Stanley zuckte verlegen mit den Schultern. »Mir gefiel es, dass er sich so für Dougie interessierte. Ich dachte, er wäre ein gutes Vorbild. Er schien … Na ja, man kann nicht jeden richtig einschätzen. Wir haben ihm wirklich geglaubt.«

»Danicic hat Dougie benutzt, nicht wahr?«, drängte Quincy. »Um an Informationen über Sie und über Rainie ranzukommen. Haben Sie da angefangen, ihm Geld zu geben?«

Stanley sah Quincy verwirrt an. »Ich habe niemandem Geld gegeben.«

»Nicht einmal zweitausend Dollar im Jahr?«

»Ach so, das.« Stanley wurde rot und blickte verlegen zu seiner Frau, die ein finsteres Gesicht machte. »Als Dougie auf die Welt kam … Hören Sie, ich wusste nicht, wie ich mit der Situation umgehen sollte. Aber ich war stolz auf Dougie. Ich wollte etwas für ihn tun. Also habe ich einen Collegefonds für ihn eingerichtet.«

Laura verdrehte die Augen. »Ein Junge braucht mehr, als aufs College zu gehen, Stanley. Ein Junge braucht einen Vater, jemanden, der die Verantwortung für ihn übernimmt.«

»Das tue ich.«

»Das tun wir«, korrigierte sie ihn. Stanley errötete erneut. Und in dem Augenblick verstand Rainie, warum er sich mit einer Schülerin eingelassen hatte. Jemandem, der zu dem großen, starken Footballcoach aufsah und ihm jedes Wort von den Lippen ablas.

»Hat er jemals mit Ihnen über die Nacht gesprochen, in der seine Mutter starb?«, fragte sie.

Stanley schüttelte den Kopf.

»Er muss mehr darüber reden. Wenn er bereit dazu ist. Er glaubt, es sei seine Schuld, dass sie tot ist. Und wegen dieser Schuldgefühle hat sich eine Menge Wut in ihm aufgestaut. Gegen sich selbst und gegen Sie.«

»Warum sollte es seine Schuld sein, dass seine Mutter von einem Auto überfahren wurde?«, fragte Laura stirnrunzelnd.

»Weil er anscheinend in der Nacht die Wohnung verlassen hatte. Er denkt, dass sie ums Leben kam, weil sie ihn suchen ging.«

Stanleys Augen weiteten sich. »Stimmt das?«

»Natürlich nicht«, sagte Rainie ungeduldig. »Sie wurde von einem betrunkenen Autofahrer erfasst, noch bevor Dougie die Wohnung verlassen hat. Sie brauchen nur den Polizeibericht zu lesen.«

»Der arme Junge«, murmelte Stanley. Ausnahmsweise widersprach ihm seine Frau nicht.

»Eine Sache verstehe ich nicht«, sagte Laura schließlich. »Warum hat der Reporter das alles getan? Sich mit Dougie angefreundet? Sie entführt, ihn entführt. Ich meine, was versprach er sich davon?«

»Ruhm, Reichtum und einen leckeren Apfelkuchen«, murmelte Quincy, bevor er mit Rainie das Zimmer verließ.

Quincy wartete, bis sie im Auto saßen. »Wie kann im Polizeibericht stehen, dass Dougies Mutter getötet wurde, bevor er die Wohnung verlassen hat? Nach dem, was du sagst, wusste doch niemand, dass er sein Zimmer überhaupt verlassen hatte.«

Rainie zuckte mit den Achseln. »Das wissen du und ich, aber sie wissen es nicht.«

Er drückte ihre Hand. »Du bist ein guter Mensch, Rainie Conner.«

»Für eine Lügnerin?«, witzelte sie.

Aber er hörte das Zittern in ihrer Stimme, als sie sich von ihm abwandte und zu weinen anfing.

Wieder zu Hause zu sein war schlimmer, als Rainie gedacht hätte. Sie nahm ihre Medikamente, tigerte durch die Räume, in denen sie sich eigentlich wohl fühlen sollte, und wartete darauf, ihr Leben auf wundersame Weise fortsetzen zu können. Während sie immer wieder zum Kühlschrank ging, in dem sich kein Alkohol mehr befand. Während sie mitten in der Nacht schweißgebadet und voller Angst aufwachte. Während Quincy sie ansah und ihr sagte, wie sehr er sie liebte, und sie sich wieder daran erinnerte, wie es war, so sehr geliebt zu werden und sich dennoch mutterseelenallein zu fühlen.

Kimberly bekam ein einwandfreies Gesundheitszeugnis ausgestellt. Sie und Mac kamen noch für eine Nacht zu ihnen. Sie spielten Karten und fachsimpelten, und für vierundzwanzig Stunden war das Haus wieder einmal mit Stimmen und Gelächter erfüllt.

Mac und Quincy blieben noch lange auf, nachdem die Frauen schon zu Bett gegangen waren. Mac hatte eine Idee, was den Fall in Astoria betraf. Quincy fand sie gar nicht so schlecht.

Als Mac sich anschickte, ebenfalls ins Bett zu gehen, fragte er mit einem Kopfnicken in Richtung Schlafzimmer. »Wie geht es ihr?«

»Schlecht«, gab Quincy unumwunden zu.

»Sollen wir hierbleiben?«

»Dabei kann ihr keiner helfen.«

»Das muss wirklich schlimm für dich sein«, sagte Mac ruhig.

Quincy sagte das Erste, was ihm einfiel: »Danke.«

Am nächsten Morgen wartete Quincy, bis Rainie zum Joggen gegangen war, und rief dann Abe Sanders an. Sie hatten kurz miteinander gesprochen, nachdem sich Rainie etwas erholt hatte. Sanders' Verdächtiger, Charlie Duncan, war später an jenem Abend plötzlich wieder aufgetaucht und seitdem erneut zweimal verschwunden. Die Überwachung war intensiviert worden, aber es mangelte immer noch an Beweisen. Sie hatten keine Grundlage für einen Haftbefehl, keinen plausiblen Grund für einen Durchsuchungsbeschluss. Aber Duncan führte etwas im Schilde. Sanders war sich ziemlich sicher, dass er ein neues Opfer im Visier hatte.

Quincy schilderte ihm Macs Idee.

Sanders dachte darüber nach. »Na ja, wir haben schon dümmere Taktiken ausprobiert.«

»Halten Sie mich auf dem Laufenden.«

Sanders legte auf. Rainie kam vom Joggen zurück. Und während sie duschte, durchsuchte Quincy ihre Sachen auf Anzeichen, ob sie sich in letzter Zeit ein Bier gekauft hatte.

Das war so, wenn man mit einer Alkoholikerin zusammenlebte.

Dann ging er in sein Arbeitszimmer und saß einfach nur da und starrte auf das Foto seiner Tochter.

Er fuhr einige Male nach Portland, um Shelly im Krankenhaus zu besuchen. Sie war die Königin der Station und unterhielt Personal und Mitpatienten gleichermaßen mit anzüglichen Witzen und Geschichten von unfähigen Verbrechern. Sie schien sich auf Quincys Besuche zu freuen, insbesondere da er ihr immer Kamillentee mitbrachte.

Im Gegenzug zeigte sie ihm stolz ihre jüngsten Hauttransplantate, woraufhin er mit ernster Miene nickte und sich Mühe gab, nicht zu grün im Gesicht zu werden.

Shellys Polizeikarriere war vorbei. Sie hatte mindestens ein Jahr verschiedener Operationen und Rehatherapien vor sich. Ihr linkes Bein war verdreht. Ihre Hüfte war kaputt. Dennoch war sie einer der bestgelaunten Menschen, die Quincy kannte, und oft fühlte er sich bei ihr im Krankenhaus wohler als zu Hause bei Rainie.

Bei seinem vierten Besuch hatte sie eine gute Neuigkeit zu vermelden.

»Ich fliege nach Paris!«, verkündete sie.

»Sie fliegen nach Paris?«

»Ja. Davon habe ich schon immer geträumt. Ich habe es vor ein paar Wochen in diesem verrückten Interview erwähnt. Das hat wohl irgendjemandem das Herz erweicht. Das Sheriffsbüro hat eine anonyme Schenkung erhalten, für eine Reise nach Paris, alles inbegriffen. Sobald ich meinen verbrannten Hintern aus dem Rollstuhl kriege, sitze ich im nächsten Flieger.«

»Die Rive Gauche wird nie wieder so sein wie vorher«, versicherte ihr Quincy.

»Sie wissen nicht zufällig etwas über die Schenkung?«, fragte sie.

»Ich?«

Sie war noch nie auf den Kopf gefallen. »Danke«, sagte sie leise. »Ich schulde Ihnen etwas.«

Das, dachte Quincy, während er die langen Narben auf ihren Armen betrachtete, war das Traurigste, was er je gehört hatte.

Kincaid kam später am Tag vorbei. Die Forensiker hatten sich Danicic' Computer vorgeknöpft. Der Reporter hatte das geschriebene Wort wirklich geliebt. Nicht nur hatte er lange, weitschweifige E-Mails an seine eigene Adresse geschickt, er hatte bereits angefangen, eine Autobiographie mit dem Titel »Das Leben eines Helden« zu verfassen.

Soweit sie es rekonstruieren konnten, hatte sich Danicic die ganze Sache nicht wegen des Geldes ausgedacht, sondern um sich als Held in einem realen Drama zu stilisieren, das ihn über Nacht berühmt machen würde. Durch seine selbstlosen Bemühungen als Unterhändler würde er der Polizei dabei helfen, die Freilassung zweier unschuldiger Geiseln zu erwirken. Tragischerweise würden die Opfer zum Zeitpunkt des Eintreffens der Polizei bereits eines grausamen Todes gestorben und in dem verschlossenen Keller ertrunken sein. Das würde es Danicic ermöglichen, sich auf einer landesweiten Medientour mit trauernder Miene als Experte für Gewaltverbrechen auszugeben und auf allen Fernsehkanälen präsent zu sein. Im Grunde war Danicic nicht an schnellem Geld interessiert gewesen. Er wollte sich eine völlig neue Identität erschaffen.

Auf dem Dachboden seines Hauses hatten sie kistenweise Bücher und Unterlagen gefunden: Fallstudien von Gewaltverbrechen; Lehrbücher über Ermittlungsverfahren und die neuesten forensischen Arbeitsmethoden; seitenlange Internetausdrucke mit Informationen über berühmte Entführer und die Fehler, die sie begangen hatten. In vielerlei Hinsicht war die Entführung sein Lebenswerk gewesen.

Was die Frage anging, warum er Rainie und Dougie als Geiseln gewählt hatte, war sich Kincaid noch nicht sicher. Vielleicht hatte Quincy recht: Eine Frau und ein Kind schienen weniger bedrohlich zu sein. Vielleicht hatte Danicic auch nur die Gelegenheit genutzt, weil er sich mit Dougie angefreundet hatte und schnell merkte, dass der verstörte Junge leicht manipuliert werden konnte. Vielleicht, weil der Beruf von Rainies Mann das Medieninteresse nur noch verstärken würde.

Sie konnten nur raten; Danicic war nicht mehr am Leben, um es ihnen zu sagen.

Eine Woche später erhielt Quincy einen unerwarteten Anruf. Special Agent Glenda Rodman wollte ihm nur mitteilen, dass man Andrew Bensen gefunden hatte, und zwar in Kanada, wo er einen Sonderstatus als Kriegsdienstverweigerer beantragt hatte. Sie dachte, es würde Quincy interessieren.

Wieder zwei Tage später erhielt Quincy endlich den Anruf, auf den er gewartet hatte.

Danach ging er nach draußen zu Rainie, die mit einer Tasse Tee in der noch immer oft zitternden Hand auf der Veranda stand und zu den Bergen hinüberstarrte.

»Fahren wir«, sagte er und ging wortlos zum Auto.

Eigentlich war Quincy derjenige, der für sein Schweigen bekannt war. Aber in all den Jahren, die sie jetzt zusammen waren, hatte er auch gelernt, ihre Stille zu verstehen. Wenn sie mit gebeugten Schultern und gesenktem Kinn in sich versank. Wenn sie jeden Augenkontakt vermied und ihr Blick immer weiter nach draußen in die Natur abdriftete, so als wolle sie zwischen den riesigen Tannen verschwinden, so als wolle sie am liebsten vom Erdboden verschwinden.

Als sie in Astoria ankamen, saß sie zusammengekauert da, die Knie ans Kinn gezogen und die Arme um die Beine geschlungen. In ihren Augen lag ein verletzter, gehetzter Ausdruck.

Manchmal fragte er sich, ob das ihr Blick gewesen war, wenn ihre Mutter sie geschlagen hatte. Und manchmal sah er das Bild glasklar vor sich, wie sich die junge, schutzlose Rainie auf dem Boden zusammenkauerte und wie die ältere, betrunkene Rainie um sich schlug. Die zwei Seiten seiner Frau: eine Vergangenheit, der sie zu entfliehen suchte, und eine Zukunft, der sie sich nicht zu stellen vermochte.

Sie erreichten den Friedhof. Rainie wusste, wo sie waren. Sie war schon oft mit Quincy hierher gekommen und, so vermutete Quincy, noch viel öfter allein.

Sie ging direkt zum Grab und sah auf den steinernen Engel hinab. Dann strich sie der Steinfigur über die Wange, als könne sie nicht anders.

»Charles Duncan wurde heute verhaftet«, sagte Quincy. »Ich wollte, dass du – und sie – die Nachricht von mir hören. Duncan hat gestanden, Aurora und Jennifer Johnson umgebracht zu haben. Sanders hat ein schriftliches Geständnis und das Ganze auch auf Tonband.«

»Er hat gestanden?«, fragte Rainie verdutzt.

»Es war Macs Idee. Dank der forensischen Berichte hatte die Polizei eine ziemlich klare Vorstellung davon, was in der Nacht passiert ist und wie sich das Blutbad im Detail abgespielt hat. Also hat Sanders Duncan abgeholt und ihm gesagt, dass es eine neue Entwicklung gäbe: Sie hätten in Jennifers Unterlagen die Quittung für eine Nanny Cam entdeckt, und man habe in Auroras Zimmer eine in einem Teddybär versteckte Kamera gefunden.«

»Stimmt das?«

»Nein. Das war Macs Bluff. Es ist nicht leicht zu bewerkstelligen, aber die Spurenberichte machten den Unterschied.

Sanders flocht einige Details ein, und Duncan brach zusammen. Was auch gut ist. Sanders fand eine Anzeige wegen Spannerei in seinen Akten – Duncan hatte angefangen, einer Kassiererin vom Supermarkt um die Ecke aufzulauern und ihr zu folgen.«

»Gott sei's gedankt.« Rainie schlug die Hand vor den Mund. »Es ist vorbei. Er war's. Es ist aus.«

»Ja«, sagte Quincy mit heiserer Stimme. »Es ist vorbei, Rainie. Es ist aus.«

»Ich will keine Albträume mehr haben.« Rainie begann zu weinen. »Ich will nicht mehr meine Hand nach einem kleinen Mädchen ausstrecken, das ich nicht retten kann. Die Welt ist grausam. Was wir tun, ist hoffnungslos. Ich weiß nicht einmal mehr, wie man liebt. Ich kann nur noch hassen.«

Sie brach schluchzend in seinen Armen zusammen und redete und redete. Nur die Hälfte davon ergab Sinn. Er hielt sie einfach nur fest und ließ sie reden. Und dann streichelte er ihr über den Rücken und spielte mit ihren kurzen, flaumweichen Haaren. Er versuchte, seine ganze Kraft auf sie zu übertragen, so als könne seine Liebe sie heilen. Er war nicht überrascht, als sie sich ihm entzog und ihre Augen trockenwischte.

Schweigend gingen sie zurück zum Auto. Schweigend fuhren sie wieder nach Hause.

Als sie später an dem Abend verkündete, dass sie zu Dougie fahren würde, ließ Quincy sie gehen und betete um ihrer aller, aber auch um seiner selbst willen, dass sie nicht in eine Bar fuhr.

Dougies Zimmer hatte eine neue Dekoration: ein vergrößertes und hübsch gerahmtes Jahrbuchfoto von seiner Mutter. Ausgerechnet Laura hatte es für ihn machen lassen. Im Gegenzug sagte Dougie in ihrer Anwesenheit jetzt »bitte« und »danke«.

Rainie kam es noch immer jedes Mal total unwirklich vor, wenn sie zu Besuch war.

Dougie musste einen guten Tag gehabt haben, denn er spielte in seinem Zimmer mit einem neuen Spielzeugauto. Draußen war es stockdunkel, und es sah nach eisigem Regen aus, also hielt sich sogar Dougie im Haus auf.

Rainie saß im Schneidersitz auf dem Boden, während Dougie das Auto über die Matratze sausen ließ. »Brumm, brumm, brumm, brumm.«

»Also, was hältst du von Dr. Brown?«, fragte sie.

Der Junge zuckte mit den Achseln. »Er ist in Ordnung.«

»Hat er gute Spielsachen?«

»Zu viele Spiderman-Figuren«, sagte Dougie ernst.

»Was ist so toll an Spiderman? Beetleman, das wäre mein Held. Brumm.«

»Vielleicht kannst du ihn umstimmen. Wann gehst du das nächste Mal zu ihm?«

Dougie unterbrach sein Spiel und sah sie verblüfft an. »Das nächste Mal? Aber ich war doch schon dort!«

Rainie musste lachen. »Es ist eine Therapie, Dougie. Man braucht mehr als eine Sitzung, um etwas herauszufinden. Du musst dir Zeit geben.«

»Aber dort muss ich reden.«

»Na ja, vielleicht magst du ja Spiderman irgendwann doch noch.«

Dougie sah sie skeptisch an und ließ sein Auto wieder über die Matratze sausen.

Auf der Nachhausefahrt musste Rainie bei dem Gedanken an Dougie lächeln. Der Junge war auf seine Art und Weise in Ordnung. Er stand mit Stanley noch immer auf Kriegsfuß. Er redete noch immer sehnsüchtig über Feuer. Aber er war jetzt öfter im Haus, spielte, erholte sich, war Teil der Familie, ob bewusst oder unbewusst. Es gefiel ihr, dass er das Bild seiner Mutter wieder hatte. Es gefiel ihr, dass er hin und wieder etwas von der Zeit erzählte, als er noch kleiner gewesen war. Manche seiner Geschichten klangen unwirklich, aber Dougie versöhnte sich auf seine eigene Art mit seiner Vergangenheit. Er schien zur Ruhe zu kommen, eine Zukunft für sich zu sehen.

Er hatte Hoffnung. Im Gegensatz zu so vielen anderen Kindern. Im Gegensatz zu Aurora Johnson.

Sogar jetzt noch, nach all den Monaten, tat ihr dieser Gedanke weh. Und sie fühlte, wie sich in ihrem Hinterkopf wieder etwas Dunkles breit machte und sich eine verräterische Schwere auf ihre Schultern legte. Und dass ihre Gedanken sich aus dieser Finsternis speisten.

All die Kinder da draußen, die keine Chance hatten. Die Kinderschänder, die gerade unterwegs waren. Welcher Achtjährige, der gerade ins Bett gebracht wurde, würde den morgigen Tag nicht mehr erleben? Welches Mädchen wurde gerade aus ihrem Zuhause entführt, während die Eltern ein paar Türen weiter schliefen und nichts davon mitbekamen?

Und die Hoffnungslosigkeit des Ganzen ließ Rainie schier taumeln vor Schmerz und Verzweiflung.

Denk an etwas Schönes, sagte sie sich, beinahe stumpfsinnig. Felder mit gelben Blumen, sanft dahinfließende Flüsse. Aber es funktionierte nicht.

Also dachte sie wieder an Dougie. Sie dachte an sein zufriedenes Gesicht, während er das Auto herumsausen ließ. Und sie dachte an all die anderen Kinder da draußen, die verletzt und geschlagen waren, aber irgendwie – irgendwie – eine Möglichkeit fanden, zu überleben.

Sie wünschte sich so viel für diese Kinder. Mit aller Kraft. Mit aller Leidenschaft. Dass sie erwachsen werden konnten. Dass sie frei sein konnten. Dass sie aus dem Misshandlungskreislauf ausbrachen und die bedingungslose Liebe fanden, die jedem Menschen zustand. Dass sie glücklich waren.

Und sie fragte sich, wie sie diesen Kindern so vieles wünschen konnte, sich selbst aber so wenig. Sie war auch eines dieser Kinder. Sie hatte ebenfalls Schlimmes überlebt.

Und da wusste sie, zum ersten Mal seit langem, was sie zu tun hatte.

Sie fuhr die Kiesauffahrt hinauf und ging durch den kalten Regen ins Haus. Quincy saß, mit zusammengekniffenem Mund, vor dem Kamin.

»Ich soll dich von Dougie grüßen«, sagte sie. »Er hat sich ein Spielzeugauto verdient.«

Unverzüglich entspannten sich Quincys Schultern und Gesichtszüge. Sie wusste, was er gedacht hatte, worüber er sich Sorgen gemacht hatte, und es trieb ihr die Tränen in die Augen.

Lange Zeit stand sie einfach nur da. Minuten. Stunden. Keine Ahnung. Sie sah ihren Mann an, und es war, als sähe sie ihn zum allerersten Mal: Sein Haar war grauer geworden. Er hatte neue Falten um den Mund bekommen. Und er saß steif und angespannt in seinem eigenen Zuhause vor seiner eigenen Frau, so als müsste er sich für das wappnen, was sie als Nächstes tun würde.

Bevor sie es sich anders überlegte, fiel sie vor ihm auf die Knie, streckte die Hand aus und sagte die Worte, die sie sagen musste: »Mein Name ist Rainie Conner, und ich bin Alkoholikerin.«

Sein Gesichtsausdruck war so ernst, dass es ihr fast das Herz brach. Er nahm ihre Hand. »Mein Name ist Pierce Quincy, und ich bin der Mann, der dich immer noch liebt. Steh auf, Rainie. Du musst nicht vor mir knien.«

»Es tut mir so leid …«

»Schsch.«

»Ich möchte unser Leben zurückhaben.«

»Ich auch.«

»Ich weiß nicht, wo ich anfangen soll.«

»Sag mir, dass du mich immer noch liebst.«

»Natürlich, Quincy, das tue ich. Ich liebe dich. Ich liebe dich immer noch, und wie.«

»Sag mir, dass du nicht wieder trinken wirst.«

»Ich werde eine Therapie machen. Ich tue, was ich tun muss. Ich werde nie wieder trinken.«

Er zog sie in seinen Schoß und vergrub sein Gesicht in ihrem Haarflaum. »Herzlichen Glückwunsch, Rainie. Du hast gerade den ersten Schritt gemacht.«

»Es ist ein sehr langer Weg«, flüsterte sie.

»Ich weiß, Liebes. Deshalb werde ich den ganzen Weg deine Hand halten.«

DANKSAGUNG DER AUTORIN

Das Schönste an meiner Arbeit ist zweifellos, dass mir jeder Roman die Gelegenheit gibt, einen Haufen netter Menschen zu belästigen, die das Pech haben, meine Anrufe entgegenzunehmen oder meine E-Mails zu beantworten. Für jedes Buch muss ich neu recherchieren, und für jedes Thema suche ich mir neue Experten, die ich mit meinen Fragen behelligen kann.

Dieses Mal stehe ich in der Schuld der geduldigen Männer und Frauen bei der Staatspolizei von Oregon, vor allem bei: Lieutenant Gregg Hastings, der mir dabei geholfen hat, eine bessere Vorstellung von den internen Abläufen bei der Polizei und der Arbeit eines Pressesprechers zu bekommen; Lieutenant Jason Bledsoe, dessen Hirn sogar noch verdrehter ist als meins und der mein fiktives Verbrechen so lange infrage gestellt hat, bis es endlich Hand und Fuß hatte; und Lieutenant Beth Carpenter vom Forensischen Labor in Portland, die meinem Mann und mir freundlicherweise das neue, hypermoderne Labor zeigte, das zum Zeitpunkt unseres Besuchs die ausgefallenste Weihnachtsdekoration hatte, die ich je gesehen habe (Weihnachtsbeleuchtung aus Schrotkugeln? Oder wie wär's mit dem Weihnachtsbaum der daktyloskopischen Abteilung, der mit falschen Daumen dekoriert war?).

Natürlich habe ich auch wieder meine Lieblingspharmazeutin, Margaret Charpentier, mit Fragen bombardiert. Und mich Dr. Greg Moffatt aufgedrängt, dessen geniale Einblicke in kranke Köpfe es mir gestatten, meine Figuren immer noch perverser zu gestalten.

Wie immer versorgten mich diese Menschen mit korrekten und präzisen Informationen. Selbstverständlich habe ich diese Informationen missbraucht, verdreht und fiktionalisiert.

Was die private Ebene angeht: Ich hätte diesen Roman nie ohne die Liebe, die emotionale und leibliche Fürsorge anderer beenden können, als da wären: Mein Ehemann, der als der gute Ingenieur, der er ist, wieder einmal Sinn fürs Detail bewies und anbot, seine Frau mit Pralinen zu beköstigen, wenn sie nicht zwei Wochen vor dem Manuskriptabgabetermin beschlossen hätte, die South-Beach-Diät anzufangen (was habe ich mir bloß dabei gedacht?); Sarah Clemons, die sich so wunderbar um uns alle kümmert; Brandi Ennis, die das schlechte Gewissen einer Mutter etwas beruhigt, indem sie meine Tochter fast genauso sehr liebt wie ich; meine Tochter, die nach dem Care-Bears-Soundtrack süchtig ist und folglich ihrer Mutter die wertvolle Lektion beigebracht hat, wie man einen Krimi schreibt, während einem ständig »Journey to Joke-a-Lot« durch den Kopf geht; und meine zwei wundervollen Hunde, die so viel bellen, dass es ein Wunder ist, dass ich überhaupt noch denken kann.

Viel Spaß beim Lesen,
Ihre Lisa Gardner